L'Héritier

Du même auteur au Rouergue

Romans

Les Chapeaux d'Amélie, 2007. Grand prix du roman de la Ville de Pamiers 2008.
La Kermesse des célibataires, 2006.
Mademoiselle Laguiole, 2005.
L'Alouette, 2004.
Monsieur le Gouverneur, 2003. Le Livre de Poche, 2005.
Ces gens du beau monde, 2002. Le Livre de Poche, 2005.
Le Bal des gueules noires, 2001. Prix du salon d'Hermillon 2002.
Le Livre de Poche, 2004.
La Montagne sacrée, 2000. Le Livre de Poche, 2002.
Julie, 1999. Le Livre de Poche, 2001.
La Fille de La Ramière, 1998. Le Livre de Poche, 2000.
La Gantière, 1997. Prix Lucien-Gachon 1998. Prix des Inter CE (comités d'entreprise) des Pays de Loire 1998. Le Livre de Poche, 1999.
Le Café de Camille (avec Danielle Magne), 1995. Le Livre de Poche, 2003.
Le Pain blanc, 1994. Prix Mémoire d'oc 1994. Pocket, 1997.
Les Neiges rouges de l'an II, 1991.
La Cloche volée, 1989.
Les Feux de la liberté, 1988.

Albums et essais

Les 1001 mots de l'Aveyron, 2010.
Sentinelles des montagnes. Les Burons de l'Aubrac, des monts du Cantal et du Cézallier, 2008.
L'Aubrac. La belle aux yeux noirs, 2006.
Le Laguiole. Éloge du couteau, 2005.
Ces objets qui nous habitent, 1999.
Le Laguiole. Une lame de légende, 1996.
L'Année des treize lunes, almanach perpétuel, 1996.
Métiers de tradition, coutumes en fête, 1995.
Daniel Crozes vous guide en Aveyron, 1994 ; nouvelles éditions revues et actualisées sous le titre *Le Guide de l'Aveyron*, 2000 et 2004.
Les Aveyronnais. L'esprit des conquérants (avec Danielle Magne), 1993.
Raymond Lacombe. Un combat pour la terre, 1992.
De corne et d'acier. L'épopée du couteau de Laguiole, 1990.
Douze métiers, treize coutumes, 1987.
La Bête noire. L'aventure du rail en Aveyron depuis 1858, 1986.

Parc Saint-Joseph – BP 3522 – 12035 Rodez cedex 9
Tél. : 05 65 77 73 70 – Fax : 05 65 77 73 71
www.lerouergue.com – info@lerouergue.com

DANIEL CROZES

L'Héritier

roman

ROUERGUE

1

C'était l'hiver austral. La journée avait été sombre et fraîche. Le *pampera* qui soufflait depuis les plaines argentines et que rien n'arrêtait en chemin, s'engouffrait dans les rues en soulevant la poussière et les feuilles mortes. Il dissuadait les passants de s'attarder devant les magasins. Mathieu Berthier s'empressait de rejoindre son épouse dans la coquette résidence qu'ils occupaient dans l'un des plus beaux quartiers de Montevideo. Leur villa était assez spacieuse pour recevoir une famille nombreuse et son personnel. Eugène Lalande, importateur de peaux à Mazamet dans le sud de la France, avait tenu à loger grandement le directeur adjoint de son comptoir d'achats et son épouse, Sophie, même s'ils étaient jeunes mariés et n'avaient pas encore d'enfants. La maison, entourée d'eucalyptus à l'ombre épaisse, était agrémentée d'une terrasse où ils passaient les chaudes soirées d'été. Richement meublée et très confortable, cette demeure constituait une compensation appréciable aux difficiles conditions de travail que Mathieu avait acceptées trois ans plus tôt. Son patron l'avait chargé d'acheter les meilleures peaux dans les abattoirs de la ville et de les expédier à Mazamet par centaines de ballots. Il y consacrait des journées entières dans une puanteur de carnasse et de saumure au milieu d'ouvriers qui manipulaient les dépouilles de bœufs, de chevaux, de vaches et de brebis. Le jeune ingénieur en tannerie avait toujours l'impression de baigner dans la charogne même après une toilette soigneuse. Sophie s'y était habituée, mais elle ne manquait jamais de préparer un bain chaud les jours où il revenait des abattoirs et de récurer elle-même son corps centimètre par centimètre à la manière des femmes de mineur. Lorsqu'elle avait terminé, elle s'exclamait alors :

– Maintenant, tu es présentable !

Puis elle l'embrassait tendrement avant qu'ils ne s'installent dans le salon pour y déguster du maté ou du porto.

Mathieu portait beau. Âgé de vingt-six ans, le corps musclé mais tout en finesse, la moustache soigneusement taillée, les cheveux bruns qu'il coupait très court, le sourire espiègle, il avait du charme. Sophie n'avait pas cherché à y résister même s'ils étaient cousins germains. Plus jeune de trois ans, elle s'était rapprochée de lui après le décès de son frère dans les tranchées, en 1917, qui l'avait laissée désemparée. Elle n'avait alors que quatorze ans et n'avait déjà plus sa mère. Mathieu était devenu pour cette adolescente comme un phare dans la nuit, une lumière à laquelle elle s'était raccrochée. Lorsqu'il avait continué ses études à Lyon, elle avait souffert de ne pouvoir le retrouver aussi facilement qu'elle l'aurait souhaité. Ils avaient échangé des dizaines de lettres tandis que leurs sentiments s'étaient affirmés. Lorsqu'ils avaient annoncé leur intention de se marier, quelques mois avant leur départ en Uruguay, personne dans les deux familles ne s'y était opposé. Certes, Jacques Berthier aurait préféré que sa fille Sophie n'épouse pas son cousin, mais il avait accepté sa décision sans rechigner. Depuis les décès de sa femme et de son fils, Sophie était ce qu'il avait de plus cher au monde. Il ne voulait pas la rendre malheureuse en contrariant ses projets, ni la perdre s'il refusait ce mariage. Quant aux parents de Mathieu, Hélène et Hector Berthier, ils désiraient plus que tout le bonheur de leur enfant. Eux aussi avaient dramatiquement vécu la guerre qui avait fauché leurs deux aînés. Mathieu était leur unique héritier. Et il était très amoureux de sa cousine. Sophie avait un regard de velours qui pouvait changer soudain comme un ciel de tempête, un sourire désarmant qui creusait deux fossettes à la commissure de ses lèvres et qui amenait les hommes à se retourner sur son passage. Cachant son tempérament passionné sous un visage angélique, elle avait gardé sa voix de petite fille. À Montevideo, on se disputait dans les soirées ce couple distingué.

Ce soir-là, 22 juillet 1926, la jeune femme n'eut pas besoin de savonner le corps de son époux lorsqu'il la retrouva. Il avait travaillé à son bureau à remplir des formulaires de douane pour les prochaines expéditions à Mazamet. Devant la cheminée où se consumait une grosse souche, Sophie raconta son après-midi au Cercle de France où elle avait joué au bridge avec les épouses de deux attachés de l'ambassade et du directeur de la succursale des Chargeurs réunis. Elles se réunissaient deux fois par semaine, dans les salons de l'hôtel de Bordeaux, pour échanger des nouvelles du pays et meubler les après-midi en attendant le retour de leurs maris. Aujourd'hui, elles avaient commenté les chroniques consacrées à Joséphine Baker dans les derniers journaux parisiens parvenus à Montevideo. Joséphine Baker triomphait, depuis quelques semaines, dans la *Revue Nègre* au Théâtre des Champs-Élysées et ce succès n'était pas du goût des partenaires de bridge de Sophie. La chanteuse se produisait quasiment nue en dévoilant ses longues jambes fuselées et son corps souple, protégée des regards par une simple ceinture de bananes. Ces trois femmes criaient au scandale, approuvant le jugement du *Figaro* qui déplorait que ce spectacle nous fît remonter à l'époque du singe en moins de temps que nous n'en avions mis à en descendre. Sophie avait trouvé cette chronique insultante.

– On ne peut pas humilier cette chanteuse de la sorte même si elle est presque nue sur scène : un peu de respect ! s'insurgea-t-elle. C'est un être humain. Et la société a changé depuis la fin de la guerre ! Cette histoire est d'autant plus lamentable que d'autres journaux écrivent que Joséphine Baker a beaucoup de talent et de l'avenir. C'est plus important que sa couleur de peau et sa ceinture de bananes… Tu ne crois pas ?

Mathieu ne répondit pas, absorbé par tout ce qu'il avait encore à régler avant leur retour en France, prévu le 22 août. À Pâques, il avait envoyé sa démission à Eugène Lalande. Son patron n'avait pas cherché à le retenir même s'il ne tarissait pas d'éloges à son propos. Ils étaient convenus, dès le départ, qu'il reprendrait sa liberté lorsqu'il le désirerait. Comme il n'avait plus rien à apprendre sur le commerce des peaux en Uruguay, Mathieu n'avait pas l'intention d'entreprendre une carrière de négociant en Amérique du Sud. Il était bien temps de retrouver sa famille à Rodez. En acceptant de s'expatrier, il avait perpétué une tradition familiale. À sa sortie de l'école de tannerie de Lyon, son père avait bouclé ses malles pour quitter la France et s'installer en Hongrie d'où il n'était revenu qu'un an et demi plus tard après s'être familiarisé avec les techniques du hongroyage des cuirs. Mathieu était pressé de le rejoindre pour le seconder dans la direction de la tannerie aveyronnaise que les Berthier exploitaient depuis le XVIe siècle. Quant à Sophie, elle s'ennuyait de plus en plus en compagnie de ces épouses de fonctionnaires et de négociants. Elle était agacée par leurs manies, leurs idées et leurs goûts conformistes qui n'étaient pas les siens. Surtout, elle souffrait de la séparation d'avec sa famille. Elle avait hâte d'embrasser son père, de retrouver le château familial où la ramenaient tant de souvenirs.

Sophie ne renouvela pas sa question à propos de « la Perle noire » des cabarets parisiens comme la désignaient désormais quelques journalistes de la capitale, consciente que Mathieu était préoccupé par ses affaires. Elle rechargea la cheminée tandis que Mercédès, leur cuisinière, les invitait à passer à table.

Autour de délicieuses *parillas*, les grillades que Mercédès avait préparées, ils parlèrent des malles à remplir, des réceptions à organiser avant leur départ. Soudain, la clochette de l'entrée retentit. Qui pouvait bien leur rendre visite à cette heure ? Les employés de la maison Lalande n'avaient pas l'habitude de déranger Mathieu après la fermeture des bureaux. Pas même le directeur du comptoir.

Mercédès accourut dans l'entrée et ouvrit la grande porte pour s'effacer devant le commis du service du télégraphe. Aussitôt, elle appela ses patrons. Tous deux s'empressèrent de rejoindre le vestibule et Mathieu apposa une signature sur le registre avant de gratifier le jeune homme d'un pourboire. Lorsque le silence retomba après son départ, il décacheta le télégramme et son visage se décomposa en quelques secondes. « Père décédé ce matin… » Il n'en termina pas la lecture pour serrer les poings de douleur. Parcouru de frissons, les jambes flageolantes, Mathieu avait soudain l'impression que le dallage du vestibule se dérobait sous ses pieds. Saisi de vertige, respirant par saccades, il s'agrippa à l'épaule de Sophie pour ne pas tomber. Elle l'entraîna doucement dans le salon, l'obligea à s'asseoir, s'agenouilla auprès de lui pour l'entourer de ses bras et essayer de l'apaiser.

– Que se passe-t-il, Mathieu ? s'inquiéta-t-elle.

Il desserra les poings et le télégramme qu'il avait chiffonné entre ses doigts roula en boule sur le parquet. Sophie le ramassa et le déplia soigneusement pour découvrir à son tour la terrible nouvelle : « Père décédé ce matin. Malaise. Obsèques ce samedi 24 juillet. Vous embrasse très fort. Hélène. »

– Oh ! Mon Dieu ! s'écria-t-elle en portant une main à sa joue et en fermant les yeux. Ton père… Ce pauvre oncle Hector…

Depuis son mariage, Sophie continuait à appeler son beau-père oncle Hector.

– Quel malheur ! ajouta-t-elle en serrant la main de son époux. Mais quand cet engrenage s'arrêtera-t-il ?

La mort n'avait cessé de frapper leurs deux familles depuis une dizaine d'années, fauchant les jeunes soldats dans les tranchées pendant la guerre ainsi que les moins jeunes au moment de l'épidémie de grippe espagnole.

– C'est à peine croyable ! murmura-t-elle en caressant les joues de Mathieu, mouillées de larmes. Ton père était robuste. Je ne l'ai jamais vu malade. Il ne se plaignait jamais de la moindre douleur. Il était encore jeune…

Effondré, Mathieu pensa à sa mère et regretta amèrement de ne pas être près d'elle pour la soutenir dans cette épreuve.

– Il est mort sans qu'on se revoie, sanglota-t-il.

À genoux près de Mathieu, Sophie ne lâcha pas ses mains et ils restèrent longtemps silencieux. La jeune femme estimait son oncle, appréciant sa curiosité et son ouverture d'esprit. Elle se rappellerait toujours la manière dont il avait accueilli leur prochain mariage : « Vous vous aimez mais vous êtes cousins ? Qu'importe ! Mariez-vous et soyez heureux ! L'amour est ce qu'il y a de plus beau dans la vie… » Comme Hector se rendait souvent dans la capitale pour ses affaires, Sophie le pressait de questions sur la vie parisienne et il répondait avec humour, l'informant des nouveautés. C'était aussi un chasseur réputé, mais il respectait la nature. Hector n'était pas un « viandard ». Lorsqu'il chassait avec son frère Jacques, dans les forêts de La Coste, elle les accompagnait. Il passait autant de temps à observer les perdrix, les lièvres et les faisans à la jumelle qu'à essayer de les débusquer.

Mathieu n'était pas chasseur, mais il devait beaucoup à son père. Il avait hérité de sa passion pour la tannerie et les belles choses, d'une grande curiosité qui le poussait à s'intéresser aux innovations de son temps. Des scènes remontaient désormais de sa mémoire : son père dans son bureau de la tannerie à La Gascarie, son père au volant de sa voiture sur les boulevards de Rodez, son père avec l'oncle Jacques, le fermier et les chiens devant l'entrée du château après une chasse à la perdrix… Mathieu se souvenait aussi de cet après-midi de juillet 1917 quand il avait obtenu son bachot. Dès que les résultats avaient été affichés, dans la cour de l'ancien lycée royal, il s'était dépêché d'annoncer la nouvelle à sa mère qui peignait sous la glycine de leur maison, sur le tour de ville. Puis il avait enfourché sa bicyclette pour rejoindre son père à la tannerie. Dans l'euphorie, le nouveau bachelier avait manqué tomber dans l'un des virages de l'avenue de Montpellier tellement il était impatient de le retrouver. À cette heure chaude de l'après-midi, les ouvriers s'affairaient autour des montagnes de peaux à dégraisser et à décharner ainsi que des fosses à tanner. Comme tous les portails étaient largement ouverts, les hommes s'étaient détournés de leur besogne pendant quelques secondes pour le regarder débarquer en entendant le timbre joyeux de la bicyclette. Délaissant son engin sur les graviers du chemin, près de la voiture de son père, Mathieu avait accouru dans les bureaux. Il avait à peine frappé qu'il déboulait dans la grande pièce où son père travaillait en bras de chemise tout en fumant un cigare. Rougeaud, transpirant et exténué par sa course, il s'était exclamé :

– Pa-pa ! Pa-pa ! Je l'ai eu.

Puis il s'était effondré sur une chaise.

Hector avait aussitôt abandonné ses dossiers pour le prendre dans ses bras.

– Félicitations, Mathieu ! Je suis fier de toi.

Les effusions entre le père et le fils étaient tellement rares que le bachelier avait savouré cet instant.

Reprenant son souffle et ses esprits, Mathieu avait ajouté :

– J'ai oublié de vous dire, père, que j'ai eu mon bachot avec la mention très bien.

Un nouveau sourire avait illuminé le visage d'Hector.

– Encore bravo, fiston ! avait-il répondu en tapotant son épaule. Cette mention, tu l'as bien méritée. Tu as travaillé durement depuis le début de l'année.

Mathieu était tout à la fois satisfait et soulagé de l'avoir obtenue.

– Mes frères l'avaient eue, avait-il avoué. J'espérais l'avoir aussi, je ne voulais pas vous décevoir…

Une lueur de tristesse avait soudain assombri le regard d'Hector.

– Ah ! Si Bertrand et Émilien étaient là, ils seraient heureux de ta réussite ! avait-il soupiré.

Ses deux frères étaient brillants. Bertrand terminait sa licence de droit quand l'armée l'avait envoyé au front. Quant à Émilien, il avait entrepris des études de médecine et ses parents l'imaginaient déjà dans un grand hôpital. Pour l'heure, tous deux se battaient.

Pendant quelques minutes, Hector et Mathieu avaient pensé aux deux soldats dont l'absence pesait tant dans la famille.

Le premier, Hector avait rompu le silence.

– Qu'est-ce qui te ferait plaisir maintenant que tu as ton bachot ? avait-il demandé à son fils, en retrouvant son sourire.

Mathieu n'avait pas hésité une seconde :

– J'aimerais bien que vous me laissiez conduire la voiture quand nous rentrerons à la maison, tout à l'heure… Même si je n'ai pas le permis et même si je n'ai pas encore l'âge de le passer…

Depuis le printemps, lorsque Mathieu le rejoignait à La Gascarie après sa journée au lycée, Hector l'avait souvent autorisé à prendre le volant de sa voiture à l'intérieur de l'enceinte de la tannerie pour qu'il se familiarise avec sa conduite. Il avait observé semaine après semaine que son fils de dix-sept ans se débrouillait bien.

Hector avait tergiversé un moment avant de répondre :

– Je veux bien t'accorder ce passe-droit parce que tu l'as mérité et que c'est un grand jour. Mais, à l'avenir, ne compte pas prendre ma voiture tant que tu n'auras pas ton permis.

Mathieu en avait tellement rêvé que c'était le plus beau cadeau qu'il puisse recevoir. Il se revoyait encore au volant de la voiture de son père, remontant doucement l'avenue de Montpellier puis la rue Saint-Cyrice avant de retrouver le tour de ville où ils habitaient. Ce jour-là, à son côté, il avait été rempli d'une grande fierté…

Dans leurs pensées, d'autres visages s'entremêlèrent bientôt au souvenir d'Hector, comme si Mathieu et Sophie avaient rendez-vous ce soir-là avec tous ceux qu'ils avaient aimés. Il leur sembla même entendre une voix sépulcrale, pareille à celle de l'archiprêtre de la cathédrale lorsqu'il énumérait les défunts des familles de la ville à l'occasion de la Toussaint. Elle égrenait lentement les prénoms de ceux qui les avaient quittés ces dernières années. « Il n'y a pas de vie sans malheurs ! » disait souvent Hélène. Se rappelant cette phrase, Mathieu songea à sa mère. Malgré l'heure tardive, il devait l'appeler ; il avait besoin de lui parler et d'entendre sa voix. Comme leur maison n'était pas encore équipée du téléphone, il décida de repartir à son bureau. Sophie insista pour l'accompagner. Ils s'habillèrent chaudement et marchèrent dans la fraîcheur de ce début de soirée, ce qui les apaisa quelque peu.

Hélène Berthier ne montra aucune surprise quand la sonnerie du téléphone retentit dans sa maison de Rodez ; elle était certaine que Mathieu et Sophie se manifesteraient aussitôt après la réception de son message, quelle que fût l'heure. Elle était tellement soulagée d'entendre son fils en ces heures pénibles qu'elle pleura à chaudes larmes à l'autre bout du combiné tandis qu'il contenait à grand-peine son émotion. Même si la ligne était brouillée à certains moments et ses propos décousus, il comprit que son père n'avait pas souffert. La veille, au matin, Hector avait quitté Rodez au volant de sa voiture pour se rendre à Millau où il devait rencontrer deux tanneurs de la ville dans le cadre de ses fonctions de secrétaire général de la Fédération nationale de la tannerie. Il ne semblait ni malade ni même fatigué lorsqu'il avait partagé le petit déjeuner avec son épouse ; il comptait revenir dans la soirée. Soixante-dix kilomètres seulement séparaient les deux villes. Une heure après son départ, traversant les plateaux du Lévezou, il avait été victime d'un malaise et s'était arrêté en bordure de la nationale dès qu'il avait ressenti des douleurs dans la poitrine. Hector se trouvait alors près du hameau du Bois-du-Four, à une vingtaine de kilomètres de Millau. Le bouvier de la ferme la plus proche l'avait découvert affaissé sur le volant ; il avait prévenu les hôteliers voisins qui avaient appelé un médecin, mais il était déjà trop tard… La brutalité de sa disparition plongeait Hélène dans un profond désarroi.

– Je n'arrive pas à y croire ! avoua-t-elle à Mathieu. Ton père était si joyeux hier matin. Nous avions parlé de vous. Il était si heureux que tu reviennes. Il avait l'intention de te céder les rênes de la tannerie et de la fabrique dès cet automne… Il me tarde de vous revoir tous les deux, de vous embrasser et de vous avoir près de moi. Vous m'avez beaucoup manqué depuis trois ans, mais vous me manquez bien plus encore aujourd'hui. La maison me paraît si grande, si triste, si vide…

Quand Mathieu raccrocha, tous deux rentrèrent lentement en se blottissant l'un contre l'autre, absorbés par leurs pensées. Arrivés à la villa, ils montèrent se coucher, mais laissèrent une lampe allumée sur un guéridon où trônait une photo de leur mariage. Ce jour-là, un photographe leur avait demandé de s'installer dans le grand salon du château, entourés de Jacques, d'Hélène et d'Hector. Ce dernier les regardait avec une telle tendresse…

Ils ne trouvèrent pas le sommeil, accablés par ce malheur. Mathieu chercha la main de Sophie qu'il ne voulait plus lâcher. Des larmes coulèrent sur ses joues. À Rodez, à la lumière d'un cierge et à genoux sur son prie-dieu, Hélène veillait la dépouille d'Hector. Par-delà l'océan, Mathieu s'associa en pensée à son chagrin et à sa douleur. Il se surprit à réciter la prière des morts. La gorge sèche et nouée, Sophie la reprit à son tour en serrant les doigts de son époux. Ils ne s'assoupirent qu'au moment où les marchands de journaux envahirent le quartier pour vendre à la criée les premières éditions du matin.

2

Sophie espérait avoir tout son temps pour remplir les malles d'ici leur départ, le 22 août, mais elle se trompait. Dès que l'annonce du décès d'Hector se répandit parmi leurs relations, ils croulèrent sous les messages et les visites de condoléances. Certains membres du Cercle de France rejoignaient souvent la jeune femme à la villa, les après-midi ; ils refusaient de la laisser seule en ces circonstances pénibles. Ils la surprenaient parmi les tableaux, les bibelots, les objets anciens et de cuir dont le jeune couple avait décoré sa maison et qu'il voulait emporter en souvenir de ses trois années passées en Uruguay. Comment Mathieu et Sophie oublieraient-ils leur installation à Montevideo ? À leur arrivée, ils ignoraient tout de la manière dont ses habitants y vivaient et des coutumes que les Européens y avaient adoptées. Pour compliquer la situation, Sophie avait à peine vingt ans et n'avait jamais organisé le quotidien d'une maison. Les premières semaines, elle avait accumulé les maladresses. Sur le moment, elle en avait pleuré de colère dans sa chambre et souvent même de honte quand elle blessait par mégarde la cuisinière, la blanchisseuse ou le jardinier. Lorsqu'elle y pensait désormais, elle riait de certaines bourdes au point de conserver d'excellents souvenirs de leur aménagement. Ils avaient été très heureux à leur arrivée en Uruguay ; ils venaient de se marier et étaient pleins d'ardeur. C'était le début de l'été austral. Pour les fêtes de Noël, Mathieu l'avait emmenée en Argentine où ils avaient profité des plages de sable blond à La Plata, des soirées de tango, des avenues qui ne dorment jamais. Ils étaient à peine revenus qu'une frénésie de sorties s'était emparée de Sophie. Elle avait entraîné Mathieu dans les théâtres, les cabarets, les cinémas, les réceptions du Cercle de France, les boutiques d'antiquités. Tout l'intéressait, depuis l'architecture hispanique des monuments de la capitale jusqu'aux traditions des Indiens qui peuplaient l'Uruguay avant la conquête espagnole. Elle souhaitait tout connaître.

Un après-midi, poursuivant ses rangements, Sophie retrouva les cadeaux qu'ils avaient rapportés de leur visite d'une estancia de la pampa où Mathieu s'était déplacé pour ses affaires. Comme tous deux montaient à cheval, le propriétaire leur avait offert des couteaux de gauchos ainsi que des jambières et des ceintures qu'ils n'avaient jamais étrennées. Lorsqu'elle les découvrit au fond d'une caisse, dans une chambre du premier, une grande émotion submergea la jeune femme. Sa respiration devint saccadée, sa gorge et son estomac se nouèrent tandis qu'elle ressentit des frissons jusqu'à la racine des cheveux. Puis une douleur violente l'assaillit, l'amenant à s'appuyer contre l'armoire de la chambre et à porter les mains à son ventre. Le visage crispé, Sophie ferma les yeux tandis que des larmes coulèrent sur ses joues. Ces ceintures et ces jambières la ramenaient aux moments difficiles qu'elle avait affrontés en revenant de l'estancia. À peine rentrée à Montevideo, elle avait perdu l'enfant qu'elle attendait.

Soudain, elle entendit la cuisinière qui l'appelait depuis le palier :

– Madame ! Madame ! On vous demande.

Elle rouvrit les yeux, poussa un long soupir, se recoiffa devant la glace et sécha ses larmes alors que la douleur s'atténuait. L'instant d'après, elle descendait pour recevoir ses visiteurs…

Ils embarquèrent à destination de Bordeaux dans l'après-midi du 22 août sur le même paquebot de la compagnie des Messageries maritimes qui les avait amenés à Montevideo. Pendant le voyage qu'ils trouvèrent interminable, ils ne cessèrent de penser aux responsabilités qui leur incombaient maintenant que le chef de famille n'était plus là. Ils héritaient d'une tannerie qui employait une cinquantaine de personnes, et d'une entreprise plus modeste mais dépendante de la première puisqu'elle en traitait les résidus, où une dizaine d'ouvriers fabriquaient des gélatines et des colles. Ils devenaient également propriétaires de la demeure bourgeoise que leurs ancêtres Berthier avaient construite à Rodez, sous l'Empire, et qui était revenue au père de Mathieu au moment de son mariage avec Hélène. Un jour, ils auraient aussi en charge la belle maison de Rodez où Sophie avait passé son adolescence, le domaine et le château de La Coste que possédait aujourd'hui Jacques Berthier. Jusqu'à ces dernières années, pour respecter les volontés de leur père, le château familial était resté en indivis entre les deux frères. Mais en 1924, à sa demande, Hector avait demandé à Jacques de racheter sa part. Il avait besoin d'argent pour renflouer la trésorerie de la manufacture, affaiblie par la crise du franc, et pour moderniser le procédé de tannage. Comme il rechignait à emprunter auprès d'une banque et à s'endetter pour des années, Jacques avait accepté de le dépanner par solidarité. Il s'était soucié de soutenir son frère dans ses affaires de la même manière que s'ils avaient été associés, mais aussi de préserver ce que leur avait transmis leur père Élisée. Après sa mort, la totalité de ses biens ne reviendrait-elle pas à Mathieu et à Sophie ?

Ce patrimoine, le jeune couple devrait le remettre sans l'écorner à la prochaine génération selon la tradition. S'y ajouteraient les principes que leur avaient inculqués ceux qui les avaient précédés et qui avaient contribué à la fortune des Berthier au XIXe siècle. Ces principes simples, comme la curiosité pour le monde moderne, la manière de diriger les affaires, la capacité de s'adapter à l'évolution de la société, Mathieu et Sophie avaient souvent entendu leur entourage les ressasser. Ils avaient aujourd'hui conscience de leurs devoirs, surtout Mathieu qui prendrait les rênes de la maison. Certes, son père l'avait rassuré au moment de la Noël sur la bonne marche de la fabrique dont les finances n'avaient finalement pas eu trop à souffrir de la crise du franc. Mais Mathieu se demandait dans quelle situation il la trouverait à son arrivée, d'autant plus qu'Hector ne l'avait pas encore modernisée quoiqu'il en eût souvent manifesté le souhait depuis des années. Une chose était certaine. Les Berthier étaient tanneurs depuis le XVIe siècle et cette longue tradition ne devait pas s'éteindre. Mathieu s'efforcerait de la perpétuer comme il s'y était engagé auprès de ses parents, en 1917, lorsqu'il avait rejoint l'école de la tannerie de Lyon. Sophie comptait bien l'épauler à sa manière, même si elle ne revendiquait aucune connaissance dans ce domaine. Elle avait grandi dans cet univers. Lorsqu'elle venait en vacances dans l'Aveyron, à l'époque où la carrière de son père avait entraîné leur famille dans la Gironde et les Landes, elle aimait retrouver son oncle Hector dans les entrepôts, malgré les odeurs de carnasse et de saumure. Elle était capable de déambuler un après-midi entier au milieu des centaines de peaux tannées qui séchaient dans les étages, en établissant son classement suivant les conseils du contremaître. Son oncle, ses parents, son frère, ses cousins ne se moquaient pas de ses jeux. Ils avaient deviné que Sophie était attachée à ce qui avait contribué à la renommée des Berthier : leur métier. Certes, il y avait plus prestigieux et, surtout, plus ragoûtant. Mais elle en était fière. Elle le défendrait. Maillons d'une même chaîne, Mathieu et Sophie étaient porteurs d'une histoire commune ; ils avaient été élevés selon les mêmes principes. Liés comme frère et sœur.

Après quatre semaines de traversée et une journée de relâche à Bordeaux, ils arrivèrent en Aveyron sous une température estivale. Le temps était chaud et sec pour un mois de septembre. Il n'avait pas plu depuis des mois. Les prairies du Ségala, entre Carmaux et Rodez, ressemblaient aux pâturages grillés de la pampa. Il n'y avait pas un brin d'herbe verte pour le bétail. Hélène, son beau-frère Jacques et Étienne Berthier, le contremaître de la manufacture, les attendaient sous la marquise surchauffée de la gare. Les deux premiers discutaient sur un banc tandis qu'Étienne fumait une cigarette avec une certaine nonchalance, les deux mains dans les poches, près du kiosque à journaux.

Lorsque la locomotive s'arrêta, Sophie descendit de voiture et se précipita à la rencontre de son père.

– Papa ! Papa ! s'écria-t-elle au milieu du brouhaha.

Dès le premier regard, Sophie constata que son père avait vieilli. L'élégance du costume ne pouvait effacer ses joues creusées, ses épaules affaissées, ses cheveux d'une couleur poivre et sel. Tous deux s'embrassèrent longuement, indifférents à la bousculade que provoquaient les retrouvailles autour d'eux.

– Tu es enfin là, ma fille ! souffla-t-il à l'oreille de Sophie tout en refoulant ses larmes. Tu m'as tellement manqué…

Pendant ce temps, Mathieu avait rejoint sa mère si digne et si droite dans sa toilette de deuil. Ils s'étreignirent avec une grande émotion. Mathieu frissonna malgré la chaleur, attendant ce moment depuis deux mois.

– Vous revenez enfin, Mathieu ! se réjouit-elle. Je comptais les jours depuis votre départ… Il me tardait que vous arriviez…

À ces mots, Hélène laissa couler des larmes que sa capeline de paille dissimula au regard des curieux, mais qui n'échappèrent pas à Mathieu. Il avait la gorge si serrée qu'il ne trouvait pas les mots dans le vacarme. Ils restèrent un moment silencieux avant qu'il ne murmure tout en séchant ses pleurs :

– Nous sommes là, maman ! Vous ne serez plus seule. Nous ne repartirons plus au bout du monde. C'est promis.

Puis il se détacha doucement de sa mère et essaya de sourire avant de l'entraîner en direction de l'oncle Jacques qu'il embrassa tandis que Sophie et Hélène tombaient dans les bras l'une de l'autre, heureuses de se retrouver.

Plus tard, alors que le quai se vidait peu à peu, Mathieu alla saluer Étienne Berthier. Cousin germain d'Hector et contremaître, il assumait à la demande d'Hélène la direction de la manufacture où il travaillait depuis vingt-cinq ans.

– Si vous n'aviez pas été là, Étienne, je me demande ce que serait devenue l'entreprise jusqu'à mon retour ! reconnut Mathieu. Maman n'aurait pas eu le courage de se plonger dans les achats de fournitures, les expéditions de ballots, les salaires des ouvriers et les comptes. Elle a vraiment trop de chagrin…

Un employé de la Compagnie interrompit leur conversation. Les bagages de Mathieu et de Sophie avaient été déchargés des fourgons pour être rassemblés près du bureau du chef de station. Ils pouvaient être enlevés maintenant que la locomotive s'éloignait en direction de Bertholène.

Pendant qu'Étienne et des porteurs s'occupaient des malles, Jacques emmena Hélène, Sophie et Mathieu dans sa voiture pour les conduire en ville. Ils s'arrêtèrent sur l'esplanade du Faubourg, près de l'église du Sacré-Cœur, où les Berthier avaient toujours leur tombeau à l'image des vieilles familles ruthénoises. À la fin du

XIXe siècle, un nouveau cimetière avait été construit dans le quartier de la Croix-Grande, aux portes de la ville, mais ils n'avaient pas souhaité y transférer les cendres de leurs défunts. Ces derniers reposaient dans un grand monument de pierre qui pouvait recevoir jusqu'à sept cercueils, ce qui expliquait pourquoi le père de Mathieu y avait été inhumé à côté du frère et de la mère de Sophie, de la grand-mère de Mathieu et de Sophie. Hélène avait apporté un bouquet de fleurs de son jardin. Elle le déposa sur les dalles et ils se recueillirent dans la quiétude de cette fin d'après-midi. En l'espace de quelques secondes, les visages de ceux qu'il avait aimés défilèrent dans la mémoire de Mathieu. Pourquoi la vie était-elle aussi cruelle ?

Gabrielle guettait leur arrivée depuis une fenêtre de la salle à manger, au premier étage, d'où elle pouvait surveiller l'animation du boulevard entre le palais de justice et la Banque de France. Les voitures n'étant pas si nombreuses à Rodez et la circulation réduite le dimanche, la cuisinière pourrait repérer facilement la torpédo de Jacques Berthier lorsqu'elle s'arrêterait sous les platanes. Elle avait déjà dressé le couvert, pressée d'embrasser le jeune couple qu'elle avait vu grandir. Gabrielle connaissait bien Mathieu puisqu'elle était entrée au service de ses parents en 1900, et elle avait beaucoup d'affection pour Sophie. Elle s'était souvent occupée d'elle, enfant, lorsque les deux familles se réunissaient au château de La Coste à l'occasion des vacances d'été. Elle s'était efforcée de la réconforter après le décès de sa mère quand Jacques Berthier avait obtenu sa mutation à Rodez pour être plus près des siens. Comme son père était amené à s'absenter, elle aimait retrouver sa tante Hélène, son oncle Hector et Mathieu ainsi que Gabrielle ; elle avait souvent partagé leur quotidien jusqu'à son mariage.

Dès l'instant où elle reconnut la torpédo de Jacques, sous les platanes, Gabrielle descendit. Elle avait à peine ouvert la porte que Mathieu et Sophie la prenaient dans leurs bras. En larmes, elle balbutia :

– Vous êtes enfin de retour, mes enfants ! Merci, mon Dieu…

Ils dînèrent dans la grande salle à manger où les deux familles s'étaient retrouvées au complet, pour la dernière fois, au printemps

1914 autour de Bertrand, le frère aîné de Mathieu, qui fêtait ses vingt ans. Hélène avait enlevé son chapeau qui masquait ses longs cheveux châtains où brillaient des fils d'argent. Amaigrie et fatiguée, elle avait vieilli. Sa toilette noire et stricte contribuait à renforcer cette impression. Les veines saillaient sur ses mains et des rides sillonnaient son front. Toutefois, dans son regard, on devinait toujours la petite flamme qui ne s'était jamais éteinte même si elle avait vacillé dans les moments difficiles. Ils mangèrent en silence, accaparés par le souvenir des absents, avant que Jacques ne cherche à savoir comment s'était déroulée leur traversée. Puis il demanda s'ils comptaient s'installer dans sa maison ou partager celle-ci avec Hélène. Il semblait logique que le jeune couple aménageât dans cette demeure dont Mathieu héritait. Mais Sophie avait toujours regretté son inconfort et son austérité ; elle avait peut-être envie de déposer leurs malles chez son père à quelques centaines de mètres de là, sur les mêmes boulevards. Comme il était souvent absent, Jacques n'y était pas opposé.

– Notre maison, Sophie, était déjà très grande pour nous lorsque nous sommes venus à Rodez après la mort de ta mère, souligna-t-il toutefois en s'adressant à la jeune femme. Ton frère était étudiant à Toulouse, nous n'étions que tous les deux à l'habiter et tu n'aimais pas t'y retrouver seule lorsque je n'étais pas là... Depuis ton départ en Uruguay, tu te doutes qu'elle est bien trop grande pour moi... Je ne l'occupe que de temps en temps. Je suis souvent dans les bois ou en réunion ailleurs qu'à Rodez. Mon métier est toute ma vie...

Conservateur des Eaux et Forêts pour l'Aveyron et la Lozère, Jacques Berthier régentait des milliers d'hectares de forêts domaniales depuis les causses frontaliers de l'Hérault et les confins du Quercy jusqu'à la Margeride et aux limites de l'Ardèche. Il n'était pas souvent présent dans son bureau de Rodez, inspectant ses parcelles de chênes, de hêtres, de bouleaux et de sapins en compagnie de ses gardes, décidant d'une prochaine coupe de bois ou d'une campagne de plantations. Il participait également à des travaux de commissions régionales à Clermont, à Montpellier et à Toulouse. S'il se laissait absorber par son métier, il n'avait pas renoncé à sa passion de la chasse. Chaque automne, il y consacrait deux journées par semaine sur ses terres de La Coste. Jusqu'à l'année dernière, il y avait souvent entraîné Hector lorsque son frère pouvait se libérer de ses obligations.

– Vous pouvez occuper notre maison, Mathieu ! poursuivit-il en se tournant vers son gendre. Ma présence vous gênera si peu que vous n'aurez rien à craindre… Mais ta mère aimerait mieux vous avoir auprès d'elle. N'est-ce pas, Hélène ?

Hélène ne répondit pas, comme absente.

– Ta mère a besoin de vous, Mathieu ! insista-t-il. Pour se sentir moins seule et pas seulement pour diriger vos affaires…

– Qu'en pensez-vous, maman ? demanda Mathieu.

Le jeune couple était disposé à vivre auprès d'elle, mais il ne souhaitait pas s'imposer sans qu'elle exprime son point de vue.

– C'est à vous de décider, mes enfants ! dit-elle. Je ne vous forcerai pas la main. Si vous préférez vous installer ailleurs, je ne vous en voudrai pas… Vous êtes revenus à Rodez et c'est bien l'essentiel. Pour le reste… La solitude est ma compagne depuis des années…

Hélène l'avait surtout ressentie à l'automne 1917, au moment où ses deux aînés étaient tombés sous la mitraille dans les tranchées et où Mathieu avait rejoint Lyon pour ses études. Alors, elle s'était retrouvée souvent seule. Une semaine par mois, Hector rencontrait les adhérents de la Fédération de la tannerie disséminés entre Moulins et Millau, tandis qu'il se rendait régulièrement à Paris pour participer aux réunions du bureau national. Qui fréquenter en son absence ? Originaire du Nivernais, Hélène Berthier ne comptait pas la moindre cousine éloignée dans l'Aveyron et n'avait pas grandes relations à Rodez. Elle était heureuse de la présence de Sophie qui l'embrassait en revenant du collège. Elle l'hébergeait les semaines où son père courait les bois, et une étroite complicité s'était instaurée entre elles. Elle avait regretté son départ de Rodez après son mariage ainsi que celui de Mathieu.

Solitaire, Hélène l'était devenue bien avant son arrivée à Rodez. Une otite mal soignée l'avait privée, dès son enfance, d'une partie de ses facultés auditives. Cette surdité partielle avait contribué à l'isoler. Elle n'avait pas suivi une scolarité normale, bénéficiant à domicile des services d'un précepteur. Absente de l'école, elle n'avait pas eu d'amies de son âge et, de surcroît, sa famille déménageait à intervalles réguliers. Son père, Edmond Mazellier, était magistrat. Il ne demeurait pas en fonction plus de cinq ans dans la même juridiction. Sa carrière les avait amenés dans la Loire, la Creuse, le Gers et l'Aveyron où il avait été nommé président du tribunal de grande instance. Les deux sœurs aînées d'Hélène s'en étaient souvent plaintes : elles devaient à chaque mutation changer d'école et de camarades. Mais c'était toujours Hélène qui en souffrait le plus. Elle ne parvenait à tisser des liens amicaux avec personne, se rabattant sur ses sœurs pour pouvoir s'épancher et partager quelques plaisirs d'enfance. Lorsqu'elle s'était installée à Rodez en 1890, la famille Mazellier était déjà réduite. L'aînée venait d'épouser un fonctionnaire de la coloniale qui l'avait entraînée en Nouvelle-Calédonie. Quant à la seconde, elle était entrée dans un couvent de Nevers. Hélène s'était sentie étrangère dans cette ville austère où son infirmité l'avait empêchée d'honorer certaines des invitations que recevaient ses parents ; elle était mal à l'aise en société. Elle avait pensé trouver le salut dans son mariage avec l'héritier d'une bonne famille de Rodez. Mais on avait persisté à la négliger ou, même, à l'ignorer. Qu'importe ! Pour meubler ses journées, elle s'était réfugiée dans le dessin et la peinture. Ces deux passions qu'elle cultivait depuis son enfance avaient renforcé auprès des Ruthénois sa réputation de femme étrange et solitaire.

– Si vous avez l'intention de vous installer dans cette maison, j'en serai très heureuse ! ajouta-t-elle. Vous la dirigerez comme vous voudrez et vous l'aménagerez à votre goût…

Soucieuse de préserver leur entente, elle souhaitait s'effacer devant sa belle-fille et se montrer discrète. Les temps avaient changé depuis la guerre. Nombre de jeunes femmes aspiraient désormais à bénéficier d'une certaine indépendance lorsqu'elles cohabitaient avec leurs parents ou leurs beaux-parents.

– Aménager cette maison à notre goût ? s'étonna Mathieu, qui ne comptait pas bousculer ses habitudes, tout au moins dans un premier temps. Ce n'est pas le plus pressé. Nous verrons plus tard. Nous prendrons tout le temps pour y réfléchir. L'essentiel, c'est que vous ne soyez plus seule.

Hélène esquissa un sourire. Leur décision la revigorait.

– Cette maison revivra grâce à vous ! dit-elle. J'espère que, bientôt, des enfants agrandiront votre famille. J'aimerais bien les entendre courir dans les couloirs, se disputer dans les salons, rire et pleurer comme autrefois lorsque vous étiez petits…

Un nouveau sourire illumina son visage. Leur installation pourrait peut-être refermer la parenthèse douloureuse de cette dizaine d'années.

3

Le jeune couple s'installa dans la chambre de Mathieu. Quelle émotion de la retrouver inchangée ! À douze ans, l'adolescent l'avait décorée de gravures du XIXe siècle représentant des scènes de chasse, des courses de chevaux, des figures équestres. Sophie les avait souvent admirées lorsqu'elle le retrouvait pour leurs interminables discussions sur les romans de chevalerie. Dans la semaine, Gabrielle avait frotté le parquet. Une odeur d'encaustique flottait dans la pièce tandis qu'un bouquet de roses trônait sur la commode. Fatigués par leur voyage mais heureux de revenir dans cette maison, ils s'enlacèrent avec fougue. Bientôt, leurs vêtements jonchèrent le tapis. Les doigts de Mathieu caressèrent les joues de Sophie avant de glisser jusqu'à sa nuque. À cet instant, tous deux ressentirent le même désir qu'au premier jour.

Le lendemain, lorsqu'il se prépara pour rejoindre la tannerie, elle dormait encore. Il déposa un baiser sur son front et elle ne bougea pas dans son sommeil. Avant de quitter la maison, il ne résista pas à l'envie de la regarder ; elle était si belle. Son visage détendu, un sourire flottait sur ses lèvres tandis qu'une respiration régulière soulevait sa poitrine. Il descendit sur la pointe des pieds, à regret… Un moment plus tard, dans le garage, une autre émotion s'empara de Mathieu lorsqu'il s'installa dans la voiture de son père. Personne ne l'avait conduite depuis. Au printemps, Hector avait acheté une Citroën 10 HP, sur laquelle les passionnés d'automobiles ne tarissaient pas d'éloges. La carrosserie était « tout acier » tandis que le véhicule était équipé d'amortisseurs à l'arrière, de sièges confortables, d'un essuie-glace, d'un pare-soleil mobile. On prétendait que c'était une « petite merveille ». Mathieu le constata en parcourant les quelques kilomètres qui séparaient leur demeure de la manufacture.

Il s'arrêta en bordure de la route, devant l'entrée, puis il pensa à son père avant d'ouvrir les vantaux du portail. Il l'imagina arrivant au volant de cette même voiture, avant que les employés ne prennent leurs postes. Excepté les matins de verglas et de neige, Hector était le premier à pénétrer dans l'enceinte de la tannerie. Quand le comptable et le contremaître frappaient à son bureau, il était déjà plongé dans ses dossiers.

La maison Berthier était installée depuis trois quarts de siècle à La Gascarie près des berges de l'Aveyron, au milieu des prairies et des jardins. Elle avait longtemps occupé deux vieilles bâtisses contiguës dans le quartier des tanneurs du Monastère, à deux kilomètres en amont. Comme toute extension y était impossible, les Berthier avaient recherché sous la Restauration des terrains disponibles en bordure de la rivière qui fussent assez éloignés des habitations pour ne pas imposer de nuisances tout en bénéficiant de la proximité des quartiers ouvriers. Les terrains dénichés et achetés, ils n'y avaient transféré leurs activités que sous le Second Empire mais en les diversifiant. C'était l'œuvre d'Onésime, l'arrière-grand-père de Mathieu. Industriel entreprenant, il était convaincu que la révolution des transports arracherait l'Aveyron à son isolement et faciliterait l'expédition de ses peaux à travers la France. Le chemin de fer arriverait bientôt à Rodez et il en profiterait. Comme il avait épousé une aristocrate fortunée, Onésime avait des capitaux pour développer ses affaires. Bertille avait apporté une jolie dot, des revenus fonciers, des rentes. Grâce à cet argent, il avait construit une tannerie moderne à La Gascarie, à laquelle il avait ajouté une fabrique de colles et de gélatines qui avait bénéficié rapidement d'une excellente réputation auprès des imprimeurs, des peintres et des industriels du textile. Les ouvriers travaillaient aujourd'hui dans la même manufacture, que le grand-père de Mathieu avait éclairée à l'électricité dès 1890 grâce à une turbine installée sur la rivière, à une époque où Rodez se contentait encore de becs de gaz. Quant au père de Mathieu, il y avait adjoint au tournant du siècle des bureaux convenables, y recevant à l'occasion grossistes et fournisseurs. Il avait aménagé également un vestiaire pour ses employés, un réfectoire où ils avaient la possibilité de s'attabler pour manger le contenu de leurs gamelles au moment du déjeuner, et même une douche. Cette dernière fonctionnait pendant la période estivale où les ouvriers travaillaient durement dans la moiteur et la chaleur. Une pomme d'arrosage, suspendue à une potence et actionnée par une poignée, rafraîchissait les corps suants et puants qui avaient besogné pendant neuf heures. Elle distribuait de l'eau contenue dans un réservoir en zinc placé au-dessus d'un baquet de bois, que l'on remplissait à intervalles réguliers. C'était Hector Berthier en personne qui avait imaginé ce système ingénieux que tout le monde appréciait.

Lorsqu'il descendit de voiture, Mathieu contempla le bâtiment principal. Couvert d'ardoises bleutées et construit en pierres rouges du Vallon, il avait fière allure malgré les odeurs repoussantes d'écharnage et de charogne, d'écorces moulues de chêne et de graisse chaude qui l'enveloppaient. Il rappelait les vaisseaux de la Royale avec ses immenses greniers où étaient stockés les ballots de peaux séchées, ses trois étages percés de baies et ouvertes aux quatre vents qui parachevaient le travail de tannage des pièces étendues comme du linge, son rez-de-chaussée qui se partageait entre les grandes fosses où s'opérait l'alchimie du tannage et le magasin d'expédition. Une dérivation de l'Aveyron fournissait chaque jour des dizaines de mètres cubes d'eau. Elle alimentait les fosses, d'où elle ressortait chargée de déchets pour continuer son parcours vers la fabrique de gélatines et de colles. Lorsque l'eau regagnait à nouveau la rivière, bourbeuse et grasse, elle transportait des paquets de rognures qui empestaient mais dont les campagnols, les surmulots et les poissons se délectaient. Des employés de la maison et certains pêcheurs peu regardants y capturaient de grosses carpes pour compléter l'ordinaire.

Il retrouva le bureau de son père comme il l'avait conservé dans sa mémoire avec les armoires, les fauteuils de cuir, la table de bois massif où trônaient le presse-papiers, l'écritoire, le sous-main patiné, le cendrier, la boîte de cigares. Tout y était en ordre, comme Hector l'avait laissé la veille de son décès. La poussière recouvrait les meubles tandis que l'encre avait séché dans l'encrier. Mathieu s'installa dans son fauteuil, à la place de monsieur Hector comme l'appelait le personnel, en songeant aux responsabilités qui l'attendaient désormais. Quand Étienne se présenta à son bureau, il avait entrepris d'examiner des courriers restés sur sa table.

– Vous êtes déjà au travail ? s'étonna le contremaître.

Mathieu se contenta de sourire.

– Vous n'êtes pas fatigué après ce long voyage ? insista-t-il.

Le jeune ingénieur haussa les épaules en continuant à parcourir les dernières correspondances adressées à son père.

Devant son air songeur, Étienne chercha à le rassurer :

– Les papiers, les comptes et les stocks, tout est en ordre ! Vous trouverez la manufacture comme votre père l'avait laissée.

– Merci, Étienne ! Nous verrons cela tout à l'heure.

Soudain, Mathieu consulta sa montre. À cette heure, les ouvriers arrivaient pour prendre leurs postes. Il demanda au contremaître de les rassembler dans le réfectoire.

Lorsqu'il les rejoignit, les hommes cessèrent de bavarder, puis ils enlevèrent chapeaux et casquettes. Les chiqueurs crachèrent alors leur tabac dans des grands mouchoirs jaunes qu'ils exhumèrent de la poche des vestons et les fumeurs éteignirent leurs mégots. Ils le saluèrent en chœur :

– Bonjour, monsieur Mathieu !

Entourés du contremaître et du comptable, Mathieu reconnut au premier rang les plus anciens qui le gratifièrent d'un sourire discret. Ensuite, à leurs cheveux très bruns et à leurs visages plus cuivrés, il remarqua les Espagnols qui avaient remplacé les mobilisés pendant la guerre. Hector les avait engagés dès le lendemain de l'armistice pour compenser l'absence des soldats disparus. D'autres encore étaient revenus des hôpitaux militaires estropiés à jamais. Des hommes plus jeunes qui n'avaient pas affronté les horreurs de la guerre, occupaient désormais leurs places. En quelques mots, promenant son regard sur leurs visages empreints de gravité, Mathieu évoqua tout d'abord la mémoire d'Hector.

– Mon père nous a quittés brutalement et c'est avec une grande émotion que je retrouve aujourd'hui cette fabrique qu'il a dirigée si longtemps ! souligna-t-il. Sa disparition a provoqué un grand vide dans cette maison... Nous le ressentons tous...

Après un moment de silence, il remercia ensuite l'ensemble des employés pour le travail accompli.

– Depuis plusieurs décennies, notre maison est connue à travers la France pour la qualité de ses peaux ! leur expliqua-t-il. Elle le doit à votre sérieux et à votre savoir-faire. Nos clients sont fidèles, mais ils sont de plus en plus exigeants... Mon père vous l'avait déjà dit... Ce n'est pas nouveau. C'est la loi du marché... Je compte sur vous pour que nous puissions les satisfaire aussi bien que par le passé et peut-être même mieux encore !

Les hommes qui n'avaient pas l'habitude de rechigner à la tâche l'écoutèrent sans sourciller en pensant à leur ancien patron. Hector s'adressait à eux avec la même intonation, les mêmes mots. C'en était troublant.

Comme s'il voulait écourter leur premier contact avec Mathieu et les renvoyer au plus vite à leurs postes, Étienne frappait déjà dans ses grandes mains :

– Au travail ! Au travail !

Ils s'exécutèrent aussitôt. Remettant casquettes et chapeaux, ils quittèrent lentement le réfectoire pour rejoindre le bâtiment principal tandis que le contremaître suivait Mathieu dans son bureau. Grand et maigre, le visage osseux, les cheveux drus, Étienne avait revêtu sa longue blouse. La porte refermée, le nouveau patron l'interrogea sur la situation de la maison :

– Comment se porte la tannerie, Étienne ?

– Bien ! répondit-il fièrement. Les commandes sont régulières et il n'y a pas eu d'achats en dents de scie cette année, comme au moment de la crise du franc. La maison s'est bien remise de cette mauvaise passe qui n'a finalement pas duré très longtemps, en tout cas moins de temps que ce que votre père craignait au début... Les réserves de peaux tannées ont retrouvé leur niveau habituel et il n'y a pas de surplus inquiétant... Je vous l'ai déjà dit tout à l'heure : ne vous faites pas de soucis !

Un sourire éclaira le visage de Mathieu.

– Mon père vous avait entretenu sûrement de ses projets de modernisation…

Étienne l'arrêta d'un geste :

– On m'attend aux fosses !

À ces mots, il disparut aussitôt d'une allure pressée.

Après son départ, Mathieu se demanda pourquoi il avait expédié leur entretien en ne cherchant pas à connaître ses intentions sur l'avenir de la fabrique. Son père ne l'avait-il jamais évoquée devant ses plus proches collaborateurs alors qu'il y songeait depuis plusieurs années ? Le changement de procédé de tannage était dans la logique des choses. Son père aurait même dû l'appliquer dès le retour de la paix, tout au moins pour une partie de la production. Nombre de maisons en France adoptaient le tannage chimique au chrome, délaissant le tannage végétal que les Berthier pratiquaient depuis des décennies mais que beaucoup, aujourd'hui, considéraient comme archaïque.

Soudain, on frappa. C'était le comptable, Donatien Blanchet, qui travaillait dans l'entreprise depuis une vingtaine d'années. Manchot depuis les combats du Chemin des Dames où il avait été blessé en 1917, il se montrait rigoureux et dévoué. Hector l'avait en estime. Il confirma les propos d'Étienne sur la situation de la manufacture.

– Les affaires marchent plutôt bien, la clientèle est satisfaite et la trésorerie a été consolidée ! souligna-t-il en déposant ses registres sur son bureau. Vous pourrez le constater vous-même.

Puis ils évoquèrent le souvenir de son père.

– Pourriez-vous me dire s'il vous avait parlé de ses projets pour la fabrique ? demanda Mathieu, encore intrigué par la manière dont le contremaître avait esquivé ses questions.

– Monsieur Hector m'en avait entretenu l'année dernière lorsque la confiance était revenue après la crise du franc. Il m'avait semblé hésiter à investir dans des foulons pour le tannage au chrome et à embaucher des hommes qui connaissent bien cette technique…

– Craignait-il de froisser Étienne, qui avait l'habitude de travailler à l'ancienne ?

– Peut-être. C'était délicat de vouloir changer de procédé même si toutes les tanneries y viennent les unes après les autres…

Je ne sais pas si Étienne est au courant. Il ne m'en a pas touché un mot, je me suis bien gardé de lui en parler… Je ne veux pas m'en mêler. Ça ne me regarde pas ! C'est Étienne qui est chargé des peaux ; je ne m'occupe que des comptes…

À cette allusion, Mathieu comprit que les relations entre les deux hommes étaient tendues.

– De toute manière, votre père ne prévoyait pas d'abandonner le tannage végétal ! continua Donatien. Il comptait bien maintenir une production de peaux tannées à l'ancienne. Vous le savez, monsieur Mathieu, nous avons de fidèles clients pour ces cuirs…

– Il vous en a reparlé par la suite ?

– Jamais !

– Vous croyez qu'il avait renoncé à ces projets ?

– Je ne pense pas, mais je peux me tromper… Votre père savait qu'il faudrait y passer tôt ou tard. Mais il préférait peut-être attendre que vous reveniez à Rodez. Il nous avait annoncé dès le printemps que vous le seconderiez bientôt et il en était très content… On avait l'impression, certains jours, qu'il était fatigué de diriger la maison et qu'il n'avait plus le même enthousiasme.

Ces propos laissèrent Mathieu songeur.

Dès que le comptable regagna son bureau, Mathieu se plongea dans ses registres jusqu'à la fin de la matinée avant de rejoindre sa femme et sa mère.

Mathieu avait promis à Sophie à l'emmener dès que possible au château de La Coste auquel tous deux étaient attachés. Ils s'y rendirent après le déjeuner et passèrent chez les fermiers prendre les clés. Auguste Molinier, qui exploitait le domaine des Berthier, travaillait dans les champs avec ses domestiques à la récolte des pommes de terre. Mathieu et Sophie ne trouvèrent que son épouse dans la grande cuisine de la ferme. Elle les embrassa avec beaucoup d'émotion et d'affection. Les Molinier étaient les fermiers de La Coste depuis la Révolution. Ils avaient été toujours associés aux événements heureux et tragiques qui avaient marqué les maîtres des lieux. Avant la guerre, lorsque les deux branches de la famille séjournaient au château à l'occasion des longues vacances estivales, le personnel assurait une partie du service de la maisonnée.

Les grilles d'entrée ouvertes, la Citroën pénétra dans l'enceinte de la propriété entre deux rangées d'ormeaux qui dessinaient une avenue conduisant au château. Construit au XVIe siècle, il se présentait sous la forme d'un imposant bâtiment en forme de U, flanqué de deux tours rondes. Des fenêtres à meneaux éclairaient les grandes pièces des deux étages tandis que des ouvertures plus récentes agrémentaient le rez-de-chaussée. Mathieu et Sophie se précipitèrent à l'intérieur. L'instant d'après, ils montaient quatre à quatre les escaliers de pierre pour s'élancer sur les parquets des couloirs, ouvrir les portes, les volets intérieurs et les fenêtres. Toutes les pièces sentaient le renfermé, les meubles étaient couverts de poussière, les araignées avaient tissé quantité de toiles entre les poutrelles des plafonds Renaissance du premier. Qu'était devenu le château de leur enfance dont les étages embaumaient autrefois la cire fraîche, les fleurs de lys, les roses et les bleuets des champs ? Il n'y avait plus de vie dans cette vieille demeure. Dorénavant, elle n'accueillait plus que les ombres des absents sous le regard sévère des marquis de La Coste, en uniformes d'officiers, et de leurs épouses dans leurs décolletés pigeonnants.

Ce spectacle attrista le jeune couple. Tous deux conservaient le souvenir inoubliable de leur mariage célébré, trois ans plus tôt, dans l'ancienne chapelle seigneuriale ainsi que de la réception de la centaine d'invités dans les grands salons du premier. Dans la soirée, le château avait brillé de mille feux. Les lampes étaient allumées dans chaque pièce et des bougies avaient été placées sur les seuils des fenêtres pour illuminer les étages jusqu'à l'aube. Nombre d'habitants du plateau avaient admiré cette symphonie de lumières.

Mathieu et Sophie s'attardèrent dans les salons à la recherche des bonheurs perdus, décidés à faire revivre cette maison en l'occupant de temps à autre dès les beaux jours. Puis ils gagnèrent la prairie attenante au château où s'ébattaient les deux chevaux de la famille Berthier. Dès que Paquita et Ivanhoë repérèrent leur présence, ils hennirent aussitôt et accoururent près des barrières. Mathieu et Sophie les caressèrent longuement. Ils avaient l'habitude de les emmener en promenade sur les chemins de la propriété avant leur départ en Uruguay. À l'image de Jacques Berthier, tous deux étaient de bons cavaliers. Ils avaient continué à pratiquer à Montevideo, mais Sophie était triste aujourd'hui à l'idée de penser qu'elle ne pourrait plus monter ses chevaux préférés. Le médecin qui s'était occupé d'elle dans un hôpital de Montevideo, au moment de sa fausse couche, l'avait convaincue de renoncer à ses randonnées pour conserver une chance de devenir mère. Elle avait payé chèrement son imprudence en cheminant pendant des heures dans la chaleur à travers les prairies de cette estancia où elle avait accompagné Mathieu. Aussi était-elle déterminée aujourd'hui à tout mettre en œuvre pour pouvoir agrandir sa famille.

Jacques Berthier les découvrit en compagnie des chevaux et les entraîna en direction du parc. Heureux d'apprendre qu'ils comptaient profiter du château aux beaux jours, il proposa de les emmener jusqu'à sa dernière plantation de chênes. Comme ils devraient marcher sur les chemins avant d'y parvenir et qu'elle était encore fatiguée du voyage, Sophie préféra s'installer à l'ombre d'un marronnier. Jacques ne s'en froissa pas, avouant même à Mathieu dès qu'ils s'éloignèrent :

– Ça m'arrange que Sophie ne vienne pas. Il faut que je te parle. C'est mieux que nous soyons seuls...

– Qu'est-ce qui se passe ? s'alarma aussitôt Mathieu.

– C'est au sujet de ton père ! répondit-il. Il avait beaucoup insisté pour que je rachète la moitié du château. Ça m'intrigue toujours... Il avait besoin d'argent pour renflouer la manufacture dont la situation n'était pas fameuse avec la crise du franc et il avait l'intention de la moderniser lorsque la prospérité serait revenue.

– C'était aussi ce qu'il m'avait écrit...

– J'aimerais bien que tu me dises franchement dans quel état tu as trouvé la tannerie.

– Mon père ne vous a jamais tenu au courant de ses affaires ? s'étonna Mathieu.

– Il n'était pas très loquace là-dessus, confessa Jacques. Quand j'abordais cette question, il me répondait toujours que je n'avais pas à m'inquiéter pour la maison et il changeait de conversation. J'en suis à me demander s'il n'essayait pas de me cacher quelque chose... Qu'as-tu appris ce matin ?

Mathieu rapporta à son oncle sa conversation avec Étienne et le comptable.

– C'est déjà bien que la trésorerie soit assainie et que les ventes soient correctes, observa Jacques. Ça me rassure un peu. Même si ton père me l'avait laissé entendre, je me faisais du souci…

Toutefois, Mathieu avait l'intention d'examiner les registres, les achats et les ventes, les papiers de son père pour connaître le fonctionnement de la maison ainsi que sa situation financière avant de rencontrer le directeur de la banque où Hector Berthier avait ses comptes. Il espérait que le redressement de la tannerie n'avait pas trop amoindri les réserves familiales et qu'il pourrait entreprendre la modernisation de ses installations dès le printemps prochain.

– Je te le souhaite, Mathieu ! répondit Jacques. Il est temps que tu t'occupes de cette maison et que tu y amènes du sang neuf. Elle en a besoin ! Ton père se laissait vivre depuis ton départ. Il donnait l'impression d'avoir la tête ailleurs.

– Donatien le trouvait fatigué…

– Il l'était peut-être ! Mais il ne s'en est jamais plaint… Ce n'était pas dans sa nature de se plaindre. Tu le sais bien, Mathieu !

Puis il le regarda fixement :

– Même s'il était fatigué, je ne comprends pas pourquoi ton père ne parlait plus de ses projets. Dès que j'en glissais un mot, il coupait court…

– Il attendait sûrement que je revienne pour en discuter avec moi et prendre des décisions, rétorqua Mathieu. Il était très occupé par ses fonctions à la Fédération.

– J'espère que c'était pour cette raison. Si j'ai accepté de racheter sa part du château, c'était bien pour asseoir la maison sur de bons rails et aussi pour la moderniser.

– Il n'aurait pas gaspillé cet argent ? s'offusqua Mathieu.

– Il était souvent en déplacement et menait peut-être la belle vie sans que nous le sachions ! répondit Jacques. Vois-tu, Mathieu, il y a une chose qui me chiffonne. Il a acheté une nouvelle voiture à Pâques alors que l'ancienne tournait comme une horloge et qu'elle n'avait pas encore trois ans…

Ils étaient parvenus à la parcelle que Jacques avait replantée en chênes. Pendant tout un hiver, Auguste Molinier et ses employés avaient abattu les vieux arbres, débité le bois, arraché les souches puis préparé le terrain. À l'automne dernier, ils avaient repeuplé ces deux hectares de jeunes pousses qu'ils s'étaient appliqués ensuite à protéger des mauvaises herbes en respectant les instructions de Jacques. La plantation avait fière allure avec ses rangées alignées au cordeau comme dans les forêts domaniales, ses tuteurs coupés à la même hauteur.

– C'est du beau travail, n'est-ce pas ? glissa-t-il à Mathieu.

Tous deux marchèrent en silence, Jacques comptant les chênes qui n'avaient pas résisté au manque de pluie et qu'il demanderait à Auguste Molinier de remplacer cet automne.

Il s'arrêta soudain pour regarder son gendre.

– Même si j'aime les arbres, c'est surtout pour vous que je les ai plantés ! expliqua-t-il avec un grand sourire. C'est un capital. Il vous sera peut-être précieux dans trente ou quarante ans... Mais j'ai pensé aussi aux enfants que vous aurez si Dieu le veut. Ils les verront grandir et ils en prendront soin ! Lorsque vous ne serez plus là, ce seront eux qui planteront à leur tour...

4

Dès le lendemain, Mathieu examina scrupuleusement les registres de Donatien. Il compara les exercices des dernières années et s'informa des variations de prix survenues sur les marchés depuis l'armistice. Comme il le pensait, les comptes étaient limpides. L'entreprise avait surmonté sans trop de difficultés la crise du franc, comme son père l'avait précisé dans ses lettres ; elle avait retrouvé l'équilibre dès l'exercice suivant et l'année en cours devrait dégager des bénéfices, même s'ils seraient sûrement modestes. Il demanda au contremaître d'inventorier les quantités de « parchemins » qui attendaient leur passage dans les fosses, de peaux que les ouvriers tannaient en ce moment, qui séchaient dans les « chambres chaudes » ou qui étaient remisées dans le magasin pour les prochaines expéditions. Il s'intéressa aux commandes du trimestre écoulé, aux livraisons effectuées chaque semaine dans les entrepôts de la compagnie du Midi chargée d'acheminer les ballots à la clientèle, puis aux activités de la fabrique de colles et de gélatines. Profitant de ces contrôles, il rencontra chacun des employés dans le poste qu'il occupait. Tous apprécièrent qu'il cherchât à se rendre compte d'une manière précise comment les tâches étaient accomplies.

Quand son époux revenait de la tannerie, le costume imprégné de la même puanteur qu'en Uruguay, Sophie essayait de l'arracher à son travail en lui racontant ses journées. Depuis leur retour, il avait craint qu'elle s'ennuyât en compagnie d'Hélène. Ils ne pourraient pas recevoir pendant des mois ni même participer à certaines mondanités ruthénoises pour respecter les usages en vigueur pour le deuil. Il s'était souvent demandé comment elle meublerait ses moments de liberté et il regrettait aujourd'hui de s'être alarmé inutilement : elle le déconcertait ! Sophie débordait d'activité, affirmant même que ses journées étaient trop courtes. Elle avait l'intention d'emmener Hélène en promenade à Layoule avant que la mauvaise saison ne les en empêche, de renouer des liens avec des relations de ses parents et d'anciennes camarades de collège. Non seulement elle ne souhaitait pas s'enfermer dans cette maison pour y ressasser ses malheurs, mais elle retrouvait Rodez avec satisfaction.

Ses vérifications terminées, Mathieu éprouva le soulagement de constater que tout fonctionnait correctement. Dès lors, il sollicita un rendez-vous auprès de leur banquier pour connaître la situation du compte personnel de son père et l'informer aussi de ses projets. La Société générale occupait un immeuble du boulevard Gambetta, à quelques centaines de mètres seulement de la demeure familiale. Son directeur, Bernard Albouy, l'accueillit avec diligence. Les cheveux presque blancs, la barbichette soigneusement taillée, le complet élégant, il l'attendit près des guichets pour le conduire à son bureau du premier. La famille Berthier ne figurait-elle pas parmi les fidèles clients de cette agence depuis sa création ? Tous deux évoquèrent la mémoire d'Hector avant que le directeur ne transmette à Mathieu le montant de ses économies : 858,85 francs. Une somme dérisoire alors qu'il avait encore dépensé 6 000 francs au printemps pour acquérir sa nouvelle Citroën !

– Il y a sûrement une erreur dans vos chiffres, monsieur Albouy ! protesta Mathieu.

– Nous sommes désolés de vous décevoir, répondit-il. Mais il n'y a pas d'erreur. Votre père n'avait que 858,85 francs sur son compte personnel. Pas de rentes, ni d'actions, ni de coupons en dépôt dans notre banque… Rien d'autre !

La nouvelle stupéfia Mathieu. Son visage se ferma, devint livide. Ses mains se crispèrent sur les accoudoirs du fauteuil. Comment expliquer qu'au moment de son décès, en juillet dernier, Hector ne possédât que 858 francs et 85 centimes ? Il manifesta son ahurissement auprès du directeur de l'agence. Son père avait une réputation d'excellent gestionnaire !

– Qu'est devenu l'argent que mon oncle Jacques avait versé à mon père en rachetant sa part du château ? demanda-t-il. Il y avait une grosse somme ! J'avais l'intention de l'utiliser pour moderniser la manufacture… Elle ne s'est pas volatilisée ! Où est-elle ?

Sans s'en rendre compte, Mathieu avait haussé la voix.

– Calmez-vous, monsieur Berthier ! répondit le banquier.

Mathieu se radoucit aussitôt et Bernard Albouy continua :

– Je peux vous certifier qu'une partie de cet argent a renfloué la tannerie au moment de la crise du franc. Quant au reste, j'ignore ce que votre père en a fait… Il en avait retiré une bonne partie dès que ses affaires avaient repris…

– Pour le placer dans une autre banque ? enchaîna Mathieu qui essayait d'éclaircir le mystère.

– Je ne le pense pas ! Votre père était fidèle… Et les placements ne semblaient pas l'intéresser ! J'avais remarqué qu'il n'avait même pas examiné nos propositions qui étaient pourtant avantageuses… J'avais supposé à l'époque qu'il avait peut-être l'intention d'acheter un pied-à-terre à Paris puisqu'il s'y rendait souvent…

– Mais cet argent était réservé à la tannerie ! Pourquoi l'aurait-il employé ailleurs ?

– Il avait peut-être changé d'avis…

– Sans m'en avoir parlé ? s'étonna le jeune patron. Non, je ne le crois pas.

– C'était un homme secret, objecta le banquier.

– Ça n'explique pas tout.

– Consultez votre notaire ! conseilla-t-il en dernier ressort. Maître Delmas et votre père étaient assez proches ; ils chassaient souvent ensemble. Il pourra peut-être vous éclairer…

Mathieu semblait tellement déconcerté que le banquier essaya de le rassurer de son mieux.

– Ne vous rongez pas les sangs sans savoir ! l'exhorta-t-il. Tout se clarifiera sûrement après votre visite chez le notaire.

Il l'assura ensuite de son soutien.

– Quoi qu'il advienne, monsieur Berthier, vous pourrez toujours compter sur notre banque ! dit-il.

Troublé, le jeune patron était chancelant lorsqu'il se retrouva sur le boulevard parmi les passants. Il rejoignit lentement la place de la Cité où maître Pierre Delmas avait ses bureaux. Tout s'embrouillait dans son esprit : les craintes de son oncle Jacques, les hypothèses du directeur de la banque. Que s'était-il passé ?

Même si Mathieu n'avait pas rendez-vous, le notaire accepta de le recevoir.

– C'est une heureuse coïncidence ! s'exclama-t-il en l'accueillant chaleureusement. J'avais l'intention de vous appeler cette semaine. Nous préparons le règlement de la succession de votre père et j'avais quelques renseignements à vous demander.

La soixantaine, cet homme était charpenté comme un bûcheron et si ventripotent que les coutures de son costume étaient tendues à craquer. Amateur de cigares comme l'était aussi Hector, il avait la réputation d'être une fameuse gâchette.

– Vous rencontrez des difficultés pour la succession ? s'inquiéta Mathieu.

– Pas le moins du monde ! répondit-il d'un ton jovial en rallumant son cigare. C'est de la routine. Vous êtes l'unique héritier depuis la mort de vos deux frères. Rien n'est plus simple pour nous et même pour vous. Vous n'aurez pas à partager.

– Mon père n'avait rien d'autre que notre maison de Rodez et la manufacture ?

– Non !

– Vous en êtes certain ?

Devant son insistance, le notaire marqua un temps de surprise.

– Mon père était secrétaire général de la Fédération nationale de la tannerie ; il passait du temps à Paris ! expliqua Mathieu. Il aurait pu y acheter un pied-à-terre pour ne pas avoir à s'installer à l'hôtel.

– Oui, en effet, votre père aurait pu investir à Paris ! concéda-t-il en écrasant le mégot dans le cendrier. Avoir un pied-à-terre à Paris est un bon placement… Mais votre père n'y a jamais fait allusion et je suis persuadé qu'il m'en aurait informé s'il en avait eu l'intention. Il n'avait pas l'habitude de s'engager à la légère…

Devant son embarras, maître Delmas demanda à Mathieu :

– Qu'est-ce qui vous laisse croire que votre père avait peut-être des biens ailleurs qu'à Rodez ?

Mathieu rapporta son entretien avec le directeur de la banque et ce qu'il avait découvert.

– Je voudrais savoir où se trouve l'argent qui a disparu de son compte et à quoi il a été employé.

Ses révélations laissèrent maître Delmas perplexe.

– Je comprends mieux votre inquiétude ! répondit-il. Mais ce que vous me racontez est étrange.

Il s'écoula ensuite un moment de silence avant qu'il n'ajoute :

– J'en suis tout étonné ! Votre père a toujours bien géré ses affaires et son argent.

Il proposa ses services à Mathieu en le raccompagnant.

– Si vous avez besoin d'un conseil, n'hésitez pas à m'appeler. Votre père n'était pas seulement un client...

Après l'avoir quitté, Mathieu déambula dans les ruelles. C'était la fin de la journée. Les employés de bureau, les retraités et les collégiens profitaient de la douceur du temps pour flâner. Il ne les remarqua même pas. Cette situation le préoccupait. Les craintes de l'oncle Jacques semblaient bien moins saugrenues qu'il ne l'imaginait avant son entrevue chez le directeur de la banque : son père avait peut-être dépensé sans compter. Mathieu se demandait même s'il n'avait pas commencé à dilapider le patrimoine familial.

5

Octobre s'achevait dans le vent et sous la pluie. Ce matin-là, les averses se succédaient sans relâche lorsque le facteur actionna la clochette installée à l'entrée des bureaux. À longueur d'année, avec la même régularité, il remettait à Donatien le courrier de la tannerie entre 10 heures et 11 heures avant de poursuivre son chemin en direction du moulin de Bourran puis du séminaire Saint-Pierre. Au milieu de sa correspondance, Mathieu découvrit une enveloppe portant l'en-tête de l'intendance militaire du 16e corps d'armée de Montpellier que la manufacture comptait parmi ses fidèles clients depuis un siècle et demi. Avant même de la décacheter, il supposa que l'intendant leur adressait des changements à apporter à la prochaine expédition. Le colonel Maugin modifiait souvent ses commandes. Mais il eut la stupéfaction d'apprendre qu'il ne souhaitait plus les compter parmi ses fournisseurs. Une phrase le stupéfia. « Devant la très mauvaise qualité de votre livraison de septembre, indiquait le colonel Maugin, nous sommes dans l'obligation d'interrompre notre collaboration. »

Une livraison de très mauvaise qualité ? Mais comment était-ce possible ? Après son arrivée à Rodez, Mathieu avait tout contrôlé. Le tannage des peaux prêtes à être expédiées respectait les exigences que son père avait toujours appliquées. Que s'était-il passé ? Comme il n'imaginait pas que ces ballots avaient été envoyés à Montpellier par son contremaître, Mathieu était persuadé que les magasiniers de l'intendance du 16e corps d'armée ne les avaient pas correctement identifiés au moment de leur réception. C'était sûrement une étourderie qui avait provoqué cette méprise. Il ne doutait pas que des vérifications dans les entrepôts militaires permettraient d'annuler cette décision. « Si le colonel Maugin est un officier honnête, il reconnaîtra les bourdes de ses hommes et il nous blanchira dans cette affaire ! » pensait-il. Mathieu n'avait pas l'intention d'envoyer simplement un courrier au colonel Maugin pour contester la rupture de leur contrat ; il comptait solliciter un rendez-vous pour qu'ils puissent s'expliquer.

Comme les bureaux de la tannerie n'étaient pas encore équipés du téléphone, il attendit le début de l'après-midi avant d'essayer de joindre le secrétariat du 16e corps. Non sans difficultés, il décrocha une entrevue avec le colonel Maugin pour le deuxième vendredi de novembre. Puis il en informa Sophie qui s'inquiéta aussitôt de cette situation. Après leur retour à Rodez, il l'avait assurée que la maison était à nouveau sur de bons rails.

– Ces livraisons pour l'armée sont si importantes pour l'équilibre des comptes ? demanda-t-elle.

Tous deux se trouvaient dans le salon du rez-de-chaussée où un poêle diffusait une douce chaleur.

Il la regarda fixement avant de répondre :

– Importantes ? Mais elles sont essentielles ! Si l'intendance des armées ne commande plus, nous pourrons renvoyer une quinzaine d'employés ! Les achats de l'armée représentent, selon les années, 30 à 35 % de notre chiffre d'affaires. Ils sont réguliers ; les contrats sont signés à l'avance et il n'y a pas de surprise à l'arrivée, même si les services traînent souvent pour payer…

La jeune femme comprit que l'avenir de la tannerie était menacé et que son rendez-vous était capital.

– Je t'accompagnerai à Montpellier, proposa-t-elle.

Mathieu et Sophie empruntèrent les express de la compagnie du Midi pour rejoindre le chef-lieu de l'Hérault, malgré un changement de train à Millau et à Bédarieux qui allongeait le temps de parcours. Mais en cette saison, ils hésitaient à traverser le causse du Larzac en voiture et à prendre des risques sur la nationale tortueuse qui conduisait du Caylar à Lodève par Saint-Pierre-de-la-Fage. Dès la Toussaint, les premières neiges avaient blanchi les hauteurs du Lévezou et même du Causse. Ils débarquèrent à Montpellier à la fin de la matinée après des heures de cahots sur les lignes. Le temps de déjeuner au Grand Hôtel du Tapis-Vert où ils avaient réservé une chambre, et la voiture des patrons de l'établissement les emmenait dans les faubourgs où s'élevaient les casernes du 16e corps d'armée. Elles réunissaient une dizaine de bâtiments de pierres grisâtres et de tuiles rouges, disséminés à l'intérieur d'une grande enceinte surveillée par les soldats depuis leurs miradors. La poudre, les obus, le vin, le drap et le cuir étaient bien gardés ! L'un des plantons contrôla le courrier que le secrétariat du colonel avait adressé à Mathieu pour confirmer leur rendez-vous. Un second troufion les escorta jusqu'au bureau de Maugin. Ils traversèrent une immense cour encombrée de pièces d'artillerie et de charrettes. Des camions rugissaient dans une pétarade assourdissante et des officiers s'égosillaient pour être entendus de leurs soldats.

Ils patientèrent dans un couloir sinistre qui baignait dans un air glacial. Le va-et-vient y était permanent. Des officiers ne cessaient de passer, seuls ou par deux, silencieux. Il n'y avait guère que les grincements des chaises sur lesquelles s'étaient installés Mathieu et Sophie pour troubler la quiétude. Certains de ces hommes regardèrent Sophie d'une manière bizarre, étonnés de la découvrir en ces lieux. Ils n'étaient pas habitués à recevoir des femmes dans ces casernes, jeunes et jolies de surcroît.

Un sous-officier les introduisit enfin dans le bureau du colonel. Grand et svelte, le visage émacié, les cheveux coupés en brosse, Hubert Maugin écrasa aussitôt son cigare dans le cendrier avant de leur présenter des excuses pour son léger retard.

– Monsieur Berthier ! continua-t-il en soupirant. Ce n'est pas de gaieté de cœur que j'ai décidé de me passer de vos services alors que votre tannerie travaille pour l'armée depuis si longtemps et que nous n'avons jamais eu à nous plaindre de vous. Mais vous m'avez envoyé une livraison que je ne peux pas accepter, tellement elle est de médiocre qualité. Je ne comprends pas encore pourquoi vous m'avez adressé ces peaux et je me demande bien quelle est la personne qui les a contrôlées. Ce n'est pas digne d'une maison aussi réputée que la vôtre…

Il s'était exprimé calmement, presque gêné de prendre en défaut l'un des plus anciens fournisseurs du 16e corps d'armée, mais il ne s'en était pas montré moins ferme. En réponse, Mathieu rétorqua que ses employés étaient trop rigoureux pour expédier de la pacotille et qu'une mauvaise identification des ballots s'était sûrement produite dans ses entrepôts.

– Êtes-vous bien certain que ces peaux portent le tampon de ma maison ? insista-t-il.

– Hélas ! oui, monsieur Berthier ! répondit le colonel Maugin. Les pièces de cette livraison ont été contrôlées une à une par nos hommes. Il n'y a pas de doute ! Elles sont marquées du tampon de votre tannerie. Le capitaine Mercadier vous les montrera et vous le constaterez vous-même, tout à l'heure... Je vous préviens d'ores et déjà, monsieur Berthier ! Vous risquez fort d'être surpris par ce que vous découvrirez dans nos entrepôts. Moi-même, je n'y croyais pas lorsque le capitaine Mercadier m'en a informé. Il y a des centaines de peaux galeuses dont les chiffonniers ne voudraient pas...

La jeune femme sentait ses joues rougir de honte tandis que son époux, incrédule, était stupéfait par ces propos.

– Mais que s'est-il passé ? s'inquiéta Mathieu. Vous êtes le seul à vous plaindre, colonel. Depuis toujours, nous travaillons avec une clientèle exigeante qui ne nous a jamais adressé de réclamations... Chez nous, la qualité des peaux est vérifiée après la réception des ballots et après le tannage. Il ne peut pas y avoir d'erreur. De plus, notre contremaître est intraitable ! Je ne comprends pas comment cette livraison porte la marque de notre maison et comment elle a été acheminée jusqu'à vos entrepôts. À moins que...

Le colonel Maugin l'écoutait, songeur. Il connaissait tellement la réputation de la tannerie Berthier qu'il hésitait à mettre en doute la bonne foi de son patron. Cette affaire l'intriguait.

– Auriez-vous une explication, monsieur Berthier ?

– Je me demande si nous ne serions pas les victimes d'une escroquerie. Jusqu'à présent, il n'y a jamais eu de vols dans la maison. Mais nos peaux ont pu tenter des voyous en cheville avec des trafiquants. Il doit en exister... Ils auront repéré les lieux, ils se seront renseignés sur nos habitudes, ils se seront arrangés pour pénétrer dans la tannerie la veille de cette grosse livraison qui vous était destinée, ils auront remplacé habilement nos ballots par de la pacotille pour que personne ne le remarque en les chargeant pour les amener à la gare. La nuit, ils ne pouvaient pas être dérangés. La tannerie est éloignée des habitations, elle n'est pas surveillée après le départ des derniers ouvriers.

– Vous avez peut-être raison, mais ce n'est qu'une supposition et vous n'avez pas de preuves ! rétorqua le colonel Maugin. C'est bien regrettable, mais je ne peux pas…

– Laissez-moi une chance ! le supplia Mathieu qui essayait de le convaincre d'infléchir sa position. Je viens de reprendre la direction de nos affaires après le décès de mon père. Ce sera un coup dur pour notre maison si vous n'achetez plus nos peaux… À l'avenir, je m'engage à vérifier moi-même tous les ballots… Et mes employés surveilleront les réserves avant chaque expédition…

– Je voudrais bien vous accorder cette chance ! répondit-il. Mais ça m'est impossible.

Après un moment de silence, il expliqua en pesant ses mots :

– J'applique le règlement. Il y a eu un rapport sur cette livraison, il a été transmis à l'état-major du 16e corps d'armée et il y a eu des sanctions. Elles sont sans appel.

Il raccompagna Mathieu et Sophie jusqu'à son secrétariat, puis il demanda à l'un des sous-officiers de les conduire chez le capitaine Mercadier. Ce dernier les emmena dans un entrepôt où les magasiniers avaient conservé les ballots refusés. Mathieu les examina avant de constater à son tour que les peaux étaient minables. Pelées, constellées d'écorchures et mal tannées, elles étaient inutilisables en bourrellerie. Surtout, elles portaient la marque de sa maison. Il en avait honte. Les Berthier n'avaient jamais essayé de tromper la clientèle ; ils s'étaient efforcés de maintenir une réputation que les intendants de l'armée appréciaient depuis la Révolution. Non seulement leurs efforts étaient aujourd'hui ruinés par cette histoire fumeuse, mais l'affront était cuisant. Penaud, Mathieu présenta ses excuses au capitaine avant de reprendre les explications qu'il avait avancées auprès de son supérieur. Il ne voulait pas que l'officier s'imaginât que sa maison avait cherché à abuser de la confiance de l'armée. Le capitaine l'écouta poliment, puis il l'escorta ainsi que sa femme jusqu'à l'entrée. Devant la caserne, l'hôtelier les attendait pour les ramener en ville dans une brume qui persistait. Ils ne répondirent pas à ses questions insistantes sur les résultats de leur entrevue chez les intendants de l'armée. Mathieu et Sophie étaient abattus par ce qu'ils avaient découvert. Ces peaux miteuses étaient une insulte pour leur métier, leur maison et leur famille. Elles semaient la suspicion sur leur honnêteté et ils ne pouvaient pas l'accepter.

Ils ne s'attardèrent pas dans leur chambre et marchèrent dans Montpellier. Même si la fraîcheur et la grisaille n'incitaient pas à la flânerie, les quartiers du centre grouillaient de monde en cette fin de journée. Des enfants rentraient de l'école en bandes rieuses, des ménagères chargées de provisions bavardaient devant les magasins, des retraités discutaient par groupes près des cafés. Absorbés par leurs pensées, Mathieu et Sophie se mêlèrent à cette foule d'anonymes. Dès le lendemain, le jeune patron comptait informer ses employés de ce qu'il avait observé dans l'entrepôt du 16e corps d'armée. Il espérait qu'ils pourraient l'aider à dissiper le mystère qui entourait cette expédition désastreuse. Car c'était bien un mystère. Ni le contremaître ni le comptable n'avaient déploré, à son arrivée à la tannerie, la moindre difficulté survenue dans la maison depuis la mort de son père.

6

Quand ils rentrèrent à Rodez, dans le courant de l'après-midi, la même question les taraudait. Que s'était-il passé à la tannerie ? Le soir même, Mathieu rassembla ses employés dans le réfectoire à la fin de leur journée. Cette initiative les intrigua. Ils craignirent qu'il n'annonçât la prochaine modernisation de la manufacture avec le passage au tannage chimique auquel ils n'étaient pas préparés. Dès ses premiers mots, les ouvriers comprirent qu'ils s'étaient trompés sur ses intentions, mais leurs inquiétudes redoublèrent en apprenant la décision de l'intendant du 16e corps d'armée. Des murmures de stupéfaction les parcoururent lorsqu'ils entendirent de la bouche de leur patron la description des ballots minables qu'il avait examinés la veille à Montpellier. Aussitôt les protestations se multiplièrent dans une cacophonie indescriptible. Bien que Mathieu n'eût proféré aucune accusation à leur encontre, ils s'estimaient injustement attaqués et refusaient d'endosser la moindre responsabilité. Étienne Berthier réclama le silence pour défendre leurs compétences et leur réputation. Les poings enfoncés dans les poches de sa longue blouse et les mâchoires crispées, il s'exprima sèchement devant son petit-cousin. À l'évidence, il n'appréciait pas de découvrir cette situation en même temps que les ouvriers alors qu'il occupait les fonctions de contremaître et qu'il avait assumé la direction de la maison après le décès d'Hector. Puisque la livraison contestée par l'armée avait été effectuée le 23 septembre sous son contrôle personnel, quelques jours avant le retour de Mathieu dans l'Aveyron, Étienne Berthier se considérait calomnié par les intendants militaires.

– Nous n'avons jamais produit de la pacotille ! s'indigna-t-il en regardant Mathieu. D'ailleurs, je me demande comment on pourrait en fabriquer chez Berthier. Les ballots que nous achetons chez les grossistes sont toujours de bonne qualité et vous le savez ! Il est impossible qu'ils deviennent des loques miteuses... Ou alors il faudrait saboter leur tannage. Si quelqu'un s'était amusé à ajouter des saletés dans les fosses pour « saloper » notre boulot, tout le monde l'aurait remarqué. Même les plus jeunes apprentis ! Des fosses, nous n'avons jamais remonté de peaux galeuses et criblées de trous.

Les employés l'approuvèrent bruyamment.

Ces réactions ne manquèrent pas de renforcer la conviction de Mathieu : on avait dû échanger leurs ballots contre des pièces de pacotille sur lesquelles on avait apposé la marque de la maison. Un tampon trônait toujours sur le comptoir du magasin, près d'un réservoir d'encre indélébile. Il était enfantin de l'utiliser. Mais où trouver les preuves ou même des indices qui pourraient le confirmer ? Il demanda aux ouvriers si des allées et venues suspectes les avaient intrigués ces dernières semaines, si des effractions avaient été constatées sur les fenêtres du rez-de-chaussée et les serrures extérieures. À sa déception, personne n'avait rien observé d'anormal. Les malfaiteurs étaient sûrement des hommes chevronnés qui pourraient bien se manifester à nouveau devant l'appât du gain. Comment s'en protéger ? Mathieu proposa que des ouvriers prennent en charge par roulements et par groupes la surveillance nocturne du bâtiment, d'autant plus qu'une livraison aux entrepôts de la compagnie du Midi était prévue le lendemain.

– Je n'accepterai que des volontaires, mais ils recevront tous une indemnité, dit-il. C'est le seul moyen de coincer ces voyous s'ils ont l'intention de revenir.

Le contremaître s'y opposa en expliquant que ces employés ne travailleraient pas correctement le lendemain.

– Ils seront trop fatigués et ils bâcleront leur boulot, affirma-t-il. Vous vous en plaindrez bientôt.

Certes, Mathieu ne contestait pas que le rythme des équipes s'en ressentirait sûrement. Mais la situation l'imposait. Il ne pouvait pas accepter qu'on continue à le dépouiller.

– Vous voudriez que je me laisse plumer et cracher dessus ? rétorqua Mathieu à Étienne. Vous vous en mordriez les doigts ! Je fermerais la tannerie et vous seriez tous sur la paille.

– Puisque vous comptez surveiller le bâtiment, vous pourriez embaucher des gardiens de nuit, suggéra son petit-cousin. Il y a des bûcherons et des charretiers au chômage qui ne demandent qu'à travailler. Ce sont des hommes costauds qui sont habitués à la « castagne » ; ils ne refuseront pas de gagner un peu d'argent. Vous les trouverez dans les auberges de La Mouline.

Mathieu rechigna. Introduire dans la tannerie des hommes qui passaient leur temps au comptoir en attendant d'être à nouveau engagés et qui avaient peut-être recours à la maraude pour vivre ? Il préférait que la manufacture soit surveillée par ses employés.

Lorsque le jeune patron renouvela son appel, les volontaires ne manquèrent pas. Célibataires ou jeunes mariés, ils avaient besoin d'argent. Non seulement ils pourraient arrondir leur quinzaine, mais comme certains étaient rompus à la bagarre, ils prendraient du plaisir à corriger ces malfrats.

Au début de la soirée, quand Mathieu retrouva Hélène et Sophie, sa mère l'interrogea sans détour. Elle avait observé, cet après-midi, qu'il semblait préoccupé en l'embrassant dans le vestibule avant de rejoindre la tannerie. Après son départ, lorsqu'elle avait questionné Sophie sur leurs entrevues à Montpellier, elle n'avait obtenu que des réponses évasives de la jeune femme, qui s'était réfugiée dans un mutisme inhabituel.

– Que se passe-t-il à la tannerie, Mathieu ? insista-t-elle. Vous êtes revenus soucieux de Montpellier, je m'inquiète pour nos affaires. Ta femme n'est pas bavarde sur les résultats de vos rendez-vous.

– L'entreprise, c'est mon domaine ! répondit-il pour justifier sa discrétion.

– Comme c'était autrefois le domaine de ton père, rétorqua-t-elle. Il n'empêche que j'aimerais bien comprendre aujourd'hui ce qui vous tracasse…

– Vous voulez vraiment le savoir ?

– Oui ! Ne me cache pas la vérité. Si la maison Berthier est en difficulté, je préfère être au courant plutôt que de l'apprendre par des Ruthénoises charitables ou par des rumeurs que la cuisinière ramènera de ses courses.

Il entreprit de raconter leur entretien avec le colonel Maugin, la découverte d'une pacotille marquée de la tannerie Berthier dans l'un des entrepôts du 16e corps d'armée.

– C'est un coup dur, reconnut Hélène. Tu perds les marchés de l'armée et une réputation chèrement acquise. C'est beaucoup à la fois… Ah ! si ton père était là pour te conseiller… Il avait de l'expérience et des relations… Moi, je ne te servirai pas à grand-chose et je le regrette… Pourtant, si je pouvais soulager ton fardeau…

– Maman ! Ne vous rongez pas les sangs pour la tannerie ! la supplia-t-il. Je chercherai de nouveaux clients, je m'adresserai à des grossistes et je me débrouillerai pour redresser cette situation même si ça me demande des semaines… Ne nous alarmons pas inutilement.

– Tes réserves fondront si tu ne trouves pas à écouler le surplus des peaux avant des mois.

– Nos économies renfloueront les caisses ! répondit Sophie. Nous ne sommes pas revenus d'Uruguay les poches vides…

– Je m'en doutais bien, mais vous risquez de ne pas avoir assez d'argent ! dit-elle. Si vous en manquez, vous pourrez en prendre sur mon compte. Je n'y avais pas touché depuis trente ans quand ton père est mort… Je ne m'en sers que depuis deux mois. Il y a sûrement un bon « matelas ».

À la vérité, Hélène en ignorait le montant ; elle n'avait même pas interrogé le banquier pour le connaître. Depuis son mariage, elle recevait une somme d'argent d'Hector tous les mois pour survenir aux dépenses de la famille. Généreux, il l'avait toujours abondée largement au point que les suppléments avaient complété ses économies personnelles.

– Et si c'était nécessaire, Mathieu, tu pourrais profiter aussi du compte de ton père ! ajouta Hélène. Il est encore bloqué, mais la succession se réglera bientôt…

Mathieu ne répondit pas. Jusqu'à présent, il n'avait informé que son oncle Jacques de ce qu'il avait découvert lors de son entrevue chez le directeur de la banque. Devinant sa mère inquiète, il essaya de la rassurer :

– Rien n'est perdu ! Nous arriverons à préserver la tannerie si les clients nous conservent leur confiance. Dès que nous aurons éclairci cette histoire de pacotille, je leur expliquerai la situation de notre maison et ce qui s'est passé avec l'intendance de l'armée. Le monde de la tannerie est un village, tout finit par se savoir. Je n'aimerais pas qu'on répande des rumeurs sur la qualité de nos ballots ; elles nous mèneraient au désastre…

Sur ces entrefaites, Jacques Berthier les rejoignit. Les jours où il travaillait à son bureau de Rodez, il les retrouvait pour le dîner. Les révélations de Mathieu le médusèrent. Il n'avait jamais entendu son père ni son grand-père évoquer de malveillance à la manufacture ; le personnel avait toujours été consciencieux. Aussi Jacques avait-il la même opinion que Mathieu : l'escroquerie était sûrement la seule explication à cette expédition calamiteuse au 16e corps d'armée. Il approuva la surveillance de la tannerie, mais il attendit qu'Hélène et Sophie se retirent dans le salon pour confier ses craintes à Mathieu en l'entraînant dans une autre pièce.

– Plus j'y réfléchis et plus je me demande si ce sont des voyous qui ont échangé les peaux pour réaliser des profits, dit-il. Ou si…

Ses doutes sidérèrent Mathieu.

– Mais à quoi pensez-vous ? rétorqua-t-il. Je ne vois pas…

– À un concurrent qui a peut-être cherché à se venger.

– À se venger de mon père ? s'étonna le jeune patron. Vous n'y songez pas ! Mon père était apprécié comme secrétaire général de la Fédération de la tannerie. Il affirmait qu'il n'y avait que des amis. Je veux bien le croire ! Maman m'a montré toutes les lettres de ses collègues qu'elle a reçues après sa mort.

– Même s'il était apprécié, ton père était peut-être aussi contesté par certains ! répondit Jacques. Il y a toujours des gens qui ne sont pas satisfaits. Je me souviens de ce qu'il m'avait raconté, il y a déjà quelques années, et il en avait gros sur le cœur. Un tanneur l'avait accusé de se prévaloir de ses fonctions de secrétaire général pour obtenir les marchés de l'armée. Il peut avoir voulu profiter de sa mort pour régler ses comptes et porter un coup à la maison. Si c'est le cas, il a réussi !

– Le monde de la tannerie n'est pas un monde de truands et j'ai bien de la peine à vous croire, protesta Mathieu. Entre concurrents, on n'a pas l'habitude de se comporter comme des voyous. On se respecte, il y a un code d'honneur.

– Bien sûr, vous avez un code d'honneur ! Il n'empêche qu'il y a toujours dans la société des hommes qui échappent à tout contrôle en réagissant avec violence. Ton père a peut-être eu des différends avec d'autres tanneurs. On ne connaît pas tout de sa vie.

Les réflexions de Jacques achevèrent de désorienter Mathieu. Il se demanda quelles épreuves l'attendaient encore. On pouvait déverser de l'acide dans les fosses pour saboter le travail des ouvriers ou même incendier la manufacture pour les frapper plus durement. Mathieu en frissonna. Heureusement, des hommes surveillaient le bâtiment. Il les imagina campant dans le magasin jusqu'au petit matin, affrontant le froid et la puanteur, luttant contre le sommeil pour écouter les bruits du soir et effectuant à intervalles réguliers des rondes dans l'enceinte de la tannerie. Que se passerait-il cette nuit ?

7

Personne n'avait essayé de pénétrer dans la tannerie ce soir-là ni au cours de la nuit. Les ouvriers s'étaient relayés pour patrouiller autour du bâtiment. La lune était pleine et blanche ; elle éclairait la vallée comme en plein jour. Ils n'avaient remarqué la présence d'aucun braconnier sur les berges de l'Aveyron. Habitués au bruit continu du courant, aux fracas de la rivière sur la chaussée et au ronronnement de la grosse turbine électrique, ils n'avaient rien entendu. L'un d'entre eux exhorta Mathieu à ne pas se montrer pressé.

– Il faudra sûrement du temps avant de coincer ces voyous ! expliqua-t-il. Mais on y arrivera, patron.

– Vous croyez ? s'inquiéta Mathieu qui avait les yeux gonflés de fatigue.

– Oui. Bien sûr ! dit-il en souriant.

Cet homme s'appelait Bernard Viargues. Même s'il avait à peine la trentaine, il travaillait aux fosses depuis son adolescence. Dès l'âge de quinze ans, il avait appris le métier auprès de son père qu'une splénite – l'inflammation de la rate si redoutée par les tanneurs – avait emporté à cinquante ans et il l'avait remplacé à son poste. Sa famille était attachée à la maison Berthier comme tant d'autres dans le pays. Cette affaire de peaux miteuses avait blessé son amour-propre de tanneur. Mathieu était certain que Bernard Viargues et d'autres ouvriers se démèneraient pour confondre les coupables.

– Voyez-vous, patron, je suis pêcheur ! continua-t-il. Mettre la main sur des voleurs, ça ressemble à une partie de pêche. Il faut être discret, finaud et patient pour prendre une truite. Il faut choisir l'endroit, l'appât, le jour et même l'heure. Les truites ne mordent pas à l'hameçon à n'importe quelle heure ni n'importe où. C'est peut-être la même chose pour les voleurs.

– Que proposez-vous ? demanda Mathieu.

– Nous surveillerons le stock de peaux pendant une semaine et vous annoncerez que nous abandonnons, expliqua-t-il. Nous nous planquerons à nouveau dans le magasin avant une livraison, mais vous ne préviendrez pas le personnel. Nous verrons bien ce qui se passera cette nuit-là. Mais j'ai déjà mon idée. Ça m'étonnerait que le poisson ne morde pas...

– Vous pensez qu'il y a peut-être une brebis galeuse parmi les ouvriers ?

– Peut-être. C'est à voir.

Mathieu en déduisit qu'il avait sûrement des soupçons. Avait-il entendu quelque chose ou observé des comportements suspects ? Si le malfaiteur était dans la maison, Mathieu espérait que les masques tomberaient rapidement.

Pendant une semaine, comme convenu, Bernard Viargues et quelques volontaires campèrent dans le magasin, mais personne n'essaya de s'y introduire. Dès que Mathieu informa ses salariés qu'il entendait suspendre pour un temps les gardes nocturnes, le contremaître l'approuva. Le rythme de travail de ses hommes avait baissé, des tensions éclataient autour des fosses, et Étienne se réjouissait d'apprendre qu'il pourrait imposer à nouveau des rendements plus soutenus. La productivité était devenue son obsession comme s'il était le propriétaire de la manufacture.

Les journées s'écoulèrent mornement sous le vent et la pluie. On approchait de décembre. Dans les discussions, au réfectoire, les hommes s'intéressaient moins à l'affaire des peaux miteuses qu'au grand marché de la Saint-André à Rodez. À cette occasion, ils bénéficieraient d'une demi-journée pour musarder entre les étalages des camelots qui envahissaient les boulevards, et les rangées de bestiaux qui s'alignaient sur le foirail. La veille d'une livraison, comme ils l'avaient promis,

Bernard Viargues et deux ouvriers des fosses s'installèrent à nouveau dans le magasin.

– C'est le moment, patron, pour coincer notre voleur ! expliqua le tanneur à Mathieu. Ou nous le piégerons aujourd'hui ou nous ne le prendrons jamais parce que c'est un pétochard et qu'il hésitera à continuer à vous plumer.

Les trois hommes quittèrent la tannerie en même temps que les autres ouvriers, mais ils y revinrent deux heures plus tard. Mathieu avait déjà rejoint son bureau et regarni le poêle, mais n'avait pas allumé la lumière. Bernard Viargues ne souhaitait pas sa présence dans la réserve.

– Nous planquerons, nous nous occuperons de ce salopard et nous vous préviendrons ! avait-il décidé.

Ce soir-là, Mathieu était très tendu. Il tournait autour du poêle comme un renard en cage, les nerfs en boule. Depuis des jours, il remâchait les mêmes questions. Si Bernard Viargues ne s'était pas trompé, qui arrêterait-on dans le magasin ? Parmi le personnel, qui pouvait avoir intérêt à trafiquer ? S'agissait-il d'une vengeance personnelle ou d'une manœuvre orchestrée par des concurrents comme le craignait son oncle ?

Il s'était assoupi dans son fauteuil lorsqu'on frappa. Il sursauta, entendit la voix de son ouvrier qui l'appelait :

– Patron ! Patron !

Mathieu s'arracha de son siège pour allumer la lampe et Bernard Viargues pénétra en trombe dans son bureau. La casquette entre les mains, il était triomphant.

– Nous le tenons, patron ! Le zigoto est dans la nasse et c'est quelqu'un de la maison comme je le pensais.

– Qui avez-vous arrêté ? demanda-t-il aussitôt.

– Vous ne devinerez jamais, patron ! C'est à peine croyable. Je ne m'imaginais pas que cet homme pourrait vous attaquer un jour et essayer de vous ruiner. Il vous était si dévoué.

Mathieu endossa une canadienne et s'empressa de retrouver le magasin où toutes les ampoules étaient allumées comme pendant les sombres journées d'hiver. Il y découvrit un homme à genoux contre le comptoir, les mains liées dans le dos à l'aide d'une cordelette. À sa silhouette, sa grosse veste, ses cheveux grisâtres et clairsemés, il le reconnut aussitôt.

– Étienne ? s'indigna-t-il. Comment est-ce possible ?

Étienne Berthier ne flambait plus. Les dents serrées, le visage fermé, les yeux fixés au sol, il était rouge de rage.

C'était donc son contremaître qui s'était rendu coupable de cette escroquerie. Stupéfiant ! Étienne était le cousin germain d'Hector et l'homme de confiance de la maison. Il ne l'aurait jamais suspecté. Comme l'avait fait remarquer tout à l'heure Bernard Viargues, cet homme semblait si attaché à la maison.

Peu à peu, un sentiment de révolte et d'écœurement l'envahit.

– Vous êtes une fripouille, Étienne ! tempêta-t-il. Un beau salaud et une ordure ! Vous êtes ignoble ! Vous nous avez bien roulés dans la farine ! Mon père avait confiance en vous… Après son décès, ma mère vous a demandé de vous occuper de la tannerie en attendant que je revienne. Vous n'y avez pas perdu : on vous a bien payé ! Mais vous avez profité de la situation pour trafiquer sans vergogne, pour nous rabaisser en nous faisant passer pour des guignols, pour démolir notre réputation, pour nous mettre dans la merde. Et peut-être même pour nous trahir ! Vous vous êtes comporté comme une crapule. Pourquoi vous êtes-vous acharné après nous ? Et, surtout, qu'aviez-vous à nous reprocher ? Vous ne vous étiez jamais plaint. Je ne comprends pas… Qu'est-ce qui vous a poussé à nous mettre dans une mouise pareille ? C'est un concurrent qui vous a soudoyé pour nous enlever les marchés de l'armée ou c'est une vengeance pour de vieilles histoires de famille ?

Le contremaître ne sourcilla nullement sous cette avalanche de questions. Les genoux et les muscles endoloris mais le corps bien droit, il supportait stoïquement sa position inconfortable.

Son attitude contraria Mathieu, qui ne se contenait plus.

– Expliquez-vous, bon sang ! s'emporta-t-il.

Pourquoi Étienne ne répondait-il pas ? Était-ce par provocation ? Ou bien parce qu'il ressentait de l'humiliation devant les ouvriers qui l'avaient démasqué ?

Bernard Viargues intervient alors :

– Il y a des méthodes infaillibles, patron, pour délier les langues ! Pendant la guerre, dans ma compagnie, on les appliquait avec les prisonniers allemands…

Les mâchoires crispées, Mathieu s'y opposa.

– Pas de violence ! lâcha-t-il entre ses dents.

– Comme vous voudrez ! regretta le tanneur.

Mathieu qui marchait d'un pas nerveux dans le magasin s'arrêta soudain pour regarder durement Étienne réfugié dans son mutisme.

– Même si vous ne voulez rien nous dire, il faudra que vous vous expliquiez devant les gendarmes ! le prévint-il. Ils se chargeront de vous cuisiner et nous finirons par savoir ce qui s'est passé.

Ces dernières paroles l'ébranlèrent.

– Si vous me détachez, je vous raconterai tout ! consentit-il enfin à répondre.

– Même si vous me racontez tout, ne comptez pas échapper aux gendarmes ! rétorqua Mathieu. Ils vous embarqueront tout à l'heure pour vous interroger. Cette affaire est grave.

– Qu'est-ce que vous attendez pour me détacher ? grommela-t-il en s'adressant aux tanneurs.

Les regards des ouvriers se fixèrent sur leur patron. Ils n'avaient plus confiance en leur contremaître qui devina leurs pensées :

– Vous hésitez à me libérer parce que vous croyez peut-être que je chercherai à prendre la clef des champs ?

Se tournant vers Mathieu, Étienne ajouta :

– Je ne me sauverai pas. Vous avez ma parole.

– Détachez-le ! ordonna Mathieu.

Les hommes dénouèrent la cordelette, puis obligèrent Étienne à s'asseoir sur une chaise.

– Tu ne bouges plus ! imposa Bernard Viargues.

Soulagé de retrouver une posture normale, Étienne se frotta les poignets et se massa les reins.

– Maintenant, vous dégagez tous du magasin ! imposa-t-il à ses collègues. Vous m'avez bien entendu : je ne me sauverai pas. Le patron a ma parole. Laissez-nous seuls. C'est une histoire qui ne vous regarde pas.

Les employés s'exécutèrent.

Après leur départ, Mathieu rapprocha une chaise de la sienne et le dévisagea à nouveau, toujours aussi coléreux.

– Je t'écoute, Étienne ! dit-il sèchement.

Il l'avait tutoyé d'une manière naturelle et sans le vouloir, ce qu'il ne s'était jamais permis jusqu'à présent. Il avait toujours respecté le contremaître qui avait dépassé la cinquantaine mais en paraissait davantage depuis la disparition de son épouse qui l'avait beaucoup affecté.

Ses hésitations à s'exprimer agacèrent Mathieu.

– C'est le moment de tout déballer, martela-t-il. Je veux savoir la vérité. Tu t'es déshonoré en trafiquant et tu nous as tous déshonorés. Pourquoi ?

– Comment vous expliquer ? répondit-il sans se démonter. C'est une longue et pénible histoire ! Elle n'est glorieuse ni pour votre famille ni pour la mienne.

Stupéfait par ses propos, Mathieu marqua un temps de surprise. Que s'était-il passé d'aussi fâcheux chez les Berthier qui justifiât le comportement du contremaître ? Personne dans la famille ne l'avait prévenu jusqu'à présent.

Il s'écoula un moment de silence avant qu'Étienne ne continue en ménageant le suspense :

– Cette vieille histoire remonte à l'époque d'Élisée, votre grand-père et mon oncle. Cet homme avait une pierre à la place du cœur. Il ne pensait qu'aux affaires, au pognon, à sa tannerie. Nous ne comptions pas beaucoup. Nous étions la branche galeuse de la famille, celle dont on n'aime pas parler et dont on a honte…

Quoique étonné par le jugement qu'il portait sur son grand-père, Mathieu ne l'interrompit pas. Il préférait attendre de connaître ce qui avait opposé les deux branches de la famille Berthier pour se forger une opinion plus précise ou, pourquoi pas, réviser son jugement. Étienne entreprit de raconter comment Onésime avait provoqué des frictions entre ses deux fils au moment du règlement de sa succession. Élisée avait hérité de la tannerie, de leur maison de Rodez, du domaine et du château de La Coste. Des placements, des rentes et une importante somme d'argent étaient revenus à son frère Joseph.

– Mon oncle Élisée a été nettement avantagé dans ce règlement parce qu'il était l'aîné de la famille et parce que mon grand-père ne souhaitait pas que la manufacture, la maison de Rodez, le château et le domaine soient partagés entre ses deux enfants. Il voulait que le patrimoine des Berthier puisse être transmis dans son intégralité à la génération suivante.

– Comme je le comprends ! répondit Mathieu. Dans les familles, l'indivision est souvent une source de tensions et de conflits qui se terminent parfois devant un tribunal… Ton père n'était pas d'accord sur ce point ?

– Comme il était attaché au château, mon père aurait préféré en profiter, mais il y a renoncé devant les exigences de ses parents et de son frère ! souligna Étienne. Finalement, il a accepté ce partage dans la mesure où il était dédommagé d'une manière correcte et où son frère Élisée s'était engagé, devant leur père, à le soutenir dans ses affaires. Grâce à son héritage, mon père comptait acquérir une tannerie à Espalion. Il l'a achetée, il est devenu patron à son tour…

La malchance s'était acharnée après Joseph Berthier. Une crue du Lot avait détruit une partie de ses stocks de peaux, et des clients indélicats n'avaient pas honoré leurs factures, amenant la faillite de la tannerie. En dépit de l'insistance de son frère, Élisée avait refusé de renflouer l'entreprise.

– Mon oncle nous a bien laissés dans la merde ! tempêta Étienne. Comme des rats au fond d'un piège…

– Il ne vous a pas aidés ? s'étonna Mathieu.

– Si. Mais on méritait mieux…

Certes, il avait proposé à son frère de l'engager dans sa tannerie de Rodez comme simple chef d'équipe, mais Joseph aurait souhaité qu'il l'embauche comme contremaître. Il considérait qu'il en avait la compétence. Confronté à l'intransigeance d'Élisée, il avait ressenti de l'humiliation et de l'injustice.

– Mon oncle avait tout ! s'insurgea Étienne. Il avait la grande maison bourgeoise que vous occupez aujourd'hui à Rodez et nous nous entassions dans une vieille masure au Monastère, en bordure de l'Aveyron. Les pièces étaient humides et glaciales en hiver, elles ne voyaient jamais le soleil… Ton grand-père pétait dans la soie : il recevait beaucoup, il voyageait, il avait du personnel, il avait acheté l'une des premières voitures du pays. Il affichait partout son pognon pour nous écraser… Mon père était traité comme une merde…

Dans le quotidien, à la tannerie, Élisée Berthier ne l'avait guère ménagé. Joseph avait souffert, en silence, au point de nourrir des rancœurs à son égard. Il avait inculqué à Étienne de la haine pour la branche aînée des Berthier qui ne les fréquentait pas, les ignorait et les méprisait.

– Mon père est mort jeune, à quarante-cinq ans ! précisa-t-il. De la maladie des tanneurs… Il n'a pas eu la chance de son frère qui n'a pas travaillé aux fosses, qui n'a pas respiré les odeurs de charogne, qui a mené grand train de vie et qui a soufflé ses soixante-dix bougies avant de mourir tranquillement comme tous les patrons aux mains blanches… J'avais seize ans lorsque mon père nous a quittés ; j'étais apprenti dans une tannerie de Millau…

Au lendemain de son apprentissage, Étienne avait travaillé dans des entreprises millavoises, puis Hector avait proposé de l'engager à La Gascarie pour qu'il puisse être plus proche de sa mère. Élisée ne s'était pas opposé à cette décision, mais déjà il ne dirigeait plus la tannerie. Étienne admettait aujourd'hui qu'il avait apprécié à cette époque-là l'attitude de son cousin. Hector l'avait embauché sans le moindre préjugé, en occultant le passé ; il avait reconnu sa passion et son savoir-faire.

– Je n'ai rien à reprocher à votre père ! confessa Étienne. Il a été honnête et correct. Il m'a nommé au poste de contremaître lorsqu'il a considéré que j'étais capable d'occuper la fonction et il m'a donné le salaire que je méritais…

– Je ne comprends toujours pas, Étienne, pourquoi tu as plombé l'entreprise avec tes magouilles ! Tu avais vraiment besoin d'argent pour trafiquer ? Ton salaire ne te suffisait plus ? Tu avais l'intention d'acheter une voiture ou tu entretenais une femme ?

D'un hochement de tête, Étienne répondit par la négative. Il était embarrassé pour expliquer les vraies raisons qui l'avaient poussé à se comporter en fripouille, mais Mathieu avait le droit de connaître la vérité.

– Vous n'y êtes pas, patron, soupira-t-il d'un air résigné. Ce n'est pas pour du pognon que j'ai trafiqué : je n'ai pas discuté le prix des ballots… Vous ne me croirez peut-être pas, mais je me moquais de ces liasses de billets… Depuis des années, dès que j'avais besoin d'argent, je barbotais des belles peaux dans les réserves et je les revendais à des marchands ambulants. Je ne vous apprends rien : c'est une pratique courante dans les tanneries… Ce n'est pas pour des liasses de billets que j'ai échangé vos belles peaux réservées à l'intendance des armées contre de la pacotille ! C'est pour venger mon père et ma famille. Mon père me l'a demandé avant de mourir, pour ce qu'il avait enduré auprès de son frère à la tannerie et aussi pour ce que nous avions souffert. J'avais promis… C'est fait ! Je le regrette pas.

Ces derniers mots, terribles, agirent sur Mathieu comme un coup de poignard. Il était consterné de constater qu'Étienne était satisfait d'avoir accompli sa vengeance : il avait atteint l'honneur, la fierté et le patrimoine des Berthier. À ses propos et à son regard, Mathieu observa tristement qu'il n'exprimait aucun remords. Il en déduisit que ses rancœurs étaient solidement chevillées à son corps depuis longtemps pour l'avoir conduit à cette dernière extrémité.

– Je vous en voulais aussi, Mathieu ! poursuivit-il encore sans se démonter.

– Mais pourquoi m'en avoir voulu ? protesta Mathieu, abasourdi par ce qu'il entendait. Il ne pouvait pas y avoir de différends entre nous, puisque nous n'avions jamais travaillé ensemble.

– Comment ne pas être jaloux de vous, cher cousin, et de votre situation ? rétorqua-t-il avec une pointe d'ironie. Vous êtes né avec une cuillère d'argent dans la bouche ; vous êtes jeune, beau, riche. Et vous êtes plus riche encore que votre père ! Vous héritez de tout, puisque vos frères sont morts à la guerre. Vous avez une veine de pendu ! Et vous vous êtes arrangé encore pour rafler toute la mise. Puisque vous avez épousé votre cousine, vous pourrez reconstituer le patrimoine des Berthier que nous appelions « l'empire » Berthier. Deux belles maisons, un château, un domaine, la fabrique de colles et la tannerie tombent entre vos mains, à vingt-six ans ! En claquant des doigts. Parce que vous êtes bien né et bien marié… Je ne pouvais pas le supporter…

Étienne craignait également les changements que le retour de Mathieu à Rodez pourrait entraîner ; il redoutait qu'il ne modernise la manufacture, qu'il ne remplace le tannage végétal par le tannage au chrome et qu'il n'embauche un contremaître rompu à cette technique. Bénéficiant de l'entière confiance d'Hélène

Berthier pour diriger les affaires, après le décès d'Hector, il en avait profité pour honorer sa promesse envers son père. Le moment était opportun pour affaiblir financièrement la manufacture et l'empêcher de se moderniser. Par ses malversations qui avaient provoqué des sanctions de l'armée, il y était parvenu au point que Mathieu avait reporté ses projets à des temps meilleurs. S'il n'était pas retourné au magasin pour subtiliser des peaux, ne résistant pas à sa marotte de fouiller dans les ballots à cette heure tardive où la tannerie était toujours déserte, personne ne l'aurait démasqué. Étienne était tombé bêtement, trop confiant dans son étoile.

Ses révélations laissèrent Mathieu stupéfait, mais aussi perplexe. Étienne avait-il perdu tout contact avec la réalité pour se comporter de cette manière ? Certes, la vengeance était devenue son obsession depuis des années. Mais pouvait-elle tout expliquer ? Étienne vivait seul depuis le décès de sa femme. Il n'avait pas d'enfant, ni de frère ni de sœur. Son métier et la tannerie étaient sa vie. Il avait tout détruit.

Dans le froid du magasin, un grand moment de silence s'écoula pendant lequel Mathieu songea à ces remous familiaux révélés par Étienne. Ses pensées le ramenèrent à son grand-père Élisée, qu'il admirait toujours vingt ans après son décès, mais dont l'image était désormais écornée. Il n'avait pas été homme aussi honnête et intègre qu'il paraissait. Certes, il avait eu la réputation d'un industriel redoutable en affaires mais, pour l'avoir côtoyé dans son enfance, il n'aurait pas imaginé qu'il eût pu se comporter d'une manière aussi injuste à l'égard de son frère. Mathieu en ressentait une profonde déception. Il songea ensuite à son père dont il approuvait le comportement pour avoir embauché Étienne sans se préoccuper des différends entre les deux branches, mais il regrettait qu'il ne l'ait pas informé de cette situation. Avait-il eu l'intention d'y remédier quand Mathieu rentrerait en Aveyron puisque son fils était appelé à travailler avec Étienne, et sa disparition brutale l'en avait-il empêché ?

S'arrachant à ses réflexions, Mathieu regarda fixement Étienne.

– Est-ce que tu te rends bien compte de ce que tu as fait ? dit-il. Tu t'es vengé, mais tu le payeras cher ! Tu passeras devant le juge, tu devras t'expliquer. Le tribunal te condamnera à nous rembourser tous les préjudices que nos affaires et notre famille ont subis. Mais il te condamnera également à de la prison pour escroquerie… Mon pauvre Étienne, ta vie est fichue ! On t'obligera à vendre ta maison pour payer les ardoises, mais ça ne suffira peut-être pas. Quand tu sortiras de prison, tu n'auras plus de boulot et tu n'en trouveras pas dans le pays. Personne ne voudra d'un escroc minable ! Tu n'auras même pas une cabane pour crécher ! Tout le monde te fuira, tu ne pourras plus te montrer au Monastère ni même à Rodez. Ta vie est vraiment fichue, Étienne ! C'est comme si tu t'étais tiré une balle dans le pied.

Conscient de ses actes mais aussi de ce qui l'attendait, Étienne ne contesta pas les propos de Mathieu. Il n'en continua pas moins à défendre ses positions.

– Il fallait que je me venge : je l'avais promis ! répéta-t-il. Ça m'a soulagé. Pour le reste…

8

À l'heure où les ouvriers arrivèrent à la tannerie, les gendarmes étaient déjà là. Ils avaient commencé à interroger Étienne dans son bureau. Avant que chacun ne prenne son poste, Mathieu demanda au personnel de se rassembler dans le réfectoire pour l'informer de l'arrestation du contremaître et de son remplacement par Édouard Bardenet qui le secondait depuis une dizaine d'années. Cet homme, qui approchait la cinquantaine, possédait de grandes compétences techniques, tandis que sa sobriété ne manquait pas d'étonner dans cette corporation. Ne fréquentant jamais les auberges avant de rejoindre la tannerie, Édouard était toujours en avance sur ses collègues. Ce matin-là, dès sept heures et demi, Mathieu l'avait attendu devant le bâtiment principal dans la froidure matinale pour le prévenir de ce qui s'était passé dans la soirée à La Gascarie. Même s'il avait les capacités à occuper ces fonctions, Mathieu était conscient que sa nomination ne soulèverait pas l'unanimité chez les ouvriers. Édouard Bardenet s'emportait facilement et beaucoup le redoutaient. Mais leur patron recherchait un homme honnête et respecté pour pouvoir l'épauler. Il n'en connaissait pas d'autres dans la maison, et les contremaîtres étaient rarissimes en Aveyron. Il ne subsistait plus qu'une tannerie au Monastère qui en avait compté une dizaine avant la Révolution. À Millau, les dernières fermaient. À Espalion, elles vivotaient.

Comme Mathieu l'avait imaginé, Édouard accepta ces fonctions sans la moindre hésitation. Même s'il était sensible à cet honneur, il considérait avant tout que c'était son devoir.

– Cette tannerie, c'est toute ma vie ! avait-il affirmé.

Après ses révélations sur les combines d'Étienne qui suscitèrent un murmure d'étonnement parmi le personnel, Mathieu le présenta comme le nouveau contremaître et les employés ne bronchèrent pas. Sa nomination ne les surprenait pas, tant elle s'imposait. Si elle ne modifia pas l'opinion tranchée de certains à son propos, elle ne déclencha pas d'animosité. C'était l'essentiel. Lorsque les hommes se dispersèrent pour regagner le bâtiment principal et leurs postes, Bernard Viargues se précipita vers Mathieu :

– Je voulais vous parler, patron... C'est à propos d'Édouard. Il y avait souvent des anicroches entre nous... C'était Étienne qui se chargeait d'arrondir les angles... Mais ne vous inquiétez pas : il n'y aura pas la guerre ! Il n'y aura que des coups de gueule de temps en temps... Il faut bien que la soupape saute... La guerre à la tannerie ? Ce serait une connerie. Il faut se serrer les coudes et non pas se tirer dans les pattes. De toute manière, s'il y avait la guerre entre nous, on perdrait... Mais on aimerait quand même que Bardenet ne soit pas trop vache avec nous ! Tout le monde aurait sûrement à y gagner. On est d'accord pour relever les manches... Vous le lui direz, patron ?

Il promit.

Les hommes respectèrent leur parole au point que la matinée se déroula sans incident. Lorsqu'ils quittèrent leurs postes pour manger leurs gamelles au réfectoire, les gendarmes avaient déjà emmené l'ancien contremaître dans leur fourgon.

Mathieu était exténué de fatigue au moment de retrouver Sophie et Hélène. Ce qu'il leur raconta les stupéfia l'une et l'autre. Les deux femmes n'auraient jamais imaginé qu'il y ait eu une brebis galeuse dans une famille où l'honneur et la droiture avaient un sens. Mais, à l'image de Mathieu, toutes deux étaient ignorantes de l'histoire des Berthier. Certes, Hélène avait bien constaté après son mariage que ses beaux-parents et son époux ne fréquentaient pas Étienne et sa famille, mais personne n'avait consenti à l'éclairer à ce propos. Elle avait interrogé Hector à plusieurs reprises, à l'occasion notamment d'événements familiaux lorsqu'il s'agissait d'envoyer des invitations à la parentèle, mais ses questions étaient toujours demeurées sans réponse. De guerre lasse, elle avait renoncé à connaître les raisons de cette brouille. Quant à Sophie, elle n'était pas mieux renseignée. À la vérité, elle ne s'était jamais souciée de cette fâcherie entre les deux branches de la famille. En effet, la carrière de son père l'avait ballottée de la Gironde aux Landes avant de la ramener à Rodez au milieu de la guerre.

– Que comptes-tu faire maintenant ? dit-elle à son époux.

– J'écrirai tout d'abord au colonel Maugin ! répondit-il. J'aimerais qu'il apprenne ce qui s'est réellement passé dans cette affaire des peaux miteuses… Et peut-être que…

– Il ne nous accordera pas une seconde chance ! rétorqua-t-elle. Il nous l'a bien indiqué l'autre jour ! Des sanctions ont été prises et l'armée ne reviendra pas en arrière.

Mathieu en était conscient, mais il espérait que ses explications permettraient de restaurer la réputation de sa tannerie et l'honneur des Berthier.

– C'est aussi important que des commandes ! souligna-t-il. Je ne voudrais pas que le colonel Maugin et ses officiers nous prennent pour des industriels malhonnêtes. J'y tiens…

Maintenant que les aveux d'Étienne avaient clarifié la situation, il comptait également chercher de nouveaux clients en s'adressant à des grossistes pour écouler ses surplus ; il aurait enfin les coudées franches pour s'y atteler. Le temps pressait tandis que les ouvriers étaient de plus en plus soucieux. Ils s'alarmaient pour les finances de la manufacture en constatant que les stocks de peaux tannées s'accumulaient depuis que les Berthier ne livraient plus à l'armée. Ils se demandaient comment Mathieu assurerait le paiement des salaires si les réserves de ballots ne diminuaient pas rapidement. À quinze jours de Noël, ils redoutaient de se retrouver au chômage.

Dès le lendemain, le jeune patron multiplia les démarches pour que la tannerie échappe à la déconfiture, expédiant des courriers à des grossistes pour leur proposer ses peaux tannées, les appelant à leurs bureaux et leur suggérant même de se déplacer à Paris ou à Lyon pour leur présenter des échantillons. Leurs réponses étaient décevantes. Lorsqu'elles n'étaient pas négatives, les quantités achetées étaient dérisoires. Mathieu avait l'impression que tous ces grossistes n'étaient pas intéressés par sa production parce qu'il travaillait encore à l'ancienne en pratiquant le tannage végétal. Il prévoyait bien d'adopter le tannage au chrome, mais il devait repousser sa décision. Avant de pouvoir moderniser, il attendrait d'obtenir de nouveaux marchés et de consolider la trésorerie de l'entreprise.

Après ses journées passées dans les bureaux de La Gascarie, Mathieu ressentait une profonde fatigue ainsi que de la lassitude en rejoignant Sophie et Hélène. Il avait le sentiment de se dépenser inutilement. Ses difficultés empiraient et il n'épargnerait pas à ses employés un dégraissage d'effectif dans quelques semaines. Il regrettait que personne ne puisse le conseiller dans la maison, et le découragement l'envahissait. Sophie avait remarqué qu'il ne participait pas aux conversations, multipliait les étourderies dans le quotidien, se réveillait souvent pendant son sommeil et manquait d'appétit. L'abattement de Mathieu et la situation de l'entreprise la préoccupaient au point qu'elle s'en ouvrit à sa belle-mère.

– Ne te lamente pas, Sophie ! répondit Hélène en essayant de la réconforter. Ça ne te mènera à rien et tu en souffriras. Vos affaires ne sont pas au bord de la faillite, même si la maison a des déboires. Je reconnais que vous n'avez pas de chance depuis votre retour, mais tout finira par rentrer dans l'ordre. Ne désespère pas ! Il y a toujours des moments difficiles dans la vie. J'en ai connu. J'ai courbé l'échine, j'ai résisté de mon mieux, je me suis battue. Dès que l'orage a été passé, j'ai relevé la tête et j'en suis sortie plus forte… Reprends-toi ! Tu aimes ton époux ?

– Oui. Bien sûr !

– Alors, soutiens-le de tout ce que tu pourras pour que la maison ne sombre pas et que la tradition continue.

Comment le soutenir ? Sans expérience ni compétences, Sophie ne pouvait l'épauler efficacement malgré sa bonne volonté, et elle le regrettait. Auprès de qui trouver des appuis ? se disait-elle. Un soir, une idée traversa son esprit.

– Tu pourrais peut-être te plonger dans les papiers de ton père, suggéra-t-elle à Mathieu. Tu y trouverais sûrement des adresses de grossistes avec lesquels il a déjà travaillé autrefois et qui pourraient dégonfler tes réserves.

Même si l'idée le séduisait, Mathieu avait quelques scrupules à s'immiscer dans les affaires de son père. En effet, il ne s'agissait pas d'explorer les archives conservées dans de grandes armoires à La Gascarie, mais de fouiller son bureau de Rodez. Craignant de découvrir des documents personnels qui ne le regardaient pas, il préférait que cette tâche revienne à sa mère et il la sollicita aussitôt.

– Passer des heures dans cette pièce à classer tous les papiers de ton père ? Ah ! Non ! répondit-elle, catégorique. Tu le feras si tu veux… Je n'en ai pas envie !

– Ce serait plutôt à vous de…

– Il ne m'a jamais permis d'y entrer, même depuis ton départ pour l'Uruguay, alors que nous n'étions plus que tous les deux dans cette grande maison et qu'il n'y avait plus d'enfants pour être tentés d'en pousser la porte ! expliqua-t-elle. Ce bureau était une enclave. Son territoire ! Il en était toujours aussi jaloux et en fermait la porte à clef dès qu'il quittait la maison, même si c'était pour une heure. Il surveillait même Gabrielle lorsqu'elle passait le balai et le chiffon dans la pièce. Tu constateras que les choses n'ont pas changé depuis ton mariage…

Ces propos enlevèrent à Mathieu tout scrupule pour pénétrer dans le bureau de son père.

– Prends ton temps pour fouiller dans ses papiers ! insista-t-elle. Tu trouveras peut-être une adresse précieuse pour la tannerie.

Il s'y aventura un dimanche après-midi. C'était une belle journée d'hiver. Jacques Berthier les avait rejoints pour le déjeuner et il leur avait proposé ensuite de les emmener au château. C'était le premier dimanche ensoleillé depuis la Toussaint. Hélène et Sophie avaient accepté avec enthousiasme. La jeune femme pourrait caresser les chevaux dans leur prairie, puis marcher sur les chemins proches de la gentilhommière en compagnie de son père et de sa belle-mère. Quant à Mathieu, il avait renoncé à contrecœur à cette balade pour compulser les dossiers d'Hector. Après leur départ à La Coste, une grande émotion le submergea au moment d'introduire la clé dans la serrure du bureau. Pas plus que sa mère et ses frères, il n'avait eu le droit d'y entrer. Cette pièce avait toujours été comme la chambre mystérieuse d'un roman d'aventures. Enfant, il aurait payé cher pour savoir ce qu'il y avait dedans. La porte poussée, Mathieu demeura pendant un long moment comme pétrifié sur le seuil avant d'allumer la lumière. Des centaines d'ouvrages et des chemises cartonnées s'entassaient sur des rayonnages recouvrant trois pans de mur. La pièce exhalait des odeurs mêlées de cigare froid, de cuir tanné et de vieux papier comme dans certaines études de notaire. Elle n'avait pas été ouverte depuis le décès d'Hector. Il n'y avait ni tableaux, ni gravures, ni bibelots. Devant tant d'austérité, dans le froid et le silence qui y régnaient comme dans un sépulcre, il se dépêcha d'identifier les chemises portant l'écriture de son père pour les emporter dans le salon.

Deux de ces chemises étaient gonflées de dizaines de courriers expédiés pendant vingt-cinq ans par le président de la Fédération nationale de la tannerie à son secrétaire général. En établissant une chronologie de cette correspondance, il observa qu'un certain Ernest Charvin avait assumé cette fonction de 1900 à 1918. Il avait adressé à Hector des messages plus chaleureux que les missives laconiques de son successeur. Même s'ils ne contenaient que des informations professionnelles, Mathieu consacra son après-midi à les parcourir. Il remarqua qu'Ernest Charvin avait tutoyé Hector dès 1902 et qu'il l'avait souvent félicité pour le travail accompli dans le cadre de sa mission. Ces relations amicales avaient peut-être conduit Hector Berthier à recevoir Ernest Charvin à Rodez lors d'un de ses déplacements chez des adhérents du Massif central ou du Sud-Ouest. Il interrogea sa mère à son retour de La Coste. La nuit était tombée. Dès qu'ils eurent enlevé leurs manteaux, chapeaux et gants, Hélène, Jacques et Sophie le rejoignirent dans le salon pour se réchauffer autour du poêle.

– Vous connaissiez Ernest Charvin ? demanda-t-il à sa mère.

– Ernest Charvin ? répéta-t-elle, étonnée.

Elle s'accorda un moment de réflexion avant de répondre par la négative.

– Vous êtes certaine ? insista Mathieu.

– Si ton père me l'avait présenté ou si nous l'avions accueilli à Rodez, je m'en souviendrais.

– Ernest Charvin a présidé la Fédération nationale de la tannerie jusqu'en 1918, expliqua-t-il. Il a travaillé avec papa pendant dix-huit ans. En lisant ses lettres, on a l'impression qu'ils s'entendaient bien et qu'il y avait même une certaine familiarité entre eux. Papa aurait pu vous en parler…

– Oui. Tu as raison, mais… Il était très discret sur la tannerie, sur ses rendez-vous d'affaires ou sur ses fonctions à la Fédération. Il n'arrêtait pas de se déplacer, et puis…

Se tournant vers Sophie, elle concéda :

– Il ne me racontait jamais ses journées et ses voyages comme Mathieu te les racontait lorsque vous étiez installés en Uruguay… Il avait compris, depuis notre mariage, que ces histoires de tanneurs m'ennuyaient.

– Vous n'alliez jamais à la tannerie ? rétorqua la jeune femme.

– Il m'y a emmenée avant nos noces pour me présenter à son personnel. Ce jour-là, je me suis promis de ne plus jamais y revenir tellement les odeurs de carnasse s'étaient imprégnées dans mes vêtements. C'était une horreur !

Jacques interrompit cette discussion en constatant que certains souvenirs de ses années de mariage avec Hector rendaient Hélène nerveuse. À son tour, il reconnut également qu'il ignorait l'existence d'Ernest Charvin.

– Ton père ne m'en a jamais parlé, avoua-t-il à Mathieu. Mais ce n'est guère surprenant. Il avait l'habitude de séparer ses affaires de tout ce qui touchait à la famille.

– Cet homme pourrait nous être précieux, indiqua alors Sophie à son époux. Il ne refuserait certainement pas de te conseiller si tu l'informais de nos difficultés ; il accepterait peut-être de te présenter à des grossistes. Même s'il n'est plus président de la Fédération, ce monsieur Charvin doit avoir encore des relations…

Mathieu consulta aussitôt l'*Annuaire de la tannerie*. Les Charvin exploitaient une tannerie dans le quartier du canal Saint-Martin à Paris. Si le répertoire mentionnait que la direction en était assurée par Arnaud Charvin, il précisait aussi qu'Ernest Charvin en était le principal actionnaire, soulignant qu'il était le président honoraire de la Fédération nationale de la tannerie. Il n'y avait pas de doute. C'était bien l'homme que Mathieu cherchait.

Il téléphona à la tannerie dès le lendemain. Par chance, Ernest Charvin y était de passage.

– Mathieu Berthier ? s'étonna-t-il, avec émotion. Le patron de la tannerie Berthier de Rodez ? Le fils de mon ami Hector ?

Mathieu confirma.

– Quelle surprise ! s'exclama-t-il. Votre père m'a si souvent parlé de vous que j'aimerais vous appeler par votre prénom si vous me le permettez...

– Vous pouvez, monsieur Charvin ! répondit Mathieu.

– Je vous remercie, Mathieu ! Bien des années ont passé depuis que j'ai rencontré votre père pour la première fois. Je pourrais être votre grand-père ! L'aînée de mes petites-filles a déjà vingt ans, nous la marierons bientôt. C'est de son âge, mais ça ne me rajeunit pas ! Même si je ne m'occupe plus de la maison, je m'efforce de me tenir au courant des affaires. Ça me maintient...

– Justement, monsieur Charvin ! Je voulais vous...

– Que puis-je faire pour vous ? l'interrompit Ernest Charvin.

Mathieu entreprit de raconter ses déboires avec l'intendance des armées et les malversations commises par l'ancien contremaître.

– C'est une histoire bien ennuyeuse pour votre trésorerie et pour la réputation de votre entreprise ! reconnut Ernest Charvin. L'armée ne reviendra pas sur sa décision.

– Je le sais bien, rétorqua Mathieu. Le colonel Maugin a été clair sur ce point... Il n'empêche que j'ai besoin d'écouler mes stocks de peaux, sinon je devrais me séparer d'une partie de mes ouvriers. Le temps presse, monsieur Charvin ! Si vous pouviez me soutenir auprès de quelques négociants...

Conscient de l'urgence de la situation, Ernest Charvin proposa d'intervenir auprès des grossistes.

– Vous pourriez ensuite venir les voir en début d'année à Paris ! ajouta-t-il. Dans mes bureaux... En ma présence... Si vous voulez bien que je vous conseille...

Mathieu accepta aussitôt, trop heureux de pouvoir bénéficier de son expérience et de son entregent.

Si cette nouvelle le ragaillardit, elle réconforta également Hélène mais surtout Sophie.

– Je pourrais t'accompagner à Paris, souffla-t-elle à son époux.

Il connaissait les motivations profondes de son envie de voyage à Paris. À son arrivée à Rodez, elle avait rencontré leur médecin de famille. Elle voulait qu'il leur confirme qu'elle pourrait avoir des enfants malgré sa fausse couche survenue en Uruguay. Même si le médecin de l'hôpital de Montevideo le leur avait déjà affirmé, la jeune femme n'entendait pas se contenter de sa seule opinion. Le docteur Molinier l'avait examinée, puis s'était efforcé de dissiper ses craintes.

– Je peux vous certifier que vous serez mère un jour ! avait-il dit. Il n'y a pas de doute… Mais, de grâce, ne vous montrez pas aussi pressée. Le corps est comme la nature, il est souvent capricieux.

Ses explications ne l'avaient qu'à moitié rassurée. Elle souhaitait rencontrer également des spécialistes travaillant dans les grands hôpitaux. Lorsqu'ils s'étaient déplacés dans les casernes du 16e corps d'armée, en novembre, la jeune femme avait envisagé de consulter un médecin à Montpellier. Elle avait manqué de temps. Depuis, elle s'était promis de profiter des prochains voyages de son époux pour rencontrer un gynécologue d'une grande ville. Dans la mesure où Mathieu et Ernest Charvin étaient convenus de se retrouver à la mi-janvier, elle pouvait désormais solliciter un rendez-vous dans un grand hôpital parisien. Elle espérait qu'un spécialiste chasserait ses angoisses et la rassurerait pleinement.

9

En attendant de rencontrer Ernest Charvin et des grossistes de la capitale, Mathieu continua d'explorer les papiers de son père à ses moments de liberté. Il y découvrit les souvenirs de son arrière-grand-père Onésime et de son grand-père Élisée, consignés dans des carnets dont personne ne leur avait jamais dévoilé l'existence. Leur écriture régulière et appliquée avait à peine pâli malgré les années. Mathieu regrettait de ne pas avoir le temps de les feuilleter et les transmit à son épouse ; il était persuadé que les mémoires de leurs ancêtres piqueraient sa curiosité. Il ne se trompa guère. Sophie délaissa aussitôt ses lectures habituelles pour s'y plonger avidement. Depuis l'arrestation de leur contremaître, elle ne musardait plus dans les rues de Rodez, même si le soleil encourageait à la promenade. Des rumeurs s'étaient répandues à travers la ville, où personne n'ignorait plus leurs déboires. Souvent le matin, quand elle effectuait ses emplettes, leur cuisinière ramenait des nouvelles fantaisistes. Certains prétendaient que la famille Berthier fermerait la manufacture le 31 décembre, que Mathieu et Sophie repartiraient à Montevideo au printemps. D'autres affirmaient, à l'inverse, qu'ils ne prévoyaient pas de renoncer à leurs affaires malgré les difficultés et qu'ils renfloueraient leur trésorerie en revendant leur belle demeure du boulevard.

Calfeutrée dans sa chambre, la jeune femme se consacra à la lecture des mémoires d'Onésime et d'Élisée Berthier qui la passionnèrent. Ils racontaient la construction et la croissance de la manufacture de La Gascarie, les parties de chasse dans les bois de La Coste et les soirées au château, les réceptions dans les salons de la préfecture et sous les lustres des vieilles maisons de Rodez, les événements heureux et malheureux survenus dans leur famille. À chaque repas, elle ne manquait pas de rapporter à Mathieu et à Hélène ce qu'elle avait appris dans ces grands cahiers à la reliure de cuir. Tous trois s'en délectaient ! Un après-midi, elle rechargea le poêle à charbon de la chambre pour parcourir les dernières pages des mémoires de son arrière-grand-père qui retraçaient le terme d'une existence bien remplie. Onésime y avait retranscrit la manière dont il avait vécu les événements tragiques de 1870-1871 marqués par la guerre contre les Prussiens qui lui avait enlevé deux de ses enfants, les épreuves que les Français avaient endurées après la défaite de Napoléon III avec la famine, la misère, le froid terrible et la maladie. Cet hiver-là, les températures étaient devenues sibériennes en Aveyron, au point que les rivières avaient été prises dans les glaces, que les attelages de bœufs et de chevaux les avaient traversées sans difficulté. En y songeant, Sophie frissonnait malgré la chaleur du poêle.

Elle s'apprêtait à terminer sa lecture lorsqu'elle remarqua entre les deux dernières feuilles une enveloppe de couleur jaunâtre dont la présence ne l'intrigua pas de prime abord. Elle s'imagina que le précédent emprunteur de ces souvenirs l'avait employée comme un marque-page. Mais la curiosité la poussa à l'ouvrir et elle découvrit une photographie représentant Hector en compagnie d'une jeune et belle femme. Ce tirage portait au verso la griffe d'une maison de la capitale, Delacourt, ainsi que la date du 15 octobre 1900. Sophie se demanda aussitôt qui pouvait être cette femme de vingt-cinq ans à peine, aux cheveux blonds, aux yeux pétillants et au sourire charmeur. D'après les courriers que Mathieu avait dépouillés, il apparaissait qu'Hector avait occupé les fonctions de secrétaire de la Fédération nationale de la tannerie à partir du printemps 1900. Dès cette époque, on pouvait supposer qu'il avait commencé à séjourner souvent à Paris. Goûtant soudain à la liberté et aux plaisirs parisiens, il n'avait peut-être pas résisté à la tentation de séduire une jeune femme pour une aventure sans lendemain. Mais Sophie ne parvenait pas à imaginer l'oncle Hector en don Juan. C'était un homme rigoureux et d'une humeur souvent sombre.

Intriguée, elle s'en ouvrit à Mathieu.

– Quelque chose me tracasse chez ton père. Il ne dansait jamais dans les soirées de mariage ; il délaissait ta mère qui s'en plaignait souvent ; il négligeait de la même manière toutes les invitées, même si elles étaient jeunes, élégantes et séduisantes… Que faisait-il ? Il discutait de ses affaires dans un boudoir tout en sirotant un cognac et en fumant des cigares. Tu t'en souviens ?

– Bien sûr. Mon père ne regardait jamais les femmes ! On avait l'impression qu'elles ne l'intéressaient pas…

– Pourtant, je me demande aujourd'hui s'il n'aurait pas eu une aventure à Paris.

– Mais qu'est-ce qui te le laisse penser ?

Sophie expliqua comment elle avait trouvé dans les carnets de leur arrière-grand-père une mystérieuse photographie que Mathieu examina aussitôt. Cette jeune et belle femme aux cheveux blonds, au sourire enjôleur, qui apparaissait en compagnie de son père, il ne la connaissait pas. Cela était sûr. Il repensa soudain aux propos de l'oncle Jacques qui s'inquiétait, après leur arrivée à Rodez, de la situation financière de la tannerie et de la famille, mais également à sa découverte chez le banquier et à son entrevue chez le notaire. Il n'avait toujours pas résolu l'énigme : où était passée une partie de la somme que l'oncle Jacques avait accepté de verser à son père en contrepartie de l'entière propriété du château ? Et si les craintes de l'oncle Jacques étaient fondées ? songea-t-il. Hector avait peut-être gaspillé cet argent à Paris en y menant grand train de vie sans que personne ne le sache dans la famille. S'il avait eu des aventures, il paraissait logique qu'il n'ait pas épargné depuis toutes ces années mais dépensé. Pourtant, cette attitude ne correspondait pas à son personnage. Comment Mathieu ne se souviendrait-il pas de ce qu'il avait rabâché à ses fils au moment où chacun d'entre eux avait entrepris ses études ? « Si vous voulez mettre de l'argent sur un compte pour vous établir plus tard, ne fréquentez pas les bistrots, les femmes et les champs de courses ! leur avait-il expliqué. Vous vous en trouverez bien ! » Soudain, Mathieu éprouva un malaise en observant que son père avait peut-être appliqué dans sa propre vie des principes radicalement différents.

Il s'arracha à ses réflexions pour raconter à Sophie la déception qu'il avait ressentie devant les 858 francs du compte de son père, ce qu'il avait seulement confié jusqu'alors à son oncle Jacques.

– C'était tellement misérable que c'en était humiliant.

– 858 francs ? C'est surprenant pour un industriel ! dit-elle. Ou ses placements étaient très mauvais depuis des années, mais je ne le pense pas : ton père était un homme d'affaires avisé. Ou, alors, il a dépensé ses économies… Ce que j'aurais tendance aujourd'hui à imaginer après avoir trouvé cette photo et après ce que tu as appris chez le banquier…

– Ça pourrait expliquer bien des choses dans ce qui s'est passé ces dernières années dans notre famille… Par exemple, pourquoi il avait demandé avec tant d'insistance à ton père de racheter sa part du château et pourquoi il n'avait pas modernisé la tannerie : il avait besoin d'argent pour mener une autre vie à Paris.

Mais, à cette heure, ils n'avaient encore que des suspicions et il leur manquait des preuves.

Après cette trouvaille inattendue dans les mémoires d'Onésime, Mathieu demeura partagé entre l'envie d'explorer le moindre recoin du bureau de son père, animé de l'espoir d'y découvrir peut-être de nouveaux éléments sur sa vie secrète à Paris, et le refus de savoir ce qu'il leur avait caché pendant des années. Après quelques jours de tiraillement, la curiosité l'emporta. Chaque soir, après le dîner, il entreprit de feuilleter tous les ouvrages techniques et de compulser tous les dossiers, mais sans succès. La semaine de Noël, en vidant l'armoire de chêne qui était pleine à craquer, Mathieu constata que le meuble comportait un double fond. Il y dénicha un coffret de bois, d'une facture ordinaire, qui était attaqué par les charançons et dont il n'avait pas la clé. Les initiales d'Hector Berthier y étaient gravées. Même s'il avait l'habitude depuis l'enfance de respecter le mobilier, il succomba à la tentation de fracturer la serrure, qui ne résista pas longtemps tellement le bois était devenu friable. Le coffret contenait un courrier expédié à Hector Berthier par une femme jusqu'alors inconnue dans la famille : Aurore Morvan. Il avait été envoyé par un coursier des Postes à l'hôtel des Flandres, dans le quartier

Saint-Antoine, où Mathieu supposa que son père descendait à l'occasion de ses séjours à Paris. L'enveloppe renfermait deux feuillets d'une écriture élégante.

« Mon cher Hector,

« Depuis que nous nous sommes rencontrés dans le pavillon de la Tannerie à l'Exposition, je n'ai cessé de penser à vous. J'ai attendu avec impatience chacun de vos passages à Paris pour passer une soirée avec vous. Comment demeurer insensible à vos attentions ? C'était un bonheur que de se laisser conduire dans ces restaurants, ces cabarets, ces théâtres où vous m'avez emmenée si gentiment... Mes parents insistent pour que je revienne chez eux dès que la Fédération n'aura plus besoin de mes services. Mais je n'en ai pas envie. Quand on a goûté à Paris, on ne peut plus s'en passer et j'aimerais m'y installer... Vous n'imagineriez pas combien vous avez transformé mon existence de provinciale fraîchement débarquée dans la capitale. Je me suis mariée à vingt-deux ans ; je suis devenue veuve sept mois plus tard. Mon époux ne m'a jamais procuré l'émotion que je ressens en votre présence. Vous m'avez permis de retrouver l'envie de plaire, le goût de vivre et de sortir. C'était si inespéré après ce malheur dont je craignais de ne pas me relever... »

Reprenant la lecture de ces deux feuillets qu'il s'était contenté de parcourir par curiosité, Mathieu s'attarda sur chaque phrase. Il n'y avait pas de doute. Cette lettre ne trompait guère sur la nature des sentiments que la jeune femme éprouvait pour son père. Mathieu la montra à Sophie, qui partagea son point de vue.

– Mais cette lettre ne nous prouve pas qu'il y ait eu une relation sérieuse entre eux, observa Sophie qui ne voulait pas accabler son beau-père et oncle. C'était peut-être une aventure sans lendemain comme il a pu en avoir d'autres par la suite.

– Tu te trompes, Sophie ! répondit-il. Leur relation était sérieuse. Réfléchis ! Cette femme était décidée à s'installer à Paris et elle ne s'en cachait pas... Je pense que leur liaison n'a pas été une simple passade, sinon mon père aurait détruit cette lettre !

Prends le temps de la relire. C'est une déclaration d'amour, même si tout est exprimé avec beaucoup de finesse et de discrétion... S'il l'a conservée dans un coffret comme un bijou précieux et caché dans le double fond de l'armoire de son bureau, c'est bien que cette femme a compté dans sa vie...

Pour Mathieu, son infidélité était difficile à accepter. Comment aurait-il pu oublier l'honnête homme qu'Hector s'était toujours efforcé d'être auprès de ses enfants et de son entourage ? Ses convictions en étaient ébranlées tandis que subsistaient des zones d'ombre sur son existence. Qui pourrait les éclairer dans leur famille ? Hélène ? Sûrement. Souvent, évoquant la mémoire de son époux, elle regrettait aujourd'hui ses absences répétées et des différences trop tranchées dans leurs caractères. Doutait-elle de sa loyauté ? Peut-être. Mais, soucieux de la ménager, ils n'avaient pas l'intention d'aborder cette question délicate. Jacques ? Même si ses études et sa carrière l'avaient entraîné pendant des années hors de l'Aveyron, il s'était rapproché d'Hector en s'installant à Rodez après la disparition de son épouse. Ils se retrouvaient de temps en temps après leurs journées de travail dans la bibliothèque de Jacques ou les salons d'Hector pour discuter autour d'un verre. Il leur arrivait souvent de monter à cheval le dimanche après-midi sur les sentiers de La Coste tandis qu'ils chassaient ensemble le lièvre, le faisan et la perdrix. Puisque trois années seulement séparaient les deux frères, Jacques connaissait peut-être certains arcanes de la vie d'Hector. Mathieu et Sophie se promirent de l'interroger dès qu'ils en auraient la possibilité.

L'ingénieur en chef des Eaux et Forêts avait été souvent absent de Rodez depuis le début de décembre ; il s'en était excusé auprès de sa fille et de son gendre. Mais il voulait profiter du temps beau et calme pour terminer sa grande tournée d'inspection dans les forêts de la Margeride avant l'arrivée de la neige. L'avant-veille de Noël, il réapparut enfin à Rodez en affirmant à Sophie qu'il avait l'intention de s'accorder quelques journées de détente. Elle accueillit la nouvelle avec satisfaction tellement elle était impatiente de le retrouver, de l'entraîner au domaine et de célébrer ensemble les fêtes de Noël. C'était aussi l'occasion de le questionner sur Hector. Dès le lendemain, la jeune femme et son époux l'emmenèrent en promenade à Layoule. Ils disparurent en direction de l'Aveyron par des chemins qui serpentaient à travers les jardins et les prairies sur les pentes de la ville. Le temps était froid, mais il n'y avait pas un souffle de vent et le paysage était magnifique sous une lumière éclatante. Les arbres et les haies étaient blancs de givre comme s'il avait neigé au cours de la nuit. À leur approche, des merles s'envolèrent des branches d'un houx dont ils picoraient les baies. En les regardant, Jacques évoqua des souvenirs de son enfance lorsqu'il dévalait ces chemins avec son frère pour rejoindre Layoule les matins de grand froid et s'essayer au patinage sur la rivière glacée. Il s'y revoyait encore, écoutant la glace craquer sous leurs souliers ferrés, malhabile, hésitant à se risquer trop loin de la berge. Hector cherchait à le rassurer de son mieux, serrait sa main pour qu'il ne tombe pas… Soudain, l'émotion l'envahit et ses lèvres tremblèrent tandis que son regard se brouillait. Cette année, pour la première fois depuis qu'il s'était installé à Rodez en pleine guerre et que les deux familles avaient décidé de célébrer Noël ensemble, la place d'Hector resterait vide autour de la table. Mathieu et Sophie y songèrent également. Son absence pèserait. Il s'écoula un moment de silence pendant lequel ils se recueillirent.

Le premier, Mathieu le rompit en s'adressant à Jacques :

– J'aimerais que vous me parliez de mon père… Maintenant qu'il n'est plus là, je m'aperçois que nous le connaissions peu. Il était si souvent absent…

– Que veux-tu savoir ? demanda-t-il en esquissant un sourire.

– Comment mes parents se sont-ils rencontrés ?

– Leur mariage a été « arrangé » par leurs deux familles, comme c'était souvent le cas à cette époque-là, répondit Jacques. Il y a des choses que je peux maintenant te dire, mais que ton père ne t'aurait peut-être jamais révélées…

Intrigués, Mathieu et Sophie écarquillèrent les yeux.

– Depuis leur installation dans l'Aveyron, les parents de ta mère constataient que personne ne s'intéressait à leur fille ! expliqua-t-il. Hélène était toujours célibataire à vingt-deux ans et ils s'inquiétaient pour son avenir, craignant que les hommes de bonne famille ne la rejettent pour sa surdité… Édouard Mazellier était alors président du tribunal de grande instance de Rodez. Dans une réception à la préfecture, il a rencontré ton grand-père Élisée…

Élisée avait proposé à Hector de fréquenter la jeune femme en l'informant de son handicap et en soulignant bien qu'il ne constituait pas un obstacle au mariage ; Hélène ne souffrait que d'une légère surdité. « Une très légère surdité ! » avait-il même précisé. Pour le convaincre, il avait rappelé à Hector que son propre père Onésime avait accepté d'épouser une femme plutôt disgracieuse, Bertille de La Coste, mais qui avait apporté aux Berthier le domaine et le château de La Coste ainsi que des rentes. « Il ne l'a jamais regretté et tu t'en trouveras aussi bien ! » avait affirmé Élisée. Les parents d'Hélène avaient déjà annoncé qu'ils mettraient des placements et une coquette somme d'argent dans leur corbeille de mariage. Par avance, l'industriel avait imaginé qu'Hector pourrait moderniser la fabrique de colles et de gélatines. Le premier rendez-vous s'était déroulé en juillet 1892 lorsque Hector était revenu de Hongrie, où il s'était familiarisé pendant près d'un an et demi avec les techniques du hongroyage. Le jeune ingénieur avait trouvé du charme à cette femme souriante, agréable et instruite. Tout s'était ensuite accéléré et leurs rencontres s'étaient enchaînées à un rythme soutenu pour déboucher sur leurs fiançailles à Pâques 1893, puis leur mariage en septembre 1893 auquel Hector ne s'était pas opposé.

– Mon frère m'a souvent avoué qu'il n'avait pas voulu contrarier nos parents mais aussi Hélène et sa famille, ajouta Jacques. S'il n'avait pas accepté ce mariage, tous l'auraient pris comme un affront et il y aurait eu une réaction violente de votre grand-père Élisée. Hector le craignait. On le craignait tous… Tu l'as connu, Mathieu ! C'était un homme autoritaire qui avait des principes. Hector s'est comporté en héritier obéissant, mais il n'a pas été heureux…

– Il n'était pas heureux avec maman ? s'étonna Mathieu. Mais je ne comprends pas ! On ne les entendait jamais se disputer et il n'y avait pas de tensions dans la famille…

– S'ils se sont disputés, tes parents n'allaient pas le faire devant vous ! répondit Jacques. Ils le faisaient en privé. Mais ils ne se sont peut-être disputés que rarement…

– Comment savez-vous que mon père n'était pas heureux ?

– Il ne me l'a pas expliqué clairement, mais ça ne trompait pas. À certaines de ses allusions, j'ai compris qu'il m'enviait parce que nos parents m'avaient permis de choisir ma femme...

– Si ce mariage n'a pas apporté du bonheur à mon père, maman n'a sûrement pas été plus heureuse ! poursuivit Mathieu. Même si elle ne nous l'a jamais montré...

– Elle avait fondé beaucoup d'espoirs sur ce mariage, avoua-t-il. Peut-être trop...

Hélène avait souvent reconnu que le jeune ingénieur en tannerie l'avait séduite par son élégance et son éducation. Dès les premiers rendez-vous, elle s'était imaginé qu'ils pourraient s'entendre et que les sentiments viendraient lorsqu'ils se connaîtraient mieux. Grâce au mariage, elle échapperait à une existence ennuyeuse auprès de ses parents, s'occuperait de la demeure des Berthier, s'épanouirait dans son rôle de mère.

– À vingt-deux ou vingt-trois ans, elle était impatiente de mener sa propre vie et elle le proclamait à qui souhaitait l'entendre ! souligna Jacques. Ça ne surprenait personne. Ses sœurs n'étaient plus là, tout le monde avait remarqué qu'elle étouffait auprès de ses parents.

Hector avait emmené Hélène en voyage de noces à Florence, à Venise et à Rome. Il avait redoublé d'attentions à son égard durant leur séjour en Italie puis leur installation dans la demeure familiale. Bientôt, il avait déchanté en constatant que la légère surdité de son épouse ne facilitait pas leurs relations. Loin de les rapprocher, ainsi qu'ils l'avaient pensé au départ, les premiers mois de vie commune les avaient peu à peu éloignés malgré les efforts que chacun avait déployés. Hector aimait sortir depuis qu'il avait fréquenté les bouchons lyonnais en compagnie de ses camarades de l'École de la tannerie. À l'inverse, Hélène était une solitaire. Hector voulait convier dans leur maison des vieilles familles de Rodez et des relations d'affaires, mais il leur était difficile de recevoir. Indisposée par le brouhaha, Hélène ne pouvait pas participer à une discussion si les convives étaient trop nombreux. Ces difficultés ne s'étaient pas dissipées après la naissance de leurs trois enfants. Les garçons avaient accaparé Hélène, tandis qu'Hector avait ressenti un sentiment étrange en retrouvant sa femme après ses journées : il s'ennuyait. Certes, une bonne entente régnait dans leur ménage et il n'y avait jamais la moindre animosité entre eux. Mais l'amour n'était pas au rendez-vous. Hector ne s'était pas représenté le bonheur de cette manière et, à certains moments, il en regrettait presque son mariage.

– C'est sûrement pour cette raison qu'il avait accepté de devenir secrétaire général de la Fédération de la tannerie lorsque le poste avait été disponible, supposa Mathieu. Il pouvait voyager…

– Même s'il ne le disait pas trop fort, c'était la vérité ! concéda Jacques. Au début de mon mariage, alors que nous étions installés à Bordeaux, il comparait sa vie et la mienne. Là encore, il m'enviait. Lorsque nos deux familles se retrouvaient au château, à l'occasion des vacances, il me demandait de raconter nos sorties au théâtre, au cinéma et dans les restaurants… Ton père ne m'avait pas caché qu'il menait une vie bien morne à Rodez. De plus, à La Gascarie, il avait l'impression que les puanteurs de la tannerie l'asphyxiaient et que les deux versants de la vallée le prenaient en tenailles. Il avait besoin de s'évader, de prendre l'express et de se distraire…

Regardant fixement Mathieu, il poursuivit :

– Il a sûrement pris goût à la vie parisienne lorsqu'il a commencé à y séjourner régulièrement pour le compte de la Fédération. Par la suite, ton père s'est moins intéressé à mes sorties puisqu'il pouvait profiter de Paris… Et ce qui m'inquiétait ces derniers temps, c'était bien son besoin d'argent. Comme tu n'as pas trouvé grand-chose sur son compte, je ne me fais plus d'illusions ! Il a mené grand train de vie à Paris. C'est dommage ! Tu aurais employé cet argent pour moderniser la tannerie…

– Je crois comprendre maintenant pourquoi mon père dépensait et n'épargnait pas, l'interrompit Mathieu.

Jacques s'arrêta de marcher, marquant un temps de surprise.

– Après tout ce que vous venez de nous dire sur mon père et ce que nous avons trouvé ces jours-ci dans ses papiers, je pense qu'il avait une autre vie à Paris ! dévoila-t-il.

Mathieu expliqua ce qu'ils avaient découvert de manière fortuite dans les mémoires d'Onésime Berthier, puis dans le double fond de l'armoire de son bureau. À la lumière des révélations de son oncle, il admettait mieux désormais que son père ait cherché ailleurs des compensations à une existence monotone.

– Puisqu'il n'était pas heureux à Rodez, il a essayé de trouver du bonheur à Paris auprès d'une autre femme, dit-il.

En l'entendant, Jacques accusa le coup. Son visage se ferma et ses sourcils se froncèrent. Il n'avait jamais envisagé que Hector ait pu avoir des liaisons ou une autre vie ; il se le reprocha presque en entendant Mathieu.

– Maintenant, je voudrais savoir qui était cette femme et quelle place elle a eu dans la vie de mon père, ajouta Mathieu.

Jacques essaya de le modérer :

– Je comprends, Mathieu, que tu aies envie de savoir et aussi ce que tu ressens aujourd'hui vis-à-vis de ton père. Mais tu ne devrais peut-être pas t'acharner à fouiller dans ses affaires… Cette lettre et cette photo remontent à 1900 ! Depuis, des années ont passé et il n'est plus là. On n'est pas toujours gagnant à ressortir de vieilles histoires… Réfléchis, Mathieu ! Pense à ton père. Il a souffert de ce mariage. Tu ne peux pas le blâmer. Il mérite ton pardon…

Ses arguments n'infléchirent pas la détermination de Mathieu.

– J'aimerais savoir qui était cette femme, insista-t-il. Nous étions trois garçons avant la guerre. Si mes deux frères étaient toujours là, je suis persuadé qu'ils seraient de mon avis. Mais ils ne sont plus là et c'est mon devoir de savoir.

– Jusqu'au scandale ? rétorqua Jacques.

– Pourquoi y aurait-il un scandale ? répondit Mathieu qui avait l'intention de protéger sa famille, surtout sa mère, de tout remous. Il n'y en aura pas, je vous le promets. Mais je veux savoir la vérité.

10

Courtes mais belles, les journées s'écoulèrent rapidement après Noël et ils préparèrent les bagages pour leur voyage à Paris. Le 16 janvier 1927, à 7 heures du matin, ils s'installèrent dans une voiture du Parisien qui les conduirait en un parcours laborieux de quatorze heures jusqu'à la gare d'Austerlitz après des changements à Brive, Limoges et Orléans. C'était un dimanche. Le temps s'était refroidi. Des flocons avaient blanchi la marquise de la gare de Rodez sous laquelle mugissait la locomotive qui crachait vapeur et fumée ; ils tombèrent jusqu'en Limousin avant de s'estomper peu à peu dans la campagne solognote. Une averse crépitait sur la grande verrière de la gare d'Austerlitz lorsque Sophie et Mathieu descendirent de leur compartiment. Les voyageurs pressés qui les bousculèrent, les charretons de bagages qui entravaient le passage, les coups de sifflet et les appels au porte-voix leur rappelèrent l'animation qui les avait stupéfaits en découvrant Paris. C'était avant la guerre. Ils n'étaient encore que des enfants. Sophie avait neuf ans en 1912 lorsqu'elle avait accompagné ses parents au théâtre du Châtelet pour y applaudir les Ballets russes de Diaghilev. Quant à Mathieu, il se souvenait que sa grand-mère Berthier l'avait emmené à Paris chez une lointaine cousine en 1910 et qu'ils avaient passé tout un après-midi aux Nouvelles Galeries. Depuis, Paris avait changé. Ils le remarquèrent quand le chauffeur de taxi les amena à l'hôtel que leur avait conseillé Jacques ; il y descendait toujours lorsqu'il venait dans la capitale rencontrer le directeur général des Eaux et Forêts, participer à des réunions au ministère de l'Agriculture.

Sophie avait obtenu un rendez-vous pour le lendemain à l'hôpital Necker. Ils passèrent la matinée à attendre dans une salle bondée de mères et d'enfants. Le médecin qui les accueillit était surtout spécialisé dans les recherches sur les maladies des nouveau-nés. Mais il s'accorda le temps d'examiner Sophie et de répondre à ses questions avant de la rassurer sur ses chances de devenir mère. La situation que connaissait leur couple n'était pas dramatique. De nombreux ménages la subissaient pendant des années avant que leurs souhaits ne soient comblés. Ils en éprouvèrent du soulagement.

– Qu'est-ce que je te disais ? souffla Mathieu à Sophie lorsqu'ils retrouvèrent l'agitation des quartiers. Tu te soucies sans raison ! Il y a des femmes qui accouchent de leur premier enfant longtemps après leur mariage, comme cette petite-cousine de notre cuisinière, qui a eu sa première fillette à trente-cinq ans. Tu n'en as pas encore vingt-quatre… Ne te décourage pas !

Au petit jour, les averses persistaient lorsqu'ils rejoignirent le canal Saint-Martin. Dans la grisaille, le quartier était lugubre avec ses nappes de brume qui flottaient au-dessus des eaux noires, ses fumées qui picotaient la gorge, les puanteurs de ses tanneries, ses mugissements de sirène qui retentissaient à chaque passage des péniches. Industrieux, il rassemblait des entrepôts, des fabriques et une cristallerie renommée. Il employait des centaines d'ouvriers dans des bâtiments à l'architecture moderne et surprenante qui associait des briques de couleur, des moellons de meulière et des armatures métalliques. Il s'en dégageait une harmonie qui séduisit Mathieu.

Ce matin-là, Mathieu et Sophie avaient emprunté l'autobus. Ils étaient descendus sur l'avenue Jean-Jaurès avant de s'engager en direction des écluses. Ils étaient trempés à leur arrivée devant la manufacture Charvin dont les bâtiments formaient un ensemble imposant avec ses quatre niveaux de « chambres chaudes » où séchaient les peaux tannées. Les portails d'entrée étaient ouverts. Ils les franchirent avant de remarquer qu'un homme les regardait derrière les carreaux d'un rez-de-chaussée. Ils supposèrent que c'était le concierge. L'instant d'après, cet homme accourait à leur rencontre en s'imaginant qu'ils s'étaient trompés d'adresse et qu'ils avaient sûrement un rendez-vous à la taillerie de cristaux, comme certains bijoutiers qui s'égaraient dans l'enceinte de la tannerie les matins brumeux. D'une humeur aussi sombre que le temps, les sourcils en bataille et les poings enfoncés dans les poches de la blouse, il mâchonnait un bâtonnet de réglisse.

– Bonjour, m'sieu dame ! Vous cherchez quelqu'un ? leur dit-il en mastiquant sa réglisse.

– Monsieur Charvin nous attend, répondit Mathieu.

– Monsieur Arnaud ou monsieur Ernest ? demanda-t-il.

– Le président honoraire de la Fédération, précisa Mathieu.

– Il vous attend ce matin ? s'étonna-t-il.

– À 9 heures, indiqua Mathieu.

– Si vous le dites, c'est qu'il doit venir ce matin, conclut-il. Mais il n'est pas là.

Le concierge consulta sa montre. Il était déjà 9 heures.

– C'est très surprenant que monsieur Ernest ne soit pas encore à son bureau s'il devait vous recevoir à 9 heures, observa-t-il. C'est un homme ponctuel.

Il réclama le silence pour écouter les bruits de la rue. Un sourire illumina soudain son visage en dévoilant ses dents noires.

– Monsieur Ernest ne tardera pas ! expliqua-t-il. Sa voiture est dans le quartier. Je l'entends…

L'instant d'après, une automobile pénétrait dans l'enceinte de la manufacture en pétaradant. C'était la Renault d'Ernest Charvin que conduisait un chauffeur en costume galonné. Un homme distingué en descendit. Grand et toujours svelte à quatre-vingts ans, le regard aiguisé et le sourire courtois, il portait beau dans son costume trois pièces.

– Il y a de plus en plus de circulation dans Paris ! soupira-t-il en s'excusant pour son retard. Dès le matin, c'est la pagaille !

Ils rejoignirent aussitôt le bâtiment principal où Ernest Charvin les précéda dans un dédale de couloirs jusqu'à son bureau dont l'austérité frappa Sophie. Il ne comportait qu'une table de travail, une armoire et des fauteuils. Pas de tableaux. Ni de gravures. Ni même de bibelots. En revanche, une douce chaleur y régnait qui les réconforta. Ils enlevèrent manteaux et chapeaux, échangèrent des banalités sur les humeurs du temps avant qu'Ernest Charvin n'évoque la mémoire d'Hector. Il conservait le meilleur souvenir de leur collaboration à la Fédération nationale de la tannerie.

– Votre père, Mathieu, avait les qualités requises pour être un excellent secrétaire ! précisa-t-il. Il était compétent et disponible ; il travaillait dans la discrétion… C'est ce qu'un président demande à son secrétaire général. Votre père a exercé ses fonctions avec de la méthode et de la diplomatie sans jamais froisser quelqu'un. Il était tellement apprécié par nos adhérents que certains avaient souhaité qu'il me remplace lorsque j'ai abandonné la présidence. Il en avait les capacités : c'était certain… S'il avait été candidat, son élection n'aurait été qu'une simple formalité et il n'aurait pas eu de concurrents. Il y a renoncé, même si cela l'intéressait beaucoup : il redoutait que ses obligations l'éloignent davantage de l'Aveyron, de sa famille et de sa tannerie…

– Il était si souvent absent depuis des années qu'il nous aurait manqué bien plus encore s'il avait passé la moitié de son temps en dehors de Rodez ! avoua Mathieu. Ses affaires en auraient souffert sûrement. Notre cousin aurait peut-être profité de la situation…

– Vos affaires ? Nous y venons ! enchaîna Ernest Charvin en caressant ses cheveux blancs.

Il regarda fixement Mathieu avant de continuer :

– Vous vous doutez bien que les grossistes sont au courant de vos déboires. Même à Paris…

Mathieu et Sophie blêmirent.

– Ces nouvelles-là se répandent d'autant plus rapidement que le nombre de tanneries et de négociants diminue à travers la France, poursuivit-il. Le monde de la tannerie est petit ! On se connaît tous, on ne peut rien cacher, mais surtout on ne se fait pas de cadeaux en affaires… Depuis que vous m'avez téléphoné, j'ai pris contact avec des grossistes pour leur parler de vous.

– Et comment ont-ils réagi ? coupa Mathieu.

– Deux d'entre eux sont disposés à vous rencontrer.

Les visages de Mathieu et de Sophie s'éclairèrent.

Ces négociants les rejoindraient dans le courant de la matinée pour soumettre leurs conditions à Mathieu.

– Ne chipotez pas, même si vous êtes perdant par rapport à ce que vous donnait l'armée, conseilla-t-il. Ces gars-là sont honnêtes. Ils ne vous rouleront pas.

Ernest Charvin leur expliqua encore que les tractations avaient été laborieuses.

– Malgré vos relations ? s'étonna Mathieu.

– Elles ne suffisent pas toujours à trouver des solutions lorsque les temps sont difficiles, répondit-il.

Les problèmes monétaires du printemps s'étaient répercutés sur le marché des peaux tannées, comme sur les autres secteurs de l'économie. La dévaluation avait fragilisé les négociants qui ne souhaitaient plus entasser de grands stocks de ballots dans leurs entrepôts. La démarche d'Ernest Charvin aurait sûrement échoué si les deux grossistes n'avaient pas été ses obligés.

– Ils ne pouvaient pas me laisser tomber ! ajouta l'ancien patron en toute franchise.

– S'ils n'avaient pas eu les moyens d'acheter nos peaux avant des semaines, quelle déconfiture ! avoua Mathieu.

– Ne dramatisez pas, Mathieu ! protesta-t-il. Croyez bien que je me serais démené pour que nous trouvions une solution coûte que coûte. Et je vous garantis que nous l'aurions trouvée. Nous aurions préservé cette maison à laquelle votre père était très attaché... Je vous le répète : votre père était mon ami ! Nous nous entendions si bien... Il n'y a pas eu la moindre brouille entre nous... Nous avons continué à nous fréquenter quand j'ai abandonné la présidence de la Fédération.

Ernest Charvin n'avait pas pu assister aux obsèques d'Hector et il le regrettait.

– Votre père me parlait souvent de sa tannerie et de sa famille ! poursuivit-il. C'est comme si je vous connaissais depuis toujours... Il m'avait raconté votre mariage qui le comblait.

Mathieu et Sophie échangèrent un regard plein de tendresse. Leurs joues en rosirent.

– Hector était tellement impatient de vous revoir qu'il prévoyait de vous accueillir à Bordeaux à votre descente du bateau, mais il vous en réservait la surprise... Hélas ! il nous a quittés avant que vous ne reveniez... J'ai perdu un ami...

Il s'exprimait à propos d'Hector avec une grande émotion qui ne leur échappa guère.

Brusquement, la secrétaire les interrompit.

– Monsieur Le Floch est là !

L'ancien tanneur retrouva aussitôt son sang-froid.

– Qu'il nous rejoigne ! répondit-il.

Ernest Charvin avait souhaité que Mathieu rencontre les deux grossistes dans son bureau, à 10 heures pour Pierre Le Floch et 11 heures 30 pour Francis Labourier.

– En terrain neutre ! avait-il indiqué.

Les discussions les amenèrent jusqu'à 13 heures. Mathieu ne s'acharna pas à contester leurs prix qui se révélaient de 10 à 15 % inférieurs aux tarifs de l'armée. Il n'était pas en position de force pour obtenir mieux. En revanche, il négocia âprement la quantité de peaux tannées que chaque maison était disposée à acheter. Les deux marchands connaissaient la réputation des Berthier ; ils ne manifestèrent pas d'exigences particulières, puisque Ernest Charvin leur avait expliqué la situation de la maison avant de leur apporter des garanties sur la qualité des ballots.

– Je réponds de Mathieu Berthier comme de mes propres enfants ! avait-il annoncé en préambule pour les convaincre.

Cette marque de confiance les avait rassurés. Grâce à la médiation d'Ernest Charvin et à des concessions de chacune des deux parties, ils trouvèrent un accord. Leur maison était sauvée. Ces rentrées d'argent arriveraient à point pour la renflouer avant deux mois.

Ces horizons nouveaux libérèrent Sophie de son angoisse. Elle avait assisté à leurs entretiens sans intervenir. Les deux hommes n'avaient sûrement pas l'habitude de prendre en compte les opinions des femmes lorsqu'il s'agissait de leurs affaires. Se dandinant sur son fauteuil, se mordant les lèvres, se rongeant les ongles, elle s'était efforcée de garder son sang-froid en se répétant : « Pourvu qu'ils ne chipotent pas et qu'ils signent ! » Maintenant, rassérénée, elle se réjouissait des résultats que Mathieu avait obtenus grâce à la collaboration d'Ernest Charvin.

– Félicitations ! s'exclama-t-elle. Tu t'es bien défendu.

Sophie était tellement fière de son époux qu'elle l'aurait couvert de baisers s'ils avaient été seuls.

– Vous vous débrouillez bien ! reconnut encore Ernest Charvin. C'est en Uruguay que vous avez appris à négocier ?

Mathieu confirma, puis le remercia pour son précieux concours.

– Il était normal que je vous donne un coup de pouce au nom de la vieille amitié qui m'unissait à votre père ! estima-t-il. Et si je peux vous rendre d'autres services, n'hésitez pas à me solliciter.

– Justement, monsieur Charvin ! répondit aussitôt Mathieu. J'ai quelque chose à vous demander. Ce n'est pas un service… C'est à propos de mon père.

Comme il paraissait embarrassé, Ernest Charvin l'encouragea :

– N'hésitez pas, Mathieu !

– C'est tellement personnel que…

– Nous étions amis : parlez sans crainte ! insista-t-il en balayant ses scrupules. J'essaierai de vous répondre…

Mathieu le remercia avant de se lancer :

– C'est simple ! Voilà… J'aurais aimé savoir si vous aviez connu une jeune femme qui habitait à Paris pendant l'Exposition de 1900. Elle s'appelait Aurore Morvan…

En entendant ce nom, Ernest Charvin se rembrunit et il s'agrippa des deux mains aux accoudoirs du fauteuil.

– Vous l'avez sûrement côtoyée ! continua-t-il. Elle a travaillé pendant quelque temps pour le compte de la Fédération et…

Mathieu n'acheva pas sa phrase. On avait frappé.

Dans l'instant, Ernest Charvin se ressaisit et se redressa sur son fauteuil pour ordonner :

– Entrez !

Il se décrispa peu à peu comme s'il était soulagé d'esquiver ses questions.

– C'est sûrement mon petit-neveu Romain ! expliqua-t-il. Il devait se joindre à nous pour le déjeuner. J'aimerais, Mathieu, que vous le rencontriez ! Vous avez sûrement des choses à vous dire…

Romain était déjà entré dans le bureau, mais il attendait que son grand-oncle termine.

– Mon petit-neveu est ingénieur en tannerie comme vous, ajouta l'ancien patron tanneur. Il seconde mon fils Arnaud qui m'a succédé après la guerre… Quel âge avez-vous, Mathieu ?

– J'aurai vingt-sept ans à Pâques.

– Parfait ! Romain en aura vingt-quatre en juillet. Vous avez à peu près le même âge…

Lorsqu'ils se saluèrent, Mathieu et Sophie observèrent qu'il avait le même regard, la même sveltesse, la même élégance, les mêmes mimiques que son grand-oncle.

Ils déjeunèrent à l'auberge des Mariniers qui plongea Mathieu et Sophie dans l'ambiance populaire des faubourgs parisiens. Quand ils pénétrèrent dans la grande salle où s'entremêlaient des odeurs de cigarette, de bouillon et de graillon, Sophie remarqua qu'il n'y avait pas une seule femme. Les tables étaient occupées par des mariniers, des tanneurs et des ouvriers qui s'exprimaient grassement devant leur chopine. Dès l'instant où ils reconnurent Ernest Charvin, ils renoncèrent aux plaisanteries dont ils avaient l'habitude de bombarder les quelques femmes qui s'aventuraient dans cette auberge.

La patronne les conduisit aussitôt jusqu'à la petite salle qu'elle réservait aux négociants et aux industriels du canal Saint-Martin. Décorée de tableaux très colorés qui illustraient des scènes de la batellerie sur la Seine, elle était avenante. Les deux ingénieurs sympathisèrent rapidement. Tout les rapprochait : la profession, la jeunesse, la curiosité qui les poussait à voyager. Comme Mathieu et certains camarades de sa promotion, Romain avait l'intention de séjourner à l'étranger pour y apprendre d'autres techniques de tannage. Mais il hésitait toujours entre la Hongrie et l'Afrique du Nord où les procédés traditionnels étaient toujours pratiqués. Il interrogea Mathieu sur son expérience dans le négoce en Uruguay. Les deux hommes constatèrent qu'ils avaient fréquenté la même école à Lyon ; ils s'y étaient sûrement rencontrés, mais ni l'un ni l'autre ne s'en souvenaient.

Lorsqu'ils quittèrent l'auberge, Ernest Charvin leur proposa de découvrir la tannerie.

– Si Sophie veut bien la visiter, dit-il.

Il appelait la jeune femme par son prénom comme elle l'y avait autorisé au moment du déjeuner.

– Notre profession ne passionne jamais les femmes ! ajouta-t-il. Elles la trouvent trop salissante, écœurante. Ces odeurs de peaux confites leur donnent la nausée…

– La carnasse et la saumure ? J'y suis habituée ! rétorqua-t-elle fièrement à la surprise d'Ernest Charvin et de son petit-neveu.

Sophie leur expliqua à quelles activités elle s'adonnait dans la manufacture de son oncle Hector lorsqu'elle séjournait au château de La Coste dans son enfance.

– Vous vous amusiez à classer des peaux ? s'étonna-t-il. Vous avez manqué votre vocation !

– Oh ! Non ! répondit-elle en souriant. L'alchimie du tannage est bien trop savante pour moi.

Lorsqu'ils revinrent dans l'enceinte de la maison, Ernest Charvin se confondit en excuses.

– Je suis désolé de ne pouvoir faire la visite de la tannerie avec vous, mais on m'attend à l'autre bout de Paris, expliqua-t-il avant de consulter sa montre. Je vous confie à Romain.

Il semblait pressé de rejoindre sa voiture au volant de laquelle le chauffeur s'était déjà installé.

– Quel dommage ! répondit Mathieu dont la déception n'échappa à personne. Vous nous auriez retracé l'histoire et l'évolution de la maison.

– Je suis désolé, Mathieu, mais on m'attend ! répéta-t-il.

Mathieu regrettait surtout de ne pas pouvoir poursuivre la discussion qu'il avait amorcée dans son bureau à propos d'Aurore Morvan. Avait-il vraiment un rendez-vous ? Ou cherchait-il à esquiver ses questions ? Mathieu s'interrogeait. Mais une évidence s'imposait : Ernest Charvin connaissait cette femme.

Les Berthier le remercièrent chaudement pour l'efficacité de ses démarches ainsi que pour sa gentillesse.

– Je suis heureux de vous avoir rendu service, dit-il en souriant.

Puis il disparut.

Ils passèrent près de trois heures dans des bâtiments immenses où besognaient deux cents personnes. Les Charvin y pratiquaient le tannage au chrome depuis un quart de siècle. Très intéressé par cette fabrique moderne, Mathieu accabla Romain de questions. Le jeune homme y répondit d'une manière courtoise et précise. Depuis le déjeuner, comme deux anciens élèves d'une même école, ils se tutoyaient. Sophie les observa à la dérobée. Une même passion les animait. Mathieu était à l'aise en sa compagnie tandis que Romain n'affichait aucune prétention, même s'il travaillait dans une tannerie prestigieuse. En traversant les couloirs et entre deux étages, ils ne manquèrent pas d'évoquer le souvenir de leurs anciens maîtres de Lyon qui les avaient marqués. Romain demanda à Mathieu s'il avait des nouvelles de ses camarades de promotion.

– Hélas ! Non ! répondit-il en toute franchise. Je le regrette bien ! Les trois années que j'ai passées en Uruguay m'ont coupé de mes meilleurs copains.

Certes ils avaient échangé quelques lettres après son départ de Rodez, mais les lenteurs des voyages entre l'Amérique du Sud et la France ne les avaient pas encouragés à persévérer. Les courriers s'étaient espacés, leurs relations s'étaient distendues.

– Je ne sais même pas où ils sont installés aujourd'hui, ni même s'ils sont toujours en France ! concéda-t-il. Pourtant, j'aimerais bien les retrouver.

– Si tes bons copains sont toujours en France, tu les retrouveras en participant aux journées techniques de la Fédération : la plupart des jeunes ingénieurs s'y déplacent ! le rassura Romain.

– Si je les retrouvais, on discuterait des nouvelles techniques de tannage, des exigences des grossistes et de la clientèle ! poursuivit Mathieu. Ils me donneraient leur point de vue sur mes projets. Il y a des jours où je me sens isolé à Rodez. Il n'y a plus qu'une tannerie dans les environs. Nous sommes éloignés de tout…

– C'est certain que j'ai de la chance de pouvoir travailler à Paris et dans une grande maison, reconnut-il. Mais ce n'est pas tout… La tannerie que tu exploites à Rodez, t'appartient ; tu la diriges comme tu l'entends ! Je n'ai pas cette chance… Cette maison est entre les mains de mon grand-oncle et de mon petit-cousin, Arnaud. Je n'en hériterai pas…

Romain s'était exprimé d'une telle manière que ses frustrations n'échappèrent pas à Mathieu.

– Même si l'Aveyron est au diable, tu prendras bien de temps en temps un express pour Paris ! continua Romain d'un ton plus léger. Tu viendras à la tannerie. On parlera de tes projets…

11

À la tannerie, les nouvelles commandes détendirent l'ambiance. Déjà, certains employés s'étaient préparés à perdre leur emploi. Les célibataires et les plus jeunes d'entre eux avaient demandé aux alentours de Rodez si on n'embauchait pas des manœuvres, des terrassiers, des bûcherons. Les tensions s'atténuèrent peu à peu et une atmosphère plus laborieuse s'installa. Semaine après semaine, la situation de la manufacture s'améliorait grâce à des expéditions inespérées. En décembre, Mathieu avait sollicité les grossistes du Sud-Ouest et du Massif central. Mais ils n'avaient été que quatre à acheter. Il avait regretté à l'époque la faiblesse de leurs ordres. Une misère ! Aujourd'hui, ces négociants se manifestaient à nouveau en commandant des quantités plus importantes. C'était encourageant pour le redressement de l'entreprise…

Les journées hivernales et sombres avaient rapproché Sophie et Hélène. Toutes deux se réfugiaient l'après-midi autour du poêle du salon. Tandis qu'Hélène crayonnait, Sophie feuilletait des journaux parisiens et des magazines féminins. Elle commentait l'évolution de la mode qui encourageait les jeunes femmes à porter des jupes remontant jusqu'aux genoux, des bas de soie transparents et des robes de soirée aux décolletés généreux. La femme en vogue montrait ses bras et ses jambes, se maquillait, coiffait ses cheveux courts et s'exhibait aux terrasses des cafés de la capitale, buvant de l'alcool et fumant. Cette attitude heurtait Hélène.

– Vous en avez vraiment croisées à Paris ou c'est une invention des journaux ? demanda-t-elle à Sophie, incrédule.

– Ces femmes existent et elles ne cherchent pas à se cacher, répondit-elle. Je ne pense pas qu'elles s'habillent de cette manière pour choquer. On prétend, tante Hélène, qu'il y a un vent de liberté qui souffle sur la capitale depuis la guerre.

– Un vent de liberté ? s'indigna Hélène. C'est plutôt une honte ! Ces femmes sont indécentes.

Elle ne décolérait pas devant certaines illustrations de *Fémina*, de *La Mode pratique* et de *La Gazette du bon ton*.

– Tu couperais tes cheveux comme elles ? enchaîna-t-elle.

– Oh ! Non ! protesta Sophie en souriant.

– Tu fumerais dans les cafés si tu vivais à Paris ?

– Encore moins.

– Tu me rassures ! soupira-t-elle.

– Douteriez-vous de votre belle-fille ? s'étonna Sophie.

– Non ! Je te connais bien ! rétorqua-t-elle. Je ne pense pas que tu céderais facilement à ces caprices.

Ne le redoutait-elle pas ? Les trois années qu'elle avait passées en Uruguay l'avaient changée. Son caractère s'était affirmé. Sophie n'était plus la jeune et docile mariée de vingt ans qui avait bouclé ses valises pour accompagner son époux à Montevideo. Aujourd'hui, sa belle-mère craignait peut-être qu'elle succombe à ces caprices dès que la manufacture retrouverait sa prospérité et que les Berthier ne porteraient plus le deuil. Elle se trompait ! Si Sophie avait l'intention de se distraire et de recevoir dès qu'ils le pourraient, elle n'imiterait pas les garçonnes. Toutefois, elle envisagerait d'apprendre à conduire comme certaines femmes de la capitale qui pilotaient des cabriolets et des torpédos. La nouvelle stupéfia Hélène.

– Toi ? s'exclama-t-elle. Au volant d'une voiture ?

– Pourquoi pas ? répliqua Sophie, piquée que sa belle-mère ne la prenne pas au sérieux. Des femmes conduisent aujourd'hui aussi bien que les hommes…

– Tu conduirais la Citroën de Mathieu ? insista-t-elle.

– Bien sûr ! rétorqua-t-elle. Je suivrai des cours, puis je me présenterai à l'examen.

– Si Mathieu l'accepte…

– Nous en avons déjà parlé : il est d'accord ! répondit Sophie. Je m'inscrirai dès le printemps chez notre garagiste pour prendre des leçons... Dès que j'aurai mon permis, je vous emmènerai à Layoule pour crayonner et partout où vous voudrez.

Hélène trouva soudain ses projets moins saugrenus. Grâce à sa belle-fille, elle pourrait pousser jusque dans les villages du Vallon et du Causse ; elle peindrait les châteaux, les chapelles, les calvaires, les caselles des bergers, les maisons de vignes.

Son sourire ne trompa pas Sophie qui ajouta :

– Gabrielle nous préparera le pique-nique et nous partirons pour la journée. Qu'en pensez-vous ?

– C'est une bonne idée ! reconnut-elle. Il y a des vieux ponts sur l'Aveyron, des chapelles, des châteaux en ruines, des villages que j'aurais peints si on m'y avait amenée. Personne ne me l'a jamais proposé...

– Même pas l'oncle Hector ?

– Il n'avait pas le temps...

– Et il ne s'intéressait pas à la peinture, observa Sophie.

Hélène ne répondit pas pour enchaîner aussitôt :

– Aimerais-tu dessiner ?

Déroutée par la question, la jeune femme balbutia :

– Oui. Peut-être. Je ne sais pas...

– Tu devrais essayer.

– Vous m'apprendriez ?

– Bien sûr ! Ce serait avec plaisir.

Dès ses premiers cours, Sophie ressentit le besoin de crayonner le château familial. Elle avait souvent regretté qu'ils ne possèdent ni tableaux ni gravures de La Coste. Le dimanche après-midi, lorsque le temps n'était pas trop capricieux, elle y entraînait Mathieu pour le dessiner. Puis ils se promenaient en amoureux dans les sous-bois, retrouvant avec beaucoup d'émotion leurs souvenirs d'adolescents lorsqu'ils s'aventuraient sur les chemins du domaine pour pouvoir s'embrasser librement. Après Pâques, ils surprirent des oiseaux qui s'affairaient à construire des nids dans les branches des arbres tout en gazouillant. La nature s'éveillait enfin. Les premiers bourgeons, la douceur et les parfums de l'air ne trompaient pas. Un dimanche, le chant du coucou résonna dans les lointains.

C'était à la mi-avril. Sophie suggéra à Mathieu de s'installer dans le château pour deux à trois semaines ; il jugea son idée excellente. Désormais, après sa journée à la manufacture, il la rejoindrait à La Coste.

D'emblée, tous deux baignèrent dans une sensation de quiétude et de bonheur. Ils étaient d'autant plus heureux d'habiter à nouveau cette demeure qu'ils ne l'avaient jamais occupée seuls.

– Le château est à nous ! s'exclama Sophie, en déposant leurs bagages dans l'entrée.

Elle en éprouva dès les premiers jours comme une exaltation qui la poussait à fredonner une chanson en brossant ses cheveux, en composant des bouquets de violettes et de muguet pour décorer les salons. Elle profitait pleinement de la campagne au point qu'elle dormait encore le matin quand Mathieu se préparait pour reprendre le chemin de la tannerie. Avant de quitter le château, il la regardait avec tendresse et déposait un baiser sur son front. Elle était belle. Son visage était lisse et serein. Un sourire flottait sur ses lèvres tandis qu'une respiration régulière soulevait sa poitrine. Elle était si détendue et si rayonnante que cet équilibre retrouvé ne pourrait que renforcer leurs espoirs de maternité.

Ils occupaient toujours le château lorsque le petit-neveu d'Ernest Charvin informa Mathieu de son prochain passage en Aveyron. Son petit-cousin, Arnaud, le dépêchait chez l'intendant du régiment des hussards de Tarbes qui figurait parmi sa clientèle. Romain comptait effectuer un crochet par Rodez pour y rencontrer Mathieu avant de rejoindre Toulouse puis les Pyrénées. Mathieu se réjouit aussitôt de le recevoir. Il l'appela à la tannerie Charvin dès la réception de son message.

– Tu visiteras nos installations et tu nous donneras des conseils pour les moderniser, se félicita-t-il. Et tu pourras faire connaissance avec ma mère…

Romain débarqua à la gare de Rodez un matin à 7 heures et Mathieu l'accompagna au château où Sophie les attendait. Dès qu'ils eurent partagé le petit déjeuner, il leur demanda de le conduire à travers les étages. Tout l'intéressait, depuis les consoles en marqueterie, les secrétaires Directoire et les bonheurs-du-jour du XVIIIe siècle jusqu'aux commodes du premier Empire, aux bergères Louis XVI, aux fauteuils Louis XIII et aux chaises dorées Louis XIV. Il s'attarda devant les tableaux de leurs ancêtres pour presser de questions Mathieu et Sophie sur les relations de parenté qui les unissaient à ces sévères militaires en uniforme et à ces femmes en toilettes d'apparat. Les Berthier lui présentèrent l'arbre généalogique des seigneurs de La Coste, dessiné sous Napoléon Ier. Jonglant avec les prénoms et les époques, ils apportèrent sur certaines alliances des éléments qui stupéfièrent Romain.

– Comment vous y retrouvez-vous ? s'exclama-t-il.

– L'histoire des seigneurs de La Coste m'a toujours captivé ! reconnut Mathieu. Notre grand-père Élisée me la racontait souvent le dimanche après le déjeuner. C'était peu avant qu'il ne meure. Je devais avoir six ou sept ans. Il était heureux que je veuille bien l'écouter parce que mes frères, plus âgés, s'en étaient lassés. Il enjolivait les exploits des officiers de notre maison en affirmant qu'ils avaient combattu à Jérusalem à l'époque des croisades en Terre sainte. Qu'importe ! Il m'a inculqué l'amour de la famille et du château…

Cette passion, il l'avait transmise à Sophie après l'installation de son père à Rodez en 1916, alors que sa cousine était déjà devenue une adolescente.

– Quelle époque ! soupira-t-elle. Des jeunes mouraient dans les tranchées ; d'autres étaient blessés ou estropiés à jamais. La mort rôdait partout. Vous vous en souvenez, Romain ?

– Bien sûr ! Personne n'était mobilisé dans ma famille, mais mon grand-oncle et ma mère parlaient souvent de la guerre…

– Les deux frères de Mathieu et mon frère Clément se battaient, poursuivit-elle. On priait pour eux tous les soirs, on craignait qu'ils ne rentrent pas. J'avais treize ans à notre arrivée à Rodez, je pensais souvent à la mort… Comme Mathieu, je me raccrochais à ce que la guerre ne pourrait pas nous enlever : le château et son histoire, les portraits de nos aïeux, leurs exploits…

Lecteurs de Walter Scott, Mathieu et Sophie s'étaient construit une mythologie autour des anciens seigneurs de La Coste pour échapper aux malheurs du temps.

– Vous êtes-vous aussi intéressé à l'histoire de votre famille ? demanda Sophie à Romain.

Il éprouva de l'embarras pour répondre avant de concéder :

– C'est bien différent chez nous ! Il n'y a pas de château... Ni de domaine... Ni d'arbre généalogique... Ni de blason... Ni de brillants officiers royaux... Ma famille est plus ordinaire que la vôtre...

– Il n'empêche qu'elle a aussi une histoire, même si elle est plus modeste ! rétorqua Mathieu. Tes grands-parents ou tes parents te l'ont-ils racontée ?

À cette question, Romain se troubla soudain.

Persuadé qu'il avait touché un point sensible, Mathieu bredouilla des excuses pour son manque de discrétion.

Mais, déjà, Romain s'était ressaisi.

– Pourquoi vous le cacher ? Ma maman a été veuve très jeune. Avant même que je ne naisse... Elle a décidé de quitter la Nièvre et de s'installer à Paris. Ses parents ne l'ont pas accepté ; ils ont rompu toute relation. Mon grand-oncle Ernest s'est occupé de nous. Je le considère aujourd'hui comme mon grand-père.

Il n'en dévoila pas davantage.

Mathieu et Romain passèrent l'après-midi à la manufacture. Ils arrivèrent au moment où les ouvriers charriaient près d'une fosse une montagne de peaux qui avaient été trempées, écharnées et « confitées » pour les rendre plus souples avant le tannage. Romain observa ces hommes descendre dans les entrailles du réservoir d'où montaient des vapeurs âcres, pour disposer en couches successives les peaux et les écorces de chêne moulues tout en respectant de savants dosages que le contremaître était le seul à connaître. Ils répandirent encore des noix de galle écrasées avant de recouvrir l'ensemble de solides madriers pour que les peaux flasques et humides, à l'aspect de tripailles, baignent dans cette décoction. Dans trois mois, ces hommes les « lèveraient » pour les étendre devant la tannerie, les balayer et les remettre dans la même fosse en y incorporant de nouvelles écorces moulues qui régénéreraient le mélange existant. Ils renouvelleraient l'opération à deux reprises encore avant d'exhumer de leur tombeau les peaux de bœufs momifiées qui seraient devenues enfin des cuirs. Depuis des générations, la maison Berthier appliquait ce procédé. Romain avait l'impression de se retrouver dans les tanneries médiévales dont il avait découvert la description dans de vieux ouvrages.

– Quand je regarde tes ouvriers travailler dans cette fosse, je me crois au Moyen Âge ! expliqua-t-il à Mathieu. C'est archaïque.

La causticité de ses propos étonna Mathieu. Pourquoi critiquait-il ses méthodes sans connaître la situation de la tannerie ? Certes, l'entreprise des Charvin était à l'évidence plus florissante et plus moderne, mais Mathieu considérait que les Berthier n'avaient pas démérité et qu'ils n'étaient pas des patrons arriérés. Soucieux de ménager leurs relations futures, il n'entendait pas envenimer leur discussion. Toutefois, il comptait prouver à Romain d'une manière ferme mais courtoise qu'il se fourvoyait.

– Tu exagères, Romain ! protesta Mathieu sans se départir d'un sourire désarmant. Nous ne sommes plus au Moyen Âge même si Rodez est au diable ! Ce bâtiment a été construit sous Napoléon III par mon arrière-grand-père pour remplacer l'ancienne fabrique qui remontait effectivement au XVe ou XVIe siècle. L'électricité y a été installée en 1890 grâce à l'ingéniosité de mon grand-père, alors que les quartiers de Rodez n'en étaient pas encore équipés. Mon père y a aménagé un vestiaire, un réfectoire et même une douche pour les employés. Les vôtres n'en ont peut-être pas…

– C'est exact ! concéda-t-il. Il n'y en a pas chez nous. Ta maison est en avance sur la nôtre…

Mathieu triomphait :

– Nous ne sommes pas aussi archaïques que tu l'imagines !

L'ingénieur parisien le reconnut en toute franchise :

– Vous êtes des patrons modernes comme disent les ouvriers et c'est bien pour eux.

– J'en suis fier !

Sa réplique avait fusé, Mathieu s'était raidi.

– Tu peux en être fier ! répondit Romain. Tu ne pars pas de rien. Tu as un outil de travail que ton père t'a légué.

Il laissa s'écouler un moment de silence avant de continuer :

– Tu admirais ton père, n'est-ce pas ?

– C'était un homme de progrès, expliqua Mathieu. Peut-être plus qu'un homme d'affaires. C'était bien ce qui me plaisait le plus dans son caractère ! Comme je te le disais tout à l'heure, il s'est toujours préoccupé d'améliorer les conditions de travail des employés. Mais il avait également une grande curiosité pour tout ce qui touchait à la mécanique et à la technique… Il avait une passion pour les voitures et il mettait souvent les mains dans le moteur. Il était capable aussi de dépanner la turbine qui alimente la tannerie…

– Vous vous entendiez bien ?

Cette question étonna Mathieu qui le regarda.

– Mais pourquoi me demandes-tu cela ? rétorqua-t-il. Nous nous sommes toujours bien entendus…

– S'il n'était pas décédé, tu penses qu'il t'aurait permis de diriger la manufacture comme tu l'aurais voulu ? enchaîna Romain. Quand on est patron d'une entreprise depuis tant d'années, on n'y renonce pas facilement…

– Nous en avions déjà discuté avant mon départ en Uruguay et il était d'accord pour que je prenne les rênes de la fabrique ! Depuis quelque temps, il était même impatient que je revienne. Comme s'il était fatigué… Il était souvent en déplacement… J'y étais habitué. Il n'a jamais été très présent à la maison lorsque nous étions enfants. Ses fonctions de secrétaire général de la Fédération l'accaparaient, nous en avons souffert…

– Chez nous, ce n'était pas mieux ! observa Romain. Ma mère a toujours travaillé. Certains jours, je la voyais peu et elle n'avait pas le temps de m'amener à l'école… Je partais avec les enfants d'une voisine qui étaient dans la même école… Quand j'étais au lycée, je me retrouvais souvent seul le soir à la maison…

Pendant quelques secondes, tous deux laissèrent des souvenirs remonter de leur mémoire.

– Si on revenait à tes affaires et à ta maison ? proposa soudain Romain. Ta tannerie n'est plus dans le « coup » et elle risque d'en crever si elle ne change pas ! Des dizaines ferment chaque année parce qu'elles n'ont pas évolué… On ne produit plus des cuirs forts et durs comme ceux qui sortent de tes fosses…

– Pourtant, il y a toujours de la demande ! rétorqua Mathieu.

Les bourreliers les achetaient pour fabriquer des courroies pour les attelages de bœufs et les harnachements de chevaux alors que les cordonniers s'en procuraient pour confectionner les semelles de chaussures grossières.

– Pour combien de temps ? Tu trouveras de moins en moins de marchés ! expliqua-t-il. Les bourreliers disparaissent depuis que les voitures et les camions remplacent les attelages. Partout, le cheval capitule ! Il n'y a plus de fiacres à Paris… Il n'y aura bientôt plus de charretiers dans notre quartier pour tracter les péniches le long du canal. Les mariniers pilotent de plus en plus de bateaux à moteur… Même l'armée a décidé de « lâcher » les chevaux. Elle s'équipe de camions et d'engins blindés. Si nous avons encore les hussards de Tarbes parmi nos clients, nous ne leur vendons aujourd'hui que de beaux cuirs pour les parades… La grande époque des chevaux et des tanneries d'autrefois est terminée !

Depuis ses études, Mathieu était déjà convaincu des avantages du tannage au chrome. Non seulement il réclamait moins de temps, mais il permettait d'obtenir des peaux plus souples et, surtout, plus résistantes qui pouvaient être teintes. Elles étaient recherchées par les maroquiniers pour fabriquer des sacoches et des mallettes de voyage. On en équipait les sièges de certaines limousines et on en décorait l'intérieur des cabriolets. On les transformait également en vêtements pour les militaires, les cordonniers, les bûcherons et les bouchers. N'avaient-ils pas remarqué qu'elles supportaient mieux le frottement et l'humidité ? Même si le tannage végétal était appelé à disparaître, Mathieu n'avait pas l'intention de l'abandonner encore. Des bourreliers, il en subsisterait longtemps dans les bourgades du Massif central dont les terroirs escarpés ne pouvaient être travaillés que par des chevaux et des bœufs.

– Je compte continuer à produire des cuirs forts et durs pour ces artisans, souligna-t-il. Il y aura moins de tanneurs et le marché s'en portera mieux.

Mathieu rechignait aussi à imposer un changement de méthode trop brusque à ses employés.

– Je préfère que nous y venions petit à petit…

La démarche était prudente et réfléchie. Romain ne la contesta pas. En l'écoutant, il n'était plus aussi critique. La maison Berthier était encore fragile et il était logique qu'elle ne s'exposât pas à trop de risques. Il en regrettait maintenant ses remarques maladroites et il présenta des excuses à Mathieu.

– C'était une réaction stupide ! reconnut-il. Je ne cherchais pas à te froisser…

Mathieu se contenta de sourire.

– Je devrais plutôt t'admirer ! continua-t-il. Tu as eu le courage de reprendre cette maison au pied levé après la mort de ton père… C'était d'autant plus méritoire que vous n'avez pas eu de chance avec votre petit-cousin. Il vous a pillés et tu as perdu les achats de l'armée. C'est un coup dur. Certains n'y auraient pas résisté et ils auraient tout liquidé. Bravo !

Ses propos semblaient sincères ; ils touchèrent Mathieu.

Romain l'encouragea à persévérer dans la modernité.

– Ne t'enferme pas dans les traditions, même si tu y trouves ton compte ! conseilla-t-il. Les peaux tannées au chrome sont d'un très bon rapport parce qu'on en fabrique ensuite des produits de luxe. Mon petit-cousin Arnaud ne reviendrait pas aujourd'hui au tannage à l'écorce moulue. Ni aux vieux cuirs… Nous avons le privilège de travailler maintenant pour les grandes maisons de Paris qui ont une clientèle bourgeoise…

Mathieu mesura un peu plus ce qui séparait les deux maisons, ce dont il avait déjà conscience depuis son passage au canal Saint-Martin.

Leur après-midi s'écoula entre la tannerie et la fabrique de colles, avant qu'ils ne rejoignent la demeure des Berthier où Hélène les attendait.

– Bienvenue en Aveyron et chez les Berthier, monsieur Charvin ! s'exclama-t-elle avec un grand sourire.

Elle demanda à Romain de remercier son grand-oncle pour son intervention auprès des grossistes parisiens.

– Sans leurs achats, notre maison serait en sérieuse difficulté et peut-être même en faillite ! avoua-t-elle. Ce sont des choses qui ne s'oublient pas…

– Il y avait une vieille amitié entre mon grand-oncle et le père de Mathieu ! répondit-il. Ça ne s'oublie pas non plus.

– L'amitié ne peut pas tout si on n'a pas de relations ! rétorqua-t-elle. Votre grand-oncle nous a permis de profiter des siennes. Vous le remercierez une fois encore pour nous, monsieur Charvin.

– Je n'y manquerai pas ! promit-il.

Puis il suggéra à Hélène :

– Appelez-moi Romain ! Vous me reverrez sûrement à Rodez…

Ils s'installèrent dans la bibliothèque, échangèrent des banalités sur les voyages poussifs des express entre la capitale et l'Aveyron, la rudesse climatique de Rodez et les charmes des Pyrénées. Dans son adolescence, Hélène avait séjourné à Cauterets et à Bagnères en compagnie de ses parents, qui préféraient la montagne à la mer. Elle regrettait de n'y être jamais retournée après son mariage. Puis les deux hommes continuèrent leurs discussions de l'après-midi sur les techniques de tannage et elle les abandonna. Après son départ, Mathieu proposa à l'ingénieur parisien de goûter le vin de gentiane que fabriquait leur cuisinière. Pendant qu'il exhumait deux verres et la bouteille d'un buffet bas, Romain concentra son attention sur les souvenirs présentés sur le dessus de la cheminée au point qu'il n'entendit pas la question de Mathieu à propos de son départ pour Toulouse le lendemain.

– À quelle heure prends-tu l'express demain ? demanda Mathieu avec insistance en déposant la bouteille et les verres sur une table.

Romain s'arracha soudain à ses pensées pour le regarder d'une manière étrange, comme s'il était étonné par sa question.

– Mon express ?

Il s'accorda quelques secondes de réflexion avant de répondre :

– Oui ! J'y suis. Excuse-moi. J'étais distrait. Je prends le train de 11 heures... Enfin... Je crois bien...

Il consulta aussitôt son calepin.

– C'est bien le train de 11 heures, dit-il.

Son égarement n'avait pas échappé à Mathieu, qui s'en inquiéta :

– Que t'arrive-t-il ?

Romain ne répondit pas.

– Ce sont les photos de mes frères qui t'ont troublé ? insista-t-il.

Mathieu avait observé qu'il s'était attardé sur les portraits de ses frères en uniforme, barrés d'un ruban de deuil.

– Ils te ressemblent beaucoup, reconnut Romain. C'est frappant. Ils sont morts à la guerre ?

– À quelques mois seulement d'intervalle, confirma Mathieu qui s'était assombri. C'était au Chemin des Dames...

Un moment de silence s'écoula avant que tous deux ne reprennent leur conversation.

Le lendemain, Romain demanda à Mathieu de l'accompagner au cimetière de Rodez avant de le conduire à la gare. Son grand-oncle souhaitait qu'il dépose un bouquet sur la tombe de son ami Hector. Le jeune homme acheta des dahlias chez la fleuriste du Faubourg. Le tombeau des Berthier et les sépultures des grandes familles de Rodez l'impressionnèrent. Il les compara à certains monuments de Montmartre et du Calvaire qu'il avait découverts à l'adolescence en compagnie d'Arnaud, son petit-cousin. Tous deux entrèrent pour se recueillir devant la grande pierre sous laquelle reposait Hector. Les brins de muguet sauvage apportés par Mathieu se mêlèrent aux dahlias de Romain. La veille, Mathieu avait été incapable d'évoquer la mémoire de ses frères devant les portraits qui encadraient sur la cheminée deux images du bonheur : les noces de leurs parents et son propre mariage. Il en éprouva maintenant le besoin au point de raconter à mi-voix la brillante carrière à laquelle ils se destinaient, que la guerre avait brisée. Dans la fraîcheur du tombeau, Romain frissonna en songeant à cette génération qui les avait précédés et que de sanglantes batailles avaient sacrifiée. Il essuya même des larmes lorsqu'ils quittèrent le cimetière tandis que les cloches du Sacré-Cœur égrenaient les notes lugubres du glas. Aveuglé par la lumière éclatante qui succédait à la pénombre du sépulcre, Mathieu ne remarqua pas son émotion.

12

Tous deux s'étaient donné rendez-vous à Paris au moment de l'assemblée générale de la Fédération de la tannerie. Le président avait l'intention de présenter Mathieu à ses collaborateurs et aux administrateurs, mais il souhaitait aussi sa présence pour entendre le discours qu'Ernest Charvin avait préparé en hommage à Hector. Mais, l'avant-veille de son départ de Rodez, Romain téléphonait à Mathieu pour le prévenir de son absence de la capitale. Son petit-cousin l'envoyait en Belgique rencontrer des grossistes intéressés par leur production. Mathieu le regretta ; il se retrouverait bien seul parmi les adhérents de la Fédération qu'il ne connaissait pas.

– Nous ne serons pas seuls ! le rassura Sophie qui avait décidé de l'accompagner. Monsieur Charvin sera là. Et le président ! Et le directeur ! Ils ont travaillé avec ton père. Même s'ils sont occupés ce jour-là, ils auront plaisir à te rencontrer…

Comme elle le pensait, on ne les délaissa pas ce jour-là. Depuis le président et le directeur jusqu'aux secrétaires en passant par les administrateurs, tous les entourèrent à leur arrivée dans les salons de la chambre de commerce et d'industrie de Paris où se déroulait l'assemblée générale. Le souvenir d'Hector était bien présent dans les mémoires. Nombre d'entre eux ne manquèrent pas de rappeler à Mathieu et à Sophie combien ils l'avaient apprécié. Il y avait dans leurs propos de la sincérité et de l'émotion, qu'ils ressentirent bien plus encore au moment où Ernest Charvin s'installa à la tribune officielle. L'assistance était tellement recueillie qu'on n'entendit pas le moindre aparté. Le jeune couple en était troublé. Lorsqu'Ernest Charvin termina son discours, il y eut un silence que le président respecta avant de débuter les travaux.

Des adhérents les accaparèrent à nouveau après l'assemblée et pendant le déjeuner dans un restaurant de la place de la Bourse, au point que Mathieu rejoignit de justesse Ernest Charvin à l'instant où il reprenait son chapeau, ses gants et sa canne au vestiaire. Il le remercia chaudement avant de solliciter un rendez-vous.

– C'est si pressé ? s'inquiéta Ernest Charvin en fronçant soudain les sourcils. Mon après-midi est déjà bien occupé...

– Nous ne passons que trois jours à Paris...

– C'est à propos de votre tannerie ? demanda-t-il. Vous avez de nouvelles difficultés ? Romain m'a assuré pourtant que vos affaires s'arrangeaient...

– Tout n'est pas parfait, mais elles se portent mieux ! reconnut le jeune patron.

– Que vous arrive-t-il alors ?

– C'est compliqué à expliquer...

Il était embarrassé pour répondre en présence de ses collègues. Ses hésitations n'échappèrent pas à Ernest Charvin qui proposa de le recevoir après son rendez-vous.

– Venez entre 6 heures et 7 heures, indiqua-t-il. Je serai rentré...

Mathieu et sa femme flânèrent dans Paris avant de se rendre au canal Saint-Martin. Le soleil était déjà estival en ces derniers jours de mai, les jardins exhalaient une odeur de lilas et d'herbe coupée, les boulevards grouillaient de monde, les jeunes femmes arboraient des toilettes légères qui amenaient les hommes à se retourner sur leur passage. De temps en temps, ils se reposaient sur un banc et se rappelaient les propos des uns et des autres sur Hector. Que d'éloges ! À les écouter, ils ne pouvaient qu'être fiers de leur père et beau-père. Pourtant, il y avait toujours ces zones d'ombre qui persistaient. Alors que leur rendez-vous approchait, ils se demandaient si le grand-oncle de Romain voudrait bien les éclairer. Tous deux en ressentaient une certaine appréhension comme s'ils craignaient cet instant de vérité. Mathieu était assailli de doutes. N'aurait-il pas été préférable, comme l'avait suggéré

Jacques, de ne pas exhumer ces vieilles histoires ? Peut-être. Il ne savait plus.

Ils patientèrent longtemps dans l'antichambre d'où leur parvenait par la fenêtre grande ouverte l'agitation du quartier. En feuilletant des magazines pour tromper le temps, ils essayèrent de remarquer parmi le brouhaha la pétarade de la Renault d'Ernest Charvin, mais les sirènes des péniches étaient bien trop puissantes pour qu'ils parviennent à la distinguer dans cette cacophonie. Les ouvriers de la manufacture avaient déjà terminé leur journée et retrouvé les comptoirs des auberges que Mathieu et Sophie attendaient encore. Soudain, la sonnerie du téléphone résonna dans le bureau mitoyen. L'instant d'après, la secrétaire les prévenait qu'Ernest Charvin ne les recevrait pas ce soir.

– Monsieur Ernest est encore en rendez-vous à Saint-Ouen, les informa-t-elle. Il ne rentrera qu'à une heure tardive, il ne repassera pas à la tannerie... Il m'a chargée de vous présenter ses excuses pour ce contretemps... Sa journée de demain est moins chargée... Il vous propose de le retrouver à son bureau dans l'après-midi... Si vous le souhaitez toujours...

En regagnant l'hôtel dans la douceur de ce début de soirée, des questions assaillaient Mathieu. Un rendez-vous retenait-il vraiment Ernest Charvin à Saint-Ouen ? Il n'en avait aucune certitude malgré les explications de sa secrétaire. Son attitude l'intriguait au point de se demander s'il serait bien à son bureau, le lendemain après-midi, pour le recevoir ou s'il reporterait à nouveau leur rencontre.

Ces questions troublèrent son sommeil et l'habitaient toujours le lendemain. Redoutant une dérobade, il chercha à entraîner Sophie à l'adresse qu'Aurore Morvan avait indiquée sur la lettre trouvée dans les papiers de son père.

– Mais qu'espères-tu découvrir ? répondit-elle. C'était en octobre 1900 ! Aurore Morvan a sûrement déménagé depuis.

– La concierge ou des anciens voisins se souviennent peut-être d'elle, rétorqua-t-il.

– N'y compte pas trop ! conseilla Sophie. Les années ont passé. Les habitants de l'immeuble l'ont peut-être oubliée... Surtout si elle n'a occupé cette adresse que peu de temps...

– Essayons quand même !

La jeune femme capitula devant son entêtement.

Ils repérèrent sans difficultés l'immeuble du boulevard Richard-Lenoir. Le bâtiment de cinq étages, auxquels s'ajoutaient des combles à la Mansart, remontait aux lendemains de la Révolution. Mathieu s'étonna de constater que, dans un quartier de tradition populaire, ses fenêtres étaient décorées de ferronneries d'inspiration mauresque. Il les regarda un moment depuis le trottoir opposé. Les deux battants de la porte d'entrée étaient ouverts. La concierge nettoyait le vestibule. Rondelette, le visage rougeaud, les cheveux blancs coiffés en chignon, elle s'affairait avec énergie. Dès que Mathieu l'interpella, elle le dévisagea sévèrement sans arrêter de travailler.

– C'est pour quoi ? aboya-t-elle.

– Je recherche Mlle Aurore Morvan.

– Connais pas ! répondit-elle sèchement.

– Elle habitait chez vous en 1900.

– Je vous répète que je la connais pas !

Malgré sa réponse, il s'obstina.

– C'était en 1900 ! insista-t-il.

Elle s'arrêta soudain de balayer.

– C'est l'année où je suis arrivée dans la maison, dit-elle enfin.

– Vous vous rappelez peut-être d'elle.

– Peut-être...

Il exhuma d'une poche de sa veste le portrait d'Aurore. Alors, elle s'appuya des deux mains sur le manche de son balai et le regarda. Soudain, son visage s'éclaira.

– Je me souviens ! s'exclama-t-elle en devenant plus aimable et plus loquace.

S'adressant à Sophie, elle souligna :

– Cette femme était fraîche et souriante comme vous, madame !

Les joues de Sophie rosirent.

– Comment elle s'appelle déjà ? demanda-t-elle à Mathieu.

– Aurore Morvan.

– Exactement ! Ça me revient. Elle était très gentille.

Désignant Hector, elle précisa ensuite :

– Je reconnais également ce monsieur. C'était son amoureux. Il ne venait pas très souvent, mais il envoyait des fleurs...

– Il envoyait des fleurs ? s'étonna Mathieu.

– Oui, monsieur ! affirma la concierge. Je me souviens très bien. Ce n'était pas courant ; ça m'avait frappé... Le fleuriste déposait le bouquet dans ma cuisine au milieu de l'après-midi et je surveillais le passage de la petite demoiselle lorsqu'elle revenait de sa journée entre 6 heures et 7 heures... C'était encore une demoiselle. J'en suis certaine ! Elle n'était pas mariée à cette époque, même si le monsieur élégant semblait très attaché à elle. Ils formaient un couple bien assorti. Ça crevait les yeux...

Mathieu ne sourcilla pas en entendant cette femme confirmer ce qu'il avait pressenti.

Les mains enfoncées dans les poches de sa blouse de travail, la concierge s'interrompit brusquement.

– Mais qu'est-ce que vous voulez au juste ? s'inquiéta-t-elle tout en fronçant les sourcils. Vous êtes de sa famille ?

Mathieu expliqua qu'Aurore Morvan était une lointaine cousine dont personne n'avait de nouvelles depuis son installation dans la capitale au début du siècle. Il la recherchait aujourd'hui pour le règlement d'une succession.

– Je comprends, dit-elle.

– Vous rappelez-vous où elle s'est installée ensuite ?

– Je ne m'en souviens plus ! reconnut-elle en toute franchise. La demoiselle a habité dans mon immeuble pendant deux ou trois ans. Deux ans ? Trois ans ? Je ne sais plus ! Il y a eu tant de locataires et d'années qui sont passés depuis...

Elle était désolée de ne pouvoir en dire plus.

Mathieu et Sophie la remercièrent avant de glisser un billet dans la poche de sa blouse.

Ils s'éloignaient sur le boulevard lorsqu'elle les rappela.

– Attendez ! Je me souviens de quelque chose... La demoiselle travaillait dans un grand hôtel du quartier... C'était sur le boulevard du Temple. Ou sur le boulevard Beaumarchais. Ou peut-être sur le boulevard Voltaire... Je ne sais plus... C'était sur les boulevards... J'en suis sûre. C'était à l'hôtel...

Elle s'accorda un moment de réflexion avant de soupirer :

– Même si ma mémoire n'est pas fameuse, je pense que c'était à l'hôtel de Provence... Oui ! Je ne me trompe pas. C'était bien à cet hôtel-là... Vous le retrouverez facilement.

Ils arpentèrent sans succès les trois boulevards qu'elle leur avait indiqués. Ils interrogèrent quelques passants, une boulangère, une marchande de quatre saisons, mais personne ne put les renseigner. L'établissement avait peut-être changé d'enseigne...

L'après-midi était bien écoulée quand l'ancien patron tanneur les accueillit dans son bureau du canal Saint-Martin. Il se confondit en excuses pour le rendez-vous manqué de la veille, puis leur rapporta les conversations qu'il avait eues avec des collègues. En majorité, ils souhaitaient que Mathieu devienne administrateur de la Fédération pour y représenter la nouvelle génération de tanneurs.

– Je suis persuadé que le président soutiendra votre candidature au moment des élections au conseil ! précisa-t-il. Vous y avez votre place. La Fédération a besoin de sang neuf...

Mathieu apprécia la confiance que les adhérents montraient déjà sans le connaître. Il le devait sûrement aux souvenirs que son père avait laissés parmi eux.

– J'en suis très touché ! reconnut-il.

– Vous devrez attendre encore deux ans, prévint Ernest Charvin. Les élections au conseil ne sont prévues qu'en 1929.

– J'attendrai, monsieur Charvin ! répondit Mathieu en constatant avec soulagement que leur réputation n'avait pas été trop affectée par les malversations d'Étienne.

– D'ici là, vous aurez de quoi vous occuper à la Fédération ! poursuivit-il avec un grand sourire. Le président installera bientôt la nouvelle commission technique. Vous y participerez, c'est confirmé. Vous siégerez aux côtés de Romain.

Le visage de Mathieu s'éclaira.

– Même si vous vous connaissez encore peu, il vous apprécie ! souligna-t-il encore.

– C'est réciproque ! rétorqua Mathieu.

– Romain sera heureux de vous conseiller dès que vous voudrez changer de procédé de tannage...

Soudain, il le regarda fixement avant de continuer :

– C'est bien à propos de la modernisation de votre fabrique que vous souhaitiez me rencontrer ?

– Pas exactement, monsieur Charvin ! répondit Mathieu.

Ernest Charvin marqua un temps de surprise :

– Je ne comprends pas ! À son retour de Rodez, Romain m'avait expliqué que vous passeriez bientôt au tannage au chrome…

– Nous y viendrons ! le rassura Mathieu. Mais c'est trop tôt ! Les finances de l'entreprise ne sont pas totalement consolidées et il est plus raisonnable d'attendre…

– Qu'est-ce que je peux pour vous alors ? demanda-t-il.

– Vous pouvez m'éclairer sûrement, monsieur Charvin !

– Si je peux…

– C'est assez délicat ! reconnut Mathieu. Ce qui me ramène vers vous n'a pas de rapport avec mes affaires, mais avec mon père… Est-ce que vous avez connu une jeune femme, Aurore Morvan, qui travaillait pour la Fédération il y a une vingtaine d'années ?

Ernest Charvin ne chercha pas à se dérober, mais il s'accorda le temps de choisir ses mots avant de répondre :

– Aurore Morvan ? Bien sûr, je la connais ! Je me souviens d'elle, même si du temps a passé… Nous l'avions engagée, comme deux autres jeunes femmes, pour accueillir nos visiteurs à l'Exposition de 1900. La Fédération avait aménagé un pavillon pour y présenter les différents procédés de tannage ainsi que la production des grandes maisons… Comme j'étais souvent présent dans ce pavillon, j'avais remarqué qu'Aurore Morvan était la plus gracieuse de nos hôtesses et la plus élégante… Peut-être aussi la plus brillante ! Elle avait compris rapidement les explications de notre directeur sur les techniques de tannage et elle répondait aux questions les plus saugrenues des visiteurs ! Elle était plus curieuse, plus éveillée que les deux autres jeunes femmes…

– Est-ce que mon père la connaissait ? l'interrompit brutalement Mathieu.

Le vieil homme se crispa.

– Nous avons trouvé dans les papiers de mon père une photo et une lettre, continua Mathieu.

Enfoncé dans son fauteuil, Ernest Charvin se redressa soudain.

– Une photo et une lettre ?

Son visage blêmit. Une photo et une lettre d'Aurore parmi les papiers d'Hector à Rodez ? C'était à peine croyable ! Il n'y aurait jamais songé. Comment Mathieu les avait-il découverts ? Hector était si ordonné…

Les coudes plantés sur les accoudoirs de son fauteuil, le menton appuyé sur la pointe des doigts, le visage fermé, Ernest Charvin se demanda ce qu'il pouvait répondre.

– Alors, je ne peux pas vous cacher la vérité ! soupira-t-il après une poignée de secondes qui leur parurent une éternité.

Il regarda ensuite Mathieu avant d'ajouter :

– Comme vous le pensiez, Aurore et Hector avaient... disons, une relation...

Mathieu s'était tellement préparé à la nouvelle qu'il ne manifesta pas d'étonnement.

– Je suppose qu'ils se sont rencontrés au pavillon de la Tannerie à l'occasion de l'Exposition ? demanda-t-il.

– Effectivement ! confirma Ernest Charvin. Ils se sont rencontrés à l'Exposition. Votre père était un homme séduisant et cette jeune femme avait du charme... Il n'y a pas résisté bien longtemps, mais il s'est toujours montré discret... À la Fédération, personne n'était au courant. J'étais le seul à savoir que mon secrétaire général avait une maîtresse...

– Vous l'avez protégé pendant des années ?

– Vingt-cinq ans ! concéda-t-il. Je comprends que vous puissiez me le reprocher... Mais que voulez-vous ? Je n'avais pas le choix ! Votre père était attaché à cette femme, il ne comptait pas rompre et je ne pouvais pas me séparer du meilleur secrétaire général que la Fédération ait jamais eu. Il était apprécié par nos adhérents, mais certains le jalousaient et...

– Mon oncle m'en a informé, l'interrompit Mathieu.

– Ils auraient pu profiter de la situation ! continua Ernest Charvin.

– Pour le pousser à renoncer à ses fonctions ?

– C'était bien ce que je craignais, soupira le vieil homme. Certes, je vous le répète, votre père était apprécié par une majorité de nos adhérents. Mais certains ne l'auraient pas ménagé s'ils avaient été informés de sa liaison ! Ils sont tellement à cheval sur les principes qu'ils n'auraient jamais supporté cette entorse aux bonnes mœurs. Cette situation était délicate. Mais je l'ai acceptée parce que j'avais besoin de votre père : il était compétent et populaire... J'ai gardé ce secret comme j'ai pu...

Qui était cette femme pour qu'une passion secrète l'ait unie aussi longtemps à son père ? Qu'avait-elle d'exceptionnel ?

– Pourriez-vous nous parler d'Aurore ? demanda alors Mathieu. Vous fréquentiez mon père, vous l'avez souvent rencontrée et vous la connaissez sûrement bien…

Comme s'il s'attendait à cette question et avait déjà préparé sa réponse, Ernest Charvin s'exécuta sans rechigner.

– Aurore est une femme de bonne famille ! souligna-t-il. Vous ne vous en doutiez peut-être pas… Si elle a un esprit éveillé et curieux comme je vous le disais déjà tout à l'heure, elle a aussi de l'allure… De l'élégance… Du raffinement… Une femme sérieuse…

– Sérieuse ? ironisa Sophie.

Depuis le début de leur entretien, elle s'était contentée d'écouter sagement. Mais en entendant les derniers propos d'Ernest Charvin, elle ne put s'empêcher de manifester sa surprise.

– Une femme sérieuse, affirmez-vous ? continua-t-elle. Pourtant, elle était la maîtresse d'un homme marié et père de famille…

– Elle nous l'a enlevé ! protesta Mathieu. Il était souvent absent pour ses affaires et surtout pour la retrouver, nous le comprenons maintenant… Mes frères et moi, nous en avons souffert… Et notre mère ? Vous y avez pensé ? Elle a supporté cette situation pénible sans se plaindre, mais elle doutait sûrement de sa fidélité…

– Je comprends ce que vous ressentez ! répondit-il. Il n'était pas dans mes intentions de vous blesser…

Ernest Charvin était bien conscient qu'il avait été maladroit et se confondit en excuses. Pour autant, il ne voulait pas qu'ils retiennent une image erronée de cette femme. Elle méritait mieux.

– Je voudrais insister auprès de vous : Aurore Morvan n'est pas une petite coureuse ! expliqua-t-il. Et surtout pas une cocotte ! Elle ne s'est jamais comportée en courtisane. C'est pour cette raison-là que je la considère comme une femme respectable… Elle était très amoureuse d'Hector, qui était attaché à elle… Elle n'avait pas choisi la facilité en aimant un homme marié qui était déjà père de famille. Mais les sentiments ne se commandent pas.

Mathieu et Sophie sentirent leurs joues rougir. Même s'ils étaient cousins germains, ils n'avaient pas résisté à la passion qui les avait précipités dans les bras l'un de l'autre. Ils saisirent bien le message d'Ernest Charvin.

– Voilà ce que je pouvais vous dire, ajouta-t-il.

En guise de réponse, Mathieu exprima son souhait de rencontrer Aurore Morvan.

– Vous pensez que c'est une bonne idée ? rétorqua-t-il, dubitatif. Elle n'a peut-être pas envie de vous recevoir.

– Pourtant, j'aimerais bien la connaître ! répondit Mathieu. Elle a partagé la vie de mon père, elle l'a aimé pendant vingt-cinq ans. Ça compte... Je m'aperçois aujourd'hui que nous ne savons pas grand-chose sur mon père...

– Sa disparition brutale l'a beaucoup affectée ! Ce n'est peut-être pas le moment de...

– Ne vous méprenez pas sur mes intentions, monsieur Charvin ! l'interrompit-il. Il n'est pas question de l'accabler de reproches ni de demander des comptes sur cette liaison avec mon père. Vous avez ma parole... Je voudrais simplement la rencontrer ! J'en sais trop et pas assez sur la passion secrète de mon père. Vous l'avez reconnu vous-même tout à l'heure : j'ai droit à la vérité maintenant qu'il n'est plus là. Vous étiez le seul à être dans le secret, vous êtes le seul à pouvoir m'aider...

Depuis le rendez-vous de janvier, Ernest Charvin avait compris qu'ils suspectaient Hector d'avoir eu une liaison et il s'était promis de ne pas divulguer l'adresse d'Aurore. Il surmonta toutefois ses réticences après un moment de réflexion. Comment demeurer insensible aux arguments de Mathieu ?

– Aurore voudra-t-elle vous recevoir ? Peut-être. Je ne sais pas ! répondit-il à Mathieu en triturant son coupe-papier pour masquer sa nervosité et ses craintes. Elle est encore très marquée par le décès de votre père. C'est elle qui jugera... Je vous en supplie, Mathieu ! Ménagez-la si elle accepte...

13

Le 28 du boulevard Saint-Germain correspondait à un immeuble imposant dont la construction remontait au Second Empire lorsque le préfet Haussmann avait dessiné les grandes artères parisiennes. La concierge y était plus distinguée et plus vétilleuse que celle du boulevard Richard-Lenoir. Elle dévisagea sévèrement Mathieu dès qu'il se présenta, dans la matinée. Réticente à répondre à ses questions, elle consentit seulement à préciser qu'Aurore Morvan était absente à cette heure de la journée.

– Ne repassez pas avant 20 h 30 ou même 21 heures ! ajouta-t-elle. Mme Morvan termine tard sa journée. Dès qu'elle arrivera, je l'informerai que monsieur…

– Mathieu Berthier.

– Je la préviendrai que monsieur Berthier voudrait la rencontrer. C'est à quel propos ? Que dois-je dire ?

– Elle comprendra.

– Si elle ne souhaitait pas vous accorder un rendez-vous, je ne manquerais pas de vous l'indiquer.

Puis elle l'éconduisit poliment.

Il rejoignit Sophie dans une brasserie voisine. Comment occuper la journée ? Il n'était que 11 heures du matin. Comme ils n'avaient pas l'intention de se morfondre dans leur chambre d'hôtel jusqu'au soir, ils décidèrent de découvrir au Louvre la richesse et la diversité des peintres du XVIIe siècle. Ils rentrèrent exténués de leur après-midi. Dès qu'il regagna leur chambre,

Mathieu s'affala dans un fauteuil et rechigna à retourner chez Aurore. Sophie pressentit qu'il redoutait cet entretien avec l'ancienne maîtresse de son père.

– Rien ne presse : j'irai un autre jour ! dit-il.

– Mais nous repartons demain pour Rodez ! rétorqua-t-elle.

– Ce rendez-vous peut bien attendre ! répondit-il. Je reviendrai à Paris dans quelques semaines quand le président de la Fédération installera la commission technique.

Sophie s'y opposa.

– Tu as retrouvé cette femme, Mathieu : c'est important que tu la rencontres et que vous vous expliquiez ! insista-t-elle pour le mettre en confiance. Et tout s'éclairera ! J'en suis certaine... Tu sauras ce qui s'est passé entre Aurore et ton père ; tu ne te rongeras plus les sangs sans raison. Mais si tu renonces, tu te poseras toujours les mêmes questions.

Mathieu ne répondit rien. Il renoua sa cravate, endossa sa veste et emporta son chapeau avant de disparaître.

Lorsqu'il parvint devant le numéro 28, il éprouva une hésitation à se présenter à nouveau chez la concierge, mais il se ressaisit dans l'instant. Le temps de frapper, elle se précipitait déjà.

– Mme Morvan est arrivée ! l'informa-t-elle en se montrant très aimable. Elle veut bien vous recevoir, elle habite au second.

L'immeuble possédait un ascenseur, mais il préféra s'engager dans le grand escalier conduisant aux étages, dont il admira les décorations de ferronnerie. Deux coups discrets suffirent pour la prévenir de sa présence. Les lames du parquet grincèrent dans l'appartement. L'instant d'après, Aurore Morvan l'accueillait.

– Mathieu Berthier, je suppose ? dit-elle avec un sourire crispé.

Le jeune tanneur confirma d'un signe de tête, enleva son gant et tendit sa main.

– Entrez, je vous prie !

Elle le précéda dans la salle à manger, puis le convia à s'installer dans l'un des fauteuils.

– Asseyez-vous, Mathieu ! insista-t-elle devant son embarras.

Elle s'était exprimée d'une voix qui se voulait plus douce et plus assurée qu'à l'instant où elle avait ouvert sa porte. Mais, à la vérité, elle était aussi gênée que Mathieu.

– Vous permettez que je vous appelle Mathieu ? demanda-t-elle.

– Oui, bien sûr ! balbutia-t-il.

Aurore avait les cheveux blonds, comme sur le portrait de 1900. Mathieu remarqua qu'elle n'avait pas résisté à l'humeur de la mode et qu'elle les avait coupés. Elle était très élégante dans une toilette de soie noire dont la jupe à plis creux couvrait à peine les genoux. Ernest Charvin n'avait pas menti. Même si les années avaient passé, elle était toujours très séduisante. Mathieu comprenait mieux pourquoi cette femme à la silhouette élancée, à la gorge menue, au corps souple de danseuse, au regard pétillant et au sourire charmeur avait conquis le cœur de son père.

Pendant quelques secondes, installés l'un et l'autre sur le rebord de leur fauteuil comme s'ils se tenaient sur leurs gardes, Mathieu et Aurore s'observèrent discrètement.

– Je suis contente de pouvoir vous appeler Mathieu, dit-elle pour détendre l'ambiance. Hector me parlait souvent de... Enfin... Votre père me parlait souvent de vous, de ses enfants, de vos études, de vos projets d'avenir...

Le regard d'Aurore Morvan se troubla.

Un moment de silence s'écoula avant qu'elle n'ajoute à mi-voix :

– Votre père a partagé ma vie. Je l'ai aimé, il m'a aimée...

Mathieu se rembrunit en l'entendant tandis qu'une colère sourde l'envahissait. À cet instant, furieux après son père qui avait abusé de la crédulité de sa famille en menant une double vie, il songeait à leur mère qu'il avait trompée durant toutes ces années.

– Votre père ne m'a pas caché dès le début qu'il était marié, qu'il avait des enfants et que je n'aurais pas une vie facile, reconnut-elle. Je l'ai accepté parce que je l'aimais et que je savais qu'il m'aimait. Cet amour... Notre amour a résisté à tout... Jusqu'à sa mort !

Pourtant, les choses n'avaient pas été simples pour Aurore. Elle avait supporté ses absences ; elle avait souffert de l'attendre et de ne pas pouvoir l'aimer librement. La passion avait été la plus forte. Il y avait toujours eu la même complicité entre eux, la même harmonie, la même sincérité dans leurs sentiments.

Elle regarda Mathieu avant de lâcher :

– Je me doute que vous m'en voulez pour tout ce qui s'est passé, et que je ne vous inspire sûrement que du dégoût...

Mathieu essaya de l'arrêter pour corriger ses propos mais, déjà, elle enchaînait :

– Comment m'avez-vous retrouvée ?

Depuis sa découverte du courrier dans les papiers de son père jusqu'à son entrevue avec Ernest Charvin, il expliqua de quelle manière il était parvenu jusqu'à elle.

– Pourquoi souhaitiez-vous me rencontrer ? demanda-t-elle.

– Pour vous connaître, répondit-il.

– Seulement pour me connaître ? s'étonna-t-elle.

– Bien sûr ! confirma-t-il. Parce vous avez aimé mon père et que vous avez compté dans sa vie...

– Vraiment ?

Même si elle ne contestait pas sa sincérité, Aurore s'interrogeait sur ses véritables intentions. Elle trouvait bien étrange que Mathieu souhaitât rencontrer la maîtresse de son père. Ne la méprisait-il pas parce qu'elle leur avait enlevé l'affection d'un père, obligeant Hector à se complaire dans l'adultère et le mensonge durant des années ? En supposant que Mathieu fût parvenu à découvrir son existence au lendemain de la disparition d'Hector, Aurore n'aurait jamais imaginé qu'il chercherait à la retrouver et à la connaître. C'était surprenant. Une raison majeure le motivait peut-être.

– Franchement, Mathieu, ne vous inquiétez-vous pas plutôt pour votre héritage ? demanda-t-elle.

Même si cette question ne l'avait jamais effleuré jusqu'à présent, il demeura silencieux.

– Je comprends que vous vous en inquiétiez ! reconnut-elle sans attendre sa réponse. Mais que les choses soient claires entre nous. Je ne vous réclamerai rien de l'héritage de votre père. Je n'ai aucun droit. Je ne revendique rien ! Ses biens vous reviennent en totalité ! À vous seul... Sachez que, dès le départ, il n'a jamais été question d'argent avec votre père... Lorsque nous nous sommes rencontrés, je travaillais déjà. Aujourd'hui, même s'il n'est plus là, je continue à subvenir à mes besoins comme avant...

Aurore Morvan expliqua à Mathieu qu'elle travaillait à la direction d'un grand hôtel parisien.

– Je suis née dans un hôtel et j'y ai grandi, j'aime mon métier et je gagne bien ma vie ! insista-t-elle.

Puis elle ajouta :

– Si j'ai accepté de vous recevoir, après ma journée, c'était pour vous apprendre que…

Elle regarda soudain la cheminée qui ne fonctionnait plus depuis l'installation d'un système de chauffage collectif. Sur le dessus de marbre, entre les porcelaines et la pendulette, trônaient des photos. La dorure écaillée des cadres et la pâleur des tirages attestaient qu'elles étaient anciennes. Mathieu ne les avait pas repérées en pénétrant dans la salle à manger.

– Approchez-vous de la cheminée ! dit-elle.

Mathieu la rejoignit devant le marbre. Sur l'une de ces photos, il reconnut son père et Aurore près d'un manège.

– C'était à la foire du Trône, révéla-t-elle. En 1910…

Ils entouraient un garçonnet qui mangeait de la barbe à papa et leurs regards ne trompaient pas.

– C'est votre demi-frère Romain, précisa-t-elle d'une voix cassée par l'émotion. Il avait sept ans…

Stupéfait par cette révélation, Mathieu s'accrocha d'une main au marbre pour ne pas tomber. Le parquet se dérobait sous ses pieds et les meubles dansaient devant ses yeux. C'était à peine croyable. Non seulement son père avait eu une maîtresse pendant plus d'un quart de siècle, mais également un enfant naturel. Il s'était partagé entre deux familles ! C'était inimaginable chez un homme reconnu et apprécié pour sa droiture morale.

– Et vous le connaissez, souligna-t-elle. Romain est ingénieur en tannerie comme vous… Il travaille chez son petit-cousin Arnaud qui dirige la maison Charvin au canal Saint-Martin…

Cette nouvelle annonce le terrassa. Le jeune ingénieur rencontré en janvier à la tannerie Charvin, qu'ils avaient ensuite accueilli à La Coste, était son demi-frère. Romain l'avait donc trompé, en ne dévoilant pas sa véritable identité et en affirmant que son père était mort avant sa naissance. Craignait-il qu'il le rejette ? Sûrement. Aujourd'hui, Mathieu comprenait mieux pourquoi il l'avait interrogé sur ses origines familiales et ses relations avec son père. Tous deux étaient du même sang et ils avaient aimé le même père. Mathieu et ses frères avaient grandi à des centaines de kilomètres de Romain dans l'ignorance de cette situation. Ce secret avait été si bien préservé qu'il n'aurait sûrement pas été éventé si Hector avait eu le temps de détruire le portrait et la lettre d'Aurore avant sa mort. Aujourd'hui, cette révélation inattendue n'en était que plus difficile à accepter pour Mathieu.

– Ernest Charvin est le frère cadet de mon père ! dévoila encore Aurore Morvan.

Comme il ne réagissait pas, enfermé dans ses pensées, elle le regarda fixement en espérant qu'il l'écouterait.

– Morvan était le nom de mon époux ! dit-elle. Vous ne le saviez peut-être pas, mais je suis veuve. Je l'étais déjà lorsque je me suis installée à Paris et que j'ai connu votre père. C'était au moment de l'Exposition. Je n'avais que vingt-cinq ans…

Mais il ne l'écoutait plus. C'en était trop ! Romain avait abusé de sa gentillesse et de sa crédulité. Son grand-oncle avait cherché à le tromper également. Certes, il avait accepté de fournir l'adresse de la maîtresse de son père, mais il s'était efforcé de masquer une partie de la vérité sur sa double vie. Ils le dégoûtaient. Il ne supportait pas leur hypocrisie.

Soudain, les joues en feu, il explosa :

– Pourquoi tout le monde m'a menti ?

Mathieu était tellement en colère qu'il en tremblait.

– Romain, votre oncle, mon père, tout le monde m'a menti !

Ses accusations résonnèrent dans la salle à manger comme un roulement de tonnerre tandis qu'Aurore encaissait sans répliquer.

– Pourquoi m'avez-vous tous menti comme si j'étais un gamin et comme si je ne devais jamais savoir ? ressassa-t-il, furibond, pour l'amener à répondre. C'est ignoble !

Il manifestait une telle agressivité qu'Aurore en frissonna jusqu'à la racine de ses cheveux, angoissée.

Incapable de s'expliquer tellement il l'intimidait, elle se contenta de bredouiller des excuses.

– Vous n'êtes que des hypocrites ! vociféra Mathieu en réponse. Vous me répugnez !

Les yeux injectés de sang, les poings serrés et le visage tendu, il essayait de conserver encore son sang-froid. Mais, soudain, il ne se maîtrisa plus. Ses nerfs lâchèrent comme les digues d'un fleuve qui craquent sous la brutale montée des eaux. Une violence inouïe s'empara de son corps, au point qu'il balaya d'un revers de main les souvenirs qui se trouvaient sur le dessus de marbre. Il avait à peine esquissé son geste qu'Aurore poussait des cris d'horreur en portant les mains à son visage tandis qu'elle s'éloignait de la cheminée en se précipitant derrière le grand fauteuil où Hector avait l'habitude de se reposer. Elle s'y agrippa des deux mains, la hauteur et la largeur du dossier formant comme un rempart pour la protéger. À cet instant, Aurore eut l'impression qu'une tempête s'abattait sur sa salle à manger pour tout détruire sur son passage. Les bibelots tombèrent en cascade sur le parquet dans un vacarme effrayant. Mathieu n'en épargna aucun. Les débris de bois, de verre et de porcelaine s'éparpillèrent dans la pièce, glissant sur les lattes fraîchement frottées, pendant qu'Aurore, épouvantée, se demandait où s'arrêterait sa vengeance. Elle redoutait qu'il ne s'attaque à elle dès qu'il aurait éliminé les souvenirs de leur bonheur. Les doigts crispés sur la tapisserie du dossier, la gorge sèche et nouée, les jambes flageolantes, refoulant à grand-peine ses larmes, elle était horrifiée. Jamais, elle n'avait été confrontée à une telle violence.

Lorsqu'il ne demeura que la pendulette sur la cheminée, cadeau d'Hector à Aurore pour ses cinquante ans, Mathieu la souleva de ses deux mains pour la balancer au milieu de la pièce en crachant :

– Je vous méprise tous, madame Morvan ! Vous, votre fils, votre oncle et même mon père.

Aurore ne bronchait pas, toujours réfugiée derrière son fauteuil, déterminée à se défendre comme elle le pourrait s'il l'agressait. Mais il n'avait pas l'intention de s'en prendre à elle. Emportant son chapeau, Mathieu se contenta de proférer des menaces :

– Ne m'écrivez pas ! Ne m'appelez pas ! Ne cherchez pas à me rencontrer ni à me demander quoi que ce soit. Vous ne me reverrez jamais. Ni vous. Ni votre fils.

L'instant d'après, il avait disparu.

14

Des portes claquèrent après son départ. Puis le silence retomba dans les étages. Aurore accourut derrière les rideaux d'une fenêtre et regarda Mathieu s'éloigner sur le boulevard d'une allure pressée, dans la direction de l'Assemblée nationale. Elle éteignit ensuite les lampes pour s'effondrer dans le fauteuil d'Hector. Dans le clair-obscur, elle plongea alors son visage entre ses mains pour pleurer. Quel désastre ! N'avait-elle pas commis une erreur en le recevant ? Cette rencontre, Aurore Morvan l'appréhendait déjà depuis quelques semaines. Dès sa première entrevue avec Mathieu, son oncle s'était dépêché de la prévenir que l'héritier d'Hector avait sûrement découvert son existence et qu'il ne manquerait pas de fouiller dans la vie privée de son père. C'était devenu son cauchemar qui la réveillait de temps en temps en plein sommeil. Aurore craignait qu'il ne remonte jusqu'à elle, qu'il ne la harcèle jusqu'à ce qu'elle accepte un rendez-vous, qu'il ne l'accable ensuite de reproches et ne réclame des comptes sur sa liaison avec son père. Si elle avait consenti sans difficulté à l'accueillir dans son appartement, c'était parce qu'elle demeurait cependant confiante sur la manière dont ce premier entretien pourrait se dérouler. Les deux demi-frères s'entendaient si bien, même s'ils ne se connaissaient que depuis quelques semaines seulement, qu'Aurore n'avait pas imaginé de réactions aussi brutales chez Mathieu au moment où elle dévoilerait l'existence de son demi-frère. Quel gâchis ! « Mais pouvait-il en être autrement ? » se disait-elle. Le choc devait être terrible pour le jeune homme comme le démontrait la violence de son comportement tandis que s'y ajoutait l'amertume d'avoir été trompé. Avant de le recevoir, Aurore avait sous-estimé tout cela. Après leur confrontation orageuse, elle était abattue. Que devait-elle faire désormais ? Comment amener Mathieu à retourner vers Romain et à se réconcilier avec son demi-frère ?

Son rendez-vous avec Mathieu avait réveillé bien des souvenirs. Ils l'envahirent lentement tandis que des images défilaient dans sa mémoire. Comment oublierait-elle son installation dans la capitale, les curiosités de l'Exposition, ses journées d'hôtesse au pavillon de la Tannerie dont elle revenait exténuée, les galanteries redoublées d'Hector Berthier qui l'avait félicitée pour sa jeunesse et sa beauté dès son premier passage ? Elle débarquait de la province avec ses bagages et ses malheurs. Ses parents étaient hôteliers à Roanne. Depuis son veuvage, elle travaillait dans l'affaire familiale, mais elle s'y ennuyait ferme. Ses proches l'avaient poussée à accepter la proposition de son oncle Ernest. Il souhaitait l'engager parmi les hôtesses du pavillon de la Tannerie, sur l'esplanade du Trocadéro. « Cette petite a besoin de voyager et de se distraire ! leur avait-il expliqué. Qu'elle en profite ! Elle rentrera à Roanne en pleine forme… » Aurore avait répondu aussitôt. Certes, elle était enchantée de découvrir l'Exposition dont tous les journaux évoquaient la préparation depuis des semaines. Mais, surtout, elle était soulagée de pouvoir s'éloigner des souvenirs douloureux de la tragédie qui l'avait frappée un dimanche de l'automne 1898. C'était une journée pluvieuse d'octobre. Entre deux averses, Julien avait poussé jusqu'au chemin de halage qui bordait la Loire ; il avait l'habitude de s'y promener, avant le déjeuner, pour regarder les bateaux descendre le fleuve. Que s'était-il passé ? S'était-il avancé trop près de la Loire en crue et les bords de la berge s'étaient-ils effrités sous ses pieds ? Sûrement. Des mariniers, témoins de la scène, l'avaient affirmé. Julien Morvan était tombé dans le fleuve et personne n'avait pu le sauver. Les eaux étaient trop hautes, le courant trop violent. Des bateliers étaient parvenus à le repêcher dans l'après-midi à des kilomètres de là. Les gendarmes s'étaient présentés au domicile du ménage dans le milieu de la soirée pour la prévenir, rompant une terrible attente. Aurore se revoyait encore à la morgue devant le corps de son époux, effondrée. Elle avait vingt-deux ans, ils s'étaient mariés à Pâques. Ingénieur des arts et métiers, Julien était promis à une brillante carrière…

L'effervescence de l'Exposition, les attentions de son entourage, les gentillesses de ses collègues avaient transformé Aurore. Si elle avait habité chez son oncle et sa tante après son arrivée, le temps de s'habituer à Paris, elle s'était ensuite installée dans un modeste deux-pièces du boulevard Richard-Lenoir. Elle appréciait tellement la capitale qu'elle n'avait pas l'intention de rejoindre Roanne le 15 novembre, après la fermeture de l'Exposition. « On ne peut plus se passer de Paris quand on y a goûté ! » avait-elle avoué à son oncle Ernest. Surtout, elle avait rencontré Hector et ils étaient très vite devenus amants. C'était bien ce qui l'avait incitée à s'établir à Paris. Aurore était sous le charme de cet industriel très élégant, plein d'humour et qui l'entourait de multiples attentions. Certes, elle n'ignorait pas sa situation personnelle, d'homme marié et de père de famille. Mais elle s'en accommoderait. Grâce aux relations de son oncle, la jeune femme avait trouvé un emploi à la réception d'un grand hôtel. Mais comme elle le prévoyait, ses parents n'avaient pas accepté sa décision. Contrarié par ses choix, le père d'Aurore avait demandé à son frère d'intervenir, mais Ernest Charvin ne l'avait pas davantage convaincue de retourner à Roanne. Son oncle avait bientôt deviné ce qui la retenait à Paris ; il s'était efforcé de la ramener à la raison, lui expliquant que sa liaison était vouée à l'échec, que cet homme ne divorcerait pas et qu'elle ne pourrait pas l'aimer librement. Mais elle s'était entêtée. Constatant qu'elle était disposée à tout sacrifier pour Hector, Ernest Charvin avait compris à quel point elle l'aimait. Dès lors, malgré l'insistance des parents d'Aurore, son oncle n'avait pas cherché à la séparer d'Hector. Elle avait déjà assez souffert de la mort de son époux. Mais il n'en avait soufflé mot à son frère. À cause d'Aurore, les deux branches de la famille Charvin s'étaient brouillées. La jeune femme l'avait regretté ; elle n'était plus jamais revenue dans sa maison de Roanne jusqu'à la disparition de ses parents pendant l'épidémie de grippe espagnole, en décembre 1917. Elle leur avait envoyé de ses nouvelles de manière régulière, les informant entre autres de la naissance de Romain, mais ils ne s'étaient pas manifestés. Durant ces années,

Aurore avait eu le sentiment de ne plus exister pour ses parents, qui n'avaient pourtant pas d'autre enfant ; elle en avait éprouvé de la tristesse, de l'injustice et même de la colère. C'était l'une des raisons pour lesquelles elle aurait rêvé que les deux demi-frères se réconcilient, apprennent à se connaître et à se comprendre. Depuis sa naissance, Romain n'avait été entouré que d'un cercle familial réduit ; il en avait souffert. Non seulement il n'avait jamais rencontré ses grands-parents, mais il s'était souvent retrouvé seul avec sa mère.

Romain était toute sa vie. Aurore l'avait désiré. C'était un enfant de l'amour. Elle était la maîtresse d'Hector depuis deux ans lorsque le médecin l'avait informée qu'elle était enceinte. C'était en octobre 1902. Depuis une semaine, elle avait des nausées et des vertiges. L'une de ses collègues, au Royal-Hôtel, l'avait surprise en mauvaise posture dans l'escalier entre le troisième et le quatrième. Aurore se cramponnait à la rampe, le visage livide, les yeux clos, le front moite, le souffle saccadé et les jambes molles. Sa collègue l'avait conduite chez un médecin du quartier sous la pression du directeur de l'hôtel qui s'était inquiété de son malaise. Le docteur Guillaut l'avait auscultée longuement avant d'affirmer :

– Vous n'êtes pas malade !

Un sourire avait éclairé son visage.

– Vous êtes enceinte de deux mois, avait-il ajouté.

– Vous en êtes bien certain ? avait-elle insisté.

– Pour moi, il n'y a pas de doute.

Le praticien avait une cinquantaine d'années et de l'expérience. Pourquoi se risquerait-elle à contester ce diagnostic ? « Un bébé ? Un bébé ? » avait-elle murmuré, songeuse, en quittant son cabinet. Si elle redoutait de tomber enceinte depuis qu'elle était la maîtresse d'Hector, elle s'était efforcée pourtant de prendre des précautions… Tout en marchant au milieu des passants pour rejoindre l'hôtel, elle avait posé machinalement une main sur son ventre plat en pensant que cette grossesse s'apprêtait à bouleverser son existence.

Aurore n'avait rien révélé à ses collègues ni au directeur du Royal-Hôtel, consciente par avance des remarques désobligeantes dont ils l'accableraient. Ils l'apprendraient bien dans quelque temps lorsqu'elle ne pourrait plus dissimuler ses rondeurs et elle aviserait à ce moment-là. Mais elle était déjà prévenue de ce qui la guettait. La grossesse illégitime était réprouvée très sévèrement ; c'était un déshonneur infamant. On la considérait comme un scandale parce qu'elle constituait une atteinte aux bonnes mœurs. À Paris comme ailleurs, personne ne ménageait les filles mères…

La jeune femme avait attendu deux semaines pour dévoiler cette nouvelle à Hector, qui était absent de la capitale à ce moment-là. Ils s'écrivaient souvent lorsqu'il regagnait Rodez après ses réunions et ses rendez-vous, mais elle avait rechigné à l'informer par lettre ou par un « bleu », bien que l'événement le concernât autant qu'elle. Elle avait souhaité qu'ils puissent engager une franche discussion autour de cet enfant à naître. Non seulement il avait un père, mais il en aurait besoin dans la vie. Hector désirait-il un enfant ? Ils n'avaient jamais évoqué la question depuis qu'ils étaient devenus amants, et Aurore ignorait comment il réagirait. L'accepterait-il avec de la spontanéité et de l'enthousiasme en considérant que cette grossesse représentait l'aboutissement des sentiments qu'ils avaient l'un pour l'autre ? Ou le rejetterait-il d'une manière catégorique parce qu'il n'entendait pas s'encombrer d'un bâtard ? Dans l'attente de son retour à Paris, elle s'était interrogée sur son attitude parce qu'il était aussi question du devenir de leurs relations et de son propre avenir. Que ferait-elle si Hector n'acceptait pas cet enfant et voulait rompre ? Aurore y avait réfléchi longuement. Elle aimait déjà cet enfant, même si elle ne le sentait pas encore bouger dans son corps ; elle le garderait après sa naissance et elle l'élèverait seule. Mais elle n'ignorait pas toutes les difficultés qu'elle devrait affronter. Aurore devrait peut-être changer d'emploi et de logement. À l'inverse des femmes légitimes qui enfantaient dans la chambre commune du ménage, elle devrait accoucher à l'hôpital comme les filles publiques, les pauvres, les bonnes engrossées par un domestique de la maison ou même leur patron. C'était humiliant. Elle devrait chercher ensuite une nourrice pour s'occuper de son enfant pendant qu'elle assurerait son service. Elle devrait travailler durement pour subvenir à ses besoins. Quant à son oncle Ernest et à son cousin Arnaud, elle ne savait pas comment ils prendraient la nouvelle. Ils risquaient de craindre pour la réputation de leur famille et ne la fréquenteraient peut-être plus. Dans l'instant, le regard et le jugement des autres ainsi que les difficultés matérielles ne l'avaient pas effrayée. Heureuse de cette grossesse, Aurore était décidée à l'affronter avec de la fierté et du courage.

Elle avait annoncé la nouvelle à Hector un dimanche, après son arrivée à Paris. Lorsqu'il séjournait dans la capitale, il débarquait à la gare d'Austerlitz le dimanche matin aux environs de 7 heures. Le temps de s'installer à l'hôtel des Flandres proche des bureaux de la Fédération, il la retrouvait dans son deux-pièces, souvent avec des fleurs ou un parfum. Ce matin-là, Hector avait acheté des roses rouges. Quand la jeune femme l'accueillit, il la découvrit dans une robe lilas à pois blancs qu'ils avaient choisie ensemble chez une couturière à l'occasion de son anniversaire. Même si Aurore était très en beauté, il remarqua ses cernes et la pâleur de son teint.

– Que t'arrive-t-il, Aurore ? s'alarma-t-il. Tu es fatiguée ?

– Ce n'est rien, dit-elle en souriant.

– Tu devrais consulter un médecin…

– C'est fait.

– Qu'en pense-t-il ?

Aurore ne répondit pas, emportant son manteau et son chapeau dans la chambre. Nerveuse, elle cherchait à retarder le moment où elle dévoilerait la nouvelle.

– Est-ce que c'est grave ? insista-t-il.

La jeune femme s'accorda le temps d'accrocher les vêtements à un portemanteau avant de le rejoindre dans la cuisine.

Il était tellement anxieux qu'Aurore avoua aussitôt :

– Je ne suis pas malade, Hector ! Je suis fatiguée. Mais ce n'est pas grave. J'attends un enfant…

Aurore était enceinte ? Cette nouvelle le stupéfia au point qu'il se rembrunit.

– Tu n'y avais sûrement pas songé…

– Non !

N'était-il pas marié et père de famille ? Jamais, il n'avait imaginé cette situation malgré les sentiments qu'il éprouvait pour la jeune femme. Hector n'avait pas l'intention de devenir le père d'un bâtard. Coupable d'adultère, sa position était déjà assez délicate sans qu'il la complique en exposant davantage sa réputation et son honneur.

Aurore comprit que la nouvelle le contrariait, malgré ses efforts pour ne pas le montrer et pour ne pas la froisser.

– Que les choses soient très claires entre nous, Hector ! dit-elle. Je ne compte pas t'imposer cet enfant, je ne te demande rien et je ne voudrais pas que tu t'imagines aujourd'hui que…

– Que tu aurais cherché à me retenir à travers cet enfant et à me mettre en porte-à-faux ? Non ! coupa-t-il. Ça ne te ressemble pas… Je commence à bien te connaître, Aurore ! Je suis persuadé que tu es heureuse d'avoir cet enfant…

Les joues rosies, elle ne démentit pas.

– Tu le voulais, n'est-ce pas ? insista-t-il. Même si tu ne le disais pas ou si tu n'avais pas envie d'en parler… Tu le voulais si fort que, même dans ta situation, tu n'as nullement l'intention de t'en séparer à sa naissance…

– L'abandonner ? Non, jamais ! rétorqua-t-elle avec une fermeté qui impressionna Hector. Il n'en est pas question ! Je le garderai même si ce sera difficile pour moi, même si tu n'en veux pas…

– Pourquoi n'en voudrais-je pas ? protesta Hector avec vigueur.

Rejeter cet enfant signifiait rompre avec la femme qu'il aimait, la seule qu'il ait jamais aimée. Mais c'était aussi passer pour un lâche à ses yeux. Blessé dans son amour-propre, il la regarda fixement :

– Pourquoi t'imagines-tu que je n'en voudrais pas ?

– Tu as une famille, trois garçons et une vie à Rodez ! dit-elle. Je comprendrais que tu ne l'acceptes pas…

– N'oublie pas, Aurore, que c'est aussi mon enfant ! rétorqua-t-il. Il est de mon sang…

– Je ne voudrais pas te l'imposer, Hector ! répéta-t-elle. Je peux me débrouiller seule pour l'élever…

Il esquissa un sourire avant de répondre :

– Je l'aimerai comme mes trois autres. Peut-être plus parce que c'est le dernier et le tien !

À cet instant-là, il l'embrassa avec délicatesse. Soulagée, Aurore se pelotonna contre sa poitrine. Ils restèrent un moment enlacés dans la cuisine que baignait un rayon de soleil. Ensuite, Aurore relâcha doucement leur étreinte pour s'enquérir de ses intentions quant à l'avenir de cet enfant.

– Tu viendras nous voir plus souvent ? demanda-t-elle.

– J'espère que je pourrai me libérer, mais…

Elle comprenait qu'il ne pourrait pas être disponible après la naissance de leur enfant, mais elle s'y attendait.

– Tu aurais préféré que… J'en suis désolé, mais…

– Ne te tracasse pas, Hector ! répondit-elle tout en balayant ses scrupules. Je m'arrangerai…

Sans connaître ses intentions, Aurore était déjà convaincue par avance que l'éducation de cet enfant reposerait quasiment sur ses épaules, mais elle l'assumerait de son mieux.

– Même si je suis souvent absent de Paris, je voudrais que vous ne manquiez de rien ! insista-t-il.

Il comptait installer sa deuxième famille dans un logement plus confortable et plus spacieux. Le deux-pièces d'Aurore était équipé de l'eau courante, mais pas d'une salle de bains. Pour sa toilette, la jeune femme employait une lessiveuse entreposée dans la cuisine, qu'elle remplissait d'eau chaude. Elle ne pourrait plus se contenter de cet espace minuscule et spartiate sous des combles.

– Nous achèterons un beau trois-pièces dans un immeuble plus moderne ! suggéra-t-il. Nous nous y installerons tous les trois…

Dès le printemps, il ne réserverait plus de chambre à l'hôtel des Flandres pour profiter de sa famille.

– Satisfaite ? souffla-t-il d'une pointe d'humour.

– Oh ! Oui !

Cette journée était tellement exceptionnelle qu'il proposa ensuite de l'emmener à Montmartre où il l'avait invitée la première fois. Ils déjeunèrent au restaurant *À la Mère Catherine*, déambulèrent entre les chevalets des peintres qui se disputèrent pour croquer Aurore. Amusée, elle accorda sa préférence à un homme d'une trentaine d'années, aux cheveux en broussaille et aux vêtements rapiécés, très sympathique. Elle ne le regretta pas : son portrait était réussi. Elle l'emporta aussi précieusement qu'une relique.

Aujourd'hui, Aurore n'oubliait pas qu'Hector n'avait pas manqué à sa parole. Le 31 décembre de cette même année, elle s'installait dans un appartement à Saint-Germain-des-Prés dont elle devenait propriétaire... D'autres souvenirs l'envahirent encore : la naissance de Romain et son baptême en l'église de Saint-Germain-des-Prés, son premier anniversaire, ses premiers pas dans la salle à manger sous le regard attentif de son père... Fatiguée par sa journée et les nerfs en boule après sa rencontre avec Mathieu, elle s'assoupit dans son fauteuil au moment où, dans ses pensées, elle amenait Romain à l'école pour la première fois. Il pleurnichait ; elle refoulait ses larmes. Puis tout se brouilla dans son esprit.

15

Lorsqu'il retrouva Sophie dans leur chambre d'hôtel, après une bonne demi-heure de marche depuis le domicile d'Aurore, Mathieu ne décolérait pas.

– Les Charvin et mon père sont des faux jetons ! explosa-t-il. Ils m'ont trompé d'une manière honteuse.

Les poings serrés, les nerfs à fleur de peau et les joues en feu, il ne se contenait plus. Son amertume, ses rancœurs ne s'étaient pas atténuées en chemin.

Sa femme l'obligea à s'asseoir, essaya de le calmer et s'inquiéta de son entrevue.

– Mais que s'est-il passé ?

Il la regarda fixement avant de soupirer.

– Comment t'expliquer ?

Mathieu était si bouleversé qu'il avait des difficultés à s'exprimer.

– Qu'as-tu appris de si grave ? insista-t-elle.

– Aurore Morvan m'a confirmé que mon père et elle avaient vécu un grand amour ! dit-il. Nous le savions plus ou moins après ce que monsieur Charvin nous avait raconté…

– Qu'est-ce qui t'a choqué dans ce qu'elle t'a révélé ?

– C'est incroyable…

Mathieu paraissait éprouver tellement d'hésitations à poursuivre qu'elle l'encouragea.

– Même si c'est difficile, continue !

– Ce secret est bien lourd à porter…

– Nous le porterons à deux !

Soulagé, il esquissa un sourire avant d'avouer :

– Mon père avait vraiment une double vie. Il se partageait entre deux femmes, mais aussi deux familles…

Cette nouvelle la stupéfia.

– Romain est mon demi-frère…

– Ton demi-frère ? s'étrangla-t-elle.

Mathieu le confirma.

– Tu n'y aurais jamais pensé ? ironisa-t-il.

– Jamais ! concéda Sophie.

– Il s'est bien moqué de nous.

Sophie comprenait maintenant pourquoi Romain s'était déplacé dans l'Aveyron, pourquoi il les avait pressés de questions à propos des marquis de La Coste qui étaient aussi ses ancêtres, pourquoi il s'était intéressé à la fabrique que son père avait dirigée, pourquoi il avait demandé à Mathieu de le conduire au cimetière pour qu'ils se recueillent côte à côte sur la tombe de son père, de ses demi-frères et de ses grands-parents. Soudain, tout s'éclairait.

– Quelle comédie ! reconnut-elle. Romain nous a bien menés en bateau. Il avait tout calculé à l'avance avec son voyage à Tarbes et son rendez-vous chez les hussards.

– Nous sommes tombés dans le panneau comme des gamins ! observa Mathieu.

– Pourquoi nous serions-nous méfiés ? répondit-elle. Il semblait tellement honnête…

– Et on s'entendait déjà bien !

– Même si tu le connaissais peu, j'étais contente que vous vous rencontriez à nouveau ! poursuivit-elle. J'en étais même soulagée. Tu n'avais plus de relations avec tes camarades de promotion et ça me préoccupait depuis notre retour à Rodez… Tu étais seul dans ta tannerie, je n'étais pas capable de…

Mathieu l'arrêta aussitôt.

– Tu me soutiens de ton mieux, rétorqua-t-il tout en balayant ses scrupules.

– Mais ce n'est pas suffisant ! ajouta-t-elle. Tu es bien seul dans ton métier… Romain était ingénieur en tannerie ? C'était l'aubaine ! J'avais imaginé que vous pourriez vous retrouver en dehors de vos réunions, comme deux copains... Que nous pourrions le recevoir à nouveau lorsqu'il reviendrait dans le Sud-Ouest pour ses affaires... Qu'il pourrait te conseiller dès que tu voudrais changer de procédé de tannage... C'était trop beau !

Il avait caressé les mêmes espoirs que sa femme pour constater aujourd'hui que tout s'écroulait. Il enrageait.

– C'est terminé avec Romain ! décréta-t-il. Il m'a trompé et je ne le reverrai pas... Je ne veux pas le revoir... Et c'est la même chose avec les Charvin. Ils ont été trop loin...

– Tu ne pourras pas couper les ponts avec eux ! répliqua-t-elle. Romain est ton frère...

– Mon demi-frère ! corrigea-t-il aussitôt.

– Mais vous avez le même père, s'emporta Sophie. N'oublie pas que vous êtes du même sang.

– Quelle affaire ! rétorqua-t-il en haussant les épaules. Le sang n'est pas tout ! Il y a aussi l'éducation... C'est peut-être plus important. Nous n'avons pas eu la même éducation et nous n'avons sûrement pas la même manière de voir la vie ; nous n'avons pas grandi dans la même famille ; nous sommes aujourd'hui dans la même situation que deux étrangers...

Même si certains de ses arguments étaient fondés, Sophie ne pouvait pas accepter sa décision.

– Pourquoi te fâcherais-tu avec Romain ? objecta-t-elle. Vos chemins se croiseront puisque vous vous reverrez à la Fédération. Vous vous retrouverez à chacune des journées de la commission technique et le président vous demandera peut-être de travailler ensemble.

– Travailler avec Romain ? protesta-t-il. Il n'en est pas question ! Je donnerai ma démission.

Ses réactions agacèrent Sophie.

– Ne t'emballe pas ! le supplia-t-elle. Réfléchis !

Devant son entêtement, elle proposa à Mathieu d'informer son père de cette situation.

– Tu en parleras à papa ! insista-t-elle. C'est bien le seul dans la famille à qui tu puisses te confier... Il arrive ce soir à Paris...

– Ton père arrive ce soir à Paris ? s'étonna-t-il.

– Mais tu le sais bien ! rétorqua-t-elle. Il a une réunion demain à la direction générale des Eaux et Forêts…

– Je ne m'en souvenais plus ! concéda-t-il en toute franchise. Cette histoire m'a tellement chamboulé…

– À cette heure-ci, si son express n'a pas eu de retard, il est en chemin pour l'hôtel ! ajouta-t-elle. Il ne tardera sûrement pas à nous rejoindre… Je suis persuadée qu'il prendra le temps de t'écouter. Il te conseillera… Il a de l'expérience…

Elle espérait surtout qu'il arriverait à le raisonner.

Après l'arrivée de Jacques, tous trois dînèrent dans le quartier et Mathieu patienta jusqu'à leur retour à l'hôtel pour pouvoir aborder la délicate discussion. Il ne voulait pas tout déballer dans le brouhaha du restaurant qui manquait d'intimité. S'il raconta bien son entrevue avec Aurore, il n'évoqua pas la violence de ses réactions devant la révélation de la maîtresse de son père, tellement il en était honteux. Maintenant que les tensions retombaient peu à peu, il regrettait son comportement mais il reconnaissait toutefois que les circonstances l'avaient provoqué.

En l'entendant rapporter tout ce qu'il avait appris auprès de cette femme, Jacques comprit qu'il s'était bien trompé à propos d'Hector. Même si les suspicions de Mathieu après la découverte de la lettre et du portrait d'Aurore l'avaient déjà ébranlé, il ne s'attendait pas à cette déconvenue. Il ne l'exprima pas franchement, mais Sophie et son époux le connaissaient suffisamment pour ne pas s'y tromper : il avait toujours une manière de désapprouver par des mimiques et des grimaces. Jacques avait l'impression que l'image de son frère s'écaillait dans sa mémoire comme un tableau que les outrages du temps auraient affecté. Il admettait aujourd'hui que sa personnalité était bien plus complexe qu'il ne pouvait l'imaginer. Se partager entre deux femmes et deux familles ? Mais comment y était-il parvenu ? C'était un mystère. Il n'avait jamais concédé la moindre allusion sur ses tourments à l'occasion de leurs discussions…

Mathieu l'enleva soudain à ses réflexions.

– Pourquoi personne ne m'a rien dit ? insista-t-il. C'était la vie de mon père et ça me regardait aussi ! Romain, son grand-oncle et son petit-cousin m'ont trompé… Je les…

Il ne termina pas sa phrase, mais son oncle et Sophie comprirent qu'il les abhorrait pour leur fourberie.

– C'est normal que tu les détestes tous et que tu leur en veuilles, répondit Jacques. Personne ne supporte l'hypocrisie et la trahison ! Mais je pense que la famille Charvin n'avait sûrement pas d'autres solutions… C'est surtout ton père qui est fautif. S'il t'avait laissé une lettre avant de mourir, tout aurait été bien plus simple. Mais il n'en a pas eu le temps. Ou il ne l'a pas voulu ! Nous ne le saurons jamais. Je te le répète, Mathieu ! N'accable pas Romain et son grand-oncle, même s'ils ont été maladroits… C'était à ton père de t'avouer qu'il entretenait une maîtresse et une seconde famille à Paris. Et à ton père seul. Ça ne regardait pas Aurore et son oncle. Ton père devait assumer ses choix…

Même s'ils étaient difficiles à accepter, Mathieu ne contesta pas ces propos.

– Que me conseillez-vous, mon oncle ? demanda-t-il.

– Je traiterais Romain comme s'il était mon frère, trancha-t-il. La guerre t'a déjà enlevé tes deux frères et ton cousin… La famille est bien réduite aujourd'hui…

– Vous oubliez Robert, objecta Mathieu.

– Vous ne vous voyez jamais ! protesta Jacques.

Les joues de Mathieu rosirent.

– Comment voudriez-vous que je le fréquente ? répondit-il. Mon cousin se déplace rarement en Europe, même pour ses affaires…

Robert était l'unique héritier de sa tante Mélanie, sœur aînée de sa mère, qui s'était installée en Nouvelle-Calédonie en 1890 après son mariage avec un fonctionnaire de la coloniale. Il avait grandi à Nouméa et échappé à la guerre grâce aux relations de son père ; il exploitait aujourd'hui des gisements de nickel et de cuivre sur l'île. Les distances n'avaient guère facilité les relations avec Robert et ses parents, au point qu'Hélène se contentait, depuis des années, d'envoyer un courrier à sa sœur et à son beau-frère au moment de la Noël.

– Mais si vous ne vous voyez jamais, vous ne vous écrivez pas ! remarqua Jacques Berthier.

– Les Postes sont d'une telle lenteur entre la France et Nouméa que c'est désespérant ! rétorqua-t-il.

– N'exagère pas, Mathieu ! Tu cherches un prétexte pour tourner le dos à la réalité...

Son entêtement et ses réactions contrariaient Jacques Berthier : il ne souhaitait pas qu'il se brouille avec son demi-frère.

– Revenons à Romain ! l'exhorta-t-il d'une voix calme mais déjà lasse. Ne vous fâchez pas ! Vous êtes du même sang. N'oublie pas que vous avez aimé le même père. Songes-y. Les divisions ne sont jamais bonnes dans les familles... Pense à ce qui s'est passé chez les Berthier entre votre grand-père Élisée et le père d'Étienne... Ça devrait nous servir de leçon...

Comme il ne semblait pas convaincu, Jacques s'enflamma :

– Ne ressasse pas tes rancœurs ! Tu souffriras inutilement et tu le regretteras. Revoyez-vous ! Essayez de vous parler... Vous avez certainement des choses à vous dire sur votre père. Apprenez tous les deux à vous connaître ! C'est important... Si vous vous revoyez, les choses changeront peut-être...

Sophie était soulagée en l'entendant. Ces conseils, elle les avait espérés en proposant à Mathieu de tout raconter à son père et elle était persuadée qu'il les accepterait dès que les passions se seraient apaisées.

– N'oublie pas que ton père n'avait plus que vous deux depuis la guerre, ajouta-t-il encore. Vous étiez sûrement ce qu'il avait de plus précieux au monde.

Ils rentrèrent à Rodez, écrasés par ce secret. Malgré les paroles apaisantes de son oncle, Mathieu était toujours partagé entre deux sentiments contradictoires. Il reprochait à Romain d'avoir bénéficié des attentions de son père au moment où leur famille avait souffert de ses absences répétées à Rodez. Ses rancœurs étaient tenaces, au point qu'il ressentait à certains moments comme une sensation d'étouffement. Dans le même temps, écoutant la voix du sang et le conseil de son oncle, il éprouvait le besoin de rencontrer Romain pour pouvoir mieux le connaître. Son existence ne modifiait pas le règlement de la succession de son père, qui ne l'avait pas reconnu de son vivant. Mais elle engendrait une situation nouvelle. Mathieu avait compris aux explications d'Aurore Morvan que son père était très attaché à Romain, comme à ses autres enfants. Pour autant, il n'avait pas l'intention de le retrouver encore. C'était prématuré. Il avait besoin de temps pour pardonner à Romain ses mensonges et pour se réconcilier avec son père dont il regrettait le manque de courage, de franchise.

À leur arrivée à Rodez, Hélène constata qu'ils étaient soucieux. Que se passait-il de grave dans le couple ? Elle redouta une maladie, une mésentente, de nouvelles difficultés à la tannerie. Aussitôt, elle s'en inquiéta auprès de Mathieu.

– Ne vous rongez pas les sangs ! répondit-il. Tout va bien ! Nous ne nous sommes pas disputés à Paris. Nous n'avons pas consulté de médecins dans les grands hôpitaux. Il n'y a pas de défections chez les grossistes et je ne désespère pas d'augmenter nos expéditions dans les prochaines semaines grâce à des négociants qui se sont manifestés ce printemps. Que vouloir de plus ?

Ses propos et son sourire ne la rassurèrent qu'à moitié, mais elle n'insista pas.

Revenus de Paris depuis moins d'une semaine, ils décidèrent de partager leur temps entre leur maison de Rodez et le château de La Coste pour pouvoir profiter à la campagne des journées longues et chaudes. À Rodez, Sophie apprenait à dessiner auprès d'Hélène et à conduire auprès de son moniteur. Dans les rues du chef-lieu, peu de femmes pilotaient des voitures. Aussi sa présence suscitait-elle de la curiosité auprès des Ruthénois qui l'apercevaient au volant de la Citroën sur les boulevards. Certains l'admiraient, mais d'autres la regardaient de manière étrange. Dès la Saint-Jean, après plusieurs semaines de leçons, la jeune femme se débrouillait si bien que son époux la persuada de prendre leur voiture dès qu'ils se rendraient à La Coste. Le premier mercredi de juillet, elle se présentait devant la commission d'attribution du permis de conduire composée du préfet de l'Aveyron, de son secrétaire général et de quelques notables qui ne rechignèrent pas à reconnaître ses aptitudes. Sophie triomphait. Maintenant, elle pourrait s'aventurer sur les chemins en compagnie de sa belle-mère pour crayonner châteaux, chapelles et oratoires. Ils fêtèrent dignement sa réussite.

Dès le lendemain, Mathieu recevait l'invitation du président de la Fédération à participer le 29 juillet à l'installation de la commission technique de la tannerie. Romain assisterait sûrement aux travaux ; il siégerait désormais parmi ses membres, comme

Mathieu. Depuis son entrevue avec Aurore Morvan, le jeune patron tanneur craignait le moment où il le croiserait à nouveau, au point qu'il était disposé à imaginer un prétexte pour ne pas effectuer ce déplacement à Paris. La manufacture ne l'accaparait-elle pas suffisamment pour justifier son annulation ? À la Fédération, on connaissait les difficultés qu'il avait affrontées et le président comprendrait son absence. Mathieu se rattraperait à l'automne. Sophie n'approuva pas cette dérobade. Elle s'appliqua à le convaincre qu'il entamerait sa crédibilité auprès des responsables de la Fédération tandis qu'il renforcerait son isolement auprès de ses collègues. Elle le persuada également de rencontrer Romain à cette occasion pour qu'ils s'expliquent en toute tranquillité. Mathieu affirma tout d'abord que c'était précipité, puis il accepta, sur l'insistance de Jacques.

Il essaya de s'y préparer au mieux, mais cette confrontation avec Romain le tourmentait tellement que son sommeil, son appétit, son humeur en étaient affectés. Le personnel s'en inquiéta. Depuis son voyage à Paris, chacun avait constaté qu'il était anxieux. Mathieu donnait l'impression de ne plus s'intéresser au quotidien de la tannerie. Certes le patron n'était pas absent de son bureau, mais il était moins attentif à la bonne marche de la maison. Il avait l'habitude de tout contrôler et il s'était relâché. C'était anormal pour le comptable et le contremaître qui étaient ses hommes de confiance. Ils demandèrent à le rencontrer un vendredi après le déjeuner. C'était une journée chaude, lourde. Transpirant à grosses gouttes, Mathieu avait remonté les manches de sa chemise pour se plonger dans ses dossiers et il s'épongeait le front lorsqu'ils le rejoignirent dans son bureau.

– Je vous écoute, messieurs ! dit-il en rangeant son mouchoir.

Manquant d'aisance dans leur blouse bleue, Donatien Blanchet et Édouard Bardenet hésitaient à s'exprimer.

– Qui commence ? poursuivit-il devant leur embarras.

– Comment vous expliquer ? répondit le contremaître, Édouard, dont la nervosité intrigua Mathieu.

Il s'accorda un moment de réflexion avant d'avouer :

– Pour simplifier, monsieur Berthier, le personnel est tracassé.

– Qu'est-ce qui le tracasse ?

Édouard Bardenet regarda le comptable. Que devait-il dévoiler ? Les ouvriers se souciaient de l'humeur morose de leur patron mais ils souhaitaient également connaître ses intentions pour la tannerie. Il n'avait pas encore précisé les motifs du rendez-vous que Mathieu se montrait rassurant :

– Pourquoi se tracasse-t-il ? Il n'y a aucune raison de s'alarmer ! Les stocks de peaux ne tarderont pas à revenir à un niveau normal. Je ne vous l'apprends pas, Édouard ! Vous les connaissez. Il y a eu des commandes de nouveaux grossistes depuis le printemps. C'est encourageant. Nos prévisions de livraisons sont plutôt bonnes pour l'automne. À la fin de l'année, notre trésorerie devrait retrouver peu ou prou son équilibre. Les difficultés de l'automne dernier ne seront bientôt plus qu'un mauvais souvenir pour tout le monde. Vous nous le confirmez, Donatien ?

Donatien Blanchet confirma.

– Même si les comptes sont corrects et même si nous vendons bien les ballots de peaux, les ouvriers sont inquiets ! remarqua-t-il toutefois en tortillant la manche flottante de sa blouse qui masquait l'absence de son bras gauche. Ils se demandent si…

– Ils se demandent tous ce que vous prévoyez pour le tannage ! l'interrompit le contremaître.

Lorsqu'il avait accueilli Romain à la tannerie, à Pâques, Édouard avait compris que Mathieu avait l'intention de le modifier bientôt.

– Les ouvriers me posent souvent la question ! ajouta-t-il.

– J'y réfléchis ! reconnut Mathieu.

– C'est pour cette raison que nous vous croisons moins souvent autour des fosses et dans la maison ? dit-il.

– J'y travaille depuis quelque temps, avoua-t-il en souriant. Mais je travaille surtout dans mon bureau…

– Et c'est également pour cette raison que vous êtes soucieux ? surenchérit Donatien Blanchet.

– Le tannage au chrome est si différent que je voudrais préparer le changement dans les meilleures conditions, expliqua-t-il sans se démonter. Pour ne pas me tromper…

– Nous y viendrons bientôt ? demanda le contremaître.

– Dès que possible !

– C'est-à-dire ? s'inquiéta Édouard.
– Dès le printemps si nos finances nous le permettent.
– Si rapidement ? s'étonnèrent les deux employés.

À leurs réactions, Mathieu comprit qu'il s'était trop avancé et qu'il était préférable de ne pas brusquer les ouvriers.

– Pas d'affolement ! répondit-il. Même si notre trésorerie nous le permet, nous ne moderniserons certainement pas au printemps. Nous attendrons plus vraisemblablement l'automne et nous disposerons de plus de temps pour nous y préparer… Rassurez les employés, messieurs ! Je peux vous affirmer d'ores et déjà qu'il n'y aura pas de révolution… On ne tannera au chrome que 20 à 25 % des ballots ! On continuera à alimenter les grossistes en cuirs forts et durs que vous fabriquez très bien.

Ils retrouvèrent leur sourire.

Quand ils quittèrent le bureau, tous deux étaient soulagés tandis que leur patron avait réussi à ne pas leur révéler ses vrais soucis.

Après leur départ, Mathieu parcourut quelques documents qu'il avait rassemblés sur le tannage au chrome et il repensa à Romain. À l'occasion de son passage à La Gascarie et de leurs discussions techniques, l'ingénieur parisien avait proposé ses services pour la modernisation de la maison. Il avait même suggéré de solliciter son petit-cousin Arnaud pour qu'il détache à Rodez l'un de ses maîtres tanneurs ; il pourrait expliquer à Édouard Bardenet et aux ouvriers les subtilités du nouveau procédé. Mathieu avait accepté sur-le-champ, persuadé que son personnel s'adapterait plus facilement et gaspillerait moins de peaux dans les débuts. Il comprenait pourquoi Romain avait manifesté autant d'enthousiasme à le conseiller. Il s'était finalement comporté comme un « héritier » des Berthier, décrétant ce qui était le meilleur pour la tannerie qui avait appartenu à son père et à son grand-père. Cette attitude déplaisait aujourd'hui à Mathieu ; elle ne le poussait pas à demander le concours des Charvin, même s'il paraissait acquis. C'était au-dessus de ses forces. Il ne voulait pas être leur obligé et il le regrettait déjà parce qu'il avait conscience qu'il se priverait de précieux conseils.

16

Mathieu et Romain assistèrent tous deux en juillet à l'installation de la commission technique de la tannerie. Avant l'ouverture de la séance, ils se croisèrent dans les bureaux de la Fédération et ils se saluèrent poliment mais sans effusions tellement ils étaient crispés. Romain rejoignit quelques ingénieurs qu'il connaissait, délaissant Mathieu qui retrouva bientôt un camarade de promotion travaillant désormais à Marseille. Les deux demi-frères s'évitèrent au moment du déjeuner et s'ignorèrent jusqu'à la clôture de la journée. À ce moment-là, dans le brouhaha des discussions qui succédèrent à la dernière intervention, Mathieu s'approcha de Romain :

– Il faudrait que nous parlions tous les deux. Je pense que nous avons des choses à nous dire…

– Je le pense aussi, répondit-il.

– Où pourrions-nous être tranquilles ? demanda Mathieu.

Romain proposa de l'emmener chez sa mère, à Saint-Germain.

– Pourquoi n'allons-nous pas chez toi ? s'étonna-t-il.

Quand son petit-cousin l'avait engagé dans sa tannerie, aussitôt après ses études, Romain avait emménagé dans un deux-pièces sur le boulevard Magenta.

– J'ai prévenu ma mère que je passerais après ma journée à la Fédération, expliqua-t-il. Elle m'attend…

Comme Mathieu ne paraissait manifester aucun enthousiasme à la rencontrer à nouveau, il s'appliqua à le mettre en confiance :

– Ne t'inquiète pas ! Ma mère ne se mêlera pas de nos affaires ; elle nous laissera seuls…

Ils empruntèrent l'autobus pour rejoindre Saint-Germain, mais ne cherchèrent pas à s'adresser la parole. Tous deux étaient tendus, enfermés dans leurs pensées. Romain semblait grognon et distant. Son comportement confirma à Mathieu l'impression qu'il avait déjà ressentie devant sa froideur du matin. Leur confrontation promettait d'être plus difficile encore qu'il ne l'avait imaginé.

Aurore Morvan accueillit Romain avec un grand sourire avant de l'embrasser. Elle se rembrunit dès qu'elle reconnut Mathieu près de la rampe d'escalier. Il était demeuré à distance, par discrétion. Elle se demanda pourquoi Romain l'avait emmené chez elle et, surtout, ce qu'il voulait encore. Marquée par les mauvais souvenirs de leur premier rendez-vous, Aurore redoutait déjà qu'il persiste à réclamer des explications sur ses relations avec Hector, qu'il se comporte à nouveau d'une manière violente. Elle n'accepta de le recevoir qu'à contrecœur. Mathieu le comprit à son agacement, à la dureté de son regard et à sa nervosité. Ses mains tremblaient. Les paroles de Romain la rassurèrent à l'instant où elle les introduisit dans sa salle à manger.

– Maman, pourrais-tu nous laisser seuls ? dit-il.

Elle s'exécuta pour rejoindre aussitôt sa chambre, tellement elle était soulagée de ne pas assister à leur entretien.

Un moment de silence s'écoula après son départ. On n'entendait plus que le tic-tac de la pendulette qui avait retrouvé sa place sur la cheminée, tandis que l'animation du boulevard leur parvenait d'une manière confuse. Ils hésitaient à aborder cette situation nouvelle et chacun attendait que l'autre se décide. Les nerfs étaient à fleur de peau. On le devinait sur leurs visages, à travers leurs gestes. Tous deux étaient conscients qu'une maladresse, une allusion blessante ou une parole ambiguë pouvaient les dresser l'un contre l'autre. Ils se surveillaient. Romain s'était accoudé au dessus de marbre de la cheminée. Mathieu s'était réfugié près d'une fenêtre qui donnait sur le boulevard. Ne supportant plus ce silence qui devenait de plus en plus angoissant, il s'exprima le premier en essayant de contenir ses émotions.

– Pourquoi m'as-tu raconté que tu n'avais pas connu ton père ? demanda-t-il calmement. Si tu m'avais avoué la vérité dès le début, je ne t'en voudrais sûrement pas autant aujourd'hui. Tout aurait été bien plus simple…

– C'était tellement impensable pour une famille comme la tienne que tu ne m'aurais pas écouté ! répliqua Romain. Tu aurais imaginé que j'affabulais… Chez les bourgeois, les bâtards n'existent pas. Si on en découvre par malchance, on se dépêche d'étouffer l'affaire et de les éloigner des familles pour qu'il n'y ait pas de scandale. C'est un déshonneur ! Je ne te l'apprends pas.

– Tu te trompes, Romain ! rétorqua Mathieu. Si tu m'avais avoué la vérité dès le début, je t'aurais écouté. Quand nous nous sommes rencontrés au canal Saint-Martin, je me doutais déjà que mon père n'avait pas été fidèle à ma mère… J'avais trouvé dans ses papiers un portrait et une lettre de ta mère qui me le laissaient penser…

– Tu n'as pas été surpris ?

– C'était difficile à admettre même s'il était souvent absent, mais quelqu'un de ma famille m'a expliqué que mon père n'avait pas été heureux en ménage. Dès ce moment-là, j'ai pu imaginer qu'il avait peut-être une maîtresse. Même si je ne l'approuvais pas, je comprenais pourquoi…

– Vraiment ? s'étonna Romain. Je ne pensais pas que tu…

– Si tu m'avais avoué la vérité dès le début, rabâcha Mathieu, tu aurais gagné mon estime. Pourquoi m'avoir menti alors qu'on aurait pu s'expliquer ? Quel gâchis !

Romain le regarda durement.

– Un gâchis ! Un gâchis ! gronda-t-il, agacé. Mais est-ce que ton père nous a laissé le choix ? Non ! Tout ce qui est arrivé est de sa faute… Ce n'était pas à nous de te révéler qu'il avait deux familles. C'est ton père qui te devait la vérité, mais il n'en avait pas le courage. Ce n'est pas glorieux d'avoir une double vie et un bâtard… Surtout un bâtard !

Ses accusations claquèrent comme une gifle. Mathieu encaissa, mais ne répondit pas ; il ne voulait pas accabler son père qui n'était plus là pour s'expliquer.

– Une chose est certaine : mon père nous a souvent manqué et nous en avons souffert ! se contenta-t-il de préciser.

– Mon père m'a manqué aussi ! tempêta Romain. Peut-être bien plus qu'à vous ! Il n'était jamais à la maison ; il ne m'amenait jamais à l'école ou très rarement ; il était toujours absent à Noël… Il y avait ses cadeaux dans la salle à manger, mais je m'en moquais. J'aurais préféré qu'il ne m'achète pas de beaux soldats de plomb mais que je puisse l'embrasser, ce jour-là, comme tous les copains de mon école embrassaient leur père… Quand j'étais enfant, ma mère m'avait expliqué qu'il était souvent en voyage. Dès que j'ai grandi, j'ai trouvé que c'était bizarre ! Un père n'est pas en voyage tous les ans le jour de Noël. Je me disais que ce n'était pas possible ! Elle m'a tout raconté quand j'ai eu dix ans. Ça m'a révolté… J'ai pleuré toutes les larmes de mon corps et je ne l'ai pas embrassé pendant des semaines pour me venger… Puis je m'y suis habitué et maman n'a pas ménagé ses efforts pour nous réconcilier… Je vous enviais, tes frères et toi, Mathieu. À Noël, ton père était avec vous à Rodez. Vous formiez une vraie famille. Quelle chance, vous aviez ! Nous… Nous étions une famille fantoche, boiteuse. Si mon grand-oncle ne nous avait pas invités à Noël, nous nous serions retrouvés seuls à l'appartement ! Maman en a souvent pleuré… Ton père avait la vie facile ! Trois semaines à Rodez, une semaine à Paris… C'était son rythme, tu t'en souviens ? Même s'il voyageait aussi pour le compte de la Fédération, vous en profitiez plus que nous ! Je suppose que tu le reconnais, Mathieu… Avec ma mère, nous passions tout notre temps à l'attendre. Quand il déposait les bagages chez nous, c'était pour rejoindre le secrétariat de la Fédération ou la fabrique de mon grand-oncle. C'était un véritable fantôme. Ça me désespérait… Tu comprends, Mathieu, ce que nous avons supporté ?

Dans ses propos, il y avait beaucoup d'irritation, d'émotion et de flamme. Ils traduisaient bien ce qu'il avait ressenti dans son enfance et cela désarmait soudain Mathieu. Depuis les révélations d'Aurore, raisonnant en égoïste, il s'était considéré comme l'unique victime de la double vie de son père. Ne reprochait-il pas à Romain de l'avoir accaparé à leur détriment ? Aujourd'hui, en l'entendant, il constatait que son demi-frère avait encore plus souffert de cette situation. Il imaginait aussi tous les tiraillements que son père avait éprouvés entre ses deux familles, mais il n'en avait pas mesuré l'importance jusqu'alors. Hector avait aimé Aurore. C'était la femme de sa vie. La logique des sentiments aurait voulu qu'il écoute son cœur, divorce, l'épouse. Mais ce n'était pas une pratique courante dans la bourgeoisie. Si Hector et Hélène s'étaient séparés devant un tribunal, ils n'auraient pas manqué de déclencher un scandale qui aurait affecté leur réputation auprès de la bonne société de Rodez, rejaillissant peut-être même sur les affaires des Berthier. Hector l'avait-il seulement envisagé ? Mathieu ne le pensait pas. Personne n'avait jamais divorcé dans la famille ni dans leur entourage. Mais son père n'avait pas cherché à renoncer pour autant à Aurore. Aujourd'hui, Romain l'accusait vertement de faiblesse et de lâcheté. Mathieu était moins catégorique malgré les retombées désastreuses de sa double vie. Il avait toujours de l'admiration pour son père. S'il avait aimé Aurore, avait-il été heureux pour autant ? Mathieu n'en était pas certain.

Romain qui n'en avait pas terminé avec son père l'accusait aussi d'avoir manqué à sa parole.

– Il m'avait promis de me donner son nom comme à ses enfants de Rodez ! expliqua-t-il tout en serrant les poings de colère. J'étais un gamin à l'époque, j'avais onze ou douze ans et j'en étais si fier que je m'étais déjà appliqué à le reproduire sur les étiquettes de mes cahiers de brouillon. Je ne m'appelais plus Morvan mais Berthier et je le claironnais dans toute la maison... Maman était contente parce que je m'étais réconcilié avec mon père ! Il m'en avait souvent parlé, j'espérais toujours que je m'appellerais Berthier quand je serais devenu grand... Pourquoi me mentirait-il ? Je pensais qu'un enfant n'avait pas à douter de la parole de son père ou de sa mère... Mais je me suis trompé. Un ressort s'est cassé entre nous, bien avant sa disparition, quand j'ai compris que je ne porterais sûrement pas son nom. J'avais déjà seize ou dix-sept ans. Ça m'a blessé. J'étais très remonté contre mon père et, surtout, très malheureux. Je trouvais que c'était une injustice. Il n'avait pas le droit de me priver de son nom ! Je me suis souvent demandé si cette promesse n'était pas une foutaise et si ton père avait vraiment eu, à un moment donné, l'intention de me reconnaître...

Mathieu se contentait de l'écouter, embarrassé pour répondre. Il comprenait l'amertume de Romain mais il connaissait suffisamment les comportements de la bourgeoisie pour ne pas intervenir. De vieilles familles comme les Berthier n'avaient pas l'habitude de légitimer aussi facilement des enfants naturels. S'il ne souhaitait pas aujourd'hui excuser son père ni même le défendre, il n'entendait pas pour autant l'accabler aussi durement que Romain.

– Pour ton père, c'était bien plus simple que je ne m'appelle pas Berthier ! compléta sèchement Romain. Surtout pour la succession. Son héritage te revenait en totalité ! Tu n'avais pas à partager et le patrimoine de la famille Berthier était préservé jusqu'à la prochaine génération… Sans arbitrage. Sans disputes. C'était inespéré ! Il y a tellement de querelles au moment du règlement des successions… Je suppose que ton père y avait songé après la mort de tes frères à la guerre…

À ce moment-là, il le regarda fixement pour souligner :

– Reconnais que ça t'arrange !

Ses insinuations agacèrent Mathieu, qui ne répondit pas.

Déjà, Romain enchaînait :

– Votre tannerie, votre château, vos bibelots, votre maison ? Je m'en moque ! Ils ne m'intéressent pas. J'hériterai de l'hôtel de mes grands-parents à Roanne ; il est en gérance et il rapporte une belle somme tous les ans… Ce n'étaient pas de l'argent, des bijoux, des tableaux ou des meubles que j'aurais voulus après la mort de mon père, mais son nom… C'était le plus beau cadeau ! Si je m'appelais Berthier, ça me prouverait aujourd'hui que mon père m'a désiré comme ses autres enfants et…

Il ne termina pas sa phrase. Aurore les rejoignait ; elle avait tout entendu depuis sa chambre. Elle ne pouvait accepter ses critiques qui lui rappelaient l'adolescence de son fils quand il affrontait son père. Le visage défait, elle en avait le cœur serré et les larmes aux yeux.

– Respecte ton père ! ordonna-t-elle à Romain. Il n'a pas mérité que tu le méprises ! Il était si heureux le matin de ta naissance qu'il était émerveillé. Il s'est installé près de ton berceau et il t'a regardé comme si tu étais son premier enfant… Il t'aimait déjà avant que tu ne viennes au monde…

Romain s'était radouci.

– Il t'a toujours aimé, même s'il était souvent absent de Paris : tu étais son petit dernier ! ajouta-t-elle.

– Je n'en ai pas profité assez ! laissa-t-il tomber.

– Il nous était difficile de…

– Ne cherchez pas à justifier votre situation qui était bancale dès le départ ! rétorqua Romain. Pourquoi l'avez-vous acceptée ? Tout le monde en a souffert. Même vous...

Il avait touché un point sensible, mais Aurore ne répondit pas. On avait frappé. Elle les abandonna aussitôt, trop contente d'échapper à ses reproches. C'était la concierge qui apportait le courrier en se confondant en excuses. Elle s'était absentée au moment où Aurore avait regagné l'immeuble après sa journée. Sa présence interrompit brusquement la discussion. Romain et Mathieu restèrent silencieux, plongés dans leurs pensées tout en s'observant. Quelques minutes seulement s'étaient écoulées lorsqu'Aurore les retrouva, mais ils ne relancèrent pas la conversation. Romain semblait plus détendu comme s'il avait exprimé tout ce qu'il avait sur le cœur. Elle n'avait nullement l'intention d'expliquer à son fils ni même à Mathieu ce qui l'avait poussée à s'engager à vingt-cinq ans dans une relation avec Hector. Ses décisions de jeunesse ne les regardaient pas... Mathieu éprouvait le même soulagement de pouvoir écourter cet échange. Il n'appréciait guère la manière dont Romain critiquait ses parents.

Aurore revenue, ils aiguillèrent la discussion sur leur journée à la Fédération. Mais le malaise persista entre eux qui poussa Mathieu à prendre congé. Les deux frères se saluèrent fraîchement, ce qui n'échappa guère à Aurore. Elle reconduisit Mathieu jusqu'au rez-de-chaussée, proposant de le retrouver le lendemain lorsqu'elle terminerait son service.

– Nous parlerons de votre père, de votre frère et même de vous, expliqua-t-elle à Mathieu. Si vous en avez envie...

Il ne s'attendait pas à une pareille invitation après son inconduite du printemps.

– Vous viendrez ? demanda-t-elle.

Avant de répondre, il présenta des excuses pour ses paroles et ses réactions malheureuses.

– Je ne voudrais pas que vous pensiez que...

– Vous viendrez, Mathieu ? demanda-t-elle à nouveau avec plus d'insistance. Romain travaille... Nous serons seuls...

Elle souhaitait le rencontrer avant qu'il ne retourne en Aveyron pour mieux le connaître mais également dissiper d'éventuelles méprises que les propos de Romain auraient pu avoir suscitées.

– J'aimerais que vous ameniez votre épouse puisqu'elle vous a accompagné à Paris, compléta-t-elle. Si elle accepte… Et si elle est disponible à cette heure-là…

Aurore les conviait si gentiment que Mathieu y consentit.

17

Le lendemain, Aurore était déjà plus détendue et plus souriante en accueillant le jeune couple.

– Je suis contente de vous recevoir, avoua-t-elle à Sophie. Votre beau-père et oncle me parlait aussi de vous. Il appréciait que vous vous intéressiez à sa fabrique et au tannage des peaux... C'est peu commun pour une femme... Et il était heureux de votre mariage...

Après l'échange de quelques banalités sur leur passage dans la capitale, Aurore s'adressa à Mathieu.

– Vous avez entendu, hier, les critiques de Romain ? dit-elle en changeant de ton. Il me reproche d'avoir accepté dès le départ une situation boiteuse dans mes relations avec votre père et j'imagine, Mathieu, que vous me le reprochez également...

Elle espérait connaître son opinion à ce propos, mais Mathieu ne répondit pas.

– C'est votre droit ! affirma-t-elle. Vous avez vos raisons et je les respecte... Mais il y a des choses que vous devez savoir, Mathieu, et vous comprendrez peut-être pourquoi j'ai accepté cette situation. Dès que j'ai commencé à le fréquenter, votre père m'avait informée qu'il était déjà marié et avait des enfants. Mais il est souvent difficile de contrôler ses sentiments...

Elle les regarda avant de continuer, comme si elle attendait que Mathieu conteste ses choix. Mais il ne broncha pas.

– Ce que j'éprouvais à ce moment-là pour votre père, Mathieu, je ne l'avais jamais éprouvé auparavant ! poursuivit-elle. C'était tellement puissant et profond que je ne pouvais pas rompre. C'était au-dessus de mes forces. Impossible ! Hector était vraiment l'homme de ma vie... J'en étais certaine à l'époque. Je constate aujourd'hui que je ne m'étais pas trompée. Hector a bien été l'unique amour de ma vie. S'il avait divorcé...

Mathieu l'interrompit sèchement :

– Madame ! Chez nous, on n'a jamais divorcé.

– On a l'habitude de souffrir en silence, même si le bonheur n'est pas au rendez-vous ! ajouta Sophie.

La vivacité de leurs réactions amusa Aurore.

– Je vous rassure : il n'était pas dans mon intention d'imposer le divorce à Hector ! répondit-elle calmement en esquissant un sourire qui les désarma. Je ne voulais pas l'obliger à quitter sa femme, ses enfants, Rodez et sa tannerie pour me rejoindre.

– Et vous épouser ! en déduisit Mathieu.

– Je n'ai jamais demandé le mariage et il ne m'a pas proposé de l'épouser ! rétorqua Aurore.

– Vous n'y aviez pas songé ? s'étonna Sophie.

– Oh, si ! reconnut-elle en souriant. Souvent... Mais ce mariage était impossible ! Il n'en a jamais été question entre nous...

Après réflexion, Aurore avait préféré qu'ils restent amants, même si elle était déjà consciente que cette situation ne pourrait jamais la satisfaire et qu'elle entraînerait sûrement des sacrifices. Elle l'avait acceptée pour ne pas renoncer à Hector. Malgré ce que pensaient maintenant Romain et Mathieu, elle avait le sentiment que c'était la décision la plus raisonnable. Il n'y avait pas eu de scandale. Les apparences avaient été préservées. Quant à Hector, il avait profité de ses enfants à Rodez et il avait continué à s'occuper de ses affaires. Certes Aurore concédait aujourd'hui que ces vingt-cinq années n'avaient pas été toujours sereines ; elle avait affronté la solitude en attendant le retour d'Hector et les colères de Romain devant les absences de son père. Mais elle avait éprouvé un immense bonheur pendant sa grossesse, puis au moment de la naissance de leur enfant. Romain ne la ménageait pas depuis son adolescence, au point que ses reproches l'avaient souvent blessée. Leurs relations étaient devenues orageuses mais elle le pardonnait toujours, connaissant son caractère impulsif et surtout ce qu'il avait supporté pendant des années. Malgré ses griefs, Romain l'admirait parce qu'elle l'avait élevé de son mieux et qu'elle avait tout sacrifié à l'homme de sa vie. Quant à Aurore, oubliant ses paroles amères, elle était fière de son fils parce qu'il était habité de la passion de la tannerie comme Hector, qu'il marchait sur ses traces et qu'il était le symbole vivant de leur amour. Elle avait souffert lorsque ses études l'avaient éloigné de la capitale pendant cinq ans, mais elle essayait de se rattraper depuis. Certes, il s'était installé dans un deux-pièces qu'Hector avait acheté sur le boulevard Magenta pour qu'il dispose de son indépendance et Aurore ne l'embrassait plus chaque matin comme dans son enfance. Mais ils se retrouvaient souvent chez les cousins Charvin, à Saint-Germain ou ailleurs dans Paris. Pourtant, ils se sépareraient pour longtemps dans quelques semaines quand Romain rejoindrait l'Afrique du Nord pour y découvrir le négoce des peaux de mouton et travailler dans une tannerie de Marrakech. Sa mère redoutait déjà ce moment. Soudain, elle se rappela ce qu'elle avait promis à son fils. Ce matin, avant de prendre un express pour Lyon où il avait des rendez-vous, il s'était présenté à son hôtel pour s'excuser de son attitude de la veille. Aurore n'avait pas été surprise par sa visite. Romain s'épanchait, regrettait son emportement et implorait son indulgence qu'elle accordait toujours. Ce matin, il avait demandé à sa mère d'informer Mathieu de son installation prochaine à Marrakech. Ils ne se reverraient certainement pas avant son départ pour le Maroc, dans deux mois, puisque la prochaine journée de la Tannerie ne se déroulerait que le 15 octobre et que Mathieu n'aurait peut-être pas une occasion de le retrouver à Paris plus tôt. La veille, bien trop énervé, Romain n'avait pas souhaité annoncer sa décision même s'il l'avait arrêtée depuis des semaines.

La nouvelle n'étonna pas Mathieu et Sophie. À l'occasion de leur première rencontre, il avait déjà manifesté l'intention de séjourner à l'étranger. Il hésitait encore entre l'Afrique du Nord et la Hongrie.

– Il respecte les traditions des Berthier ! indiqua Aurore avec une grande fierté. On s'expatrie à l'étranger pendant deux ou trois ans ; on observe, on apprend, on s'enrichit… C'est instructif, n'est-ce pas, Mathieu ?

Il confirma.

– Hector nous a souvent raconté ses dix-huit mois passés en Hongrie, continua-t-elle. Je me souviens que Romain le pressait de questions sur les tanneurs, les chevaux et les harnais hongrois. Sa curiosité semblait sans limites…

– Il vous manquera ! l'interrompit Sophie.

– Oh, oui ! soupira-t-elle.

Elle se ressaisit aussitôt :

– Le Maroc n'est pas si loin de Paris. Je me débrouillerai pour le retrouver à Marrakech après les fêtes de Noël. C'est le moment où l'activité est en baisse dans les hôtels de Paris. Notre directeur est arrangeant ; il ne refusera certainement pas de m'accorder deux semaines… Je ne me suis pas absentée une journée depuis que je travaille dans cette maison…

Puis elle regarda Mathieu et Sophie.

– Romain pourra également vous accueillir à Marrakech si vous le souhaitez, dit-elle.

Même si elle était gentiment formulée et de manière spontanée, ils déclinèrent son invitation sous le prétexte que la modernisation de la manufacture les empêcherait de s'éloigner de l'Aveyron dans les prochains mois.

– Même si vous ne vous déplacez pas jusqu'au Maroc, peut-être vous écrirez-vous ? ajouta-t-elle.

– Peut-être, répondit Mathieu.

Se montrant conciliant pour ne pas la contrarier, il se demandait toutefois comment leurs relations évolueraient dans les prochaines semaines. Éprouveraient-ils la nécessité d'échanger des nouvelles ou voudraient-ils maintenir une certaine distance entre eux, au moins dans un premier temps ? Après leur discussion de la veille, il avait le sentiment que Romain était partagé entre le bonheur et la jalousie. Certes il était heureux d'agrandir le cercle familial grâce à ce demi-frère. Mais, s'il comparait leurs deux situations, il se considérait désavantagé par rapport à Mathieu.

– Romain est souvent brusque ! avoua-t-elle encore. Vous l'avez déjà constaté…

– Serait-il aussi rancunier ? s'inquiéta Mathieu en pensant à ses critiques sur leur père.

– Il est emporté et maladroit ! reconnut-elle, ne cherchant pas à le défendre. Mais il le regrette ensuite…

Mathieu comprit que ce caractère pèserait sur leurs relations.

Deux mois plus tard, la sonnerie du téléphone résonnait chez les Berthier au moment où Mathieu et Sophie partageaient le petit déjeuner. Ce jour-là, Rodez accueillait un marché-foire comme chaque premier samedi du mois. Le « foirou » amenait au chef-lieu des paysans et des bestiaux, des chalands et des forains dont les étalages envahissaient les boulevards ceinturant le cœur ancien de la ville. Les fenêtres étaient ouvertes en cette matinée d'octobre qui promettait d'être ensoleillée et presque chaude. Les boniments des marchands de faïence qui avaient déballé leur camelote devant l'immeuble, résonnaient jusque dans la cuisine des Berthier. Absorbés par le brouhaha, Mathieu et Sophie n'entendirent pas les deux premières sonneries du téléphone. C'était tellement inhabituel à cette heure matinale qu'ils n'y prêtèrent pas attention. Mais elles n'échappèrent pas à leur cuisinière qui s'empressa de les prévenir. Mathieu se précipita dans le salon pour décrocher le combiné.

– Monsieur Berthier ? demanda poliment la préposée.

Il confirma aussitôt.

– C'est la tannerie Charvin, précisa-t-elle.

Il marqua un temps de surprise. Il était 7 heures et demie. Qui pouvait l'appeler à cette heure-ci ? Les bureaux et les ateliers n'ouvraient qu'à 8 heures Il n'attendit pas longtemps avant de connaître la réponse.

– Allô ! Allô ! Mathieu ? Bonjour, c'est Romain.

– Romain ? s'étonna Mathieu. Mais que t'arrive-t-il ?

– Maman ne t'avait pas prévenu que je préparais mes bagages pour Marrakech ?

– Si, bien sûr.

– J'embarque demain à Marseille…

– Déjà ?

Mathieu s'excusa platement :

– Je voulais t'envoyer une lettre avant ton départ ou t'appeler, et les jours ont passé… Et puis je ne savais pas exactement à quel moment tu partais pour le Maroc…

– J'embarque demain !

– Je te souhaite bonne chance, Romain ! Même si on s'expatrie librement, on a toujours le cœur gros de quitter son pays, ses amis et sa famille… Je suis passé par là…

Romain ne répondit pas, mais il l'entendit se moucher comme s'il refoulait des larmes.

– Même si ce sont des moments difficiles, je suis persuadé que tu ne le regretteras pas ! continua-t-il. Tu apprendras beaucoup en Afrique du Nord… Ce que tu y découvriras, personne ne te l'enseignera dans les écoles et tu ne le trouveras pas dans les livres… C'était mon père qui…

– Notre père ! corrigea Romain sans animosité.

– D'accord ! rétorqua-t-il gentiment. C'était notre père à tous les deux. Mais c'est encore bien neuf pour moi… Il me faudra du temps pour m'y habituer…

– Ce qu'il t'avait expliqué, il me l'avait expliqué aussi ! coupa-t-il.

Il s'écoula alors un moment de silence que Romain rompit le premier.

– Passeras-tu bientôt au tannage au chrome ? s'inquiéta-t-il.

– Je continue à y réfléchir et j'y travaille ! répondit Mathieu d'une manière évasive.

– Ne lambine pas trop, conseilla Romain. Tu prends du retard, tu t'enfonces.

– Tu exagères ! protesta-t-il. Je préfère prendre mon temps pour préparer les ouvriers…

Si la trésorerie de l'entreprise le permettait, Mathieu prévoyait de commander dès le printemps de grands foulons dans lesquels les employés mélangeraient les peaux dégraissées et rincées aux sels de chrome. C'étaient des tonneaux tournants de 2,50 m à 3 m de diamètre dont le mouvement l'avait impressionné lorsque, étudiant, il les avait découverts. Il les installerait dans le rez-de-chaussée du bâtiment principal, près des fosses à tanin. Quant à la formation du premier groupe d'ouvriers, elle ne débuterait sûrement que dans le courant de l'été prochain ou au début de l'automne.

– Qui s'en occupera ? demanda Romain.

– Je me débrouillerai, Romain ! Je mouillerai ma chemise.

– Tu t'y épuiseras ! s'exclama-t-il. Tu t'y énerveras parce que les hommes gâcheront des peaux… C'est pas ton boulot…

– Les puanteurs de carnasse, de tripailles et de graisse chaude ne me rebutent pas ! répondit Mathieu. À Montevideo, je travaillais souvent des journées entières dans les abattoirs pour contrôler les montagnes de peaux que nous achetions. On respirait ces odeurs. On patouillait dans le sang, la pisse, la merde. J'ai l'habitude…

– C'est pas ton boulot ! répéta Romain.

– Le contremaître et son second ne connaissent pas le procédé chimique de tannage. Ils travaillent à l'ancienne…

– Réfléchis bien, Mathieu ! Mon cousin pourrait t'envoyer l'un de nos maîtres tanneurs qui leur apprendrait les bonnes méthodes. Je te l'avais déjà proposé… Nous en avons discuté. Il est d'accord ! Et mon grand-oncle Ernest a donné également son accord…

Mathieu n'ignorait pas que les Charvin étaient disposés à l'aider. Toutefois, il s'était bien promis de refuser leurs services pour ne pas devenir leur obligé.

– N'embête pas Arnaud avec mes affaires, rétorqua-t-il poliment. Ni ton grand-oncle… Je me débrouillerai !

– Mais pourquoi t'obstines-tu ? regretta Romain. C'est stupide… Tout pourrait devenir plus simple si tu voulais…

Même s'il avait grand besoin des conseils de la famille Charvin, il rechignait à les accepter. C'était une question de principe, d'amour-propre. Cependant, il consentit à rencontrer Arnaud Charvin à l'occasion de l'un de ses prochains passages à Paris.

– Bonne chance, Mathieu ! souffla Romain.

– Bonne chance aussi, Romain ! Pour tout…

Puis ils raccrochèrent.

Mathieu apprécia que son demi-frère l'ait appelé avant de quitter Paris. Après ce premier pas de Romain, il ne pouvait que s'engager sur le même chemin.

18

Même si l'automne s'était installé, les Berthier profitaient encore du domaine. Les journées étaient belles et douces, au point que les gelées n'avaient pas roussi les herbes ni même ratatiné les feuilles. Grâce à leur palette de couleurs rouille, orangée, jaune et verte, les plantations de chênes, de hêtres, de sapins et de bouleaux étaient magnifiques sous la lumière d'octobre. Les Berthier passaient leurs dimanches à La Coste. Hélène et Sophie dessinaient le château, se promenaient, ramassaient des noix, des châtaignes et des pommes pour les emporter à Rodez. Mathieu emmenait Ivanhoé ou Paquita sur les chemins avant de s'enfoncer dans les forêts des environs et de pousser jusqu'aux berges du Viaur. Quant à Jacques, il traquait les perdreaux, les lièvres et les faisans en compagnie de quelques notables. En ce dimanche qui précédait la Toussaint, Hélène ne les avait pas accompagnés. Elle avait l'intention d'assister l'après-midi, au théâtre de Rodez, à un spectacle organisé par l'association des veuves de guerre. Ce jour-là, Mathieu et Sophie avaient commencé des rangements dans le château en prévision de sa fermeture pour la mauvaise saison. Aussitôt après le déjeuner, ils avaient entrepris de recouvrir les fauteuils et les meubles de housses. Ils s'affairaient dans les salons du premier lorsque des coups sourds retentirent à l'entrée. Sophie délaissa son mobilier pour accourir. C'était Bernard Vergnes. Elle connaissait bien ce quincaillier de la place du Bourg à Rodez qui chassait souvent avec son père. Ce matin, ils s'étaient donné rendez-vous dans la prairie proche du château ainsi que le directeur du cadastre, le président du tribunal de grande instance et le docteur Molinier. En l'accueillant, elle se montra joyeuse.

– Que rapportez-vous, monsieur Vergnes ? demanda-t-elle. Des perdreaux ? Des lièvres ?

Comme il semblait embarrassé pour répondre, elle se préoccupa de l'absence de son père et des chasseurs. Elle ne les apercevait pas sous les ormeaux où ils se regroupaient d'habitude avec les chiens pour présenter leur tableau de chasse.

– Vous revenez seul ? s'étonna-t-elle.

– Le docteur Molinier m'envoie chercher sa trousse, répondit-il.

Ce matin, dès son arrivée, il s'était rendu chez les fermiers pour examiner l'un des domestiques qui souffrait d'une bronchite. Il avait ensuite déposé sa trousse au château.

– L'un d'entre vous est-il blessé ? s'inquiéta-t-elle.

Bernard Vergnes la rassura aussitôt :

– Il n'y a pas eu d'accident.

– Quelqu'un a-t-il besoin de soins ?

– C'est pour votre père…

– Mon père a besoin de soins ? s'étonna-t-elle.

Le quincaillier confirma.

Elle s'alarma aussitôt :

– Je ne comprends pas, monsieur Vergnes ! Il se sentait bien ce matin… Que s'est-il passé ? Est-il malade ? De quoi souffre-t-il ?

– Il a ressenti de la fatigue après notre casse-croûte de midi… Il s'est reposé un moment, puis il s'est remis en route avec nous. Les chiens étaient sur la piste d'un lièvre… Votre père ne suivait pas ; il était essouflé, il transpirait. Le docteur Molinier l'a obligé à s'arrêter. Il demande sa trousse pour pouvoir l'ausculter et une charrette pour le ramener au château…

– Comment va-t-il ?

– Votre père était déjà mieux quand je suis parti…

Mathieu avait tout entendu depuis le premier étage ; il dévala les escaliers quatre à quatre.

– Je vous conduirai avec ma voiture, monsieur Vergnes, et nous ramènerons mon beau-père ! proposa-t-il au quincaillier.

– C'est impossible, rétorqua Bernard Vergnes. Les hommes sont rassemblés à la clairière des Brunes.

– Nous n'y arriverons jamais en voiture, reconnut Sophie.

Trois kilomètres les séparaient des Brunes, où les charrettes accédaient à grand-peine par des chemins tortueux et malaisés.

Mathieu ne répondit pas. Il accourut jusqu'à l'office pour prendre ses bottes de cheval et disparut en direction des écuries. Le temps de préparer Ivanhoé et de prévenir le fermier de le retrouver aux Brunes avec un attelage, le cavalier grimpait déjà sur sa monture.

Lorsque Sophie et le chasseur gagnèrent à leur tour le domaine, Auguste et deux valets les attendaient devant les étables. Ils avaient emporté des couvertures, des coussins et une paillasse bourrée de feuilles de maïs pour accueillir le malade. Ils avaient rassemblé également des lanternes. La lumière déclinait lentement. Ils n'arriveraient qu'à la tombée de la nuit. Par chance, il n'y avait pas de nuages ni de brume. Mais les lampes-tempête ne seraient pas de trop pour guider les hommes et les chevaux lorsqu'ils reviendraient.

Ils s'élancèrent sur les chemins en un étrange cortège. Auguste, Sophie et Bernard Vergnes marchaient devant en pressant l'allure. Ils ne tardèrent pas à distancer l'attelage et les deux valets, au point que le grincement des essieux, les grelots des deux ardennais et le raclement de leurs sabots sur les cailloux ne leur parvinrent bientôt que d'une manière lointaine. Dès que les aboiements des chiens se rapprochèrent, les deux hommes et la jeune femme accélérèrent. À deux ou trois cents mètres de la clairière, ils devinèrent des ombres sous les grands bouleaux, tandis qu'Ivanhoé hennissait longuement en reconnaissant sa maîtresse. Mathieu se précipita aussitôt à leur rencontre.

– Comment va papa ? demanda Sophie lorsqu'ils se rejoignirent.

– C'est affreux, Sophie ! Je suis arrivé trop tard, même si je n'ai pas traîné. Le médecin n'a pas pu le sauver.

Cette nouvelle la pétrifia en plein milieu du chemin. Soudain, elle éprouva l'étrange sensation que la terre s'ouvrait. Elle ne distinguait plus Mathieu ni même les hommes qui l'avaient accompagnée, comme si les fourrés les avaient engloutis. Elle n'entendait plus les grelots des chiens ni les hennissements d'Ivanhoé... Elle appela alors son père de toutes ses forces :

– Papa ! Papa ! Papa !

À ce moment-là, elle retrouva toute sa lucidité en constatant que Mathieu essayait de la consoler et elle s'effondra contre sa poitrine. À l'image d'un barrage qui céderait soudain sous la force des eaux, ses larmes coulèrent comme un torrent.

– Pleure ! Pleure ! murmura Mathieu en resserrant son étreinte pour la réconforter. Ça te soulagera.

Puis il l'emmena sous les bouleaux où le docteur Molinier et ses compagnons de chasse entouraient Jacques qui reposait sur une litière de fougères.

– Le cœur de votre père a lâché ! expliqua le médecin à Sophie, bouleversé par sa disparition si soudaine. C'était imprévisible. Il me semblait en pleine forme ce matin et d'attaque pour chasser. Il avait l'intention de ramener une dizaine de perdrix...

Il l'embrassa affectueusement avant de continuer :

– Ma pauvre Sophie, son cœur s'est arrêté d'un coup ! Il n'a pas souffert... Mais il nous a quittés bien vite ! Allongé sous un bouleau, votre père a bredouillé quelques paroles en nous demandant qu'on vous prévienne... Puis son pouls a cessé de battre et je ne l'ai plus entendu respirer... Il avait déjà passé...

Un moment de silence s'écoula avant qu'il n'ajoute :

– Votre père est mort au milieu de ses forêts auxquelles il était si attaché, à la chasse aux perdrix et par une belle journée... C'est ce qu'il voulait. Il me l'avait avoué après la mort de son frère... Votre père m'avait affirmé qu'il aimerait mieux mourir à la chasse dans ses bois qu'au volant de sa voiture comme Hector. La chasse et les bois étaient toute sa vie !

Sophie s'agenouilla sur les fougères coupées pour caresser son visage dans la pénombre. Elle ne trouva pas une seule ridule sous ses doigts. Son père paraissait calme. Elle se recueillit longuement dans la fraîcheur qui tombait avant de chercher du réconfort auprès de son époux.

– Il est temps de rentrer, chuchota Mathieu.

Auguste et ses valets hissèrent la dépouille de Jacques Berthier sur la charrette. Avant que le cortège ne s'ébranle dans la direction du château, le président du tribunal de grande instance et le directeur du cadastre présentèrent leurs condoléances à Sophie. Tous deux s'étaient éloignés à son arrivée pour la laisser seule avec son père, son époux et le médecin.

Accablée par la douleur, Sophie n'avait plus la force de marcher. Mathieu l'installa sur l'attelage où il la rejoignit ensuite ; elle pleurait à chaudes larmes. Elle chercha la main de son père au moment où ils quittèrent la clairière au rythme du requiem entonné par Auguste et les hommes du domaine. Ces grosses voix de laboureurs étaient tellement puissantes qu'elles résonnèrent jusque dans les lointains. La jeune femme en frissonna avant de se réfugier dans les bras de Mathieu qui était désemparé. Comment la consoler ? La mort avait si souvent frappé dans leur famille, ces dernières années, que tous ses proches avaient disparu. Aujourd'hui, après ce nouveau décès, le vide n'en finissait pas de se creuser autour d'eux.

Ils s'arrêtèrent à chaque carrefour où une croix avait été dressée et récitèrent des prières. Dès qu'ils reprenaient leur chemin, c'était pour chanter à nouveau la messe des défunts tandis que la lumière des lanternes leur indiquait le chemin. La fermière et ses deux filles attendaient l'arrivée du malade au château. Elles avaient aménagé l'une des pièces du rez-de-chaussée qui possédait une méridienne. C'était la plus confortable. Elles l'avaient déjà chauffée.

Devant leurs visages affligés, elles comprirent que les hommes ne ramenaient pas un malade.

– Mon Dieu ! Mon Dieu ! Encore un malheur ! soupira la fermière avant de presser Sophie contre sa poitrine.

La dépouille de Jacques Berthier déposée sur la méridienne, les trois femmes s'occupèrent des tâches délicates qui leur revenaient dans pareille situation. Elles lavèrent le corps puis l'habillèrent avec le superbe costume qu'il arborait au mariage de Sophie. Elles arrêtèrent les balanciers des horloges et recouvrirent d'étoffes les glaces du château. Quand Hélène les rejoignit, dans la soirée, elles avaient allumé des cierges au chevet du défunt. Sur la nappe blanche d'un guéridon, trônaient la coupelle remplie d'eau bénite, le rameau de laurier, le livre de prières et la croix de la Bonne Mort. La longue veillée pouvait débuter.

Les obsèques de Jacques Berthier se déroulèrent à Rodez, par une matinée radieuse. Les fermiers du domaine et les plus anciens bouviers s'étaient déplacés ainsi que le personnel de la fabrique. Leurs vêtements du dimanche contrastaient avec les costumes trois pièces des notables regroupés derrière les bancs réservés à la famille. Le directeur général des Eaux et Forêts avait abandonné ses bureaux parisiens pour participer à la cérémonie en compagnie du secrétaire général de la préfecture. Dans une brillante allocution, il souligna les qualités de Jacques Berthier en rappelant sa carrière avant que l'archiprêtre ne célèbre l'absoute. La nombreuse assistance se rassembla ensuite devant la cathédrale derrière la parentèle, les musiciens de l'harmonie municipale, les chevaux harnachés et le corbillard aux lourdes tentures brodées d'argent pour rejoindre le cimetière de Saint-Cyrice. Sophie conduisait le deuil, entourée de son époux et de sa belle-mère. Titubant de fatigue, elle avait les yeux cernés et rougis pour avoir pleuré depuis deux jours au chevet de son père, mais une voilette la protégeait des regards. Une page de sa vie se tournait. Mais elle ne le mesura vraiment qu'à l'instant où le cercueil disparut sous la dalle de pierre tandis que les chantres récitaient les dernières prières des morts. Elle n'avait plus aujourd'hui ni père, ni mère, ni frère. Quand Mathieu la ramena dans leur demeure après les condoléances, la jeune femme se demanda ce qu'elle deviendrait s'il lui arrivait un malheur. Elle ne s'en consolerait jamais. Il était toute sa vie.

Mathieu essaya de soutenir sa femme de son mieux pour qu'elle ne sombre pas. Désormais, il ne travaillait plus que la matinée pour consacrer ses après-midi à Sophie. Elle apprécia sa disponibilité et leurs promenades dans la campagne. Le soleil n'avait pas encore déserté, même si l'automne était bien entamé. Elle était toujours plus détendue lorsqu'ils revenaient d'une balade sur les berges de l'Aveyron, sur le Causse, à Conques ou à Belcastel. Lorsque Mathieu se trouvait à la fabrique, Hélène se révélait d'un précieux réconfort pour Sophie qui craignait d'affronter la solitude et ses tourments dans sa chambre. Elle recherchait sa compagnie comme si sa belle-mère était la seule personne, excepté Mathieu, capable d'entendre son désarroi. Hélène avait une expérience des épreuves de la vie. Grâce à son habileté et à sa patience, elle la poussait à s'épancher librement ; elle y réussissait si bien que leurs discussions enlevaient la jeune femme à ses pensées funèbres tout en allégeant son fardeau.

– Ta mère est une femme formidable ! confessa-t-elle à Mathieu une semaine après les obsèques de Jacques. Elle a toujours des conseils, des paroles et un sourire pour me rassurer. Elle s'arrange toujours pour être disponible... C'est une chance qu'elle continue à habiter dans cette maison !

Hélène la seconda lorsqu'elle entreprit d'expédier les faire-part à la parentèle et aux relations de son père. Cette tâche était d'autant plus fastidieuse qu'il était de tradition, dans les vieilles familles, d'y adjoindre l'« image du souvenir » illustrée par un portrait du défunt et un psaume de la Bible.

– Si ta mère ne m'avait pas proposé son aide, je me demande comment je me débrouillerais pour envoyer toutes ces enveloppes ! expliqua-t-elle à Mathieu. Je n'en aurais pas le courage...

C'était un vendredi de novembre. Il pleuvait depuis deux jours et les rafales de vent avaient arraché les dernières feuilles aux arbres. Le temps était déjà froid. En ce début de soirée, elle avait retrouvé Mathieu dans l'ancien bureau de son père. Il potassait des ouvrages sur le tannage au chrome qu'il avait dénichés dans une librairie de la capitale à l'occasion de la deuxième journée de la Tannerie en octobre. Ils découvrirent ensemble les images du souvenir et les faire-part qu'elle avait rapportés de l'imprimerie cet après-midi même. Puis ils contrôlèrent les adresses.

– Romain n'est pas sur notre liste ! s'exclama-t-elle brusquement en procédant aux dernières vérifications. Je l'ai oublié ! Pourtant, il m'avait semblé que j'y avais pensé...

Depuis qu'il avait embarqué pour le Maroc, Romain s'était déjà manifesté à deux reprises.

– C'est vraiment nécessaire d'expédier un faire-part à Romain ? demanda Mathieu, sceptique. Il ne l'a jamais rencontré...

– Qu'importe ! répondit-elle. Romain connaissait sûrement son existence ! Je suis certaine que ton père lui en avait parlé comme il lui avait parlé de ses enfants, de vos études, de son château, de sa tannerie... Je comprends que ça te semble difficile à imaginer mais Romain est l'un de ses proches parents...

Mathieu pouvait-il le contester ?

– Je te donnerai son adresse, promit-il.

– Profites-en pour joindre une lettre au faire-part ! suggéra-t-elle. Je suis persuadée qu'il appréciera...

– Pour raconter quoi ?

En réponse à ses courriers, Mathieu s'était contenté de deux ou trois phrases banales qu'il avait rédigées sur une carte de Rodez.

– Pour raconter quoi ? rétorqua-t-elle, étonnée. Vous devez avoir des choses à vous dire ! Il y a tes affaires, tes projets à la tannerie, le climat du Maroc, les hivers à Rodez, les souks du cuir, le négoce des peaux de mouton à Marrakech... Tu n'es pas curieux de savoir comment Romain est installé là-bas, comment il travaille, comment il occupe ses dimanches ?

Elle le regarda ensuite avant d'ajouter :

– Quand tu étais étudiant à Lyon, tu m'envoyais de belles lettres chaque semaine. Tu me racontais tes journées et tu m'accablais de questions sur les miennes !

– Ne compare pas ! répondit-il en souriant. C'était différent. Il y a toujours eu des liens très forts entre nous...

– Bien sûr, c'est différent ! concéda-t-elle. Mais n'oublie pas que c'est ton frère.

Romain leur expédia un « bleu » dès réception du faire-part, puis un courrier qui les toucha. Il regrettait de ne pas avoir rencontré Jacques. « Mon père m'en avait si souvent parlé dans mon enfance que j'avais l'impression de le connaître ! écrivait-il. Il m'avait même montré des photos de l'oncle Jacques devant le château après ses journées de chasse... Il insistait déjà quand j'étais enfant : c'est ton oncle, repère-le bien ! Je n'avais pas à me tromper. Je n'avais pas d'autre oncle ! Maman n'a ni frère ni sœur... J'aurais souhaité qu'il m'apprenne à monter à cheval et à planter des arbres. C'était mon rêve d'enfant... Je comprends ce que vous éprouvez aujourd'hui... Ces derniers temps, nous avons tous perdu des êtres chers... Et ils nous manquent cruellement. D'autres nous manquent aussi, même s'ils sont toujours de ce monde... Vous l'avez ressenti lorsque vous étiez installés en Uruguay. Votre famille était loin... Je le ressens à mon tour... Maman me rejoindra à Marrakech la première semaine de janvier.

Je suis impatient de la retrouver et de l'embrasser. Je ne travaille au Maroc que depuis quelques semaines, mais j'ai l'impression qu'il s'est déjà écoulé une éternité… Quand viendrez-vous à Marrakech ? J'aimerais tellement vous y accueillir, vous emmener dans les palmeraies et au cœur de la médina. Je suis persuadé, Sophie, que vous aimerez le souk des épiciers. Ses étalages regorgent d'épices, d'herbes et de plantes… Je suis convaincu, Mathieu, que tu passeras des heures à regarder les artisans travailler les peaux tannées. Il y a le souk des peaux de mouton, le souk des peaux de chèvre, le souk des selliers, le souk des cordonniers… Ce quartier ressemble à une caverne d'Ali Baba. Tu découvriras comment on fabrique les sacoches des cavaliers et les babouches… Quand viendrez-vous ? Je vous attends… »

19

Cette année 1927 se termina tristement même si les comptes de la fabrique avaient retrouvé leur équilibre au grand soulagement de Mathieu. Le cercle de famille s'était encore resserré après ce décès et personne n'avait le cœur joyeux lorsque les premières sonneries nocturnes retentirent dans la ville pour annoncer l'arrivée de Noël. En les entendant depuis leur demeure du boulevard, en découvrant dans la journée les devantures décorées de guirlandes ou animées d'automates, des souvenirs remontaient à leur mémoire. Comment oublieraient-ils ce 24 décembre 1910 où ils s'étaient rassemblés à La Coste autour de la grand-mère Blanche ? L'initiative en revenait à Jacques qui souhaitait marquer d'une manière originale ses soixante-dix ans tout en restaurant une tradition. À l'époque de Bertille de La Coste, les Berthier ne célébraient-ils pas la nativité au château ? Dès que Jacques avait exposé ses intentions à sa mère, cette dernière avait manifesté son désaccord :

– Assister à une messe de minuit et souper au château en plein hiver ? Mais vous n'y songez pas ! Rentrer à Rodez à deux ou trois heures du matin dans la brume, sous la pluie ou la neige, ou même du verglas sur les chemins ? C'est insensé !

Ses petits-enfants l'avaient convaincue d'accepter et Blanche ne l'avait pas regretté. Ce soir-là, la famille au complet l'entourait dans la chapelle puis le grand salon du château.

– Tu t'en souviens ? demanda Mathieu à son épouse dès que la cuisinière, Gabrielle, s'inquiéta de connaître les souhaits de chacun pour le souper de Noël. Tu n'avais que sept ans…

– Si je me souviens de cette soirée ? Oh, oui ! répondit-elle en souriant. Oui ! Enfin… Pour être franche, je ne me souviens que de la messe. Le prêtre prenait tout son temps, les chants et les prières n'en finissaient pas… J'avais sommeil et je grelottais sur ma chaise même si j'étais chaudement habillée…

– Pourtant, tu ne t'es pas précipitée devant la cheminée du salon quand nous sommes revenus au château ! Tu étais si fatiguée que tu as enlevé tes bottines pour t'allonger sur le canapé…

– C'est impossible, Mathieu ! l'interrompit-elle. Notre grand-mère et mes parents nous l'avaient interdit.

– Personne n'a bronché ! expliqua Mathieu. C'était Noël… Et on t'avait tout permis ce soir-là ! Tu t'es endormie sur le canapé avec ton manteau, mais tu as manqué le plus important…

– Les rouergades ?

– Bien sûr !

Les rouergades, dindes grasses, farcies et truffées, étaient l'une des spécialités des cuisinières du château depuis des décennies. À l'époque de la monarchie, quand les marquis organisaient de grandes chasses et réceptions à La Coste, elles étaient renommées à des kilomètres alentour.

– Il n'y aura peut-être plus jamais de messe de Noël au château, soupira-t-elle. Ni de réveillon… Ni de dindes truffées…

Il protesta aussitôt :

– Ne désespère pas, Sophie ! Il y aura sûrement quelqu'un pour reprendre le flambeau…

– Peut-être…

Un moment de silence s'écoula dans la quiétude de cette soirée. Ils songèrent à nouveau aux enfants qui tardaient bien à venir ; ils étaient impatients de les accueillir…

Rien n'échappait à Gabrielle. Leur cuisinière entendait tout mais observait une parfaite discrétion. Elle leur ménagea une surprise le 24 décembre. Ce soir-là, Mathieu, Sophie et Hélène assistèrent à la messe de minuit en l'église Saint-Amans. Lorsqu'ils rentrèrent, une magnifique rouergade les attendait. Gabrielle n'en avait pas préparé depuis l'avant-guerre. Si son attention les toucha, ils regrettèrent de ne pas pouvoir l'apprécier. Il y avait trop d'absents autour d'eux et leur ombre était trop pesante. Sophie en était la plus affectée. Le visage fermé, le regard éteint, elle mangeait du bout des lèvres.

Le lendemain, devant la lassitude et la fatigue qui les habitaient, Hélène les encouragea à s'accorder des vacances.

– Vous avez besoin de vous éloigner de Rodez, de changer d'air et de profiter de la vie ! insista-t-elle. Pourquoi ne partez-vous pas ? Allez à Paris et sortez ! Allez au théâtre et au cinéma ! Visitez des expositions, des musées ou les grands magasins. Promenez-vous ! Il y a tellement à découvrir que vous aurez l'embarras du choix pour vous distraire… Je suis persuadée que vous rentrerez à Rodez en pleine forme ! Qu'en pensez-vous ?

Ils se regardèrent avant de répondre et leur visage s'éclaira d'un sourire. Bien sûr, ils avaient besoin de changer d'horizon. Pourquoi n'y avaient-ils pas songé ? Sophie avait toujours du plaisir à revenir à Paris et elle en avait envie depuis le début de l'automne. Quant à Mathieu, il pouvait s'absenter aujourd'hui de l'Aveyron sans trop se préoccuper du fonctionnement de la manufacture. Son contremaître et son comptable avaient déjà démontré, à plusieurs reprises, leurs capacités à le remplacer. Ces vacances parisiennes le séduisaient d'autant plus qu'il en profiterait pour rencontrer Arnaud Charvin. Ne l'avait-il pas promis à Romain ?

Mathieu et Sophie débarquèrent à la gare d'Austerlitz deux jours avant la Saint-Sylvestre. Paris brillait de mille feux. Il flottait comme un air de fête. Des musiciens jouaient de l'accordéon dans les rues. Des femmes chantaient devant les cafés. Les boutiques scintillaient de lumière sur les boulevards. Quelques heures suffirent pour qu'ils chassent leurs idées noires. Ils se promenèrent sur les berges de la Seine. Ils découvrirent des peintres et des sculpteurs au Louvre. Ils explorèrent les rayonnages des Galeries Lafayette et du Printemps, emportant une quantité de chapeaux et de toilettes pour renouveler leurs garde-robes. Ils retrouvèrent également le quartier industrieux du canal Saint-Martin où Arnaud Charvin les attendait.

– Enfin vous voilà ! s'exclama-t-il, avec un grand sourire, lorsqu'il les accueillit dans son bureau.

En costume sombre mais élégant, la moustache finement taillée, le regard pétillant et aiguisé, la silhouette élancée comme son père, il avait de la prestance.

S'adressant à Mathieu, il confessa :

– J'étais impatient de vous connaître et je vous attendais depuis plusieurs semaines déjà… Mais je comprends que vous n'ayez pas appelé plus tôt. Notre rendez-vous n'était pas pressé et vous n'êtes pas parisien ! Il y avait d'autant moins d'urgence pour vous qu'une nouvelle épreuve a frappé votre famille cet automne avec la disparition de votre oncle et beau-père… Romain m'en a informé…

Il leur présenta ses condoléances avant de préciser à l'attention de Mathieu :

– Mon petit-cousin a…

Mais il corrigea aussitôt :

– Votre frère a de l'admiration pour vous, Mathieu ! Il vous trouve courageux… C'est sincère, croyez-moi… Reprendre une entreprise sans y être vraiment préparé est toujours difficile. Mon père et mon petit-cousin m'ont raconté ce qui vous est arrivé à la tannerie après votre retour à Rodez. C'est regrettable, mais personne n'est protégé d'une quelconque malversation de ses employés malgré toutes les précautions que nous pouvons prendre… Romain m'a assuré aussi que tout est rentré dans l'ordre, que vos affaires se portent mieux et que vous aviez l'intention de passer au tannage au chrome dans le courant de l'année. C'est une bonne chose ! Nous vous aiderons comme promis…

Mathieu le remercia d'accepter de le conseiller. Ce n'était pas si fréquent chez les tanneurs. Il l'avait constaté à l'occasion des deux premières journées de la Tannerie auxquelles il avait déjà participé. Il y avait retrouvé l'un de ses camarades de promotion qui travaillait dans une grande maison de Marseille. Lorsqu'il l'avait entretenu de ses intentions, cet ingénieur pour lequel il avait toujours eu de l'estime lorsqu'ils se côtoyaient à Lyon s'était montré très décevant. Il n'avait répondu que d'une manière évasive à ses questions, comme s'il redoutait déjà que Mathieu ne devienne un concurrent pour l'entreprise qui l'employait. Depuis ce jour-là, Mathieu avait compris que les amitiés d'autrefois ne pèseraient pas lourd pour obtenir des conseils ou même de simples points de vue. Il était conscient du fait qu'il affronterait seul la compétition impitoyable à laquelle se livraient les grandes maisons.

– Vous ne vous trompez pas : la compétition est impitoyable ! confirma Arnaud Charvin. Les acheteurs sont intraitables, exigeant des peaux de très haute qualité puisqu'ils les transforment ensuite en sacs de voyage, pochettes et mallettes. Les femmes réclament de l'élégance, des finitions soignées, des cuirs qui vieillissent bien. Si le cuir est beau, il se patinera ! Mais s'il est moyen, il s'enlaidira. Il n'est pas possible de maquiller les peaux tannées. Vous le savez, Mathieu ! Nos clients nous demandent d'être irréprochables ; ils traquent les moindres peccadilles et ils nous renvoient parfois des ballots entiers.

N'ignorant pas ce qui l'attendait, Mathieu appréciait d'autant plus le concours d'Arnaud Charvin.

– Sans vous, je me sentirais bien seul ! reconnut-il.

– Remerciez surtout Romain ! répondit Arnaud Charvin. Il nous a demandé de vous épauler, estimant que vous le méritiez... Nous ne lui refusons jamais rien... C'est l'enfant de la maison... Vous l'aviez sûrement deviné. J'ai deux filles qui ne s'intéressent pas à la tannerie... Nous marierons l'aînée en juillet prochain. Elle épousera un employé de banque qui a souhaité connaître la fabrique dès que les deux familles ont commencé à se fréquenter. Il a détesté l'odeur de la carnasse et de la graisse chaude... Je ne compte pas sur ce banquier pour prendre plus tard la direction de la tannerie ! Quant à ma cadette, elle aimerait épouser un pharmacien ou un médecin. C'est bien pour cette raison que nous considérons mon petit-cousin comme l'enfant de la maison. Grâce à Romain, les traditions des Charvin ne se perdront pas lorsque je ne pourrai plus assumer mes fonctions. À moins qu'il ne décide de s'établir au Maroc ! Tout est possible, mais je ne le pense pas : il est trop attaché à cette tannerie et à notre famille... Nous verrons plus tard ce qui se passera... Revenons à nos affaires si vous le voulez bien ! Il y avait aussi en votre faveur cette vieille amitié entre votre père et le mien. Chez les Charvin, ça compte ! Surtout pour mon père... Et il y avait d'autres choses encore...

En l'entendant, Mathieu et Sophie acquirent la certitude que leur manufacture n'aurait pas bénéficié de ce traitement particulier sans l'intervention de Romain et peut-être même celle d'Ernest Charvin. Seul, Arnaud ne le leur aurait pas accordé aussi facilement. Malgré des dehors aimables, l'homme d'affaires pointait sous ses propos.

Mathieu expliqua longuement à Arnaud ce qu'il envisageait pour sa fabrique. L'industriel parisien l'écouta avec une grande attention. Ils remplirent ensuite plusieurs feuilles de graphiques, de schémas, de formules avant de débattre des conditions dans lesquelles l'un des maîtres tanneurs de la maison pourrait se déplacer à Rodez pour la formation des ouvriers. Ils s'entendirent sans trop de difficultés et Arnaud Charvin leur présenta l'homme qui initierait le personnel. Il s'appelait François Martoret ; il approchait de la cinquantaine ; il travaillait chez les Charvin depuis ses quinze ans et son expérience y était très appréciée.

Le jeune couple rentra à Rodez fort de ces soutiens. Désormais en totale confiance, Mathieu continua à réfléchir sur la manière de moderniser la manufacture sans trop bousculer les habitudes de ses employés. Il se demanda entre autres où Romain placerait les foulons, les nouvelles exigences qu'il imposerait à ses fournisseurs pour pouvoir se procurer les meilleures peaux brutes et comment il choisirait sa première équipe de tannage. Dans ces moments-là, il regrettait souvent la distance qui les séparait. S'il avait toujours travaillé chez ses cousins, Mathieu l'aurait appelé et ses questions auraient trouvé une réponse. Dans ses courriers, Romain avait mentionné un numéro de téléphone où il était possible de le joindre, « pour les urgences » avait-il souligné. Mais c'était le numéro personnel du directeur des Indirectes qu'il avait rencontré dans une réception. Mathieu n'avait pas l'intention de le déranger pour ces questions-là. « Et pourquoi n'écrirais-tu pas ? » avait insisté Sophie lorsqu'ils en discutaient après ses journées à la tannerie. Mathieu était exaspéré par les lenteurs du service des Postes. Les lettres lambinaient huit, dix ou douze jours entre le Maroc et la France avant de parvenir à Rodez. À la vérité, c'était un prétexte pour ne pas prendre la plume. S'il l'avait remercié pour ce qu'il avait obtenu des Charvin grâce à son précieux concours, il n'entretenait pas de correspondance régulière avec Romain. Mathieu se manifestait au gré de ses humeurs et des événements. Il était capable d'expédier au Maroc deux lettres dans la même semaine en interrogeant Romain sur ses journées comme si la curiosité l'y avait soudain poussé, puis de demeurer silencieux pendant les semaines suivantes. Il attendait souvent de recevoir les lettres de son frère avant d'envoyer de ses nouvelles, mais il ne se pressait guère, au grand désespoir de son épouse que son attitude agaçait. « Pourquoi traînailles-tu toujours autant pour répondre ? le grondait Sophie qui ne le ménageait pas. Que doit-il penser de nous ? » Mathieu éprouvait des sentiments ambigus pour Romain. À certains moments, il était soulagé que la Méditerranée les séparât, même s'il n'aurait jamais osé l'avouer. Pour autant, il ne ressentait pas d'animosité à son encontre… À d'autres moments, il était impatient de le retrouver. Romain avait renouvelé son invitation mais Mathieu n'était pas encore disposé à prendre le bateau pour le Maroc.

20

Pour les ouvriers de la tannerie, les changements se précisèrent dès la première semaine de septembre. Une entreprise grenobloise procéda à ce moment-là à l'installation de quatre grands foulons, qui suscitèrent de la curiosité ainsi que de la méfiance. Le rythme s'en ressentit dans tous les étages et jusqu'à la fabrique de colles où la présence de ces tonneaux tournants alimentait les discussions. Les hommes s'inquiétaient pour leur emploi. Comme le tannage au chrome était plus rapide que le tannage végétal, les Berthier ne risquaient-ils pas de congédier une partie du personnel ? Certains l'affirmaient. Dès que le contremaître l'informa de ces rumeurs, Mathieu essaya de rassurer les employés. Malgré ses propos, des ouvriers restaient dubitatifs. Ils étaient impatients d'accueillir le spécialiste du tannage chimique pour l'interroger.

François Martoret débarqua à la gare de Rodez le 5 octobre et Mathieu l'attendait pour le conduire à l'auberge de La Mouline où il résiderait pendant deux semaines. Une heure plus tard, l'homme le rejoignait à La Gascarie. Mathieu s'était déjà changé pour retrouver autour des foulons le groupe de tanneurs qu'il avait constitué. Le contremaître, Édouard Bardenet, ne souhaitait pas apprendre le nouveau procédé de tannage ; il était trop attaché à ses habitudes. Mathieu s'était adressé à son second, Pierre Miquel. Il avait besoin d'un homme tout aussi compétent et dont personne ne s'amusait à contester les exigences, mais également d'un homme intéressé par les techniques d'aujourd'hui. Pierre Miquel semblait répondre à ses attentes ; il n'avait pas rechigné à prendre la direction du groupe et il avait présenté à Mathieu une quinzaine d'employés qu'il estimait capables de pratiquer le tannage chimique. Mathieu avait expliqué à chaque homme les subtilités et les difficultés du procédé. Après ces entretiens, ils n'étaient plus que neuf. C'étaient les plus jeunes, les plus énergiques et les plus volontaires. Mathieu regrettait que sa décision ait provoqué des jalousies entre les hommes ainsi que des ressentiments à son encontre. Des tanneurs s'étaient insultés en se traitant de « jaunes », de « rouges », de « salauds » et même de « vendus ». Mathieu espérait que l'arrivée de François Martoret prouverait rapidement que le tannage au chrome n'était pas d'une simplicité enfantine comme certains d'entre eux le clamaient et que cette ambiance détestable cesserait.

Les hommes les plus virulents à l'égard de Mathieu reconnurent dès la première matinée qu'il n'avait pas cherché à les tromper. Ils avaient été autorisés à rejoindre le maître tanneur de Charvin pour découvrir la manière dont l'alchimie s'effectuait dans les foulons. Ils l'observèrent et l'écoutèrent calmement avant de le presser de questions. Certaines réponses les étonnèrent au point que deux de ces hommes, Félicien Moysset et Baptiste Singlard, regrettèrent leurs critiques. Après leur journée, ils attendirent Mathieu devant sa voiture pour s'excuser. Félicien Moysset s'exprima le premier :

– On a bien compris, monsieur Berthier ! Le chimique, c'est trop compliqué pour nous.

– Je vous avais prévenus ! répondit Mathieu en souriant.

– Mais on ne s'imaginait pas que c'était aussi difficile ! confessa Baptiste Singlard.

– Ces méthodes sont trop modernes ! souligna encore Félicien. Ça nous dépasse. On est de la vieille école, on a nos habitudes, on ne pourrait pas changer à nos âges...

Décontenancés par ce qu'ils avaient entendu aujourd'hui, ils n'affichaient plus de prétentions.

– Nous nous sommes trompés ! avouèrent-ils.

– Qui ne se trompe pas ? rétorqua Mathieu, désireux d'apaiser les tensions.

Déconfits, ils le remercièrent même de maintenir une production à l'ancienne et de les conserver parmi son personnel.

– Pourquoi voulez-vous que je vous renvoie ? leur dit-il. Même si nous tannons des peaux au chrome, vous avez votre place dans la maison : on a toujours besoin en France des cuirs forts et durs que vous savez si bien faire.

Se montra-t-il plus convaincant qu'à l'ordinaire ? Mathieu constata, dès le lendemain, que l'ambiance était plus détendue. François Martoret travailla en toute tranquillité avec les neuf tanneurs pendant les deux semaines qu'il leur consacra et Mathieu les rejoignit le plus souvent possible pour écouter ses explications. Les difficultés surgirent après son départ. Mathieu s'était promis de tout vérifier avant que les ouvriers ne soient habitués au tannage chimique. Contrôlant les premiers ballots, il remarqua que la méthode n'avait pas été appliquée d'une manière rigoureuse. Les peaux avaient trop de défauts pour être vendues. Il s'attendait à un démarrage laborieux mais pas à ce gaspillage, et il ne décolérait pas.

– Si vous gâchez autant de peaux tous les jours, c'est la faillite ! martela-t-il à ses ouvriers et à leur chef.

– L'équipe est encore en rodage ! protesta Pierre Miquel, froissé par ses propos. Laissez-nous le temps de…

– En rodage ! En rodage ! maugréa Mathieu. Ça se passait bien avec François Martoret. Il y avait peu de casse ! Les ballots étaient corrects pour la plupart…

– C'était différent, monsieur Berthier ! objecta-t-il. Le Parisien ne se contentait pas de nous regarder travailler. Il décidait pour tout et il nous donnait des conseils…

– Maintenant, c'est à vous de trancher !

Pierre Miquel ne le contestait pas. C'était sa mission. Toutefois, il manquait de pratique.

– Toute l'équipe est en rodage ! insista un grand échalas. Il n'y a pas que le chef…

– Laissez-nous du temps ! le supplia Pierre Miquel.

– Vous laisser du temps ? Je veux bien ! rétorqua Mathieu. Mais vous gâcherez trop de peaux et la maison perdra de l'argent. Sans compter que…

Il marqua un temps de silence avant d'ajouter :

– Cette fabrique a une réputation à défendre ! Les grossistes ne nous accorderont pas leur confiance s'il y a trop de cafouillages : ils raconteront que nous sommes incapables de nous moderniser. Ça nous desservira !

Les hommes ne bronchèrent pas.

– Il y a peut-être une solution...

Ils regardèrent aussitôt Mathieu.

– Je mouillerai ma chemise : ça ne me dérange pas, expliqua-t-il calmement.

Ils comprirent qu'il assurerait la direction de l'équipe.

Comme certains semblaient sceptiques, il poursuivit :

– Dès demain, vous me trouverez à 8 heures devant les foulons. Nous nous y collerons tous et je vous promets que nous réussirons, même si ça nous demande des semaines... Mais je vous préviens : je ne vous lâcherai pas !

Sa détermination les impressionna.

Pendant les semaines qu'il partagea avec ses tanneurs, Mathieu ne rechigna pas à la besogne. Comme un contremaître, il examina d'une manière pointilleuse les peaux dégraissées que les hommes déversaient dans des grands baquets sous la forme de « tripailles » gluantes. Il calcula les dosages de chrome et le temps de tannage. Il surveilla souvent le mouvement des foulons où les sels tannaient les peaux. Surtout, il contrôla ! Il était présent dès que les tonneaux s'arrêtaient de tourner. C'était le moment où il vérifiait la qualité des peaux. Le tannage était-il suffisant ou faudrait-il le reprendre ? Les « jeunes » peaux tannées étaient plongées dans l'eau bouillante et leurs réactions indiquaient au contremaître d'une manière infaillible si ses instructions avaient été respectées. Il les déclarait « tannées pour la vie » si elles ne se rétractaient pas en sortant du réservoir. Lorsqu'elles transitaient chez les teinturiers, on obtenait de bonnes teintures qui résistaient au frottement et à la lumière. À l'inverse, si les peaux se rétractaient après leur « supplice » à l'eau bouillante, on les remettait dans les foulons. Quand son verdict tombait après cette épreuve de vérité, les employés écoutaient ses critiques. Ils le respectaient.

Lorsqu'il rejoignait son épouse après ses journées à la tannerie, Mathieu était assourdi par le mouvement incessant des foulons qui ressemblait aux battements d'un énorme cœur gorgé de sang.

Le moteur de sa voiture arrêté, il l'entendait encore résonner dans ses oreilles. Crasseux et harassé de fatigue, il était souvent excédé. La réussite n'était pas toujours au rendez-vous malgré ses efforts et la bonne volonté de ses ouvriers, qui ne ménageaient pas leur peine. Ces soirs-là, il ronchonnait après les ballots de peaux rebelles, les mauvais dosages de chrome dont il était responsable, ou encore le contremaître qui n'avait pas appliqué correctement ses consignes. Sa mauvaise humeur n'épargnait personne, et la maisonnée subissait sans trop se plaindre. Gabrielle encaissait ses reproches même s'ils n'étaient pas justifiés, tandis qu'Hélène ne cherchait pas à intervenir. Réfugiée dans ses pensées, elle s'inquiétait pour la tannerie et pour Mathieu. À certains moments, elle se demandait si le changement de procédé s'imposait, tout en admettant qu'elle était incapable d'apprécier cette décision. Elle s'en remettait à la compétence de Mathieu, consciente qu'il ne s'était pas engagé sans y réfléchir mûrement… Il n'y avait que Sophie pour essayer de raisonner son époux. Lorsqu'il ne décolérait pas, elle tempérait son emportement :

– Ne demande pas l'impossible à tes hommes ! Tu n'obtiendras jamais la perfection. Tu affirmes qu'ils gâchent de moins en moins de peaux. C'est bien une preuve qu'il y a des progrès… Il y en aura d'autres. Mais accorde-leur du temps… Patience ! Jusqu'à présent, personne n'a rechigné à acheter tes peaux tannées au chrome. Que veux-tu de plus ?

– Mes peaux sont classées dans ce qu'il y a de plus ordinaire et ça ne me satisfait pas ! répondait Mathieu. Nous sommes capables de proposer une qualité au-dessus…

Le catalogue de la Fédération et des grossistes comportait trois catégories. La première était réservée aux ballots que les maisons les plus réputées se disputaient pour produire des articles de luxe. La seconde regroupait les peaux de très bonne qualité utilisées en maroquinerie. La troisième fournissait notamment les fabricants de vêtements de protection. C'était « l'ordinaire » dont Mathieu n'avait nullement l'intention de se contenter. En se montrant plus exigeant encore sur la qualité des peaux brutes qu'il se procurait dorénavant pour moitié chez ses fournisseurs habituels et pour moitié dans les abattoirs les plus proches, il avait l'ambition d'accéder à la seconde catégorie.

– Nous en sommes capables et nous y arriverons ! expliquait-il. Les hommes sont motivés ; ils y gagneront. Ça rapporte d'expédier chez les maroquiniers. Nous leur donnerons de meilleurs salaires… Et, surtout, certains marchands ne parleront plus de notre fabrique comme d'une maison vieillotte !

Moderniser ? C'était son obsession. Mathieu comptait montrer à Romain qu'il en avait les aptitudes et qu'il y parviendrait. Même s'il s'abstenait de toute allusion à ce propos, Sophie l'avait compris. Sa hargne de réussir ne trompait pas. Il voulait prouver à son frère qu'il n'y avait pas de bonnes tanneries qu'à Paris ou à Lyon. C'était une question d'amour-propre. Même s'il ne l'avouait jamais à sa femme, ses pensées le ramenaient souvent à Romain. Depuis qu'il besognait près des foulons, son épouse avait retrouvé leurs habitudes de Montevideo. Elle s'occupait elle-même de décrasser son corps pour le débarrasser de la puanteur de charogne. Dans ces moments-là, paressant dans la baignoire, Mathieu imaginait comment Romain dirigerait les ouvriers et quels conseils il leur donnerait en pareille situation. Plus d'une année s'était écoulée depuis son départ pour le Maroc et leurs relations étaient toujours empreintes de retenue. Certes, Mathieu n'attendait plus l'arrivée des lettres de Romain pour prendre la plume, et il écrivait plus souvent. Mais ils n'étaient pas encore assez intimes pour pouvoir se confier comme deux frères…

Les semaines de Mathieu se succédèrent sans relâche jusqu'au printemps 1929. Hélène et Sophie s'en alarmèrent. Elles estimaient qu'il travaillait trop. Ne s'endormait-il pas souvent dans la baignoire ou dans une bergère en feuilletant les journaux avant que Gabrielle ne débute le service ? Comme il consacrait sa matinée du dimanche à contrôler des factures et des comptes, il ne pouvait accorder à son épouse qu'un après-midi par semaine. Pour l'heure, Sophie ne s'en plaignait pas. Les journées étaient encore courtes, froides. Elle ne s'ennuyait pas, sillonnant les routes de la région pour dessiner une chapelle ou un château si le soleil était de la partie, dévorant des romans, écoutant des chansons de variétés et de la musique grâce à un gramophone rapporté de Paris ou même des concerts depuis qu'ils avaient acheté un appareil de TSF. Elle n'en avait pas moins des envies.

– Je voudrais que tu puisses te libérer aux beaux jours pour que nous sortions ! avait-elle insisté après le Jour de l'An. Tu devrais y réfléchir… Si je ne t'accompagnais pas à Paris lorsque tu participes aux journées de la Tannerie, nous ne partagerions rien. Le théâtre, le cinéma, les concerts ? J'y vais toujours seule…

– Je suis fatigué ! avait-il reconnu.

– C'est logique puisque tu travailles la semaine et le dimanche ! Si tu acceptais de te reposer, tu t'énerverais moins et tout le monde y gagnerait. Tes ouvriers… Ta famille…

– Me reposer ? répéta-t-il. Je voudrais bien mais je ne peux pas. L'équipe du « chrome » est toujours en rodage… Si je m'absentais pendant une semaine…

– Je comprends que tu ne veuilles pas lâcher d'un pouce : je t'approuve ! l'avait-elle interrompu. Mais tout de même, Mathieu, tu pourrais t'accorder des moments de liberté pendant la semaine. Un après-midi de temps en temps… Nous sortirions tous les deux ! Tu t'en porterais mieux, j'en suis certaine…

Conscient qu'il la négligeait depuis quelque temps, Mathieu avait proposé une promenade de deux jours dans les gorges du Tarn au moment de Pâques.

– Je passerai moins de temps à la fabrique dès que les ouvriers tanneront seuls les peaux, avait-il expliqué. Patiente encore ! Ça ne tardera sûrement pas… Je pense qu'ils n'auront plus besoin de moi au printemps. Peut-être même avant…

Mathieu ne manqua pas à sa parole. Le week-end de Pâques, il l'emmena à Sainte-Énimie et la jeune femme retrouva son sourire. Le soleil était déjà chaud pour la saison, un souffle d'air charriait un parfum de fleurs, la lumière poussait à la flânerie. Ils oublièrent tout. Ils s'aimèrent avec passion. Ils ne pensèrent qu'au lendemain.

21

S'il était moins présent près des foulons, Mathieu ne relâcha pas la pression auprès des jeunes ouvriers. Il avait l'intention désormais de produire des « tannées » de classe 2. L'arrivée de peaux brutes « extra » le leur permit. Satisfait du tannage, il les expédia aussitôt au négociant parisien, Pierre Le Floch, qu'il avait rencontré chez les Charvin à l'époque de ses difficultés. Tout heureux de sa réussite, il l'en informa en précisant bien qu'il n'envoyait que des peaux de classe 2. Huit jours plus tard, il recevait un courrier de Pierre Le Floch qui suscita sa colère. Le grossiste y exprimait son désaccord sur le classement. « Nous en avons longuement débattu avec mes contremaîtres ! écrivait-il. Ces peaux ne méritent pas la classe 2 ; les maroquiniers ne les accepteraient pas ! Nous vous les payerons en classe 3, mais en y ajoutant une prime parce qu'elles sont belles et bien tannées. » C'était le 29 avril 1929. Depuis sept mois, il avait travaillé d'arrache-pied avec son équipe pour obtenir ces résultats ; il n'admettait pas que ce grossiste les conteste sans preuves. Il en éprouvait un sentiment d'injustice.

– Il me prend sûrement pour un jeunot, mais il se trompe sur mon compte ! tempêta-t-il devant Sophie et Hélène. Ce bonhomme ne m'apprendra pas le métier ! Mes peaux étaient de classe 2 et je le maintiens… Je les avais moi-même choisies à l'abattoir de Saint-Flour. Je m'en souviens encore… Elles se remarquaient au premier coup d'œil ! C'étaient des belles peaux de bœufs d'Aubrac...

– Ne t'emballe pas ! répondit Sophie. Si tu appelais ce grossiste, vous pourriez vous expliquer. Ces ballots ont peut-être des défauts qui t'ont échappé...

Il rencontra des difficultés pour le joindre mais, lorsqu'il y parvint, Pierre Le Floch n'en démordit pas.

– Cet homme n'est pas sérieux ! rapporta Mathieu à son épouse. Il n'a pas été capable de m'indiquer les défauts de nos ballots...

– Ou il n'est pas honnête et il t'a trompé ! rétorqua-t-elle. Comme tes peaux étaient belles, ce marchand a peut-être cherché à profiter de la situation en les revendant en classe 2 ! Mais s'il t'a escroqué, tu ne pourras jamais le prouver...

Mathieu avait conservé des échantillons de ces « tannées », en souvenir de la nouvelle étape que sa tannerie avait franchie. Dans une semaine, à l'occasion de la prochaine journée de la Tannerie, il ne manquerait pas de les soumettre à des ingénieurs lyonnais dont il appréciait le jugement.

– Nous verrons bien ce qu'ils en pensent ! conclut-il. Si Le Floch a essayé de me « plumer », nous ne travaillerons plus ensemble ! Il y a assez de grossistes sur le marché, à Paris, à Lyon et ailleurs... J'en trouverai toujours pour acheter nos peaux...

Les deux ingénieurs confirmèrent les convictions de Mathieu sur ces échantillons, reconnaissant que c'était de l'excellent ouvrage.

– Passez-vous de Le Floch pour vendre vos plus belles peaux ! conseilla l'un d'entre eux. Il n'est pas le mieux placé à Paris. Ni le plus honnête...

– Vous n'avez pas besoin de grossistes ! enchaîna son collègue. Adressez-vous directement aux grandes maisons qui fabriquent de la maroquinerie et des articles de voyage. Amenez-leur vos peaux. Montrez-les. Expliquez comment vous les avez choisies et les avez tannées. Discutez, négociez !

Mathieu téléphona le lendemain à des artisans spécialisés dans la sellerie de haute école et à des fabricants d'articles de voyage. Il en appela une dizaine, mais sans succès. Tous disposaient déjà de leurs fournisseurs. Consultant à nouveau l'*Annuaire de la tannerie*, il remarqua qu'il s'était désintéressé d'un maroquinier du faubourg Saint-Antoine, Antoine Bocarne. Pourquoi ne s'y rendrait-il pas cet après-midi puisqu'il n'avait obtenu aucun rendez-vous ? Il déjeuna seul dans un restaurant de la Bastille. Sophie n'avait pas effectué le déplacement pour rencontrer l'une de ses anciennes camarades de l'institution Notre-Dame de Mont-de-Marsan qui était de passage en Aveyron. Il s'aventura ensuite dans un dédale de ruelles s'étendant entre les rues de Charonne et du Faubourg Saint-Antoine. C'était le quartier des ébénistes, des marqueteurs et des sculpteurs. Mathieu était étonné qu'un maroquinier s'y soit installé. Il éprouva quelques difficultés à le découvrir au fond d'une cour pavée du passage de la Main-d'Or si bien nommé. Pas d'enseigne. Pas de plaque. Le jeune patron se demanda si l'adresse n'était pas erronée. Un habitant du quartier le renseigna. Les ateliers d'Antoine Bocarne se trouvaient bien au numéro 18 de la Main-d'Or. Mathieu frappa. Une femme en blouse de coton grisâtre l'accueillit aimablement. Il se présenta puis demanda à rencontrer le responsable des achats ou le directeur de la maison.

– Vous aviez rendez-vous ? dit-elle.

– Non ! J'ai préféré me déplacer plutôt que d'appeler…

– Je suis désolée, monsieur ! Notre directeur est occupé.

– Et votre contremaître ?

– Il déteste qu'on le dérange…

Mathieu expliqua qu'il était de passage à Paris et qu'il regagnait Rodez le lendemain par l'express de 8 heures.

– Je ne reviendrai pas à Paris avant des semaines, ajouta-t-il. Si le contremaître ou le directeur pouvaient examiner un échantillon… Il leur suffirait d'un quart d'heure à peine… Insistez !

– Je veux bien essayer, mais je ne vous promets rien, monsieur ! répondit-elle.

Le plantant près de l'entrée, elle disparut dans un couloir obscur d'où s'échappaient des sifflements joyeux et le bruit des marteaux. Un instant plus tard, elle réapparut en trottinant pour l'informer que personne n'était disponible cet après-midi.

– Mais notre directeur est d'accord pour vous recevoir demain à 9 heures, indiqua-t-elle.

Mathieu accepta sans hésiter, heureux d'obtenir ce rendez-vous après toutes ses tentatives infructueuses de la matinée. Il prendrait l'express de 18 heures.

Le lendemain, à 9 heures précises, il retrouvait le passage de la Main-d'Or. Antoine Bocarne l'attendait dans son bureau. C'était un homme d'à peine quarante ans à la silhouette massive, au regard bleuté, aux moustaches à la gauloise, aux cheveux châtains qu'il coiffait en brosse. Il était manchot, triturant sans cesse la manche flottante de sa blouse d'un geste nerveux. Son bureau était austère et sombre, encombré de dossiers et de cartons qui s'empilaient sur le parquet. Des morceaux de cuirs s'entassaient sur une étagère, exhalant un mélange de parfums parmi lesquels Mathieu reconnut le mélèze, le mimosa et le bouleau qui était employé pour le tannage des fameux « cuirs de Russie ». Antoine Bocarne était expéditif : il demanda à examiner les échantillons sans annoncer au préalable à Mathieu ce qu'il recherchait ni ce qu'il fabriquait.

– C'est du beau travail ! avoua-t-il. On voit bien que vous êtes du métier... Ces peaux sont souples et solides. Ça prouve qu'elles ont été bien tannées... Elles n'ont pas de piqûres ni de défauts... Vous les avez bien choisies... Vous êtes du métier... Ça ne trompe pas ! Nous pourrions peut-être vous en acheter...

Les prunelles de Mathieu pétillèrent.

– Combien de ballots ?

Antoine Bocarne l'arrêta aussitôt :

– Ne vous emballez pas, monsieur ! Nous y réfléchirons avec le contremaître... Tout dépendra de notre activité dans les prochaines semaines... Nous n'aimons pas avoir trop de stocks...

Limiter les stocks de la maison ? C'était un argument imparable pour éconduire poliment un fournisseur. Mathieu n'en éprouva pas moins de la déception. Il remballait ses échantillons au moment où le contremaître les rejoignit. C'était un colosse, aux mains épaisses et puissantes, à l'apparence bougonne.

– Elles sont à vous ces tannées, jeune homme ? maugréa-t-il en soulevant sa casquette et en observant Mathieu.

– Des peaux de classe 2 ! répondit fièrement le jeune patron.

– Je vois, je vois...

Il s'en empara pour les regarder à la lumière, puis il les manipula dans tous les sens pour en éprouver la résistance et la souplesse, les caressant même du bout des doigts pour apprécier le velouté.

– Félicitations, monsieur ! s'exclama-t-il, transformé en quelques secondes. Votre personnel a bien travaillé... Je suppose également que les peaux brutes étaient de qualité...

– Elles l'étaient ! rétorqua Mathieu. Je pense aussi que les bêtes étaient de première. Ce n'étaient sûrement pas de vieilles vaches ! On m'a assuré que c'étaient des bœufs de cinq ans.

– Ils n'ont sûrement pas été malmenés et ils étaient bien nourris, compléta le colosse. Quand une bête est vieille ou a souffert, ça se reconnaît sur la peau... Vous avez l'œil, monsieur ! Et le bon !

Il suggéra ensuite à son directeur d'en prendre.

– Vous devriez acheter ces peaux, patron ! On ne tombe pas tous les jours sur des ballots de cette qualité...

– C'est de l'excellente marchandise, Fernand ! concéda Antoine Bocarne. Je le reconnais volontiers ! Elle correspond à ce que nous recherchons. Mais nos réserves sont bien chargées...

– Les stocks ! Les stocks ! s'emporta Fernand en esquissant des moulinets avec ses larges mains. Vous ne pensez qu'à vos stocks, vous n'en dormez plus !

Habitué à ses foucades, le directeur conserva son sang-froid.

– Ne vous énervez pas, Fernand ! répondit-il. Je vous ai souvent expliqué que nous ne devons pas avoir trop de stocks dans la maison. C'est de l'argent dormant, de l'argent bloqué. Si nous immobilisons trop de capitaux dans nos réserves et si les commandes de malles baissent brusquement, la boutique ne tournera plus...

– Je sais, je sais, patron ! rétorqua le contremaître. Je connais la chanson depuis plus de vingt ans que je bosse chez vous ! Mais il y a des occasions à ne pas manquer ! Si vous ne voulez pas acheter ces « tannées », d'autres les prendront sûrement et vous vous en mordrez les doigts...

– Si je comprends bien, vous me poussez à les acheter ! soupira Antoine Bocarne.

– Nous pourrions en prendre un ballot de cinquante pour la Saint-Jean ! proposa-t-il. Nous en aurons besoin...

– Adjugé, Fernand !

S'adressant à Mathieu, il confirma ses intentions.

– Fernand vous guidera dans la maison avant que vous ne partiez ! ajouta-t-il. J'aimerais qu'il vous explique ce que nous fabriquons et les exigences de notre clientèle.

Ils quittèrent aussitôt le bureau du directeur pour s'engager dans des corridors et des escaliers desservant deux bâtiments mitoyens où travaillaient les employés dans une atmosphère laborieuse mais sympathique. Ils fredonnaient ou sifflotaient des chansons d'amour tout en coupant, en collant, en clouant dans des odeurs mêlées de tissu, de cuir, de poix et de bois. Après une heure passée à travers les quatre étages de la maison, ils arrivèrent dans les magasins du rez-de-chaussée. Ils pénétraient dans le premier magasin lorsque Fernand interrompit ses commentaires pour regarder Mathieu.

– Vous avez déjà traversé l'océan en bateau ? demanda-t-il.

– J'ai travaillé en Uruguay pour un négociant de peaux.

Les pupilles de Fernand s'allumèrent.

– Vous me plaisez, jeune homme ! se réjouit-il tout en se frottant les mains. Vous avez déjà couru le monde, vous êtes curieux, vous savez choisir les peaux et bien les tanner... Je suis persuadé qu'on s'entendra... Vous avez voyagé. C'est bien. Vous avez une idée de ce qu'on prend à bord... Vous aviez emporté combien de malles en Uruguay ?

– Je ne me souviens plus ! concéda Mathieu, en toute franchise. Il y avait sûrement le nécessaire mais pas davantage...

– Comme les voyageurs très ordinaires ! en déduisit Fernand. Si je comprends bien, vous ne connaissez pas la gamme de bagages que les passagers peuvent emporter sur les bateaux.

– Nous n'avions voyagé qu'en seconde ! confessa avec humilité l'ingénieur ruthénois. Je suppose qu'en première...

– Détrompez-vous, monsieur Berthier ! rétorqua le contremaître. En seconde, certains passagers sont très exigeants et les femmes deviennent de plus en plus capricieuses. Vous jugerez en visitant le magasin. C'est surprenant ! Bocarne n'est pas Vuitton ni Barclay, et nous fabriquons surtout pour les « seconde ». Mais ces voyageurs demandent aujourd'hui les mêmes bagages que s'ils embarquaient dans les cabines de première ! Ils les veulent aussi beaux, soignés et pratiques, mais moins chers. Ils veulent du Barclay ou du Vuitton sans trop débourser ! Ils ne cherchent pas une marque de prestige mais du pratique. Imaginez, monsieur Berthier, que des femmes de « seconde » emmènent une dizaine de malles ! Elles ont besoin de modèles différents pour les chapeaux, les ombrelles et parapluies, la lingerie, les corsages et les robes, les mouchoirs, les écharpes, les voilettes et les gants, les chaussures, les affaires de toilette, la pharmacie, le nécessaire à repasser, l'écritoire et les romans… J'en oublie sûrement ! Vous les verrez tout à l'heure… Mais les hommes de « seconde » s'y mettent aussi… Certes, ils achètent une grande malle armoire et une malle à tiroirs, comme vous sûrement lorsque vous aviez embarqué pour l'Uruguay. Mais ils emportent également des malles pour leurs affaires de bureau et leur machine à écrire… Et même le phonographe ! Certains ne veulent plus se déplacer sans l'appareil à musique. Emporter son phonographe à l'autre bout du monde pour écouter ses disques ? Ça semble incroyable ! Mais ne nous plaignons pas : ça arrange bien nos affaires.

Passionné par ce qu'il dévoilait sur les voyages en paquebot et les habitudes des passagers, Mathieu était suspendu à ses lèvres.

– Ce que je vous explique doit sûrement vous étonner, monsieur Berthier ? demanda-t-il.

– Lorsque j'ai traversé l'océan, je n'ai pas pensé un seul instant aux bagages de nos voisins de cabine ! avoua Mathieu.

Le contremaître souligna encore que les malles, les sacs et les trousses de la maison Bocarne étaient exposés dans des magasins de l'avenue de l'Opéra.

– Ils ne déparent pas parmi les malles Vuitton ! observa-t-il sans forfanterie. Comme Vuitton, nous proposons une garantie de cinq ans. Personne ne nous a adressé la moindre plainte jusqu'à présent. La clientèle est satisfaite… Mais il y a des contreparties pour tous nos fournisseurs. Nous sommes intraitables sur la matière première. La moindre peccadille sur les « tannées » et je déclasse vos peaux… Je suppose que vous vous en doutiez avant de frapper chez nous. Je souhaite travailler avec vous, monsieur Berthier ! Mais, par avance, je vous préviens : travailler pour Antoine Bocarne est considéré par nos fournisseurs comme un honneur…

Retrouvant l'animation du faubourg Saint-Antoine, Mathieu avait l'esprit bouillonnant. Tout en marchant sur le boulevard Diderot, il mesurait le chemin parcouru depuis son retour à Rodez. Hier encore, il reprenait une tannerie vieillotte. Aujourd'hui, elle était engagée dans la modernisation même s'il était conscient de la somme d'efforts à déployer pour que la réussite soit totale. Certes, il n'avait pas compté ses journées et son énergie pour obtenir ce premier résultat. Mais il ne pouvait pas s'attribuer tous les lauriers. S'il y était parvenu, c'était aussi grâce à son personnel qui n'avait pas rechigné à retrousser les manches, aux Charvin et à Romain. Depuis son passage à Rodez et jusqu'à ce qu'il embarque pour le Maroc, Romain était sans cesse revenu à la charge pour qu'il se modernise. Même si ses remarques et son insistance l'avaient souvent hérissé, il admettait aujourd'hui qu'elles l'avaient également aiguillonné.

Se dirigeant vers la place de la Nation, Mathieu remarqua un bureau de poste. Ses pensées le ramenèrent à Sophie. Il souhaitait qu'elle apprenne la nouvelle avant qu'il ne regagne l'Aveyron. Pendant des mois, elle avait souffert de ses absences et de ses humeurs ; il paraissait logique aujourd'hui qu'elle partage sa satisfaction. Même s'il était déjà midi, le bureau était encore ouvert. Mathieu rédigea un « bleu » pour Sophie avant de reprendre son chemin au milieu des passants. Il n'avait pas effectué deux cents mètres qu'il revenait en courant à la Poste. « C'est l'heure ! On ferme ! » entendit-il quand il pénétra dans le hall. Même si un agent pressait les derniers clients, Mathieu s'accorda le temps de reprendre sa respiration puis de s'accouder au comptoir pour envoyer un « bleu » à Romain. Dès qu'il retrouva le boulevard, il chantonna.

22

Le 1er mai, une averse de neige avait blanchi les rues et les toits de Rodez mais, depuis, le printemps s'était imposé. Chaque après-midi, Sophie entraînait sa belle-mère sur le causse Comtal, à Conques, dans la vallée de l'Aveyron et le vallon de Marcillac. Elles étaient heureuses de reprendre leurs habitudes de l'année passée, crayonnant une chapelle ou un château, musardant sur les chemins ou en bordure d'un ruisseau. La lumière plus vive, l'air plus doux, le parfum des fleurs poussaient à la flânerie. Partout, la campagne se réveillait. Les hommes s'affairaient dans les champs en compagnie de leurs attelages, les femmes procédaient aux grandes lessives et au nettoyage de leurs intérieurs.

– Pourquoi n'ouvrirais-tu pas ta maison avec l'arrivée des beaux jours ? suggéra Hélène à Sophie, un après-midi où elles circulaient entre Salles-la-Source et Saint-Cyprien.

– Ma maison ? s'étonna la jeune femme.

– La maison de tes parents si tu préfères, précisa sa belle-mère. Elle t'appartient désormais…

Sophie se ressaisit dans l'instant :

– La maison de mes parents ? Oui ! Bien sûr. Je n'y étais pas…

Si quelques centaines de mètres seulement séparaient les deux immeubles, elle n'y était pas revenue depuis la mort de son père en octobre 1927. Un an et demi… Déjà ? Mais que s'était-il passé pour que les mois coulent aussi vite ? Il y avait eu la modernisation de la fabrique dont elle s'était préoccupée plus qu'elle ne l'aurait imaginé, consciente des difficultés que son époux rencontrait au quotidien. Il y avait eu également des déplacements à Paris, des escapades en amoureux auxquelles Mathieu l'avait habituée depuis qu'ils avaient découvert les gorges du Tarn et, surtout, des séjours au château de plus en plus fréquents. Au volant de la torpédo de quarante chevaux qui avait appartenu à son père et soulevait l'admiration des Ruthénois, la jeune femme se rendait souvent à La Coste. Avec les conseils de leur notaire, elle s'occupait désormais du domaine. C'était à Sophie qu'Auguste s'adressait aujourd'hui pour le règlement du fermage et les réparations à effectuer dans les bâtiments. Ses journées étaient si bien employées qu'elle ne songeait nullement à la maison de ses parents !

Si Sophie n'avait pas cherché à retourner dans la maison de ses parents ces derniers mois, ce n'était pas seulement par manque de temps. Aujourd'hui, elle redoutait de pénétrer à nouveau dans cette demeure dont elle ne conservait que des souvenirs douloureux. Elle y avait passé des soirées à pleurer tous ceux qu'elle aimait et qui l'avaient quittée. L'adolescente n'avait déjà plus sa mère à son arrivée en Aveyron. Elle y avait appris le décès de son frère et de ses deux cousins tombés sous la mitraille au Chemin des Dames, à quelques semaines d'intervalle. Elle y avait souffert du départ de Mathieu à Lyon et affronté la solitude. Follement amoureuse de son cousin, elle attendait le passage du facteur avec tant d'impatience qu'elle n'en dormait plus si ses lettres avaient du retard.

– La maison te semblerait différente si tu y revenais de temps en temps pour ouvrir les fenêtres et fleurir les salons ! expliqua Hélène à sa belle-fille. Elle ne t'effraierait peut-être plus… N'oublie pas que tu avais vingt ans quand tu t'es mariée et que tu es partie de Rodez pour suivre Mathieu au bout du monde. C'était bien jeune ! Tu étais contente de voler enfin de tes propres ailes et tu ne le cachais pas. Mais toute la famille avait deviné aussi que tu n'étais pas fâchée de t'éloigner de cette maison et même de Rodez. Nous avions compris que tu n'y avais pas été heureuse.

– Vous ne vous étiez pas trompés, reconnut Sophie.

– N'y pense plus et tourne la page : le temps a passé ! insista sa belle-mère. Ne laissez pas tomber cette maison ! Elle se dégradera si vous ne vous en occupez pas… Vous le regretteriez sûrement…

Mathieu y a de bons souvenirs ! Il s'y rendait souvent à l'époque où vos grands-parents y habitaient…

La jeune femme ne répondit pas mais, dès la semaine suivante, par une journée presque chaude, elle attendit que Mathieu regagne la tannerie, après le déjeuner, pour se recoiffer et se repoudrer comme pour un rendez-vous galant. Puis elle disparut en direction du musée des Beaux-Arts. L'immeuble que leur arrière-grand-père Onésime avait construit à l'époque de Napoléon III était imposant. Bien éclairé, il était surtout confortable. Jacques Berthier l'avait équipé du chauffage central au lendemain de la guerre. À ce moment-là, il n'y avait que la succursale de la Banque de France et un grand magasin de tissus pour en bénéficier à Rodez.

Les souvenirs l'envahirent dès qu'elle poussa la porte de chêne à double battant. Elle se revoyait dans le vestibule en compagnie de sa grand-mère lorsque ses parents l'envoyaient à Rodez, à chaque période de vacances. C'étaient les années d'avant-guerre. Elle était encore une enfant. Les après-midi, Blanche l'emmenait souvent en promenade dans le jardin public du Foirail. Au retour, Sophie traversait en trombe le vestibule pour rejoindre la buanderie où s'affairait Justine, la femme à tout faire. « Qu'est-ce que tu nous as préparé pour le goûter ? » demandait-elle avec gourmandise, après l'avoir embrassée. Justine ne répondait pas. Elle l'entraînait dans sa cuisine, au premier, pour la régaler de rissoles, d'un gâteau aux pruneaux ou aux noix. Elle la précédait souvent dans le grand escalier qui desservait les étages. Même si des parfums de caramel, de vanille ou de fleur d'oranger flottaient dans la maison, l'adolescente s'attardait sur les marches pour observer l'une des peintures qui étaient accrochées aux murs. Ces douze tableaux de l'école de Barbizon, de l'époque Louis-Philippe, Onésime Berthier les avait rapportés d'un séjour dans la capitale. Ils étaient la fierté de la famille. Sophie était si contente de les revoir à la même place qu'elle ressentit une grande émotion. Elle pleura en les admirant depuis la dernière marche de l'escalier. C'étaient des larmes de joie.

Ses retrouvailles avec cette demeure la bouleversèrent, au point qu'elles troublèrent son sommeil. Elle ne s'endormit qu'après minuit, s'imaginant encore dans la maison de ses parents où tout la poussait à revenir. Dès le lendemain, après le déjeuner, elle s'y précipita pour entendre à nouveau le cliquetis de la clef dans la serrure de la grande porte et reprendre ses habitudes. Elle feuilleta des ouvrages dans la bibliothèque et s'assoupit dans une bergère, contempla des peintures dans le grand salon et la salle à manger, fouilla dans les malles des greniers et rêvassa depuis une fenêtre de son ancienne chambre d'où le panorama s'étendait de Layoule, en contrebas de Rodez, jusqu'aux sommets du Lévezou. Dès lors, elle ne proposa plus d'excursions à sa belle-mère pour s'y réfugier chaque après-midi. Hélène ne s'en froissa pas ; elle avait deviné où la jeune femme se rendait tous les jours d'une allure pressée. Son entourage constata bientôt qu'elle était plus détendue et épanouie. Le premier à s'en réjouir, Mathieu n'en était pas moins intrigué. Un dimanche, profitant d'une promenade sur les chemins du domaine, il l'interrogea franchement :

– Qu'est-ce qui te rend aussi belle et aussi gaie ?

Sophie s'arrêta de marcher.

– C'est un bonheur tout simple ! avoua-t-elle. Je suis persuadée que tu me comprendras…

En quelques semaines, elle était parvenue à se débarrasser des souvenirs douloureux qu'elle avait conservés de la demeure de son adolescence. Maintenant qu'elle était heureuse de la retrouver, elle avait l'intention de s'y installer.

– J'imagine que tu y es attaché, Mathieu…

– Bien sûr ! répondit-il. Nos grands-parents nous y recevaient à déjeuner chaque dimanche lorsque nous étions enfants. C'est dans la bibliothèque que le grand-père m'apprenait l'histoire du château et des marquis de La Coste. Je n'oublierai jamais ces moments-là ! Ils étaient magiques… Il m'expliquait nos alliances avec de grandes familles de l'Albigeois et du Languedoc ; il me racontait les combats de nos ancêtres à Jérusalem et à Saint-Jean-d'Acre à l'époque des croisades…

Comme il paraissait intarissable, elle l'interrompit :

– Tu accepterais que nous l'aménagions ?

Il comprit que Sophie avait déjà arrêté sa décision.

– Nous y serions bien mieux que chez tes parents ! insista-t-elle. La maison est équipée de salles de bain et d'un chauffage central. Nous n'aurions plus froid en hiver dans les salons... J'en ai souffert depuis que nous sommes revenus d'Uruguay... Le confort ? C'est ce qui manque le plus chez vous... Nous serions bien contents d'en profiter dès que nous aurons des enfants... Et puis... Nous serions dans notre maison... Nous serions chez nous... Qu'en dis-tu ?

– Il est certain que nous y serions mieux que chez mes parents ! répondit-il. Mais je...

– Qu'est-ce qui te chiffonne ?

– Je m'inquiète pour maman, reconnut-il. Vous vous entendez si bien et elle est heureuse de t'avoir auprès d'elle... Depuis que nous sommes revenus d'Uruguay, elle est soulagée de ne plus s'occuper de la maison... Elle se repose sur nous, elle compte sur nous...

– Ta mère n'en souffrira pas : je te le promets ! rétorqua Sophie. Nous nous verrons tous les jours et nous sortirons aussi souvent... Je serai là pour elle...

Que pouvait-il espérer de plus ? Elle avait pensé à tout.

Sophie engagea deux jeunes femmes pour le grand ménage et demanda à des commis de la fabrique d'y déposer leurs souvenirs d'Uruguay qui dormaient toujours dans les combles. Pendant des semaines, elle s'appliqua à transformer cette demeure avec enthousiasme. Elle s'y enfermait des après-midi entières pour réfléchir à la manière de l'agencer au mieux selon ses désirs et ses goûts. Elle mobilisait de temps en temps les « gros bras » de la fabrique pour déplacer des meubles et des tableaux en repoussant gentiment les services de Mathieu.

– Je me débrouillerai avec tes employés ! avait-elle décrété.

Dès le départ, elle n'avait pas souhaité qu'il la rejoigne après ses journées à la tannerie.

– J'aimerais te réserver quelques surprises ! avait-elle expliqué.

Les semaines s'écoulèrent, Mathieu s'impatienta et l'accabla de questions. Avait-elle l'intention d'amener bientôt leurs affaires dans leur nouvelle maison ? Pourraient-ils l'occuper avant la Toussaint et les premiers froids ?

– Patience ! Je travaille encore ! répondait-elle avec le sourire en entretenant le mystère.

Les feuilles des platanes jaunissaient déjà sur le boulevard qu'ils n'avaient toujours pas déménagé. Octobre était bien entamé quand Mathieu s'absenta de Rodez pendant quatre jours pour participer à la journée technique de la Tannerie, rencontrer ses grossistes, des fabricants d'articles de voyage qui avaient accepté de le recevoir et Antoine Bocarne, qui comptait désormais parmi sa clientèle, même s'il achetait de petites quantités. Sophie ne l'accompagna pas. Des rendez-vous avec les fermiers et leur notaire la retenaient à Rodez.

À son retour, elle l'attendait à la gare lorsqu'il descendit de son compartiment. Il était à peine 8 heures du matin. Un vent froid coulait sur les quais que les lampes éclairaient d'une lumière blafarde. Le quartier et les prairies voisines étaient blancs de givre. Sophie s'était chaudement habillée mais elle était élégante comme à son habitude. Il y avait de l'animation sous la marquise au milieu des bagages et des chariots. Le Parisien et l'express de Toulouse arrivaient à quelques minutes d'intervalle seulement. C'était un dimanche ; il y avait foule. Sophie se précipita à la rencontre de Mathieu dès qu'elle le reconnut parmi les voyageurs. Courbatu après quatorze heures d'un parcours cahoteux, il chancelait de sommeil dans la fraîcheur matinale. Elle déposa un baiser discret sur ses joues.

– Tu m'as manqué ! souffla-t-elle à son oreille.

Mathieu se contenta de sourire.

– Il me tardait que tu rentres, ajouta-t-elle.

Même s'ils s'étaient appelés tous les matins depuis son départ, il supposa qu'elle avait plus souffert de son absence que d'ordinaire. Son regard, ses paroles, ses gestes ne trompaient pas.

Comme il avait les yeux cernés, elle murmura :

– Tu as besoin de repos !

Mathieu, qui n'était pas habitué à se plaindre, haussa les épaules. Il la regarda tendrement avant de murmurer :

– Tu es toujours aussi belle !

Sophie ne répondit pas, mais ses joues rosirent. Serrant sa main, elle l'entraîna en direction de leur voiture.

Des automobiles, des autobus, des attelages à chevaux avaient convergé en nombre devant les bâtiments de la Compagnie du Midi. Une joyeuse pagaille s'instaura au moment où tous ces véhicules quittèrent les lieux en emmenant les passagers et leurs familles. Les chevaux s'énervaient dans la fièvre du départ, les « mécaniques » pétaradaient dans des nuages de fumée noire, les chauffeurs actionnaient leurs klaxons tandis que des voyageurs obstruaient le passage avec leurs bagages déposés au milieu de la chaussée. Sophie éprouva des difficultés à regagner le boulevard dans cette cacophonie. Lorsqu'elle s'arrêta devant l'immeuble de leurs grands-parents, le visage de Mathieu s'illumina : il attendait ce moment avec tellement d'impatience qu'il ne ressentit plus sa fatigue. Pendant qu'elle cherchait les clés dans son sac, il comprit pourquoi elle ne l'avait pas accompagné à Paris. Profitant de son absence, elle entendait terminer l'aménagement de leur demeure pour qu'ils puissent s'y installer dès son retour. Pour une surprise, c'en était une.

Lorsqu'ils pénétrèrent dans le vestibule, Sophie s'exclama avec beaucoup d'émotion :

– Nous voilà enfin chez nous !

Puis elle précisa fièrement :

– Ne t'attends pas à retrouver la maison comme tu l'as connue ! Elle n'est plus comme avant.

– Elle a tellement changé ?

– Elle est plus à mon goût ! reconnut-elle. Mais je pense qu'elle devrait te plaire aussi... Oh ! Tout n'est pas parfait ! Tu t'en doutes. Il y a sûrement des choses à modifier, tu me donneras ton point de vue... J'espère que tu y seras attaché autant qu'avant, et peut-être même plus... Parce que c'est notre maison... J'espère surtout que nous y serons heureux...

Dès le rez-de-chaussée, il constata qu'elle s'était démenée pour transformer leur demeure. Elle ne s'était pas contentée de déplacer le mobilier ni de déballer leurs souvenirs d'Uruguay pour apporter l'exotisme et les couleurs chaudes qui manquaient à la décoration : elle s'était efforcée d'embellir leur intérieur. Elle avait supprimé les doubles rideaux en cretonne et en velours qui retenaient la lumière, pour leur préférer des voilages en linon brodés et de la mousseline. Les pièces étaient d'autant moins sombres qu'un électricien y avait installé des lampes supplémentaires. Elle avait également ordonné la réfection des peintures et des papiers peints. Les résultats étaient étonnants. Mathieu découvrait une demeure différente et plus avenante mais toujours aussi familière.

Lorsqu'elle l'emmena dans son bureau, il y retrouva son écritoire en merisier, son coupe-papier en ivoire, sa lampe et son sous-main en cuir. Sophie y avait transporté ses livres de chimie, ses dossiers et ses archives. Ils occupaient aujourd'hui les étagères de l'armoire où leur grand-père rangeait ses papiers. Mathieu pourrait y travailler dès la semaine prochaine. Puis elle le conduisit à l'étage supérieur dans son ancienne chambre qui deviendrait la leur. La pièce était assez spacieuse, bien éclairée et douillette pour que le jeune couple s'y installe. Elle baignait dans des parfums d'oranger et il y régnait une douce chaleur. Sur la commode, il remarqua le gramophone, une collection de disques, des portraits de famille. Il observait les gravures anglaises que son épouse avait rapportées de leur chambre, dans la maison de ses parents, quand elle brancha le gramophone avant de s'asseoir dans un fauteuil. On entendit un crachouillis puis la voix de Carlos Gardel.

– Tu te souviens de ce tango ? demanda-t-elle à Mathieu.

– Si je m'en souviens ? Oh, oui ! répondit-il. Ça ne s'oublie pas.

Ils avaient dansé sur ce tango dans un cabaret argentin.

– Tu m'avais entraîné à La Plata, on était comme de jeunes mariés en voyage de noces ! raconta-t-il.

– C'était une soirée de Nouvel An ! souffla-t-elle à mi-voix. Nous nous sommes amusés jusqu'à l'aube…

Elle avait soudain une voix si lasse qu'il s'en inquiéta.

– Que t'arrive-t-il, Sophie ?

– Je suis fatiguée…

– Tu es malade ?

– Oh, non ! le rassura-t-elle.

À cet instant, la jeune femme posa une main sur son ventre d'un geste tendre et délicat. Elle souriait, son regard brillait d'une infinie douceur. Mathieu comprit. Une bouffée de bonheur l'envahit. Il s'approcha du fauteuil pour s'agenouiller sur le parquet puis l'embrasser. Ils attendaient ce moment depuis si longtemps que l'émotion les submergea soudain. Des larmes de joie coulèrent bientôt sur leurs joues.

Le premier, Mathieu rompit le silence :

– Tu attends un enfant ? C'est le plus beau des cadeaux... C'est la meilleure nouvelle de la semaine. Un rayon de soleil au milieu de l'orage... Nous en avions bien besoin après tout ce que j'ai entendu ces jours-ci à Paris...

– Que s'est-il passé ? s'inquiéta Sophie.

– Tu n'as pas écouté la TSF ?

– Je préférais écouter des disques pendant que j'aménageais.

– Tu n'as pas feuilleté les journaux depuis mon départ ?

– J'étais trop occupée...

– C'était peut-être mieux, reconnut Mathieu.

– Que s'est-il passé de si grave ?

– La bourse de New York a plongé : c'est comme si une tempête s'abattait sur le monde financier pour tout balayer sur son passage, souligna-t-il avec gravité. Les épargnants américains liquident leurs portefeuilles d'actions et les cours dégringolent chaque jour. Tout le monde spéculait depuis des années : les gens très riches, les petits bourgeois, les fonctionnaires, les commerçants et même le peuple ! Ils étaient attirés par l'argent facile à gagner... Ces gens-là ont tout perdu ! Certains se retrouvent à la rue ; d'autres se suicident...

– Cette panique nous touchera aussi ? s'alarma Sophie.

Depuis deux jours, Mathieu avait essayé de s'informer au mieux. Il avait comparé les analyses des journaux parisiens, il avait écouté les bulletins radio en revenant de sa journée de rendez-vous, il avait débattu de cette situation avec des clients de l'hôtel qu'il avait l'habitude de côtoyer puis avec ses collègues de la Fédération de la tannerie. Le même sentiment dominait : l'inquiétude. Au lendemain de la grande débâcle de Wall Street, les journalistes et les hommes d'affaires guettaient avec fébrilité la réaction des bourses de Paris, de Londres et de Berlin pour la semaine à venir.

– Les spécialistes redoutent des faillites en cascade en Europe et dans le monde ! répondit-il. Certains l'avaient déjà prédit depuis des années, mais personne ne les a écoutés... En France, nous n'y échapperons pas. Ce sera peut-être dans six mois, un an ou deux ans... Mais on n'y coupera pas ! Les banquiers ont encouragé la spéculation comme en Amérique et toute notre économie trinquera. On dépensera moins, on se déplacera moins...

– On achètera moins d'articles de voyage : c'est peut-être le plus important pour nos affaires, l'interrompit Sophie.

– C'est ce que les fabricants craignent déjà ! rétorqua Mathieu. Antoine Bocarne a stoppé ses achats avant même de savoir ce qui se passera chez nous…

– C'est aussi la décision des grossistes et des fabricants que tu as rencontrés ? demanda-t-elle.

– Comme Bocarne, ils attendent que la situation se clarifie et ils bloquent tous les ordres ! expliqua-t-il. Ils ne veulent pas de stocks. À leur place, je n'agirais peut-être pas autrement, mais c'est difficile à accepter… Je n'ai pas rapporté une seule commande…

Il ressentait de l'amertume. Il s'était tellement démené pour que ses peaux tannées au chrome soient de qualité.

– Tu regrettes le passage au tannage chimique ?

– Non ! C'était nécessaire ! répondit Mathieu en toute franchise. Mais nous avons été prudents et ça nous sauvera peut-être… Nous continuerons à fabriquer des cuirs forts et durs pour les bourreliers, à l'inverse des Charvin qui ne fournissent que les maisons de luxe. Il y aura toujours de la demande dans l'agriculture…

– Si les Français consomment moins, l'agriculture souffrira aussi ! objecta Sophie. Les éleveurs répareront leurs harnais quand ils seront abîmés, mais ils ne les changeront pas… Nous aurons des stocks…

Son argument ne manquait pas de pertinence. Pourtant, Mathieu était persuadé que la demande ne flancherait pas sur ces marchés. Non seulement les bourreliers auraient besoin de cuirs pour réparer, mais les exploitants qui avaient l'intention de s'équiper d'un tracteur choisiraient certainement de conserver leurs chevaux et leurs bœufs en attendant des jours meilleurs.

– Si une grave crise frappe notre pays, elle retardera à coup sûr la modernisation de l'agriculture ! expliqua-t-il. Et nous ne devrions pas être trop perdants…

Malgré sa réponse, la jeune femme était songeuse.

– Nous n'avons pas de chance ! soupira-t-elle. Quand nous sommes revenus d'Uruguay, c'était pour découvrir que notre petit-cousin avait trafiqué. Nous avons échappé de justesse à la déconfiture. Maintenant que les affaires reprennent, tout pourrait s'écrouler à nouveau…

Sophie était inquiète. Depuis qu'elle avait la certitude d'être enceinte, l'avenir semblait si radieux qu'elle n'imaginait pas que quelqu'un ou quelque chose pût le menacer. Soudain, il devenait sombre.

– Ne te décourage pas ! la supplia-t-il tout en prenant ses mains. Les journaux se trompent peut-être. Même si la crise nous touche, nous nous battrons pour préserver la fabrique et pour ne pas débaucher. Je te le promets !

Depuis ce matin, il avait une raison de plus de se battre.

La récession s'abattit sur les États-Unis mais épargna la France. Les négociants achetèrent à nouveau des peaux, constatant que l'Europe résistait, et les activités de la fabrique ne baissèrent pas. Mathieu et Sophie en étaient soulagés. Ils profitèrent de l'accalmie même si les journalistes persistaient à annoncer des difficultés pour l'économie française. Ils ne pensèrent qu'à cet enfant à naître. À la Saint-Sylvestre, sa chambre était déjà prête avec son berceau, ses jouets, son hochet. Le médecin avait conseillé à Sophie de ne plus conduire sa torpédo et de ne pas se fatiguer. Elle s'exécuta sans protester. L'hiver était installé avec ses brumes, ses averses, ses coups de vent, ses matins de verglas ou de neige. Sophie était bien mieux dans sa maison à écouter des disques, à dessiner, à dévorer des romans de Mazo de la Roche. Dès la Toussaint, Mathieu avait engagé une jeune femme pour s'occuper de la lessive, de la cuisine et de l'entretien de leur maison. Brunette de dix-huit ans, Pauline était la cadette des fermiers. Énergique, prévenante, elle redoubla d'attentions pour Sophie, dans l'attente de la délivrance.

L'enfant tant désiré poussa son premier cri à la saison des fleurs pendant une soirée déjà chaude, zébrée d'éclairs et baignant dans des parfums de roses. Depuis deux jours, Sophie ne quittait plus sa chambre tellement elle avait la sensation d'avoir les jambes lestées de plomb ; le moindre mouvement la fatiguait. Elle ressentit des douleurs au moment où Mathieu rentrait de la tannerie. Il téléphona au médecin. Pauline avait déjà préparé de l'eau chaude et du linge. Les premières contractions avaient commencé. Le docteur Molinier examina longuement Sophie.

– Ne vous inquiétez pas ! la rassura-t-il. Tout se passera bien…

Il demanda à Mathieu de les laisser seuls.

– C'est une affaire de médecin et de femmes ! chuchota Pauline en refermant la porte de la chambre.

Pendant plusieurs heures, il arpenta le couloir d'un pas nerveux en écoutant Sophie gémir et crier tandis que Pauline l'encourageait. Des souvenirs douloureux remontèrent à sa mémoire. Il se revoyait à son chevet à l'hôpital de Montevideo après sa fausse couche, au milieu des malades qui toussaient, crachaient, hurlaient, appelaient leur mère, agonisaient. Mathieu n'oublierait jamais ces moments-là. Maintenant qu'il entendait à nouveau ses souffrances, il ressassait à voix basse en marchant : « Pourvu que tout se passe bien ! » Lorsqu'une coupure d'électricité se produisit, il leur apporta des lampes à pétrole pour découvrir Sophie en plein effort, broyant du gros sel entre ses mains pour contenir sa douleur. Il se dépêcha de regagner le couloir en refoulant ses larmes. Enfin, après minuit, un cri d'enfant retentit. Pauline ouvrit la porte :

– C'est un beau bébé !

Il se précipita vers Sophie qui gisait dans le lit taché de sueur et de sang, sans forces, en nage, les cheveux en désordre, exténuée. Il se pencha au-dessus du berceau, déposa un baiser sur le visage de l'enfant et la regarda avec émerveillement. Puis il s'agenouilla à même le parquet, près de l'oreiller. D'un doigt, il caressa la joue de son épouse puis ses cheveux mouillés, chuchota des mots d'amour à son oreille, la couvrit de baisers.

– Nous avons une bien jolie fille, mais tu aurais préféré peut-être un garçon, murmura-t-elle en guettant sa réaction.

– Garçon ou fille, qu'importe ! s'exclama-t-il.

– Alors, tu es heureux ! répondit-elle en souriant.

Heureux ? Et comment ! Mathieu était fou de joie. En cette nuit de juin 1930, un nouveau maillon s'ajoutait à la longue chaîne.

Un dimanche ensoleillé, les Berthier baptisèrent Jeanne dans la chapelle du château qui n'avait pas accueilli une pareille cérémonie depuis trente ans. Cet hiver, Mathieu s'était procuré un Kodak pour remplacer le vieil appareil de son père et conserver un souvenir des grands moments familiaux. Ce jour-là, après le déjeuner, il demanda aux invités de se regrouper devant le château autour de Jeanne, qui dormait sagement dans les bras de sa mère. Il adressa un tirage à Romain qu'il avait informé dès l'automne de la grossesse de Sophie et de cette prochaine naissance. À la surprise de sa femme, il entreprit de rédiger un long courrier pour raconter cette journée de baptême et leur bonheur de parents : « Tu n'imagines pas à quel point l'arrivée de Jeanne a changé notre vie ! Nous ne vivons que pour elle ! Chacun est attentif à ses pleurs, à ses rires, à ses désirs. Je l'amuse avec une vieille boîte à musique que Sophie a dénichée dans l'une des malles du grenier ; je suppose qu'elle appartenait à notre grand-père Élisée… Lorsque Sophie s'occupe de sa toilette, je les retrouve dans la salle de bains et je la prends dans mes bras pour la monter bien haut ! Jeanne est tellement heureuse qu'elle rit. Chaque matin, quand je me prépare, je la regarde dormir dans son berceau : elle ne bouge pas et elle ne se soucie pas de moi. Elle ne se réveille même pas au moment où je l'embrasse… Je suis pressé de la voir grandir, jouer sur les tapis, marcher, crayonner, trottiner, galoper, s'amuser dans les couloirs et les escaliers… »

23

Jeanne avait déjà cinq ans lorsque son oncle regagna la France. Depuis des semaines, Romain avait prévenu Mathieu et Sophie de son passage à Rodez. Les Berthier l'attendaient avec impatience et inquiétude. Certes Mathieu était heureux de le retrouver après cette longue absence. Depuis son départ de France, des relations plus détendues s'étaient établies entre eux. Mais, dans le même temps, il redoutait de le rencontrer. Ne s'étaient-ils pas séparés sur des propos cassants de Romain ? Il avait alors vingt-quatre ans ; il en avait trente-deux aujourd'hui et il semblait s'être assagi puisqu'il n'avait jamais évoqué cette discussion dans ses lettres.

Il débarqua à Marseille l'avant-veille de Pâques, rejoignit aussitôt Toulouse où il patienta jusqu'au lendemain pour pouvoir prendre un express en direction de Rodez. Une averse de grésil s'abattait sur le quartier de la gare quand la machine s'arrêta en bordure du quai. Il n'était encore que 11 heures du matin, mais des nuages couleur d'encre couraient dans le ciel et la lumière était bien pâlichonne. Les quais étaient si sombres que Mathieu ne distingua pas Romain parmi les passagers de l'express. Un homme l'interpella soudain :

– Bonjour, Mathieu ! Tu ne me reconnais pas ?

– Romain ? s'exclama-t-il, incrédule.

– C'est bien Romain ! répondit-il avec un grand sourire.

Ils s'étreignirent longuement malgré la bousculade. Puis Mathieu le regarda fixement.

– Comme tu as changé ! murmura-t-il.

Romain était toujours aussi élégant, mais il s'était épaissi. Il avait pris de l'embonpoint, son visage s'était empâté tandis qu'il boitillait.

– Tu as eu un accident ? s'inquiéta Mathieu.

– Oh ! Ce n'est rien ! Je suis tombé de cheval ! expliqua-t-il. Les chevaux du Maroc sont très nerveux ! L'un d'eux s'est cabré et m'a expédié dans le décor... Fracture du fémur gauche, deux semaines d'hôpital... Le chirurgien m'avait imposé deux mois de repos, mais...

– Tu ne l'as pas écouté, n'est-ce pas ?

– Je m'ennuyais, concéda Romain. Je suis retourné à la tannerie, mais j'étais encore fragile... Trop fragile... Mes os ne se sont pas bien ressoudés... J'ai été imprudent. Le résultat n'est pas fameux...

– Pourquoi me l'avais-tu caché dans tes lettres ?

Romain ne répondit pas, l'entraîna dans la direction de Sophie et de Jeanne qui les attendaient devant le kiosque à journaux.

– Ne traînons pas : elles doivent avoir froid ! dit-il.

Lorsqu'ils les rejoignirent, Jeanne déposa un baiser sur les joues de son « parrain du Maroc », puis elle entoura son cou de ses petits bras. Romain se manifestait toujours au moment de Noël et de son anniversaire en envoyant un cadeau et une carte qu'il ne manquait jamais de signer : « ton parrain du Maroc ». Il la connaissait depuis son baptême à travers les multiples photos expédiées par Mathieu. Mais il la découvrait aujourd'hui.

– Tu es jolie comme un cœur ! chuchota-t-il à son oreille.

Souriante et débordant d'énergie, elle était ravissante avec son manteau bleu ciel, son chapeau, son écharpe et ses gants assortis. Sophie ne l'était pas moins. Il le remarqua également.

Malgré l'averse, ils s'arrêtèrent au cimetière de Saint-Cyrice à la demande de Romain pour se recueillir devant la tombe d'Hector. Ils étaient mouillés et avaient les pieds glacés lorsqu'ils arrivèrent à la maison. Soudain, Romain leur sembla fatigué et morose comme si leur passage au cimetière avait réveillé de mauvais souvenirs. Le déjeuner réchauffa l'atmosphère au point qu'il plaisanta à nouveau. Mathieu et Sophie en étaient soulagés. Ils parlèrent de Marrakech, des tanneurs marocains, de choses et d'autres, mais n'évoquèrent pas la mémoire d'Hector dont deux portraits figuraient pourtant sur la cheminée de la salle à manger. Après le dessert, les prunelles de Romain pétillèrent lorsqu'il les informa de son prochain mariage. L'année passée, il les avait prévenus qu'il fréquentait une jeune femme de la « bonne » société coloniale dont les parents résidaient à Rabat depuis une vingtaine d'années. Il avait rencontré Béatrice dans une réception chez le résident général dont son père était le secrétaire général. Leurs fiançailles avaient été célébrées la première semaine de janvier lorsqu'Aurore avait séjourné au Maroc comme elle en avait l'habitude chaque année. Ils se marieraient cet automne en Normandie dans une propriété de la famille de sa future épouse. Mathieu et Sophie le félicitèrent.

– La décision est encore toute fraîche ! souligna-t-il avant de les remercier. Elle remonte à la semaine dernière. Nos familles se sont enfin entendues sur une date. C'était en discussion depuis un bon moment et personne n'était d'accord… Nous nous marierons le 12 octobre dans le Calvados, à Blonville… C'est une petite station entre Honfleur et Deauville, la commune et la paroisse de la famille de Béatrice… Je ne vous ai pas envoyé de lettre ni de « bleu »… Je souhaitais vous l'annoncer de vive voix et vous transmettre notre invitation pour cette journée… Car vous êtes déjà inscrits sur notre liste… J'espère que vous viendrez… J'y tiens ! Ne me racontez pas que Blonville et le Calvados sont au diable ! C'est faux ! Les grandes compagnies desservent les stations de la côte. À la gare Saint-Lazare, vous prendrez le Deauville-Express et vous descendrez au terminus. C'est d'une simplicité enfantine !

Cette insistance ne les trompa pas. Il leur avait souvent proposé de le rejoindre à Marrakech, mais ils avaient sans cesse reporté leur voyage. Durant ces années-là, ils avaient eu de bonnes raisons d'y renoncer. La modernisation de la fabrique, la grossesse de Sophie, la naissance de Jeanne et la recherche de nouveaux marchés pour maintenir la production de leur tannerie les avaient bien accaparés. Mathieu s'était tellement consacré à sa famille et à ses affaires qu'il n'avait guère ressenti la nécessité de le retrouver là-bas comme s'il attendait qu'un événement particulier survienne dans l'existence de Romain pour le pousser à prendre le bateau. Son mariage aurait constitué une excellente occasion. Mathieu y aurait entraîné Sophie et Jeanne si les deux familles l'avaient organisé au Maroc ; il l'avait souvent espéré. Mais son frère ne s'était pas pressé de convoler et les années s'étaient écoulées.

– Tu nous demandes si nous viendrons jusque dans le Calvados cet automne ? Mais bien sûr ! répondit Mathieu. Nous ne voudrions pas manquer votre mariage.

– J'y comptais bien ! reconnut-il. Et Béatrice aussi… Elle aimerait vous connaître ! Si vous pouviez vous absenter une semaine, nous serions contents de vous recevoir…

Son invitation était si gentiment formulée qu'ils acceptèrent.

Soudain, Mathieu disparut en direction de la cuisine pour revenir avec du champagne. Ils trinquèrent au bonheur de Romain, puis les deux hommes se retirèrent dans le bureau de Mathieu. Ils évoquèrent longuement les difficultés que l'économie française affrontait depuis l'automne 1931. Comme aux États-Unis, elle subissait désormais la récession avec ses faillites en cascade, ses cohortes de chômeurs et de pauvres. Les activités de Mathieu s'en étaient ressenties, mais il était parvenu à préserver sa manufacture.

– Comment t'es-tu débrouillé ? demanda Romain.

– C'est compliqué à expliquer…

– Ça m'intéresse !

– Ce sont les cuirs forts et durs qui m'ont sauvé ! avoua Mathieu. Si j'avais abandonné cette production, ma fabrique serait sûrement en mauvaise posture aujourd'hui ! Nous ne tannons au chrome que 10 à 15 % des ballots. C'est bien suffisant.

Certes des maroquiniers et des fabricants d'articles de voyage reconnaissaient que ses « tannées » étaient de bonne qualité, mais ils attendaient une reprise des affaires pour en acheter.

– C'est décevant ! soupira-t-il en songeant à tous les efforts qu'il consentait depuis des années.

– Mon petit-cousin s'en plaint ! souligna Romain. Il souffre de la baisse des ventes des produits de luxe… C'est son principal fonds de commerce. Même les riches voyagent moins et surveillent leurs dépenses… Les boutiques ont des stocks ; elles cassent les prix si elles veulent vendre… Ses acheteurs sont devenus redoutables ; ils se comportent comme des maquignons sur un champ de foire en pinaillant pour des défauts à peine visibles sur une peau, pour deux ou trois centimes... Les marges ont fondu... Je ne t'apprends rien ! Arnaud s'inquiète. Il a débauché une vingtaine d'employés sur deux cents. Finalement, tu avais raison de ne pas tout chambouler dans ta fabrique...

Mathieu se contenta de sourire en se rappelant la discussion qui les avait opposés à La Gascarie.

– Nous continuons à alimenter les bourreliers et les fabricants de chaussures grossières, confirma-t-il. C'est une bonne chose pour la maison... Comme je le pensais, il y a toujours de la demande...

– Les achats ne sont pas en baisse dans ce secteur ? s'étonna Romain.

– Bien sûr, les achats ont baissé ! rétorqua-t-il. Comme partout ! Mais ce n'est pas si grave ! Nous sommes moins nombreux à nous les partager aujourd'hui, il y a des commandes pour tous... Il y a eu la fermeture des tanneries qui ne trouvaient pas de repreneurs, des déconfitures financières et des liquidations judiciaires. Les culbutes de quelques banques se sont répercutées sur certaines maisons...

La faillite de la banque Villa, installée à Millau mais qui rayonnait dans tout l'Aveyron et jusque dans le Sud-Ouest, avait affecté des épargnants et des industriels. Possédant ses comptes à la Société Générale, Mathieu avait échappé à cette « débâcle ».

– On débauche du personnel, on bazarde des grandes affaires, les bénéfices sont souvent maigres et les banquiers nous lâchent : c'est une curieuse époque ! remarqua Romain.

Il s'attendait à reprendre ses activités chez son petit-cousin dans des conditions difficiles.

– Arnaud m'a déjà prévenu ! précisa-t-il. Je me déplacerai moins souvent pour démarcher notre clientèle. Il m'envoyait à Grenoble, à Bruxelles, à Marseille, à Bordeaux, chez les hussards de Tarbes... C'est terminé ! Il aimerait que les affaires se traitent le plus possible par courrier... Il cherche par tous les moyens à réduire les charges de la maison... Ça se comprend !

– Tu reviens à Paris sans regret ? demanda Mathieu.

– Oui ! Sans regret ! répondit-il. Je serais même rentré plus tôt si je n'avais pas rencontré Béatrice...

– Tu ne te plaisais plus là-bas ?

– Je me plaisais bien au Maroc mais je n'avais plus de raison d'y travailler ! rétorqua Romain. Maintenant, je connais bien le négoce des peaux et les techniques de tannage des Marocains…

– Tu n'as jamais envisagé de t'installer au Maroc et d'y diriger une tannerie ? enchaîna Mathieu.

– M'installer là-bas ? Ah, non ! protesta-t-il. Je ne supporte pas la mentalité coloniale ! On n'exploite pas que les richesses du pays, on exploite également les habitants qui sont taillables et corvéables comme avant la Révolution chez nous. J'exagère peut-être, mais ça y ressemble ! Certains les méprisent et les considèrent comme des sous-hommes. C'est une attitude qui me répugne… Heureusement, tous les coloniaux ne se comportent pas de cette manière… Inutile de te préciser que nous ne discutons pas de ces choses-là avec les parents de Béatrice… Nous nous fâcherions !

Romain consulta soudain sa montre. Il était déjà 5 heures, les averses redoublaient d'intensité, la lumière déclinait doucement. Toutefois, il demanda à Mathieu de le conduire jusqu'à la tannerie avant que le personnel ne termine sa journée.

– J'aimerais que tu me montres tes grands foulons ! expliqua-t-il. Et quelques « tannées »… Si tu veux bien…

Ils s'équipèrent chaudement et la Citroën de Mathieu disparut en direction de La Gascarie sous des trombes d'eau.

Ils en revinrent deux heures plus tard, frigorifiés et empestant la charogne. Dans le vestibule, ils croisèrent Hélène qui rejoignait ses appartements. Mathieu l'avait prévenue du passage de Romain.

– Je m'étais déplacée tout exprès pour vous saluer et vous aviez déjà disparu ! reprocha-t-elle gentiment à Romain.

– Nous arrivons de la tannerie, répondit-il.

– Je sais, je sais… Ça se sent !

Les deux frères sourirent.

Déjà, Hélène enchaînait :

– Comment trouvez-vous nos « tannées », Romain ?

– Vous travaillez aussi bien que dans les grandes maisons.

– Mathieu s'est beaucoup démené…

– Si Romain ne m'y avait pas « poussé », nous ne tannerions peut-être pas encore nos peaux au chrome ! reconnut Mathieu.

Le rodage a été bien laborieux mais les résultats sont là. Si les affaires pouvaient reprendre rapidement, nous augmenterions la production et les employés en profiteraient…

– Ne désespère pas ! répondit Romain. Ça viendra.

Emportant son parapluie, elle les abandonna à leur discussion.

– Votre passage à Rodez est bien court, Romain ! constata-t-elle en prenant congé. J'espère que vous reviendrez dans l'Aveyron…

– J'y compte bien !

Après son départ, Mathieu ne cacha pas à Romain que sa mère l'intriguait :

– Maman a de l'estime pour toi, même si elle te connaît peu. Elle m'a souvent demandé de tes nouvelles pendant toutes ces années où tu as travaillé au Maroc. Ça m'a frappé ! Certes ton grand-oncle était le meilleur ami de papa et la famille Charvin nous a aidés pour la tannerie, mais ça n'explique pas tout… Est-ce qu'elle se douterait de quelque chose ?

– Pourquoi se douterait-elle de quelque chose ? rétorqua-t-il. Je ressemble surtout à mon grand-oncle Charvin…

– Si tu n'as pas les traits de papa, tu as peut-être des manies ou des gestes qu'il avait aussi. Il est possible qu'elle les ait remarqués. Elle est observatrice…

– Ne te ronge pas les sangs, Mathieu ! En admettant qu'elle ait remarqué quelque chose, elle se posera peut-être des questions et ça s'arrêtera là… Comment pourrait-elle découvrir la double vie de papa ? C'est par hasard que tu es tombé sur cette lettre et cette photo de ma mère…

– J'ai fouillé tous les papiers de la maison, mais je n'ai trouvé rien d'autre ! concéda Mathieu. Pour autant, je ne suis pas tranquille…

– Pourquoi ? s'étonna Romain.

– Maman a certainement compris qu'il y a des liens étroits entre nous, répondit-il. C'est le comportement de Jeanne qui me le laisse penser. Quand tu envoies une carte ou un cadeau, elle se dépêche de les montrer à sa grand-mère… Comme tu reviens souvent dans ses discussions, maman se demande peut-être qui tu es vraiment pour nous…

Romain essaya de le rassurer :

– Les choses sont peut-être plus simples que tu les imagines et elle considère seulement que nous sommes amis.

– Je l'espère ! soupira-t-il. Maman a toujours eu de l'intuition, je ne voudrais pas qu'elle apprenne la vérité. Il suffirait d'une allusion maladroite et elle pourrait en déduire que…

Soudain, Mathieu le regarda avant de continuer.

– Béatrice est-elle au courant ? s'inquiéta-t-il.

– Oui… C'est un secret que je ne pouvais plus porter seul… Elle a droit aussi à la vérité… Nous nous marierons à l'automne et elle partagera bientôt ma vie… Il me semblait normal qu'elle connaisse mes origines, comment j'ai grandi et…

Il n'acheva pas sa phrase. Jeanne arrivait.

Le lendemain, Romain sollicita à nouveau Mathieu pour l'emmener au château. Il était impatient de retrouver les souvenirs des anciens marquis de La Coste, ses ancêtres. Le mauvais temps persistait. Tous deux s'y rendirent sous une pluie froide et des rafales de vent d'autan qui les empêchèrent de se promener autour de la demeure. Comme à l'occasion de son premier passage en Aveyron, Romain s'attarda devant les portraits de famille, les meubles, les bibelots. Les salons étaient sombres, même si Mathieu avait allumé des lampes à pétrole qu'il transportait de pièce en pièce, d'un étage à l'autre. Une compagnie électrique avait entrepris de desservir les hameaux de la commune. Mais seuls l'habitation des fermiers et les bâtiments d'exploitation étaient équipés d'ampoules. La gentilhommière attendrait des journées meilleures pour pouvoir en bénéficier… Romain se contenta toute la matinée d'une lumière bien pisseuse pour apprécier à nouveau ce qu'il avait observé déjà à Pâques 1927, ou remarqué. Qu'importe ! Son regard pétillait dans la demi-pénombre tellement il était heureux de renouer la chaîne du temps, interrogeant souvent Mathieu pour satisfaire sa curiosité mais sans manifester la moindre animosité à l'encontre de son père. Devant ses souvenirs d'enfance, Romain éprouva même une émotion qu'il ne chercha pas à cacher.

– Papa m'avait souvent parlé de son théâtre de Guignol, de ses caisses de soldats de plomb et de son jeu de quilles !

confessa-t-il à Mathieu. Il m'a laissé si peu de choses que je suis content de les découvrir aujourd'hui...

Mathieu devina une pointe d'amertume chez son frère.

– Tu m'en veux encore pour ce qui s'est passé avec papa quand tu étais enfant ? demanda-t-il à Romain.

– T'en vouloir encore ? Non ! protesta-t-il. Au Maroc, j'ai souvent repensé à ce que je t'avais dit à propos de papa et aux reproches que je t'avais faits ! Ça t'a peut-être blessé... Sûrement même... Je le regrette... Ce n'était pas dans mes intentions ! Tout ce que j'ai dit sur notre père, sur ma mère, sur leur relation et sur notre famille, je l'ai dit sous le coup de la colère...

– Je l'avais compris...

– J'ai sûrement été trop loin ce soir-là, concéda Romain d'un ton penaud. Je voudrais que tu me pardonnes...

– Tu es pardonné ! répondit Mathieu avec le sourire.

– Je croyais alors que j'avais été le seul à avoir souffert de cette situation mais vous en avez souffert aussi et...

Mathieu l'arrêta :

– Nous nous sommes expliqués, c'était nécessaire... Il est inutile d'y revenir... Pensons à l'avenir. Tu rentres en France, tu vas revoir ta famille, tu te maries bientôt... Ne gâchons pas tout cela !

Ils traînèrent dans les salons sans se soucier de l'heure au point qu'ils rentrèrent à 2 heures de l'après-midi en se confondant en excuses auprès de Pauline qui les attendait derrière ses fourneaux. Pendant le déjeuner, ils continuèrent leur discussion autour du château et des marquis. Lorsque Sophie disparut, Romain ne le remarqua pas tellement les explications de Mathieu le captivaient. Au moment où elle les rejoignit, il ne termina pas sa phrase pour regarder fixement les tableaux qu'elle ramenait et il reconnut le château dans l'instant. Sophie avait appris à employer la gouache grâce à Hélène. Depuis, elle peignait beaucoup. S'approchant des fauteuils sur lesquels elle les avait déposés, Romain observa ses tableaux avec minutie. Non seulement leur technique était bien maîtrisée, mais il s'en dégageait une certaine quiétude sous une lumière estivale que des feuillages tamisaient à dessein.

– Ces tableaux vous plaisent-ils ? demanda-t-elle à Romain.

– À qui ne plairaient-ils pas ? répondit-il. Il y a de la couleur et de la lumière… Et même du mystère ! Le château est encore plus beau que dans la réalité…

– Puisqu'ils vous plaisent, choisissez-en un ! répondit-elle. Vous l'emporterez…

24

Ce tableau enchanta Romain qui l'accrocha aussitôt dans son appartement. Dès qu'il le regardait, il imaginait son père enfant devant l'entrée du château, sous les arbres, dans les salons et les couloirs. C'était une émotion sans cesse renouvelée tandis que des souvenirs remontaient par vagues à sa mémoire. Une nouvelle surprise l'attendait à l'occasion de son mariage. Mathieu, Sophie et Jeanne arrivèrent dans le Calvados l'avant-veille. Comme convenu, ils débarquèrent à Deauville, et Romain les conduisit ensuite jusqu'à Blonville où Béatrice les accueillit. Souriante et distinguée, elle avait un beau visage de madone. Ils s'installèrent dans leurs chambres après le déjeuner, déballèrent leurs bagages, rejoignirent Béatrice et Romain pour demander à Jeanne de leur remettre deux coffrets anciens en merisier. Les jeunes fiancés les déposèrent sur un guéridon pour découvrir ce qu'ils contenaient. Ils avaient à peine soulevé le couvercle que des couteaux, des cuillères, des fourchettes scintillèrent sous les rayons du soleil. C'était un service de table du XIXe siècle, en orfèvrerie, qui avait appartenu au dernier marquis de La Coste, comme en témoignaient les armoiries gravées. Romain et Béatrice étaient émerveillés, mais ils n'y touchèrent pas. Tous deux l'admirèrent en silence avant de refermer les coffrets. Soufflés ! Ce cadeau était tellement inattendu que Romain en ressentit un bonheur qui n'échappa à personne, surtout pas à Béatrice. Elle l'avait écouté des soirées entières raconter son enfance et ses origines, exprimer ses déceptions et ses frustrations. Même s'il ne devait jamais s'appeler Romain Berthier, il avait le sentiment d'appartenir aujourd'hui à une grande famille, à une grande lignée. Ce cadeau n'avait pas de prix ! Il l'avait si souvent espéré dans son enfance… Il s'approcha de Mathieu et de Sophie pour les remercier puis les embrasser.

– Vous me comblez ! dit-il. Vous ne pouvez pas imaginer à quel point je suis heureux ! Béatrice vous le confirmera… J'ai souvent pensé aux enfants que, j'espère, nous aurons plus tard. J'étais triste à l'idée que je ne pourrais pas leur transmettre des souvenirs de mon père ou de ses ancêtres… C'est aujourd'hui possible… Grâ-ce à… Grâ-ce à vous…

Bouleversé, il en bredouillait d'émotion.

Dès le lendemain, les Berthier retrouvèrent Aurore Morvan qu'ils n'avaient pas rencontrée depuis cet après-midi de juillet 1927 où elle leur avait annoncé le départ de Romain pour le Maroc. À soixante ans, elle était toujours aussi séduisante et élégante. On remarquait à peine quelques fils blancs dans ses cheveux châtains. Leur présence la réjouissait.

– Hector aurait été content que vous vous déplaciez jusque dans le Calvados pour le mariage de Romain ! dit-elle. Et que vous vous receviez aussi…

À l'adresse de Mathieu, elle souligna encore :

– Depuis la guerre, il n'avait plus que vous deux comme enfants. Il me le rappelait souvent… Comme il nous manque…

Ce soir-là, lorsque les plus proches parents des deux familles se réunirent à l'heure du dîner, Mathieu songea à son père en voyant Aurore assise près du futur marié. S'il avait pardonné à Hector son infidélité, son manque de franchise et de courage, il ne pouvait pas effacer de sa mémoire ce qui s'était passé. Malgré le brouhaha des discussions, ses pensées le ramenèrent aussi à sa mère. Certes, il avait annoncé à Hélène que Romain les avait invités à son mariage dans le Calvados et elle n'en avait pas été étonnée. « Il me semble normal que vous vous y rendiez : j'ai compris que c'est ton meilleur ami ! » avait-elle répondu à son fils en esquissant un grand sourire. Mais elle ne savait toujours pas que Romain était son demi-frère et, en admettant qu'elle ait le pressentiment qu'il pourrait l'être, elle ne le laissait pas paraître.

Mathieu était bien décidé à garder ce secret jusqu'au bout, même s'il était lourd à porter. Il ne voulait pas qu'elle éprouve de la déception et un sentiment de trahison en apprenant ses origines. Elle en souffrirait. Il y repensa le lendemain lorsque Aurore remonta l'allée centrale de l'église au bras de Romain. Il y avait neuf ans que son père les avait quittés. C'était déjà loin…

Ils assistèrent à un grand et beau mariage sous un soleil encore vaillant pour la saison. Le cortège de voitures était surprenant. Les chauffeurs les avaient astiquées et décorées comme pour participer au concours annuel de Deauville. Ils s'attirèrent des félicitations sur le parcours. Les toilettes des invités n'étaient pas moins raffinées et la réception au Grand Hôtel de Cabourg était brillante. Mathieu et Sophie se sentirent gauches parmi tout ce beau monde habitué à fréquenter de grandes tables. Quant à Jeanne, fière d'avoir été choisie comme demoiselle d'honneur, elle était surtout intimidée !

L'ambiance était plus détendue lorsqu'ils revinrent à Blonville en juillet 1937, à l'occasion du baptême de Pierre. Avant son mariage, Romain avait déjà sollicité Mathieu pour qu'il devienne le parrain de son premier enfant. Pouvait-il refuser ? Le temps était chaud. Ils se baignèrent, ils jouèrent dans le sable des plages, ils marchèrent sur les sentiers des douaniers, ils cueillirent des étoiles de mer. Jeanne était rayonnante. Soudain, ils n'avaient plus de soucis ! C'étaient de véritables vacances. Ils y retournèrent pour le baptême d'Angèle en septembre 1938, mais l'atmosphère était déjà si préoccupante qu'ils hésitèrent à rejoindre Romain et sa famille. Les menaces de guerre s'accentuaient depuis que l'Allemagne avait annexé l'Autriche. Elle comptait s'emparer du territoire des Sudètes. En réaction, la France avait rappelé 400 000 réservistes pour renforcer ses armées. Chez les Berthier, les plus jeunes ouvriers de la tannerie avaient regagné les casernes en attendant de recevoir les ordres de l'état-major. Mathieu avait embauché des réfugiés espagnols pour les remplacer. Ils étaient nombreux dans l'Aveyron depuis le début de la guerre civile. Leur présence avait provoqué des tensions dans la fabrique. Certains les accusaient d'être des parasites, affirmant qu'ils prenaient la place et le pain des Français. D'autres leur reprochaient de ne pas connaître le métier et de saboter le travail des équipes, même si le contremaître les cantonnait à des tâches de manœuvres. Depuis leur arrivée à La Gascarie, Mathieu ne ménageait pas son temps ni son énergie pour ramener le calme dans les esprits. La situation l'inquiétait d'autant plus que la reprise tant espérée après la grande crise ne s'était pas produite et que les affaires étaient bien molles. La France était affaiblie et vivotait. Pour ces raisons, Mathieu n'avait pas souhaité s'absenter de Rodez, mais Romain avait insisté.

– Ne renonce pas à ce voyage, Mathieu ! l'avait-il supplié. Nous comptons sur vous. Le baptême d'Angèle est une occasion de nous retrouver tous en famille... C'est peut-être la dernière fois que nous nous reverrons avant des années. Il y aura la guerre. C'est certain ! Elle peut éclater à tout moment avec Hitler... Profitons des derniers instants de paix...

Mais, lors de ce baptême, les invités n'avaient pas le cœur joyeux. À longueur de journée, les hommes écoutaient les bulletins de la TSF pour commenter les dernières informations. Les discussions étaient animées et souvent même houleuses. Romain, un cousin et le frère de Béatrice voulaient que l'Europe entière prenne les armes contre Hitler. À l'opposé, Arnaud Charvin et ses gendres étaient partisans d'une paix négociée à n'importe quel prix. Mathieu avait une opinion moins tranchée qu'eux. La guerre avait été si meurtrière pour les Berthier, en 1914, qu'il la redoutait. Il se demandait comment y échapper sans satisfaire les exigences d'Hitler et sans l'attaquer. Il proposait qu'une coalition militaire, formée à l'initiative de la Société des nations, protège les territoires et les peuples que le Reich avait l'intention d'annexer. « Irréaliste et inefficace ! » rétorquait Romain. Un après-midi, après le déjeuner, les deux frères se retrouvèrent avec Arnaud dans la bibliothèque. Le calvados avait échauffé les esprits, Romain critiqua vigoureusement son frère.

– Une expédition militaire sous la bannière de la SDN ? C'est de l'utopie ! expliqua-t-il à Mathieu. Regarde la réalité et réfléchis. La guerre est inévitable en Europe ! Hitler ne connaît que les rapports de force. Il s'est débrouillé pour s'installer en Autriche sans déclarer la guerre. Il n'y a pas eu de bataille ! Ni de morts. Ni de blessés. On ne l'accusera pas de massacres en Autriche... Hitler a employé la menace de guerre en concentrant ses troupes aux frontières et en obligeant le chancelier autrichien à démissionner. C'était astucieux. Mais il ne s'arrêtera pas là ! Demain, il voudra annexer les Sudètes. Puis il s'en prendra à la Pologne. Il est temps que l'Angleterre et la France réagissent. Hitler est dangereux. Il n'y a que la guerre pour l'éliminer…

– La guerre ! La guerre ! tempêta Mathieu. Tu n'as que ce mot à la bouche ! On ne désire pas la guerre.

– Il n'y a pas d'autre solution ! répondit Romain. Les diplomates n'obtiendront jamais de l'Allemagne qu'elle renonce aux annexions. Jamais ! Les Allemands sont des guerriers… Les ronds de jambe de nos ambassadeurs sont pitoyables. Nous sommes ridicules !

– Tu ne peux pas vouloir la guerre ! répéta-t-il. Parce que c'est horrible ! Ma famille en a souffert… Mes deux frères et mon cousin sont morts à la guerre, en 17. Ils n'avaient guère plus de vingt ans, ils étaient jeunes et pleins d'avenir. C'est injuste ! Je ne l'oublierai pas. Si la guerre t'avait marqué dans ta propre chair comme elle nous a frappés, tu ne…

– Mais la guerre m'a marqué dans ma propre chair comme vous, l'interrompit sèchement l'ingénieur parisien. Tes deux frères étaient également mes frères.

– Tu ne les avais jamais rencontrés et tu ne les connaissais pas, remarqua Mathieu. Tu n'as pas grandi avec Bertrand et Émilien…

– Papa m'en parlait souvent ! Il m'avait montré des photos d'eux en uniforme, des lettres qu'ils avaient envoyées du front…

– Il n'empêche que ça t'a sûrement moins marqué que nous…

– Qu'est-ce que tu en sais ? répliqua Romain. Je priais pour eux tous les soirs…

– Je pleurais tous les soirs en pensant à eux !

– Je pleurais aussi !

Romain s'était campé devant Mathieu. Seule, une table basse les séparait. Le visage crispé et écarlate, les nerfs tendus, le regard coléreux, ils s'affrontaient sans ménagement. Attaques et ripostes s'enchaînaient à un rythme effroyable, frappant comme des flèches acérées ou des balles de mitraillette, les atteignant en plein cœur. Confronté à l'intransigeance destructrice de Romain, Mathieu avait comme l'impression de se débattre dans un cauchemar. Et s'ils se brouillaient à nouveau ? Ces dernières années, ils étaient parvenus à se rapprocher et il s'en réjouissait. Mais cet équilibre chancelait. Romain s'obstinait, s'emportait et déballait leurs différends devant Arnaud, qui paraissait tout indiqué pour l'arrêter avant que l'échange ne s'envenime trop mais qui n'avait pas l'intention de s'immiscer dans leurs affaires. Mathieu ne pouvait pas compter sur le soutien de Sophie ; elle avait emmené Jeanne en promenade. Heureusement, Aurore les entendit depuis un salon voisin. Elle accourut.

– Ne vous chamaillez pas comme des gamins ! les supplia-t-elle. Et ne rabâchez pas ces vieilles histoires. Vous me fendez le cœur ! Nous sommes là pour le baptême d'Angèle et pour nous retrouver. Pas pour des règlements de comptes... Oubliez le passé. Pensez à vos enfants. Ne gâchez pas la fête ! Elle est déjà assez gâchée par tout ce qu'on entend...

Son autorité était suffisante pour que tous deux obéissent sans protester. L'un et l'autre se soumirent. Mais, entre eux, un ressort s'était cassé. Ils affichèrent à nouveau une certaine distance et l'ambiance s'en ressentit. Ce soir-là, lorsqu'ils montèrent dans leur chambre, Sophie ne ménagea pas Mathieu à qui elle reprocha de rallumer une querelle stupide.

– Romain t'attaque et tu démarres sans réfléchir ! expliqua-t-elle. Si tu n'avais pas répondu, il n'y aurait pas eu cette dispute...

– C'est un partisan acharné de la guerre, protesta-t-il. Il raisonne comme un militaire... Je ne pouvais pas le laisser affirmer qu'il n'y a que la guerre comme solution à Hitler...

– Je suis d'accord, Mathieu ! rétorqua-t-elle. On ne désire pas la guerre ! Mais tu connais ton frère : il est emporté et maladroit. Il n'a pas supporté que tu ne partages pas son opinion. Ne reparlez plus de la guerre ! C'est du temps perdu, tu ne le changeras pas... Et ne reparlez même plus de ton père et de tes frères, sinon vous risquez de vous fâcher... Tu me le promets ?

Il s'y engagea.

Ces échanges caustiques éloignèrent les deux hommes pendant quelque temps. Certes, ils continuèrent à se rencontrer à l'occasion des journées techniques de la Tannerie, mais ils ne déjeunaient pas toujours ensemble et ils s'appelaient rarement entre deux passages de Mathieu dans la capitale. Désormais, lorsqu'ils se retrouvaient, ils ne discutaient plus de la guerre mais d'automobile, des cavaliers marocains et de leurs ancêtres. C'était plus raisonnable ! Toutefois, les menaces de guerre demeuraient. Des accords avaient bien été conclus à Munich en septembre 1938 pour garantir la paix en Europe. Ils avaient permis aux réservistes de revenir dans les familles et les entreprises. Les ouvriers mobilisés avaient rejoint la fabrique où les tensions s'étaient apaisées avec le départ des réfugiés. Mais les accords de Munich n'étaient qu'un leurre d'Hitler. Une mascarade ! En mars 1939, les troupes du Reich s'installaient en Bohême et en Moravie. Trois mois plus tard, elles occupaient le couloir de Dantzig et campaient aux portes de la Pologne. La guerre était en marche ! Le 29 juillet, lorsqu'il accorda à ses employés leurs deux semaines de vacances annuelles, Mathieu se demanda si la fabrique pourrait reprendre normalement son activité au matin du 13 août. Il craignait une nouvelle mobilisation. Même si le ministère de la Guerre ne rappela personne dans les casernes pendant ces deux semaines-là, la situation était toujours aussi inquiétante au moment où les ouvriers rentrèrent. Elle marquait les visages. Les moins de quarante-cinq ans étaient conscients qu'ils ne pourraient pas échapper à la guerre. Ils avaient une femme, une fiancée, des enfants. Les horreurs des tranchées étaient bien présentes dans les esprits, d'autant plus que certains d'entre eux s'étaient déjà battus en 1917 et 1918. Ils espéraient que les bolcheviks accepteraient de constituer avec les Anglais et les Français un rempart protecteur contre les Allemands. Après leur journée, ils attendaient Mathieu devant son bureau pour en discuter avant de rejoindre les auberges de La Mouline, ou leurs familles. La déception et un sentiment de trahison les envahirent le 24 août en apprenant la signature d'un pacte entre Moscou et Berlin. Ils étaient consternés par la nouvelle. Il n'y avait pas de militants bolcheviks parmi le personnel de la tannerie. Mathieu s'en réjouissait, tellement les hommes étaient déterminés à en découdre avec ces « rouges » qui avaient pactisé avec le diable. Deux jours plus tard, une dizaine d'entre eux désertaient la fabrique pour retourner dans leur caserne. La guerre était bien imminente. D'autres hommes partiraient sûrement. Le contremaître s'en préoccupait.

– Vous comptez embaucher à nouveau des réfugiés ? demanda Édouard Bardenet à Mathieu.

– Qui voudriez-vous engager ? rétorqua Mathieu. On ne trouvera personne. Dès la semaine prochaine, il manquera des domestiques dans les fermes pour le dépiquage… Et dès que la guerre éclatera, il n'y aura plus que des femmes, des enfants et des vieillards dans les villages. Sans les réfugiés espagnols, la fabrique ne pourra plus fonctionner… Nous n'avons pas le choix !

– Je vous préviens, patron ! répondit Édouard Bardenet. Il y aura sûrement du grabuge à la tannerie si vous reprenez des réfugiés… Ils ne sont pas très appréciés ! Vous vous rappelez de ceux qui ont travaillé chez nous l'année dernière ? C'étaient des « rouges » ! Ils nous « attaquaient » sur la politique, sur Franco, sur Hitler…

– Vous exagérez, Édouard ! l'interrompit-il. Tous les Espagnols ne sont pas communistes. Il y avait peut-être deux ou trois anciens combattants républicains parmi eux, mais pas davantage… Ce n'était pas la majorité d'entre eux qui vous « attaquaient » sur la politique ! Ne me racontez pas d'histoires… Soyez honnête !

Il le regarda ensuite fixement avant de continuer :

– À ce propos, Édouard, avez-vous à vous plaindre des ouvriers que mon père a engagés après la guerre ?

– Non ! reconnut le contremaître en toute franchise. Nous ne les entendons jamais rouscailler et ils nous laissent tranquilles. Ce sont des bosseurs. Ils sont différents des réfugiés que nous avons eus ! Ils se sont bien habitués chez nous…

– Vous voyez bien ! triompha Mathieu. Les réfugiés s'habitueront également. Laissez-leur du temps. Ces gens ont souffert chez eux. Ils ont eu faim, ils ont eu froid, ils se sont battus, ils ont été traqués, ils ont tout perdu… Il y a la guerre civile… Ils ont vécu des choses horribles… Ils ont vu parfois mourir leur femme, leur fiancée, leurs parents, leurs enfants… Pensez-y…

Cependant, Mathieu repoussa l'embauche de réfugiés espagnols pour ne pas braquer le personnel, mais il n'avait nullement l'intention d'y renoncer. Quand la guerre éclaterait et que les rangs deviendraient plus clairsemés, les ouvriers devraient bien se résoudre à l'accepter…

Le 1er septembre, comme il en avait maintenant l'habitude depuis plusieurs semaines, il retrouva Jeanne et Sophie lorsque retentirent les sonneries joyeuses de l'angélus. Ce jour-là, Hélène les avait rejoints. Sa belle-fille la conviait souvent à partager leur déjeuner. Ils s'installèrent dans la bibliothèque, appelèrent leur cuisinière qui ne manquait pas le journal de la TSF et branchèrent l'appareil. À ce moment-là, interrompant la diffusion d'une chanson de Rina Ketty, le journaliste de Radio-Toulouse annonça l'attaque allemande en Pologne et l'ordre de mobilisation.

Pétrifiée au milieu de la pièce, Pauline devint blême et porta les deux mains à son visage.

– Mon Dieu ! Ils sont fous ! lâcha-t-elle.

Elle pensait à ses deux frères qui partiraient le lendemain.

Hélène essaya de la raisonner :

– Ils ont mobilisé l'année passée, mais il n'y a pas eu la guerre… Espérons encore !

– Cette fois, c'est bien plus grave ! expliqua Mathieu. Nous nous sommes engagés à soutenir la Pologne… Elle est attaquée et nous devons la défendre. L'ultimatum adressé à Hitler n'y changera rien ! L'Allemagne n'en tiendra pas compte… Il y aura la guerre !

Pauline pleura, couvrit son visage de larmes :

– Benjamin, François… Mes frères… Ils auront à se battre… Les pauvres garçons ! Ils n'ont pas de chance…

Benjamin secondait ses parents au domaine ; François travaillait dans une propriété du Lévezou.

Bouleversée, elle s'effondra dans les bras de Sophie.

Mathieu proposa de l'emmener dès cet après-midi à La Coste et à Saint-Léons pour retrouver ses deux frères avant qu'ils n'endossent l'uniforme. Elle accepta aussitôt, le remercia, essuya ses larmes et rejoignit ses fourneaux.

Jeanne s'inquiétait pour son père. Elle grimpa sur ses genoux et l'entoura de ses bras.

– Vous partirez aussi à la guerre, papa ? demanda-t-elle.

– Non, ma chérie ! Je ne partirai pas ! répondit-il en déposant un baiser sur son front.

La fillette avait neuf ans. Depuis quelques semaines, elle entendait les discussions et cela l'angoissait.

– C'est sûr que vous ne partirez pas ? insista-t-elle.

– Oui, Jeanne ! Je peux te l'assurer : je ne partirai pas.

Son fascicule militaire précisait qu'il ne pouvait pas être mobilisé. Ingénieur en tannerie et surtout directeur d'une fabrique, il appartenait à des catégories de personnels que le gouvernement réquisitionnait pour le ravitaillement des régiments. Bien plus qu'en temps de paix, l'intendance aurait besoin de cuirs pour fabriquer les harnais de ses attelages, les équipements des cavaliers et même des fantassins. Il y avait encore beaucoup de chevaux dans les armées.

Jeanne retrouva son sourire et disparut en direction de la cuisine où Pauline s'affairait.

– C'est vrai que tu ne partiras pas et que tu ne te battras pas ? demanda Hélène après le départ de sa petite-fille.

– Pourquoi aurais-je menti à Jeanne ? rétorqua Mathieu. C'est la vérité ! Vous vous souvenez que papa n'a pas été mobilisé en 14... L'armée l'avait classé comme « affecté spécial ». Je le suis aussi.

– J'ai si peur pour toi...

– Ne vous inquiétez pas, maman ! Je ne quitterai pas Rodez...

Hélène se détendit quelque peu avant de s'éloigner en direction de la salle à manger pour y retrouver sa petite-fille.

Après son départ, Sophie se soucia de Romain.

– Si j'ai bien compris, ton frère doit être dans la même situation, puisqu'il est également ingénieur en tannerie ! dit-elle à Mathieu.

– Oui ! Sûrement...

Il n'avait pas de nouvelles de Romain depuis juillet et il ne s'était jamais informé de sa situation, persuadé qu'il bénéficiait du même traitement.

– Tu pourrais tout de même te renseigner ! insista Sophie. Nous serions rassurés...

Mathieu essaya de le joindre à son domicile et à la tannerie sans y parvenir, tellement les réseaux étaient encombrés. Ses nouvelles tentatives s'avérèrent également infructueuses après le déjeuner.

Il conduisit Pauline sur le Lévezou et au domaine pour qu'elle puisse retrouver ses deux frères avant de se manifester à nouveau auprès des opératrices, en s'obstinant. Il était 10 heures du soir lorsqu'il obtint enfin le 986-45 à Montparnasse. Romain reconnut aussitôt Mathieu qui se confondit en excuses.

– J'ai cherché à t'appeler une partie de la journée, mais les lignes étaient occupées, expliqua-t-il. Tu as entendu les nouvelles ?

– Bien sûr ! répondit Romain. C'est la guerre...

– Tu es mobilisé ?

– Je devrais l'être d'après mon livret.

– On ne t'a pas classé « affecté spécial » ? s'étonna Mathieu.

– J'étais encore étudiant au moment de mon service militaire, et seuls les ingénieurs en profitaient...

– J'étais dans la même situation lorsqu'on m'a expédié chez les hussards de Meaux : je terminais ma deuxième année ! répondit-il. Dès que j'ai obtenu mon diplôme, je me suis adressé à l'état-major de mon ancien régiment qui a modifié ma situation... Tu n'as jamais signalé que tu étais ingénieur en tannerie ?

– Je n'y ai pas pensé.

– Ça complique les choses aujourd'hui...

– Tout s'arrangera dès que les officiers verront mes papiers : ils me classeront parmi les affectés spéciaux ! rétorqua Romain qui ne nourrissait aucune inquiétude à ce propos. Même si je ne dirige pas une tannerie comme toi...

Il comptait se présenter dès le lendemain à la caserne du 27e dragons de Versailles pour régulariser sa situation.

– Tout s'éclaircira ! ajouta-t-il. De toute manière, ils ne pourront pas m'incorporer dans une compagnie avec une jambe boiteuse et m'envoyer au « charbon ». C'est ce que je répète à Béatrice depuis des semaines... Je ne partirai pas...

Mathieu ne partageait pas son excès de confiance.

– Les choses ne sont peut-être pas aussi simples que tu le penses ! expliqua-t-il à Romain. Ces officiers peuvent considérer que tu n'es pas indispensable au fonctionnement de la fabrique de ton petit-cousin et t'affecter dans les bureaux ! Plus que d'habitude, ils auront besoin de gratte-papier... Et tu peux échouer aussi chez les riz-pain-sel...

– Dans l'intendance ? s'exclama Romain.

– Tout est possible avec l'armée ! répondit Mathieu. Depuis des semaines, les riz-pain-sel sont débordés. Il leur faudra des renforts. Tu connais le métier des cuirs. L'armée peut te demander de recenser les articles de sellerie des cavaliers, les courroies et les harnais des attelages, de t'occuper du magasin du régiment… Ou de réquisitionner les cuirs dans les tanneries…

Soudain, Romain était devenu moins belliciste ! Il n'affichait plus la suffisance que Mathieu avait détestée en cet après-midi de 1938 dans la propriété de ses beaux-parents lorsqu'ils s'étaient opposés sur la guerre.

– Même si je me retrouvais dans un magasin des riz-pain-sel ou des bureaux, je ne manquerais pas bien longtemps à ma femme et à mes enfants ! affirma-t-il à Mathieu. La guerre devrait être courte. Tous les journaux l'écrivent. Ils ont sûrement raison… Si on ajoute nos régiments aux troupes anglaises, on dispose d'une armada qui écrasera les troupes du Reich avant la Toussaint…

– Mon pauvre Romain ! soupira Mathieu. Tu étais jeune en 14 et tu ne te souviens pas de ce qui s'est passé. Les journalistes étaient également très optimistes à l'époque… Nos soldats sont partis à la guerre en chantant, ils croyaient qu'ils allaient en voyage à Berlin et qu'ils fêteraient Noël là-bas… La guerre a duré quatre ans…

25

Dans la soirée du samedi 2 septembre, Romain rappela Mathieu pour l'informer que l'état-major du 27e dragons ne l'avait incorporé ni dans les bureaux du régiment ni dans l'intendance. En revanche, les deux gendres d'Arnaud n'y coupaient pas. Mathias, le banquier, occupait depuis trois ans les fonctions de directeur financier dans la manufacture de son beau-père, au canal Saint-Martin. Grâce à ses relations, il rejoignait l'intendance d'un régiment d'Orléans. Quant à Philippe qui avait épousé la cadette d'Arnaud, il était pharmacien et mobilisé dans un hôpital militaire. Mathieu les avait rencontrés dans le Calvados à l'occasion du mariage de Romain et de Béatrice puis des baptêmes de leurs enfants.

– Mathias nous manquera à la tannerie ! regretta Romain. Et les jeunes ouvriers aussi... Arnaud avait déjà débauché avec la crise... Je me demande comment nous arriverons à travailler...

– Nous nous débrouillerons comme en 14 ! répondit Mathieu qui n'entendait pas succomber à son pessimisme. Tous les employés se retrousseront les manches... Et même les patrons !

Dès demain, les deux gendres d'Arnaud quitteraient la capitale. Leurs femmes, leurs enfants, leurs parents, leurs beaux-parents et même leurs cousins les accompagneraient à la gare.

– C'est dimanche : il y aura beaucoup de monde dans les gares pour les adieux aux soldats, observa Romain.

– Et dans toutes les villes où il y a une caserne ! ajouta Mathieu. Dès que la guerre éclatera, il y aura ensuite le retour des victimes des premiers combats…

Il frissonnait d'émotion en repensant aux cérémonies organisées pour le rapatriement des dépouilles de son cousin et de ses frères. À chaque fois, la famille, les employés, des réservistes en uniforme et les notables de la ville s'étaient rassemblés sur le quai de la gare pour attendre l'arrivée de l'express. Quand le cercueil recouvert du drapeau tricolore y avait été déposé, un officier avait donné lecture des citations tandis que des soldats avaient rendu les honneurs et exécuté la sonnerie aux morts. Puis l'assistance s'était engagée en direction du centre-ville, derrière le corbillard, pour assister à l'office religieux. Mathieu en conservait un souvenir douloureux.

Romain l'enleva soudain à ses pensées :

– Tu as entendu ce que raconte la radio sur l'attaque de la Pologne ? Elle affirme que c'est la guerre totale ! Même dans les endroits les plus éloignés du front, les Allemands ont bombardé sauvagement des femmes, des enfants et des vieillards. C'est horrible.

– Qu'est-ce que je te disais ? rétorqua Mathieu.

– Tu avais raison…

– C'est peut-être ce qui nous attend aussi.

Songeur, Romain ne répondit pas.

Le dimanche, dans le milieu de l'après-midi, une compagnie du 122e abandonna ses casernes pour rejoindre la gare en empruntant les boulevards. Les habitants s'étaient massés aux fenêtres, à tous les carrefours et devant les magasins dans une gravité qui tranchait avec l'euphorie d'août 14. Ils n'avaient pas pavoisé les maisons de drapeaux tricolores ni de banderoles, ils ne jouaient pas du clairon, ils n'entonnaient pas *La Marseillaise* ou des chansons patriotiques, ils n'applaudissaient pas. Ils semblaient résignés ! Mathieu, Sophie et Jeanne s'étaient installés à une fenêtre du premier pour assister au passage des troupes. Quant à Pauline, elle s'était dépêchée de retrouver familles et badauds sur le boulevard, devant l'immeuble, pour apercevoir ses deux frères. Les musiciens du 122e marchaient derrière le porte-drapeau et les officiers, en exécutant des marches militaires. Ils précédaient les chevaux et les fourgons tandis que les fantassins clôturaient le cortège. Soudain, Pauline se détacha des passants pour se précipiter en direction d'un groupe de soldats où elle avait reconnu Benjamin et François. Elle les embrassait quand des sous-officiers la rabrouèrent. Pas d'effusion, mais de la dignité ! C'étaient les instructions. Pauline rebroussa chemin pour retourner à contrecœur devant l'immeuble des Berthier, essuyant ses larmes. Le groupe de ses frères avait tout juste disparu vers le musée des Beaux-Arts qu'une rumeur se répandit dans la rue. « La guerre est déclarée ! La guerre est déclarée ! » murmurait-on dans la foule. La jeune femme remonta pour s'en informer auprès de ses patrons. Ils allumèrent l'appareil de TSF pour entendre bientôt un journaliste de Radio-Toulouse confirmer cette nouvelle. En ce 3 septembre 1939, à 17 heures, le gouvernement de Daladier avait déclaré la guerre à l'Allemagne. Pauline s'effondra dans les bras de Sophie.

– Je ne reverrai pas mes frères, madame ! sanglota-t-elle. Ils les tueront, ils les tueront... J'en suis sûre...

Elle pleurait à chaudes larmes et Sophie essaya vainement de la consoler. Le départ de Benjamin et de François la touchait ; elle les connaissait depuis l'enfance.

Deux semaines s'étaient à peine écoulées lorsqu'un capitaine et deux sous-officiers de l'intendance débarquèrent à La Gascarie. Ils se présentèrent à 2 heures de l'après-midi au moment où la sirène marquait la reprise du travail. Le comptable, Donatien Blanchet, les accueillit en l'absence de Mathieu qui avait un rendez-vous chez le banquier. Sans même attendre qu'il revienne, le capitaine demanda les inventaires. Il souhaitait connaître avec exactitude le nombre de peaux brutes, de peaux en « fosses » et de peaux tannées. Quand Mathieu rejoignit son bureau de La Gascarie en milieu d'après-midi, le contremaître guettait son arrivée avec impatience et inquiétude.

– Il était bien temps que vous reveniez, patron ! soupira Édouard Bardenet. Nous avons de la visite. Les riz-pain-sel sont là...

– Déjà ? s'étonna Mathieu.

– Ils contrôlent tout comme les inspecteurs des fraudes, expliqua Édouard Bardenet. Le capitaine est très tatillon.

Il se précipita en direction du magasin où le capitaine et les deux sous-officiers s'affairaient à compter les ballots devant Donatien qui ne dissimulait pas son agacement en répondant sèchement à leurs questions. Mathieu les interpella dès qu'il pénétra dans l'entrepôt.

– Capitaine, bonjour ! Messieurs, bonjour ! s'exclama-t-il tout en essayant de se maîtriser.

Ils continuèrent à farfouiller en l'ignorant.

– Que cherchez-vous ? leur demanda-t-il.

Devant leur mutisme, il renouvela la question avec insistance.

– Que cherchez-vous, capitaine ? Je suis le patron de la maison. Expliquez-moi ce que vous cherchez...

N'obtenant pas de réponse, il s'approcha du capitaine. C'était un homme grand et maigre, au visage taillé à la serpe, aux mâchoires saillantes et à la moustache déjà grisonnante. Il s'arrêta soudain de compter les tannées de classe 2.

– Nous sommes en guerre, monsieur Berthier ! répondit-il en le dévisageant avec des prunelles aussi coupantes qu'une faucille. Je ne vous l'apprends pas... L'intendance réquisitionne les cuirs et les peaux, la laine déjà stockée, la laine des tontes futures et d'autres choses encore. Ce n'est pas nouveau ! C'était déjà le cas en 14.

– Je ne conteste pas ces mesures, capitaine ! répliqua Mathieu. J'ai toujours respecté la loi... Simplement, j'aurais préféré que vous me préveniez de votre passage...

– Vous prévenir, monsieur Berthier ? rétorqua le capitaine d'une pointe d'ironie. Mais nos magasins sont vides ! Ou presque... Nous avons dû équiper cinq millions de soldats en l'espace de quelques semaines ! Imaginez ce que ça représente en courroies, harnais et articles de sellerie. C'est énorme ! Certains officiers nous réclament du rechange. Nous en possédons si peu que nous avons besoin de peaux tannées en quantité pour en fabriquer. Il y a urgence !

– Je comprends ! Mais vous pouviez attendre que je revienne de mon rendez-vous pour fouiller dans mes stocks.

– Attendre ? Mais la guerre n'attend pas ! Nous n'avons pas de temps à perdre...

Mathieu n'insista pas et regagna son bureau.

Dès que les militaires quittèrent la tannerie, le comptable et le contremaître accoururent.

– C'est une catastrophe ! s'écrièrent-ils d'une même voix. Ils ont compté et marqué tout ce qu'ils ont trouvé... Passe encore pour les cuirs forts et durs de bourrellerie : c'est normal qu'ils les prennent ! Mais nos tannées de classe 2 ? C'est du gâchis ! Qu'est-ce qu'elles deviendront ? Elles croupiront dans des magasins à Montpellier et personne ne les emploiera. L'intendance ne fabrique pas de malles ni de trousses de voyage...

– Elle en taillera des capotes pour les soldats ! répondit Mathieu. Ils en auront besoin cet hiver...

– Vous croyez ? ajoutèrent-ils.

– Bien sûr ! Les soldats en seront bien contents...

– Une chose est certaine : nous ne pourrons pas fournir Bocarne ni ses collègues parisiens ! remarqua Édouard Bardenet.

– Ils n'achètent déjà plus ! répondit Mathieu. À Paris, les ateliers tournent au ralenti.

Il n'avait toujours engagé personne pour remplacer les employés manquants. Non seulement les Espagnols n'étaient pas disponibles puisqu'ils participaient aux travaux des champs, mais l'activité de la tannerie ne l'imposait pas encore.

– À Paris, qu'est-ce qu'on pense de la guerre et des affaires ? demanda Donatien Blanchet.

– Tout le monde attend le premier combat pour avoir une opinion, reconnut Mathieu. Il n'y a toujours pas eu d'offensive allemande. On ne s'est pas battus. Comment savoir ?

– On est mieux équipés qu'en 14 ! estima le comptable qui avait combattu à Verdun. Avec la ligne Maginot, on est plus forts ! Si les Allemands nous attaquent, ils se cogneront au mur...

– Comment satisferez-vous la demande des Parisiens quand les affaires reprendront ? enchaîna Édouard. Nous n'aurons rien...

– S'il y a une commande particulière, nous nous débrouillerons ! répondit Mathieu.

– Comment ? rétorqua Édouard.

– Nous nous débrouillerons !

Ils n'insistèrent pas, mais comprirent que Mathieu se démènerait pour conserver la confiance de ses acheteurs.

– S'il y avait un coup de feu soudain et de belles peaux à tanner, est-ce que je pourrais compter sur vous ? demanda-t-il à Édouard.

– Bien sûr, patron !

– Vous accepteriez de travailler en soirée ?

– On s'arrangera ! répondit Édouard. Même s'il me fallait bosser jusqu'à minuit… Vous le savez bien : cette maison est toute ma vie.

Craignant que ce capitaine ne revienne à l'improviste pour contrôler à nouveau les réserves, il avait stocké des belles peaux brutes de bœufs au domaine, où les riz-pain-sel ne les trouveraient pas.

Le capitaine ne réapparut pas de l'automne, mais Mathieu et son personnel ne relâchèrent pas leur vigilance. S'ils ne l'oubliaient pas, leurs pensées étaient toutefois occupées par cette guerre étrange à laquelle ils assistaient. Les généraux avaient enregistré quelques escarmouches et des tirs d'artillerie de commandos allemands aux avant-postes de nos frontières de l'est, mais les troupes du Reich n'étaient pas décidées à attaquer. Donatien Blanchet triomphait.

– Qu'est-ce que je vous disais, patron ? Il n'y aura pas de guerre parce que la France a la ligne Maginot ! affirma-t-il à Mathieu dès la Toussaint. Elle est imprenable et les Allemands s'y casseraient les dents ! Mais, surtout, ils nous laisseront tranquilles parce qu'ils sont occupés en Pologne et en Autriche… Ils ne veulent pas d'un front à l'ouest… On démobilisera dans quelques semaines ou au début du printemps… Les soldats reviendront… Aux beaux jours, ils seront à leurs postes à la tannerie…

– Vous le pensez vraiment ? répondit Mathieu, sceptique.

– Les journaux…

– Méfiez-vous de ce qu'ils écrivent, Donatien ! Les Allemands ne renonceront pas à nous attaquer…

– Vous oubliez la ligne Maginot ! protesta Donatien.

La ligne Maginot ? « Quelle foutaise ! » songea Mathieu. « C'est une passoire ! Elle ne protège pas notre frontière commune avec la Belgique. Les troupes d'Hilter essaieront peut-être d'en profiter… » Mais il ne chercha pas à contredire Donatien pour qu'il ne l'accusât pas de défaitisme.

Les événements confortèrent Donatien dans ses convictions. Au moment de la Noël, les journaux publiaient des communiqués aussi rassurants qu'en septembre tandis que les généraux accordaient des permissions. Benjamin et François revinrent chez leurs parents après les fêtes, pour une semaine. Un après-midi, Sophie conduisit Pauline au domaine pour qu'elle les embrasse. La jeune femme les retrouva ensuite à Rodez au moment de leur départ pour la Somme où était stationné le 122e.

– Je les ai vus, madame ! Ils sont vivants ! confia-t-elle à Sophie. Ils mangent à leur faim grâce à nos colis et ils ne souffrent pas trop du froid, même si le climat est rude là-haut. C'est l'essentiel. Mais ils me manquent. Ah ! s'ils étaient libérés à Pâques…

Les soldats libérés à Pâques ? Soucieuse de ne pas la décevoir, Sophie ne répondit pas, mais elle ne nourrissait guère d'illusions à ce propos. Depuis des semaines, Mathieu l'exhortait à se préparer à la « vraie » guerre qui éclaterait sûrement au moment où personne ne s'y attendrait. En prévision, elle constituait déjà des provisions pour la maisonnée avant que les cartes d'alimentation ne limitent les achats et que les restrictions ne deviennent trop sévères.

Ainsi que l'avait pressenti Mathieu, les Allemands contournèrent les défenses de la ligne Maginot pour envahir le nord de la France le 10 mai 1940 après avoir traversé les Pays-Bas, la Belgique et le Luxembourg. La nouvelle à peine diffusée, Pauline accourut chez le libraire de la place de la Cité pour se procurer une carte de France, qu'elle accrocha dans la cuisine avec la permission de Sophie. Elle la regardait souvent en se demandant où se trouvaient ses frères et leur régiment. Le 13 mai, la Wehrmacht franchit la Meuse à Sedan où les Prussiens de Bismarck avaient infligé, en 1870, une cuisante déculottée aux armées de Napoléon III. Ni nos casemates ni même nos régiments ne stoppèrent ensuite sa progression.

– Que se passerait-il si les Allemands arrivaient jusqu'à Rodez ? s'exclama Pauline avec angoisse un matin de la fin du mois de mai, en effeuillant une salade sur la table de la cuisine.

– Ils ne viendront pas jusqu'à Rodez : ils s'arrêteront à Paris ou sur la Loire ! la rassura Sophie.

– D'après la radio, ils avancent partout…

– Ils essaieront sûrement de prendre Paris et des grandes villes. Rodez ? Ils ne savent même pas si ça existe. C'est au diable !

Même si Sophie espérait que les soldats du Reich ne défileraient pas dans Rodez, elle n'en avait aucune certitude. Pour l'heure, des familles entières fuyaient les Ardennes, la Lorraine et la Belgique, les zones de combats, les villes en ruines, envahissant les routes. Après avoir gagné Limoges ou Clermont en express, en voiture ou en autobus, ces réfugiés arrivaient par centaines dans l'Aveyron et à Rodez en cette dernière semaine de mai 1940. Une telle panique ne s'était pas produite au moment de la bataille de la Marne, en 14, lorsque les Allemands s'étaient approchés de la capitale. Hélène le rappelait volontiers à ses enfants, en constatant que les boulevards étaient encombrés en permanence de guimbardes, d'autobus et de camionnettes où s'entassaient femmes, vieillards, enfants, bagages et matelas. « Rodez était calme en 14, racontait-elle à Sophie. Il n'y avait pas de réfugiés ou peu. Tout le monde gardait son sang-froid. Personne ne craignait que les Allemands franchissent la Loire. Mes cousines du Nivernais ne m'avaient pas demandé si nous pourrions les héberger. À cette époque-là, elles se contentaient de m'envoyer une carte de vœux au moment du jour de l'An. Même si elles ne se sont jamais déplacées jusqu'à Rodez pour nous rendre visite, elles sont bien contentes aujourd'hui d'y avoir de la famille et d'y venir ! » Hélène avait accepté de les recevoir et elles avaient déjà expédié un « bleu » pour confirmer leur arrivée le 25 mai. Quant à Mathieu et à Sophie, ils accueillaient un architecte bruxellois, son épouse et leurs deux enfants. Leur demeure était suffisamment spacieuse pour deux familles, d'autant plus que Mathieu avait proposé à cet homme de l'embaucher à la fabrique pour remplacer un magasinier qui était gravement malade depuis Pâques.

Les cohortes de réfugiés, l'avancée des troupes du Reich et les menaces qui pesaient de plus en plus sur la capitale rapprochèrent Mathieu et Romain. Les deux hommes n'avaient plus l'occasion de se rencontrer depuis que la Fédération de la tannerie avait renoncé en septembre 1939 à organiser ses journées techniques. Ils n'avaient pas cherché toutefois à se retrouver, limitant leurs voyages comme une majorité des Français. S'ils s'appelaient de temps en temps, ils continuaient à observer une certaine distance.

Mathieu n'avait plus de nouvelles de Romain depuis la première semaine de l'offensive allemande où ils avaient échangé brièvement leurs opinions sur les combats. À ce moment-là, Romain s'inquiétait de constater que les Allemands pulvérisaient nos défenses et que personne ne semblait pouvoir les contenir. Craignant déjà qu'ils s'emparent de la capitale, il avait expliqué à Mathieu qu'il mettrait sa famille en sécurité avant qu'ils ne franchissent l'Oise et la Meuse. Il avait l'intention de conduire Béatrice, Pierre et Angèle chez ses beaux-parents dans le Calvados ou peut-être à Roanne, dans la Loire, où il possédait toujours l'hôtel de ses grands-parents ; il déciderait en fonction des événements, de la progression allemande. Lorsque la TSF annonça que les aéroports et deux quartiers de la capitale avaient été bombardés, Mathieu se demanda si Romain et sa famille avaient déjà quitté Paris. Absorbé par une nouvelle inspection de l'intendance, l'arrivée des cousines de sa mère et de leurs locataires, il ne s'en était pas soucié. C'était le lundi 3 juin. Il essaya de joindre Romain, mais sans succès, et se résigna à expédier deux « bleus » : le premier à son domicile et le second à la tannerie Charvin où Arnaud pourrait le renseigner en son absence. Ce soir-là, Mathieu campa dans le salon pour pouvoir décrocher le combiné à la première sonnerie. Mais personne ne se manifesta. Fatigué de sa journée et angoissé, il retrouva sa femme aux environs de minuit. Sophie ne dormait pas. Ils veillèrent avant de s'assoupir en songeant à Romain, à Béatrice et à leurs enfants. Étaient-ils toujours à Paris ? S'ils avaient réussi à prendre la route, avaient-ils bien voyagé ? Où étaient-ils à cette heure ?

La même inquiétude les taraudait le lendemain. Mathieu sollicita à nouveau les opératrices du téléphone qui le dissuadèrent de s'obstiner : elles ne pouvaient pas satisfaire toutes les demandes. Il l'admettait, mais son anxiété n'en devenait que plus aiguë. Pourquoi ni Romain ni même Arnaud Charvin ne répondaient-ils pas ? C'était étrange. Les télégrammes, qui leur étaient destinés, avaient-ils été distribués ? Il se le demandait. C'était la guerre, l'administration ne fonctionnait plus qu'à cloche-pied. Dépité, il rejoignit La Gascarie à bicyclette comme chaque jour pour ne pas gaspiller de carburant. Il était tellement distrait qu'il manqua tomber en chemin.

Romain et sa famille accaparèrent ses pensées toute la matinée. Ils devenaient une obsession ! Au moment du déjeuner, Mathieu ne lambina pas dans son bureau ; il se précipita sur sa bicyclette pour retrouver au plus vite Rodez et sa femme. Dès qu'il pénétra dans le vestibule, il s'effondra sur la première marche de l'escalier de pierre qui conduisait aux étages. Les muscles douloureux et la respiration saccadée, il se reposa quelques secondes avant d'appeler Sophie. Mais elle n'avait aucune nouvelle de Romain ni d'Arnaud. Il regretta de ne pas s'être préoccupé plus tôt de son frère.

– Romain pouvait aussi t'appeler, observa-t-elle. Il…

Soudain, une sonnerie stridente résonna dans la maison. Sophie accourut aussitôt jusqu'au salon où Mathieu la rejoignit. Il s'empara du combiné pour constater que la voix de l'opératrice était lointaine et confuse. Brusquement, les crachouillis disparurent.

– Allô… Allô… Mathieu ? entendit-il.

À ce moment-là, il reconnut la voix de Romain.

– Romain ? Enfin ! s'exclama-t-il, soulagé. Comment vas-tu ? Et Béatrice ? Et les enfants ? Où es-tu ?

– Nous sommes toujours à Paris, répondit Romain.

– Mais qu'attendez-vous pour déguerpir ? tempêta Mathieu. Vous êtes en danger, vous devriez être partis…

– Je sais, je sais ! Mais les enfants sont malades ! expliqua-t-il. Ils ont la rougeole. Ils sont couchés, fiévreux, fatigués… Béatrice s'en occupe jour et nuit. Le médecin nous a interdit de voyager tant qu'ils seront contagieux…

– Partez en voiture même s'il y a du monde sur les routes.

– C'était bien ce que j'avais prévu ! répondit Romain. Mais Pierre et Angèle sont tombés malades… Et les troupes du Reich avancent bien plus vite que je ne pensais… À ce train-là, Béatrice et les enfants ne seront pas plus en sécurité dans le Calvados que dans la Loire. Je voudrais pousser jusqu'à Bordeaux chez une cousine de maman… Ma mère est décidée à nous suivre. Nos valises sont prêtes ! Mais je n'ai pas assez d'essence pour le voyage et je n'en trouverai pas en chemin. Il est difficile de s'en procurer…

– Même avec les relations d'Arnaud ?

– Tout est très rare et hors de prix. Il me manque vingt litres pour compléter mes réserves… Nous partirons dès que possible…

– Préviens-nous !

– C’est promis !

– Écrivez-nous dès que vous serez en sûreté…

– Je vous…

Romain ne termina pas sa phrase. La liaison avait été coupée.

26

Romain et sa famille ne quittèrent Paris qu'une semaine après. Il était grand temps. En ce 11 juin 1940, la panique s'était emparée des Parisiens devant l'avancée des troupes du Reich qui ne tarderaient pas à pénétrer dans la capitale. Le gouvernement avait déménagé pour la Touraine, les fonctionnaires entassaient leurs archives dans des camionnettes qui les amèneraient dans le Sud-Ouest. C'était la débandade ! Paris se vidait. Des milliers de femmes, de vieillards et d'enfants s'ajoutaient aux réfugiés du Nord et de l'Est qui s'étaient rassemblés devant les gares d'Austerlitz et de Montparnasse, dont les employés des compagnies avaient fermé les grilles d'entrée par précaution, craignant des émeutes. Ils espéraient trouver une place dans l'un des express qui continuaient à desservir le Sud-Ouest et la Bretagne. Ce jour-là, avant que les lueurs de l'aube n'éclairent le quartier, Romain s'engagea en direction de la porte d'Orléans pour rejoindre Étampes. Les boulevards étaient déjà encombrés au point qu'ils lambinèrent pendant trois heures au milieu des voitures avant d'y parvenir. La nationale 20 ne l'était pas moins. Des bicyclettes, des motos, des attelages de chevaux et de bœufs, des triporteurs, des vieilles voitures aux moteurs poussifs obstruaient la circulation. Des adolescents malingres poussaient des charretons sur lesquels s'étaient allongés des infirmes. Des femmes traînaient des landaus, des enfants habillés à la hâte qui pleuraient. Des soldats débraillés marchaient la tête basse ; ils avaient perdu la guerre, leurs chefs et leur honneur. Devant leurs maisons, des hommes et des femmes sans scrupule vendaient de l'eau. Ce spectacle affligeant indigna Aurore qui les apostropha depuis la banquette arrière où elle était installée avec ses deux petits-enfants :

– Bande de voleurs ! C'est honteux de profiter de la misère et du malheur des autres ! Honteux !

Un grand gaillard la foudroya du regard avant de répliquer :

– Espèce de vieille bique ! Regardez-vous avant de critiquer les autres ! Vous vous trimballez en limousine comme les bourgeois pendant que de pauvres bougres galèrent sur les routes.

Ils arrivèrent à Étampes à une heure de l'après-midi, s'arrêtèrent pour se dégourdir les jambes, partager leur casse-croûte, permettre à la « mécanique » de se reposer après ce parcours éprouvant. Ils ne repartirent qu'après la sieste des enfants. Ils s'étaient éloignés d'Étampes de quelques kilomètres, circulant à une vitesse modérée, lorsque Romain entendit des vrombissements au-dessus des feuillages des arbres. Ils dominaient les bruits des moteurs, les pleurs et les cris des enfants, le piétinement des milliers de bêtes et de gens qui résonnait de loin en loin. Romain comprit dans l'instant. C'étaient les appareils de la Luftwaffe qui survolaient les réfugiés.

– Descendez ! Descendez ! ordonna-t-il à toute la famille, avant d'arrêter la voiture et de se précipiter à l'extérieur. Dépêchez-vous ! Couchez-vous dans le fossé et, surtout, ne bougez plus !

Déjà, les enfants pleuraient. Béatrice emmena Angèle ; Romain s'occupa de Pierre. Ils s'écartèrent de leur véhicule, coururent sur une quinzaine de mètres et roulèrent dans l'herbe épaisse du fossé auprès d'Aurore qui les avait précédés. Recroquevillés au fond de leur refuge de fortune qui était parsemé de détritus, ils tremblaient. Les avions volaient à basse altitude. Ils effectuèrent plusieurs allers et retours avant de s'évanouir dans les nuages gris-bleu. Peu à peu, leur angoisse retomba. Le danger semblait écarté.

– On pourrait peut-être regagner notre voiture, suggéra Romain.

Aurore s'y opposa ; elle n'était pas rassurée.

– Attends ! le supplia-t-elle. Ils peuvent revenir…

Elle avait à peine terminé sa phrase que les appareils surgirent à nouveau dans un vacarme assourdissant. Des familles avaient déjà abandonné leurs cachettes pour rejoindre la chaussée, les landaus, les attelages, les charretons et les guimbardes. Les Allemands les mitraillèrent à trois reprises. Les balles ricochaient contre les troncs d'arbre, soulevaient des nuages de poussière, se plantaient dans les carrosseries des véhicules. Dès que les pilotes de la Luftwaffe disparurent, on entendit un grand silence puis des gémissements et des hurlements tandis qu'une odeur de chair grillée, de caoutchouc, d'essence et d'huile en cours de combustion se répandait. Béatrice se redressa la première, entraînant Angèle en dehors du fossé. La fillette qui avait tout juste deux ans s'accrochait à son cou comme si elle craignait de la perdre. Elle était devenue une boule de nerfs. Ni l'une ni l'autre n'étaient blessées. Aurore et son petit-fils ne l'étaient pas davantage. En revanche, Romain ressentit l'étrange sensation qu'il ne retrouvait plus son équilibre et que la chaussée se dérobait sous ses pieds ; il chancelait au point qu'il manqua tomber. Aurore se précipita pour l'en empêcher.

– Mais tu es blessé ! constata-t-elle soudain.

Il porta une main à son front pour la retirer rouge de sang, mais il ne s'en inquiéta pas. Une balle avait sûrement effleuré son visage avant de continuer sa course. Aurore l'accompagna à la voiture où elle entreprit de nettoyer sa blessure avec un mouchoir et de l'eau. À ce moment-là, un homme aux cheveux blancs s'approcha d'eux.

– Laissez-moi vous examiner ! insista-t-il. Je suis médecin.

Il désinfecta son arcade gauche qui s'était ouverte, avant de recoudre la plaie puis d'y apposer un pansement. Romain serra les dents sous la douleur.

– Ne repartez pas encore ! conseilla le médecin. Reposez-vous ! De toute manière, la chaussée n'est pas dégagée…

Des cadavres et des blessés jonchaient la nationale au milieu de voitures calcinées. Des hommes les enlevèrent bientôt. Romain en profita pour somnoler sur la banquette arrière de la voiture. Quand il s'installa à nouveau au volant, l'angélus sonnait dans le lointain. Il était 7 heures. Ils avancèrent lentement dans la direction d'Angerville en découvrant les massacres que la Luftwaffe avait perpétrés sur des kilomètres. Ils quittèrent ensuite la nationale pour s'engager sur des départementales comme le leur avait recommandé le médecin ; ils auraient moins de chances d'être mitraillés par les avions. Ils ne s'arrêtèrent qu'au crépuscule, aux abords d'un village, s'installèrent dans une prairie fraîchement fauchée qui dégageait des odeurs de fourrage, déserte et bien tranquille. La nuit était douce, la lune pleine et blanche. Les étoiles s'allumaient une à une dans le firmament. Cette quiétude tranchait avec la désolation de l'après-midi. Ils déplièrent des couvertures pour que Béatrice et les enfants puissent se reposer sous les arbres. Quant à Romain et Aurore, ils s'assirent dans l'herbe tendre pour discuter sans perdre de vue leur voiture. Ils veillèrent un moment. Bientôt, fatigué après cette longue journée, Romain s'assoupit. Soudain, Aurore le réveilla doucement. Elle entendait des bruits suspects et apercevait deux ombres qui se faufilaient entre les arbres bordant la prairie.

– On nous a repérés, chuchota-t-elle.

Romain se leva d'un bond, puis vérifia son arme. Ce matin-là, par précaution, il avait emporté un pistolet qu'il avait rapporté du Maroc, où il pratiquait le tir avec les gendarmes. Dans la direction indiquée par Aurore, il remarqua la présence d'une silhouette qui marchait à grandes enjambées vers leur voiture.

– Qui est là ? demanda-t-il fermement.

L'homme ne répondit pas, mais continua à avancer.

– Attention, Romain ! s'exclama alors Aurore. Il y a quelqu'un sur notre droite avec un couteau.

Romain ne l'avait pas entendu arriver. À quelques mètres d'eux, un grand gaillard s'apprêtait à les attaquer avec un couteau dont la lame scintillait sous la lune.

– Décampez ou je tire ! ordonna Romain en pointant son pistolet dans sa direction.

– Nous sommes deux, mon bonhomme ! rétorqua-t-il en ricanant grassement. Si tu me zigouilles avec ton flingue, mon camarade te saignera comme un cochon.

– Qu'est-ce que vous voulez ?

– Ta réserve d'essence, les bijoux de tes femmes et ton pognon.

– Vous ne manquez pas d'estomac, bande de voyous ! répondit Romain. Décampez ou je tire !

Nullement intimidé, le colosse ricana à nouveau pour avancer de quelques pas. Romain appuya aussitôt sur la gâchette. On entendit des hurlements sauvages qui résonnèrent jusque dans les lointains, puis le bruit sourd d'un corps tombant sur l'herbe de toute la masse de ses muscles. Il le regarda s'écrouler.

– Romain ! Romain ! s'écria Aurore. On fonce sur nous !

Son camarade accourait, brandissant un couteau de boucher en proférant des menaces et des insultes :

– Salauds, fumiers, ordures ! Je vais vous saigner !

La hargne décuplait ses forces.

Le temps de réarmer son pistolet, Romain l'abattit de sang-froid. Il s'effondra à moins d'un mètre d'eux, stoppé en pleine course ; il ne lâcha pas son couteau, qui se ficha dans la terre. Ils entendirent un gargouillis dans sa poitrine puis un râle d'agonie.

Tout s'était déroulé en quelques minutes et Romain se demanda comment il n'avait pas succombé à la panique. En s'installant dans cette prairie si tranquille, près d'un village, il ne se serait jamais attendu à être attaqué de manière si violente. Mais ses mains n'avaient pas tremblé. L'instinct de survie avait été le plus fort. Encore étonné par ses réflexes, Romain se pencha sur les cadavres des deux hommes pour les secouer, mais ils ne bougèrent pas. Il se redressa lentement pour regarder sa mère et ses nerfs craquèrent.

– C'est horrible, maman ! J'ai tué ces hommes… Tu te rends compte ? Je les ai tués !

– Tu n'avais pas le choix ! répondit Aurore. Si tu ne les avais pas abattus, ils nous auraient égorgés…

– Tu as sûrement raison ! rétorqua Romain. Il n'empêche que j'ai tué deux hommes…

– Ne restons pas dans ce village ! conseilla-t-elle. Partons vite.

– Maman, je te dois la vie ! souffla-t-il à Aurore avant de la serrer dans ses bras. Je m'étais assoupi et…

– Ne restons pas là ! répéta-t-elle en se détachant doucement.

Béatrice s'était réveillée aux premiers éclats de voix. À distance, sous les arbres, elle avait assisté à cette tragédie qui l'avait glacée. Impuissante à intervenir, elle s'était contentée de réciter des prières en se demandant si leur dernière heure n'était pas arrivée. Lorsque les détonations avaient arraché Angèle et Pierre à leur sommeil, elle les avait retenus dans ses bras en leur cachant ces horreurs et cette violence. Maintenant, elle se dépêchait de les emmener jusqu'à la voiture en leur épargnant le spectacle des deux cadavres, tandis que Romain et Aurore réunissaient leurs affaires.

Choqué par la vision de ces deux corps étendus dans l'herbe, au visage couvert de sang, Romain n'était pas capable de conduire ; il se reprochait de les avoir abattus. Comme Béatrice s'occupait des enfants qui pleurnichaient, Aurore s'installa au volant, même si elle n'était pas habituée à piloter une voiture. Elle zigzagua sur la chaussée pendant quelques kilomètres avant de prendre de l'assurance. Heureusement, à cette heure tardive, la circulation était réduite à son minimum. Ils roulèrent jusqu'au matin en direction de Villereau, où ils s'arrêtèrent pour chercher de quoi rassasier les enfants. Angèle et Pierre n'avaient plus sommeil mais faim. L'épicerie n'était pas encore ouverte à cette heure. Quant aux deux cafés de la place, ils étaient fermés. Les patrons avaient sûrement déguerpi. Près de l'église, ils croisèrent une femme qui accepta de leur vendre du lait, du pain. Elle leur conseilla de ne pas s'attarder pour traverser au plus vite Orléans. On racontait avec insistance, depuis la veille, que les soldats du génie avaient été chargés dans les heures à venir de dynamiter les ponts sur la Loire pour retarder l'avance de l'ennemi.

– Si vous ne traînez pas en route, vous devriez avoir le temps de passer avant que les ponts sautent ! prétendit-elle. D'après la TSF, les Allemands sont encore autour de Paris…

Une trentaine de kilomètres les séparaient d'Orléans, mais ils n'y parvinrent qu'après de longues heures de voyage. Comme eux, de nombreux réfugiés avaient délaissé la nationale pour emprunter les départementales qui étaient désormais aussi encombrées. De plus, à la demande du gouvernement, les régiments stationnés dans les casemates de la ligne Maginot rejoignaient la Loire pour essayer de repousser les divisions du Reich. Ils se repliaient dans la confusion et le désordre, occupant souvent toute la chaussée. Comment les dépasser ? Romain actionnait longuement son avertisseur avant de remonter l'une de ces colonnes formées d'hommes, de chevaux, de fourgons et de pièces d'artillerie, mais la manœuvre était périlleuse. Les chevaux s'énervaient sur son passage, les soldats continuaient à marcher au milieu de la chaussée. Ses nerfs étaient d'autant plus soumis à rude épreuve que ces groupes armés étaient une cible de choix pour la Luftwaffe. Les pilotes allemands les attaquaient dès qu'ils se trouvaient à découvert. Plus que la veille, Romain s'arrêta à intervalles réguliers pour entraîner sa famille dans les fossés et la protéger de la mitraille. Au moment où ils entrèrent dans Orléans, il était exténué de fatigue et souffrait de sa blessure. Dans le premier faubourg qu'ils traversèrent, des immeubles brûlaient toujours. Les bombes avaient creusé des cratères dans la chaussée. Des voitures achevaient de se calciner à un carrefour. Des dizaines de cadavres gisaient sur les trottoirs ; les pompiers et les équipes de la Croix-Rouge n'avaient pas encore eu le temps de les enlever après le dernier passage des avions allemands. Quant aux militaires présents, ils essayaient de renseigner les réfugiés et de maintenir un semblant d'ordre dans la ville, tout en surveillant le retour des avions dans le ciel. Avec des poutres et des barbelés, ils avaient établi des barrages où ils interceptaient les véhicules. Un adjudant leur demanda où ils se rendaient.

– À Bordeaux, répondit Romain.

Il leur conseilla de continuer sur Vierzon plutôt que sur Tours, où le gouvernement s'était replié.

– Il y a trop de circulation sur cette route ! leur expliqua-t-il. Entre les camions d'archives des ministères, les convois de l'armée et les réfugiés, ça n'avance pas ! Passez par Vierzon, puis coupez par les petites routes pour rejoindre Poitiers. Compris ?

Romain reprenait son chemin lorsque l'adjudant le rappela :

– Ne vous arrêtez surtout pas à Orléans ! Sortez vite de la ville ! Roulez encore ! Il y a du danger.

– Les ponts vont sauter ? s'inquiéta Romain.

L'adjudant ne répondit pas.

Romain obtempéra et Béatrice s'installa au volant pendant qu'il consultait une carte. Sur une vingtaine de kilomètres, entre Orléans et La Ferté-Saint-Aubin, il n'y avait aucune localité où ils pouvaient marquer l'étape pour la nuit. Énervés, les enfants avaient sommeil et faim. Bientôt, ils quittèrent la nationale 20 pour s'engager dans la direction de Saint-Cyr-en-Val, où ils arrivèrent au coucher du soleil. On entendait de manière confuse des explosions dans les quartiers d'Orléans qui se trouvaient à une dizaine de kilomètres seulement. Les camionnettes, les attelages, les voitures des réfugiés avaient envahi le bourg qui semblait protégé des combats. Où se loger ? Après ce qui s'était passé la veille, Romain ne souhaitait pas camper n'importe où.

À l'entrée du village, le charron s'affairait encore dans son atelier dont les vantaux étaient grands ouverts. Romain descendit de voiture pour le rejoindre près du bandage de roue qu'il finissait de réparer. Avant même qu'il ne présentât sa requête, cet homme aux cheveux blancs et au visage fripé comprit ce qu'il cherchait. Des dizaines de réfugiés s'étaient succédé dans son atelier depuis le matin.

– Vous voulez dormir et manger dans le bourg ? demanda-t-il à Romain en le regardant fixement.

– Oui. Si c'est possible.

– C'est trop tard ! répondit-il. Il n'y a pas de chambre disponible. Toutes les maisons sont pleines de réfugiés… Il y en a même dans les remises et les granges…

– C'est embêtant, monsieur ! rétorqua Romain. Nous ne voulons pas nous installer n'importe où. Hier, des pillards nous ont agressés.

– Adressez-vous à l'adjoint ! conseilla le charron en frappant sur le bandage métallique. C'est le cafetier de la place. Il vous trouvera peut-être quelque chose… Mais n'y comptez pas trop !

Romain le remercia avant de retourner à la voiture. Découragé, il se demandait s'il était nécessaire de déranger le premier adjoint.

– Tu ne voudrais pas le déranger ? s'étonna Aurore. Pourquoi ? Même s'il est bientôt 10 heures, je suis certaine qu'il est toujours au comptoir. Ne bougez pas d'ici ! Je m'en occupe…

L'instant d'après, elle descendit de voiture pour s'engager d'une allure décidée dans la rue principale et rejoindre la place du village. Romain la regarda s'éloigner parmi les réfugiés, entre les véhicules stationnés de part et d'autre de la chaussée. Elle avait déjà disparu lorsqu'il entendit des bruits sourds de moteurs auxquels ils s'étaient habitués. Les stukas arrivaient sur Saint-Cyr, ils volaient à basse altitude. Romain accourut aussitôt au milieu de la route pour mettre ses mains en porte-voix et la prévenir du danger. C'était trop tard : il ne distinguait plus sa toilette de couleur claire. Entre-temps, Béatrice s'était précipitée avec les enfants dans l'atelier du charron, où il s'engouffra également.

Plus haut, c'était déjà la panique ! Les gens couraient, ouvraient les granges et les remises pour s'y entasser, s'agglutinaient devant les entrées des maisons où ils cherchaient à pénétrer, s'insultaient, se piétinaient. Personne ne s'attendait à être attaqué au crépuscule. On entendait des hurlements et des suppliques au milieu d'une cacophonie indescriptible. Aurore essayait de se faufiler dans la cohue où chacun jouait des coudes. La gorge nouée et la peur au ventre, elle courait aussi. Un homme la bouscula. Elle trébucha sur des cailloux, tomba sur la chaussée. Blessée à un genou, elle se redressa crânement pour continuer son chemin en serrant les poings et les dents. Une centaine de mètres la séparaient de l'auberge qu'elle comptait bien atteindre avant que les avions ne piquent sur la foule. Ils grondaient au-dessus des têtes, le temps pressait. Elle entendit soudain un crépitement. La mitraille s'abattit sur le bourg avec la même rapidité qu'un orage de grêlons. Les balles sifflaient tout autour d'elle, ricochaient sur des cailloux et les toitures des maisons, frappaient des voitures qui explosaient et s'embrasaient, touchaient des hommes, des femmes, des vieillards et des enfants qui couraient autour d'elle. Aurore n'avait plus qu'une vingtaine de mètres à parcourir. Rassemblant son courage et son énergie pour résister à la douleur, elle accélérait l'allure lorsque la mitraille la faucha. Elle tomba à la renverse, les bras en croix, la jupe relevée.

27

Cette journée de dimanche avait été pluvieuse, sombre, fraîche comme si c'était l'automne. Les Berthier s'étaient déplacés jusqu'au domaine pour rencontrer leurs fermiers et rapporter des provisions pour la semaine. Après le dîner, ils avaient retrouvé leurs locataires dans la bibliothèque pour commenter les dernières nouvelles qu'ils avaient entendues à la TSF en ce 16 juin. La situation empirait. Les Allemands qui s'étaient déjà emparés de la capitale, continuaient à progresser au-delà de la Loire mais également vers le Lyonnais et la Bretagne, tandis que nos régiments n'opposaient quasiment plus de résistance. C'était la déroute ! Winston Churchill avait proposé à Paul Reynaud de conclure une alliance pour poursuivre le combat en France. Mais son initiative avait été fraîchement accueillie par le gouvernement qui ne souhaitait pas se soumettre aux exigences de l'Angleterre. Par bravade ? Sûrement. Mathieu enrageait. « Des imbéciles ! Des incapables ! tempêtait-il. C'était notre seule chance de relever la tête… » Il n'avait guère une meilleure opinion des trois militaires qui détenaient aujourd'hui le pouvoir en France ou ce qu'il en subsistait. « Pétain, Weygand, Darlan ? On a nommé de vieilles badernes pour baisser les culottes devant Hitler ! Avec ces trois-là, c'est la piquette assurée ! » s'exclamait-il. Leur locataire, architecte à Bruxelles, n'était pas plus indulgent devant la trahison de Léopold III de Belgique qui n'avait pas respecté ses engagements à l'égard de l'Angleterre et de la France, signant la capitulation de son armée en pleine bataille. Ils débattaient de l'incapacité des Européens à s'opposer à Hitler quand la cloche de l'entrée retentit. Mathieu descendit. Un homme était planté sur le trottoir. La trentaine bien entamée, les cheveux en désordre, la barbe fournie et blonde, les vêtements froissés et terreux, il semblait très fatigué. Mathieu le doubla sans s'arrêter. Mais l'homme le regarda fixement.

– Tu ne me reconnais pas, Mathieu ? s'étonna-t-il.

À ce moment-là, Mathieu l'identifia à son timbre de voix.

– Romain ! s'exclama-t-il.

Ils s'embrassèrent devant l'immeuble.

– Comme je suis soulagé de te retrouver, murmura Mathieu. Nous n'avions aucune nouvelle… Je m'inquiétais : je n'arrive pas à joindre ton petit-cousin à Paris… Les télégrammes ne sont distribués qu'avec beaucoup de retard quand ils sont distribués, le téléphone ne fonctionne presque plus… C'est la débandade ! Mais tu es seul ?

Romain demeura silencieux. Il le regarda à nouveau, incapable de s'exprimer et surtout d'annoncer l'horrible nouvelle. Il serrait les dents et les poings pour ne pas pleurer.

– Si tu savais, si tu savais, Mathieu ! lâcha-t-il en soupirant et en fermant les yeux.

Puis il s'effondra dans les bras de son frère.

Pendant une poignée de secondes, ils restèrent pétrifiés devant l'immeuble. Puis Mathieu desserra son étreinte.

– Que s'est-il passé ? insista-t-il.

– Les avions…

– Ils vous ont mitraillés sur la route ?

Romain confirma en hochant du menton.

– Quelqu'un a été blessé ?

Comme il ne répondait pas, Mathieu demanda :

– Béatrice ? Les enfants ?

– Non ! lâcha Romain. Ils sont fatigués mais en bonne santé. Ils m'attendent dans la voiture…

Il désigna un véhicule stationné à une quinzaine de mètres de là, qui ne ressemblait plus à la superbe voiture admirée dans le Calvados à l'occasion du baptême d'Angèle. Elle était cabossée, portant même des impacts de balles.

– Ta mère ? s'inquiéta Mathieu.

– Maman est…

Sous le coup de la douleur, Romain ne termina pas sa phrase et Mathieu comprit qu'une tragédie les avait frappés. Anéanti par cette nouvelle, il ne trouva pas les mots pour le consoler.

Entre-temps, Béatrice et les deux enfants étaient descendus de la voiture pour les rejoindre.

– Ne restons pas sur le trottoir et rentrons ! chuchota Mathieu en les embrassant.

Mathieu appela Sophie et Jeanne. Les enfants étaient exténués, hargneux. Ils n'arrêtaient pas de pleurnicher, suspendus aux jupes de leur mère. Pauline les entraîna dans la cuisine où ils mangèrent avec appétit, avant de les emmener dans une chambre du deuxième où ils tombèrent aussitôt dans un profond sommeil. Elle prépara ensuite une collation pour Béatrice et Romain, qui y goûtèrent à peine. Éreintés par leur périple, surtout meurtris et choqués, ils n'avaient pas faim. Pour autant, ils n'avaient pas envie de s'installer dans leur chambre ni de se reposer. Ils craignaient de se retrouver seuls à ressasser les événements dramatiques de ces dernières journées et à combattre les fantômes qui les assaillaient. Tous deux avaient besoin d'exprimer ce qu'ils ressentaient, surtout Romain. Depuis qu'ils couraient les routes de France au milieu des régiments en déroute et des milliers de réfugiés, Mathieu et Sophie étaient les premiers visages familiers qu'ils rencontraient. Désormais en sécurité et en confiance, ils pouvaient s'épancher. Ils ne quittèrent pas la cuisine de Pauline où ils s'étaient attablés et Romain rapporta le voyage si singulier qui les avait conduits jusqu'à Rodez. De temps en temps, profitant d'un moment de silence, son épouse apportait des précisions.

Ils frissonnèrent d'émotion lorsque Romain entreprit de raconter la fusillade dont Aurore avait été la victime à Saint-Cyr-en-Val. Ses paroles étaient hachées. Il serrait les poings de rage.

– Maman m'a donné la vie, mais elle m'a aussi sauvé la vie dans cette prairie où les voyous voulaient nous tuer et je n'ai rien pu faire à Saint-Cyr pour la sauver ! se lamentait-il. Les stukas sont arrivés tellement vite qu'ils ont piqué sur la masse des réfugiés à la vitesse d'un ouragan… Les balles tombaient par centaines, elles crépitaient de tous les côtés… C'était effrayant ! Maman n'a pas eu de chance, comme tant d'autres ce soir-là… Elle a été fauchée à une quinzaine de mètres seulement de l'auberge… Ça me révolte ! Je ne l'accepte toujours pas ! Je ne peux pas… Maman était tout pour moi et j'étais toute sa vie : elle m'avait désiré, elle avait affronté les regards des autres et les insultes après ma naissance, elle m'avait élevé de son mieux, elle m'avait donné tout son amour, elle avait consenti à des sacrifices, elle m'avait réconcilié avec mon père après sa mort, elle était toujours là pour m'écouter et me conseiller… J'ai tout perdu…

– Tu n'es pas seul ! protesta Sophie. Tu as une épouse et deux enfants qui t'aiment. C'est précieux… Tu as aussi un frère…

– Tu peux bien penser que je ne te laisserai pas tomber, l'assura Mathieu. Surtout dans des moments comme celui-ci…

– Je sais, je sais ! répondit-il. Je te remercie d'être là pour nous. Je me sens moins seul… Mais la mort de ma mère a causé en moi un grand vide… Si vous saviez ce que nous avons vécu…

Les deux journées qui avaient succédé à l'attaque allemande de Saint-Cyr-en-Val avaient été difficiles. Les dépouilles des victimes avaient été transportées le soir même dans l'église, où les familles les avaient veillées en prière jusqu'au matin avec le desservant de la paroisse pendant que les blessés étaient soignés à l'auberge. Le lendemain, les hommes valides avaient été mobilisés pour creuser des fosses dans une prairie attenante au cimetière. Romain y avait participé.

– La terre était sèche et le soleil était chaud. On craignait que les Allemands ne reviennent. Les hommes n'étaient pas bien équipés pour travailler et ils étaient fatigués parce qu'ils manquaient de sommeil, raconta Béatrice. Romain n'en pouvait plus. Il avait les reins cassés et les mains en sang…

Dans la matinée du vendredi, un office funèbre avait été célébré à la mémoire des victimes avant qu'elles ne soient inhumées. Comme les menuisiers ne disposaient pas d'assez de planches ni de temps pour fabriquer tous les cercueils, on avait enseveli les morts dans des linceuls de fortune. S'il s'y était résigné, Romain ne voulait pas s'en contenter. Il souhaitait transférer dès que possible la dépouille d'Aurore dans le tombeau de ses grands-parents à Roanne.

– Mais je me demande quand je pourrai m'en occuper avec cette pagaille ! soupira-t-il. Et si on m'y autorisera... Personne ne voudra prendre cette décision ! C'est trop compliqué. En temps de paix, il y a déjà une kyrielle de formalités pour transférer un cercueil... C'est sûrement un casse-tête en temps de guerre... Partout, les autorités sont dépassées par les événements...

– Ça nous semble logique que tu veuilles ramener le corps de ta mère à Roanne, mais il n'y a pas d'urgence, rétorqua Mathieu. Nous sommes toujours en guerre et elle a une sépulture décente dans ce bourg du Loiret... Attends !

– Reposez-vous d'abord ! insista Sophie. Vous en avez besoin... Après, vous aviserez.

D'autorité, la jeune femme écourta cette discussion qui les avait entraînés jusqu'à une heure tardive. Romain et Béatrice gagnèrent leur chambre, mais peinèrent à trouver le sommeil. Ils se débattirent dans des cauchemars où les bombes explosaient autour d'eux, les immeubles et les voitures brûlaient, les pillards les égorgeaient, les Allemands les mitraillaient.

Le lendemain, la fatigue et les soucis les marquaient tout autant. Romain donnait l'impression d'avoir vieilli de dix ans. Béatrice avait les yeux cernés, le teint pâlichon, la peau terne et des ridules. Lorsqu'ils se levèrent, ils ne rencontrèrent que Pauline et la locataire dans la cuisine. Elles s'affairaient pour la préparation du déjeuner. Sophie s'était absentée ; elle avait promis à la présidente ruthénoise de la Croix-Rouge d'accueillir ce matin-là les familles des réfugiés qui se présenteraient dans les bureaux de l'association. Elle avait l'habitude de participer toutes les semaines aux activités de la Croix-Rouge. Quant à Mathieu, à cette heure-ci, il avait déjà enfourché sa bicyclette pour retrouver sa fabrique à La Gascarie et son personnel. Lorsqu'il rejoignit Rodez au moment du déjeuner, toute la famille était rassemblée autour du poste de TSF pour le bulletin de 12 h 30. Après des crachotements, on entendit le journaliste de Radio-Toulouse annoncer :

– Le maréchal Pétain s'adresse aux Français.

Ils écoutèrent le vieil homme les informer d'une voix chevrotante qu'il présidait le gouvernement de la France, qu'il demandait à nos armées d'arrêter les combats et qu'il s'était adressé à l'état-major allemand pour rechercher un terrain d'entente.

– C'est ce qu'on appelle baisser les culottes devant l'ennemi : ce n'est pas bien glorieux ! ronchonna Mathieu en éteignant le poste.

– On ne pouvait pas gagner cette guerre avec des généraux qui n'appliquent pas les bonnes tactiques ! compléta Romain.

Ces considérations politiques et stratégiques n'effleuraient guère Pauline ; elle était soulagée après l'allocution du Maréchal.

– Je suis contente que la guerre se termine ! dit-elle sans honte. J'espère que mes frères rentreront bientôt…

Elle n'avait pas de nouvelles d'eux depuis le début de l'offensive allemande, le 10 mai. Elle se demandait s'ils étaient encore vivants, s'ils étaient blessés, s'ils avaient été capturés par les Allemands et s'ils s'étaient bien conduits au combat.

Dès qu'elle retourna à ses fourneaux, les hommes ne cachèrent pas leurs inquiétudes. Ils redoutaient désormais que les Allemands imposent leurs exigences à la France.

– Ils se montreront intraitables et nous en souffrirons ! prétendit Romain. Ils n'ont pas oublié la manière dont on les a humiliés après la guerre de 14…

Il attendait maintenant de connaître les conditions de l'armistice avant de prendre une décision pour l'avenir. Il n'avait pas envie de revenir à Paris désormais occupé par les soldats du Reich. Pour l'heure, comme Béatrice et les enfants, il avait besoin de retrouver un minimum de sérénité. Mathieu, qui l'avait bien compris, proposa qu'ils s'installent au château pour quelque temps. Certes la gentilhommière était moins confortable que leur demeure de Rodez, mais ils profiteraient de la campagne.

– Vous vous y reposerez mieux qu'à Rodez ! leur expliqua-t-il.

S'installer au château de ses ancêtres pendant quelque temps ? Le visage de Romain s'éclaira soudain.

Mathieu l'enleva à ses réflexions pour préciser que leur cuisinière les accompagnerait.

– Avec Pauline, vous vous sentirez moins seuls ! souligna-t-il. La maison est si grande…

– Vous ne viendrez pas avec nous ? s'étonna Romain.

– Nous vous rejoindrons le dimanche…

Romain éprouvait des scrupules à occuper le château en dehors de leur présence.

– Vous serez mieux là-bas qu'à Rodez ! souligna Mathieu. C'est tellement plus tranquille.

– Sûrement, mais…

– Vous vous installerez à La Coste, vous y resterez le temps que vous vous voudrez, Pauline se chargera de tout dans le château et nous viendrons chaque dimanche ! répondit-il.

Romain le remercia d'un sourire timide.

– Je ne serais pas étonné que Jeanne veuille vous suivre là-bas, compléta Mathieu. Elle est très attachée au château et elle regrette que nous n'y allions pas souvent depuis le début de la guerre. Les écoles sont fermées, elle s'ennuie à Rodez…

Ils s'y rendirent dès l'après-midi pour constater que tout respirait la quiétude. Les oiseaux chantaient dans les arbres. Les troupeaux broutaient dans les prés. Les fermiers débutaient les travaux de la fenaison avec le concours des réfugiés. La guerre semblait si loin… Pourtant, quelques heures après leur arrivée, elle les rattrapait déjà dans leur sommeil. Les deux hommes qu'il avait abattus dans cette prairie du Bassin parisien, harcelaient Romain sur les chemins de la propriété : « Salaud ! Fumier ! On aura ta peau ! » Les visages des pillards étaient rouges de sang et leurs yeux sortaient des orbites. Ils cherchaient à l'égorger avec leurs couteaux de boucher lorsqu'il se réveillait brusquement en marmottant des phrases inaudibles qui effrayaient Béatrice. L'attirant dans ses bras puis contre sa poitrine, caressant ses cheveux et chuchotant des paroles apaisantes, elle essayait de le rassurer de son mieux. S'il réussissait à s'assoupir à nouveau, l'accalmie était souvent courte. Les scènes de guerre ne le lâchaient pas. Aurore l'appelait au secours dans ce village où les appareils de la Luftwaffe les avaient attaqués. Romain se précipitait dans la direction de l'auberge où elle s'était aventurée, pour pouvoir la protéger de la mitraille. Il trottinait de son mieux malgré sa jambe boiteuse, mais ne la distinguait plus parmi les réfugiés. Soudain, il la remarquait dans un groupe de femmes et elle se retournait même pour l'appeler à nouveau. Il s'apprêtait à la rejoindre au moment où l'explosion d'une bombe la soulevait dans les airs. À cet instant-là, arraché à son sommeil, Romain se blotissait contre Béatrice avant de pleurer à chaudes larmes…

28

Malgré les attentions de son épouse, de ses enfants, de Jeanne, les émotions de Romain ne faiblissaient pas. Il revenait exténué de fatigue après leurs sorties dans les forêts, mais il n'arrivait pas à se reposer. Les mêmes images d'horreur remontaient de sa mémoire, en ravivant son chagrin et sa douleur. Elles l'assaillaient toujours le dimanche 23 juin lorsque Mathieu et Sophie les rejoignirent comme convenu. Ce jour-là, la signature de l'armistice était annoncée comme imminente. La gentilhommière bénéficiant désormais de l'électricité, Mathieu avait apporté de Rodez leur appareil de TSF. Il le brancha dans le grand salon où ils s'installèrent pour écouter de la musique en attendant le journal de la mi-journée. Peu avant 12 h 30, Pauline les y retrouva. En ouverture du bulletin, Radio-Toulouse diffusa l'hymne national. C'était si inhabituel que les visages se crispèrent. Puis ils devinrent blêmes devant les exigences d'Hitler. La France devrait s'acquitter d'une contribution financière qui la saignerait à blanc et les deux tiers du territoire seraient occupés. Mathieu exhuma d'un secrétaire une carte de France pour dessiner la nouvelle « frontière » que le chancelier allemand avait instaurée. Les régions industrielles et agricoles de l'Est, du Nord et du Bassin parisien se retrouveraient dans la zone occupée, tout comme Paris, la Normandie et la Bretagne.

– Hélas ! Je m'en doutais ! répondit Romain en soupirant. C'était inévitable… Les journaux ont souvent affirmé qu'Hitler aime Paris. L'occasion était trop belle pour que les Allemands y renoncent ! Pauvres Parisiens !

Il regarda Béatrice qui éprouvait le même sentiment de tristesse, refoulant ses larmes.

– Vous ne pouvez pas retourner à Paris, s'alarma Sophie.

– Nous n'avons pas l'intention d'y revenir, expliqua-t-il. C'est tout réfléchi ! Nous en avons discuté cette semaine. Béatrice a compris la situation...

Mathieu et Sophie se tournèrent aussitôt vers elle. Assise sur le rebord de son fauteuil, la jeune femme ne broncha pas. Soucieuse, elle avait le visage tendu.

– Les choses sont bien claires : je ne souhaite pas travailler pour l'occupant ! précisa-t-il ensuite. Je ne pourrais pas. C'est au-dessus de mes forces... Et je ne souhaite pas plus travailler avec Mathias, le gendre d'Arnaud ! La guerre est terminée, il reviendra bientôt à la fabrique... Comme il avait trouvé une planque chez les riz-pain-sel, on le démobilisera sans une égratignure et il débarquera au canal Saint-Martin avec la même arrogance.

– À t'entendre, vous ne vous appréciez guère ! observa Mathieu.

– Comment voudrais-tu que je l'apprécie ? Mathias qui était employé dans une banque, prétend tout connaître de la tannerie ! Bientôt, il me donnera des ordres pour le tannage des peaux... Surtout, ce sont ses idées que je n'aime pas ! C'est un drôle de zozo ! On s'accroche toujours dès qu'il m'attaque sur la politique. C'est un teigneux, un sectaire. Il ne supporte pas les étrangers qu'il appelle les métèques...

– Il n'aurait jamais embauché d'Espagnols dans votre personnel comme nous à Rodez, l'interrompit Mathieu.

– Oh, non ! Surtout pas des républicains accusés d'avoir violé et torturé des nonnes ! surenchérit Romain. Mais ce n'est pas tout ! Il déteste tout autant les juifs, les communistes, les francs-maçons, le Front populaire, Léon Blum, les congés payés, et j'en passe... Je l'entends déjà affirmer que si nous avons perdu la guerre et si l'État s'est écroulé, c'est la faute de Blum... Il doit être content que Pétain prenne les rênes... Mathias est un partisan de l'ordre, de l'Église et des valeurs d'autrefois. C'est un homme de la vieille France qui est à l'opposé de ce que je pense. Après ce qui s'est passé en France depuis le début de la guerre, on se disputera dès qu'il rentrera… Et ça deviendra intenable !

– Je comprends ta situation, Romain. Mais où voulez-vous vous installer si vous ne revenez pas à Paris ? Et comment vivrez-vous ? Les temps étaient déjà difficiles depuis le début de la guerre. Ça ne s'arrangera pas ! On nous rationnera de plus en plus. Tout sera de plus en plus cher et rare. Manger à sa faim sera peut-être un luxe… Tu as une femme et deux enfants…

Avant de répondre, il consulta la carte sur laquelle Mathieu avait dessiné la frontière des deux France.

– Si tu ne t'es pas trompé dans ton tracé, Roanne est dans la zone libre ! expliqua-t-il à Mathieu, en pointant son doigt sur cette ville de la Loire. Nous pouvons nous y installer et reprendre l'hôtel de mes grands-parents qui est d'un bon rapport…

Interloqués, Mathieu et Sophie le regardèrent.

– Reprendre cet hôtel ? Mais vous n'êtes pas de la partie ! s'écrièrent-ils en chœur.

– S'occuper d'un hôtel ne doit pas être bien sorcier ! répondit-il.

– Ça s'apprend ! rétorqua Mathieu.

– Justement ! Nous apprendrons, n'est-ce pas Béatrice ?

Impassible, Béatrice ne répondit pas. Ses intentions semblaient la préoccuper bien plus qu'elles la rassuraient.

– On n'entend plus les enfants ! constata soudain Sophie.

Ils s'amusaient devant le château où Jeanne avait organisé une farandole. Ses chansons montaient jusque dans le salon grâce aux fenêtres largement ouvertes.

– Je descends ! décréta-t-elle.

– Je t'accompagne ! annonça Béatrice.

Les deux frères se retrouvèrent en tête à tête et Mathieu s'exprima en toute franchise.

– Ne me raconte pas d'histoires, Romain ! Explique-moi où vous comptez vraiment vous installer ?

– À Roanne !

– Ne me prends pas pour un gamin ! protesta Mathieu.

– C'est du sérieux ! répondit Romain. À Roanne, nous aurons un logement et des rentrées d'argent grâce à l'hôtel… Où voudrais-tu que je travaille ?

– Dans une tannerie ! rétorqua-t-il. C'est ton métier, tu l'aimes… Ne l'abandonne pas ! Tu le regretterais…

– Qui engagera un ingénieur par les temps qui courent ?

– Tu as des relations à Lyon…

– Ça ne suffira pas ! soupira Romain. L'activité tourne au ralenti ! Il faudrait un miracle pour qu'une tannerie lyonnaise accepte de me prendre. À Clermont, à Marseille, à Montpellier ou à Toulouse, c'est sûrement la même chose…

– Tu devrais tout de même écrire à des patrons de tannerie…

– Ils me répondront qu'ils n'embauchent pas !

– Ne désespère pas ! protesta Mathieu.

– Tu recruterais aujourd'hui un ingénieur pour ta fabrique ?

– Je n'en ai pas les moyens…

– S'il acceptait de travailler pour pas grand-chose en échange du logement ? De remplacer un chef d'équipe ou le contremaître ? De compléter une équipe de tannage dès qu'il manque un ouvrier ? De préparer des livraisons au magasin ?

Mathieu ne répondit pas. Pauline les appelait :

– Messieurs ! On vous attend ! Les enfants sont déjà à table.

Tous deux rejoignirent la salle à manger, mais ne relancèrent pas la discussion pendant le déjeuner ni la promenade qui les emmena ensuite dans les parcelles de résineux que Jacques Berthier avait plantées avant sa disparition.

Nous étions le 23 juin. Chaque année, la veille de la Saint-Jean, les fermiers célébraient le solstice d'été en dressant un bûcher sur l'ancienne aire à battre le grain, qu'ils allumaient dès la nuit tombée. Le lendemain, ils en recueillaient les cendres pour les répandre sur les pâturages qu'elles étaient censées protéger des chenilles, mais également devant les portes de la bergerie. Les brebis devaient les piétiner en partant dans les prés et en rentrant, ce qui leur éviterait d'attraper la maladie du piétin, de boiter et de dépérir. Les fermiers de La Coste n'avaient jamais dérogé aux traditions, même pendant la première guerre. Ils n'avaient pas le cœur à la fête cette année, puisqu'ils n'avaient toujours pas de nouvelles de leurs deux enfants mobilisés. Toutefois, redoutant d'être frappés par une malédiction, ils avaient souhaité perpétuer la coutume. Dès le coucher du soleil, les châtelains – comme ils appelaient depuis toujours les Berthier – les retrouvèrent autour du bûcher. Pas de musiciens. Pas de bourrées. Pas de guirlandes. Pas de piquette pour trinquer. L'époque était aux restrictions. On ne sauta pas le feu. Il y avait bien des jeunes filles au domaine, engagées comme servantes ou bergères, mais peu de jeunes gens. Quant aux enfants, il n'y en avait qu'au château. Pour Jeanne et ses deux cousins, Sophie avait respecté de vieux usages qu'elle avait pratiqués dans son enfance, tout comme Mathieu. Cet après-midi, elle avait rapporté des feuillages de leur promenade et fabriqué des couronnes avec le concours de Béatrice. Les enfants les avaient jetées dans les braises sous les acclamations avant que l'assistance ne les embrasse. La femme du fermier avait préparé des gâteaux pour eux, comme elle le faisait chaque année. Avant de les déguster, Angèle et Pierre les montrèrent fièrement à leurs parents.

– C'est un cadeau ! se réjouissait la fillette.

L'attention des fermiers toucha Romain.

– C'est une preuve que tout le monde a déjà adopté vos enfants au domaine ! souligna Mathieu.

– J'imagine que papa aurait été content que nous assistions en famille à cette soirée de la Saint-Jean, murmura Romain.

– Papa y était attaché, confirma-t-il. Il nous y emmenait toujours, même lorsqu'il y avait classe le lendemain…

Des souvenirs d'Hector les envahirent tandis que leurs épouses reprenaient la direction du château avec les enfants.

Ils rentrèrent bientôt dans la douceur de cette soirée estivale, en admirant les chemins d'étoiles et en respirant le parfum des foins. Il n'y avait personne au rez-de-chaussée. Sophie et Béatrice étaient occupées avec les enfants à l'étage. La cuisine était déserte. Ils s'assirent autour de la table en chêne. Mathieu exhuma d'un placard une bouteille de vieille prune ainsi que deux verres. Ils trinquèrent, même si la journée avait été assombrie par l'annonce des conditions de l'armistice. Soudain, Mathieu rompit le silence :

– J'ai bien réfléchi à ta situation, Romain !

– Qu'en penses-tu ?

– Je ne peux pas décider à votre place, mais…

– Que me conseilles-tu ?

– Ne renonce pas à la tannerie ! répondit Mathieu. Tu pourrais le regretter ensuite… C'est ta passion ! Tu as grandi dans une famille de tanneurs… C'est ta vie ! Je ne t'imagine pas derrière le comptoir de tes grands-parents. Tu t'y ennuieras, tu auras des fourmis dans les jambes, tu pesteras après les clients. Même si tes recettes sont correctes, tu n'y trouveras peut-être pas ton compte…

Il le regarda fixement avant de continuer :

– Si tu en as envie et si tu n'es pas trop exigeant, tu pourrais en revanche travailler chez nous…

Le visage de Romain s'éclaira soudain.

– Je ne t'embaucherai pas comme ingénieur ! souligna Mathieu. La fabrique est trop modeste…

– Je l'avais compris.

– Tu pourras remplacer des absents ou des malades, donner un coup de main aux uns et aux autres. Ce sera mieux pour toi ! Nous vous logerons à Rodez… Chez nous… Notre maison est bien plus confortable que le château… Surtout, ce sera plus pratique pour te rendre chaque jour à la fabrique…

– Mais que deviendront vos locataires ? Vous ne pouvez pas les renvoyer ! protesta Romain. Même s'ils sont belges, ce sont aussi des réfugiés. Ils sont victimes de cette guerre autant que nous…

– Les renvoyer de chez nous ? Ah ! Non ! Nous n'en avions pas l'intention ! le rassura Mathieu. Ce sont eux qui ont décidé de nous quitter puisque la guerre est maintenant terminée et que les routes seront bientôt libérées… Ils repartiront en Belgique dans deux ou trois semaines…

– Ton épouse est d'accord ? s'inquiéta Romain.

– Bien sûr ! Nous en avons discuté tout à l'heure après le dîner ! répondit-il. Sophie ne vous voyait pas dans un hôtel…

– Quand voudrais-tu que je commence à travailler à la tannerie ? demanda Romain.

– Repose-toi ! insista Mathieu. Tu en as besoin. Prends tout ton temps… Un mois, deux mois et même trois mois s'il le faut… Vous pouvez rester au château jusqu'à la fin de l'été… Rien ne presse…

Un sourire apparut sur le visage de Romain. Il était heureux de la décision de Mathieu mais aussi soulagé.

29

Romain et sa famille se sentaient si bien à la campagne qu'ils y passèrent près de trois mois. Chacun s'occupa à sa manière pour ne plus penser à la débâcle, à la guerre et à ses horreurs. Béatrice rejoignait Pauline dans le potager de ses parents pour apprendre à jardiner. Équipée d'un chapeau de paille, d'une blouse grisâtre de paysanne et de vieilles chaussures, elle arrachait les mauvaises herbes, charriait des seaux d'eau pour arroser les carottes et les salades, désherbait à la sarclette les rangées de poireaux et de choux. Lorsqu'ils s'établiraient à Rodez, elle pourrait ainsi seconder Pauline et Sophie dans l'entretien du potager qu'elles cultivaient désormais dans la modeste parcelle s'étendant derrière l'immeuble. Les restrictions avaient encouragé les Berthier à remplacer les fleurs par des légumes. Des voisins les avaient imités dans le quartier… Angèle et Pierre étaient fascinés par les insectes que leur avait montrés Jeanne depuis leur arrivée. Ils ne se lassaient pas de regarder les coccinelles, les limaces, les escargots, les fourmis, les pucerons qui grouillaient sur les feuilles. Lorsqu'ils n'étaient pas auprès de leur mère dans le jardin de la ferme, ils suivaient Jeanne devant le château ou à l'intérieur. Pierre s'amusait avec des soldats de plomb tandis qu'Angèle passait des heures à habiller et à coiffer de vieilles poupées. Jeanne s'installait parfois derrière le théâtre de Guignol de son grand-père Hector pour improviser une saynète qui déclenchait toujours l'hilarité des bambins. Un après-midi pluvieux où ils s'étaient réfugiés dans un salon, Romain les avait observés. Constatant que ses enfants jouaient et riaient comme avant, il s'était laissé envahir par une bouffée de bonheur. « Ils arriveront peut-être à oublier avec le temps, espérait-il. Ils sont si jeunes… Pour nous, c'est différent… Nous n'oublierons jamais… »

Pas plus que son épouse, Romain ne s'enferma dans l'inactivité à ressasser de sombres pensées en attendant de rejoindre Rodez et de travailler à la fabrique. Dès le lendemain de la Saint-Jean, il proposa de participer à la fenaison. Les fermiers acceptèrent sans rechigner même s'il n'avait pas d'expérience ; ils avaient besoin de main-d'œuvre. Comme il boitillait, Romain ne pouvait effectuer des tâches trop fatigantes, mais il était disposé à travailler de son mieux. Il avait été un excellent cavalier au Maroc ? On le laissa s'occuper des chevaux du domaine et conduire les attelages sur les chemins. Romain mettait souvent les mains dans le cambouis pour examiner le moteur de sa Renault ? Il procéda à la révision de la faucheuse, démontant, nettoyant et graissant la mécanique avant d'aiguiser les lames à la meule. Romain était ingénieur en tannerie ? C'était une aubaine. Il était donc capable de réparer des harnais et des colliers de chevaux. Même s'il n'avait jamais travaillé chez les bourreliers, il les avait assez observés pendant son enfance devant leurs ateliers du faubourg Saint-Antoine pour reproduire leurs gestes.

Chaque dimanche, dès que Mathieu et Sophie les retrouvaient, il leur rapportait ce qu'il avait accompli, même ce qui paraissait d'une banalité courante. Il y avait de la fierté dans ses propos. Tous deux s'en réjouissaient, d'autant plus que Romain semblait détendu.

– Nous ne pouvions pas mieux nous reposer qu'au château, leur confirma Béatrice qui reprenait également goût à la vie. Il n'y a pas de journaux. Ni de TSF… Vous aviez raison ! Nous sommes loin de la guerre ! Il est certain que Romain y pense de temps en temps… Nous y pensons tous ! Mais comme il passe sa journée au domaine avec les machines et les chevaux, ou en balade avec les enfants, il ne demande pas à connaître les dernières nouvelles…

Semaine après semaine, Romain se transforma. Son entourage le remarqua, depuis Pauline et ses parents jusqu'à Hélène qui avait l'habitude de rejoindre le château chaque dimanche depuis que ses deux cousines avaient regagné le Nivernais. Elle était si heureuse d'embrasser Jeanne, de crayonner sous les arbres, de regarder les enfants organiser une farandole. Mais elle appréciait également la présence de Romain, rappelant volontiers le précieux concours que les Charvin leur avaient apporté lorsque la manufacture avait rencontré des difficultés. Ils s'étaient découvert une passion commune pour l'œuvre de Maupassant. Après le déjeuner, ils se retiraient dans la bibliothèque pour débattre de *Boule-de-Suif*, des *Sœurs Rondoli* et des *Contes de la bécasse*. Si Hélène y retrouvait souvent Romain, ce n'était pas seulement pour continuer leurs discussions autour de Maupassant mais parce qu'il l'intriguait. Dès son premier passage à Rodez, elle n'avait pas manqué de relever qu'il avait une curieuse manière de passer la main dans ses cheveux. À ce moment-là, elle n'y avait pas accordé une grande attention. C'était six mois après le retour de Mathieu ; elle se souciait surtout de leurs affaires… Bien des années plus tard, en le revoyant dans la maison de Sophie, ce geste l'avait frappée. Hector avait la même manie ! C'était troublant. Hélène y avait souvent repensé par la suite et elle s'était promis de l'observer avec plus de minutie dès qu'il reviendrait. Mais Romain n'avait pas réapparu avant ce voyage singulier qui l'avait emmené jusqu'à Rodez en pleine débâcle. Depuis son arrivée, un sentiment étrange l'envahissait. Certes il était le meilleur ami de Mathieu et ils partageaient tous deux la même passion pour leur métier. Mais son fils l'avait accueilli comme un frère, l'installant au château ainsi que sa femme et ses enfants pour qu'ils se reposent après les épreuves qu'ils avaient affrontées. Pourquoi autant d'égards ? Soudain, elle s'était rappelé qu'il était le parrain de Pierre et que cela pouvait les justifier. En revanche, lorsqu'il avait proposé à Romain de travailler à la fabrique en attendant que la guerre se termine et que la France soit libérée mais également de l'héberger avec sa famille dans leur maison de Rodez, Hélène s'était interrogée sur la nature des liens qui les unissaient. Étaient-ils de simples amis ? Après la naissance de Mathieu, occupant désormais les fonctions de secrétaire général de la Fédération de la tannerie, Hector avait commencé à séjourner de plus en plus souvent à Paris. Ses absences étaient devenues si fréquentes qu'Hélène, délaissée, l'avait suspecté d'infidélité, même si elle n'en avait jamais eu de preuves. Aujourd'hui, la présence de Romain soulevait les mêmes questions qui l'assaillaient depuis très longtemps mais demeuraient sans réponse.

Des relations plutôt cordiales s'étaient donc instaurées entre eux, à tel point que Mathieu et Sophie en étaient soulagés. Ils s'étaient demandé s'ils réussiraient à cohabiter et, surtout, quelle attitude Romain adopterait devant l'épouse de son père qui était aujourd'hui une dame de soixante-dix ans aux cheveux gris-blanc. Connaissant son caractère, ils avaient redouté qu'il manifestât une certaine distance trahissant ses rancœurs ou qu'il persistât même à l'ignorer alors qu'ils auraient à se côtoyer. Hélène en aurait été sûrement affectée, peut-être même blessée, et son comportement l'aurait intriguée. Souvent maladroit et emporté, Romain avait habilement manœuvré en rejetant tout ce qui les séparait et en la respectant. Maintenant que les passions étaient retombées, il apprenait à la connaître et il se surprenait à éprouver de la compassion pour Hélène. Comme il avait souffert en silence d'une situation qu'il avait souvent regrettée, il était conscient qu'elle avait supporté également les mensonges, les absences d'Hector et un mariage sans amour.

Si les horreurs de la guerre passaient peu à peu au second plan, ce n'était pas seulement parce qu'il s'occupait des machines et des chevaux de la propriété. Il y avait une autre raison. Depuis son installation au château, Romain essayait de retrouver le souvenir de son père dans ces lieux où il avait grandi et auxquels il était attaché. Pour l'avoir souvent écouté raconter ses jeux d'enfant avec son frère, les parties de chasse aux perdrix et aux lièvres, ses galopades sur les chemins, les réceptions, les journées de lessive, il le cherchait partout pour s'imprégner de sa présence. Il le revoyait devant le château, dans les salons et les sous-bois, sur les sentiers et autour du lavoir de pierres grises. Il suivait ses traces jusque sur les rochers de la Croix du Pas-de-Loup qui dominent les versants escarpés de la rivière depuis lesquels Hector observait les oiseaux. À ses moments de liberté, Romain se plongeait aussi dans l'histoire et la destinée des anciens marquis de La Coste. Il n'oubliait pas ce que Sophie avait avoué à l'occasion de son premier passage dans l'Aveyron tandis qu'ils visitaient le château. Elle avait treize ans quand elle était arrivée à Rodez en 1916, et elle pensait souvent à la mort. Comme son cousin Mathieu, elle s'était raccrochée à tout ce que la guerre ne pourrait pas leur enlever : le château et son histoire, les portraits de leurs ancêtres et leurs exploits. Aujourd'hui, devant une situation semblable, Romain ne se comportait pas autrement. La France était à genoux et personne ne pouvait affirmer si elle se relèverait, il pleurait sa mère, il était désorienté par cette guerre et il s'appliquait à construire une mythologie pour essayer d'échapper aux malheurs de l'époque. Et il y réussissait ! Une sensation de paix l'envahissait peu à peu au contact de cette vénérable demeure qui avait affronté avec succès les tempêtes de l'Histoire, des souvenirs de sa famille qu'il découvrait, appréciait et s'appropriait, des paysages alentour qu'il trouvait si reposants. Dès que la fenaison se termina, Romain informa Mathieu qu'il comptait repousser leur retour à Rodez après les moissons.

– Si vous acceptez que nous habitions encore votre château et si ma présence n'est pas indispensable à la fabrique, expliqua-t-il.

Sans attendre sa réponse, il précisa aussitôt :

– Auguste aimerait bien que je m'occupe des machines et des attelages pendant les moissons...

– Ça te convient, n'est-ce pas ?

– Oui, bien sûr ! Tout m'intéresse ! J'ai beau avoir trente-sept ans et être ingénieur, je n'ai encore jamais vu comment on coupe les blés... Je suis curieux par nature et...

– C'est de famille ! rétorqua Mathieu en souriant. Tu te souviens de ce que je t'avais raconté ? Papa réparait la turbine de la tannerie et il mettait souvent les mains dans le moteur de sa voiture...

– Mais il n'y a pas que cela qui m'amène à reporter encore notre installation à Rodez ! poursuivit Romain. J'étais comme déboussolé lorsque nous avons débarqué en Aveyron... Il y avait bien de quoi ! J'avais abattu deux pillards, maman avait été mitraillée. Je pleurais en cachette de ma femme... Je me saoulais de larmes parce que je n'avais plus ma mère, parce que je n'avais plus mes parents, parce que j'étais devenu un meurtrier malgré moi... Je ne pensais jamais que je tuerais un jour... Et, surtout, de sang-froid ! C'est terrible ! Je désespérais même de ma famille... J'étais comme plongé dans les ténèbres… Grâce à vous, les choses ont changé peu à peu. Ici, j'ai retrouvé des repères…

Ses confidences n'étonnèrent pas Mathieu.

– Nous nous plaisons bien dans votre château, ajouta Romain, mais nous rentrerons à Rodez dès demain si tu as besoin de moi à la tannerie.

Il manquait deux ouvriers au tannage, mais Mathieu préférait que Romain et sa famille puissent profiter encore des journées estivales à la campagne.

– Ne t'inquiète pas pour la maison : elle tournera même si nous ne sommes pas au complet ! répondit-il. Les équipes sont rodées ! Et personne n'est débordé… Certains travaux peuvent attendre que vous vous installiez à Rodez… Puisque le fermier aimerait bien que tu continues à t'occuper des machines et des attelages pendant les moissons, tu t'en chargeras. Auguste a besoin d'un coup de main… Si vous n'êtes pas pressés de revenir à Rodez, tu pourras assister au dépiquage. On n'utilise plus de machine à vapeur pour actionner la batteuse mais un tracteur à pétrole. C'est une curiosité ! Il n'y en a pas deux dans le pays…

Ce programme convenait à Romain. Quant à Béatrice, elle se réjouissait par avance de prolonger leur séjour à La Coste, comme si elle craignait déjà le moment où ils devraient partager, à Rodez, le même espace que Mathieu et sa famille. Elle se plaisait au château, les enfants aussi.

Plusieurs semaines s'écoulèrent dans la chaleur et la fièvre de la moisson. Bientôt, deux énormes « gerbières » s'élevèrent fièrement sur l'ancienne aire à battre où Auguste avait dressé le bûcher de la Saint-Jean. La batteuse les dévora en deux jours dans des nuages de poussière qui asséchaient les gosiers, au milieu d'un vacarme assourdissant. À l'ombre d'un tilleul, Romain observa les gestes de chacun sur la gerbière et autour de la machine, les allées et venues des porteurs qui charriaient les gros sacs de grain jusqu'au grenier. Le dernier après-midi, lorsque Mathieu et Sophie le retrouvèrent au domaine, il était toujours aussi admiratif devant le ballet laborieux et incessant des équipes.

– Ça turbine comme dans une usine ! avoua-t-il.

Au coucher du soleil, le « monstre » à pétrole s'arrêta de tourner, puis le silence retomba. Hommes, femmes et enfants se reposèrent avant de se rafraîchir au grand abreuvoir et de rejoindre une remise où de longues tables avaient été disposées. Malgré les restrictions, la cuisinière s'était surpassée pour les rassasier tous. Auguste était satisfait. Les greniers étaient pleins, les glaneuses avaient ramassé les épis oubliés dans les champs. Il n'en était pas moins soucieux devant les réquisitions annoncées pour l'automne. Que leur laisserait-on ? Surtout, il songeait à ses soldats dont ils avaient eu enfin des nouvelles. Benjamin et François croupissaient derrière les barbelés d'un stalag. Lorsque Mathieu remercia les équipes pour leur travail, il demanda une pensée pour les soldats qui n'étaient toujours pas revenus dans leurs foyers. Auguste et son épouse se levèrent. Pauline et toute l'assistance les imitèrent en entonnant *La Marseillaise*. Des gorges se serrèrent ; des larmes coulèrent sur les joues. Plus encore qu'à la Saint-Jean, Romain comprit à quel point les Berthier formaient une grande famille.

Le lendemain, il regagnait Rodez. Après le déjeuner, Mathieu le présentait à son personnel rassemblé dans le réfectoire. Il expliqua que Romain était en capacité de remplacer n'importe quel employé de la fabrique, provoquant un murmure d'étonnement.

– Ça vous surprend, n'est-ce pas ? dit-il.

– Beaucoup ! répondit Édouard Bardenet, son contremaître. Les grossistes ont l'habitude de critiquer nos méthodes de tannage dès qu'ils remarquent une peccadille sur nos ballots, mais j'imagine qu'ils ne sont pas fortiches si on leur demande de surveiller les foulons et de manipuler les peaux dans les fosses…

– Ne vous méprenez pas, Édouard : monsieur Charvin n'est pas grossiste ! rétorqua Mathieu.

Romain corrigea aussitôt :

– Je m'appelle Morvan !

Mathieu se mordit les lèvres avant de glisser :

– Oui ! Bien sûr ! Je devrais le savoir… Il m'arrive souvent de me tromper… Romain est le petit-neveu d'Ernest Charvin qui a présidé la Fédération de la tannerie et qui était le grand ami de mon père…

À l'adresse d'Édouard, il précisa ensuite :

– Monsieur Morvan n'est pas un grossiste : je peux vous affirmer qu'il connaît bien notre métier…

Édouard s'excusa :

– Je le confonds certainement avec un grossiste de Toulouse ou de Montpellier qui ressemble à ce monsieur… Je me souviens qu'il m'avait accablé de questions…

– Il arrive qu'on se trompe, Édouard ! C'est bien le cas. Monsieur Morvan est ingénieur ; il a travaillé dans des tanneries du Maroc où on produit des cuirs forts et durs comme vous savez bien les faire. Il s'occupait, avant la guerre, du tannage au chrome chez Charvin à Paris. Il était employé dans la même fabrique que le maître tanneur qui nous a enseigné le tannage chimique… Monsieur Morvan a les compétences pour remplacer n'importe qui dans la maison…

Personne ne sourcilla devant ces propos. Il y eut un silence. Puis Édouard frappa dans ses mains :

– Au boulot ! Au boulot !

Les ouvriers quittèrent le réfectoire pour retourner à leurs postes et le comptable entraîna Romain en direction des archives.

– Vous pouvez vous y installer ! proposa-t-il en ouvrant la porte. Je suppose que vous avez besoin d'un bureau même si vous avez l'intention de vous retrousser les manches pour donner un coup de main.

Plongé dans ses pensées, Romain ne répondit pas. Il admirait le paysage à travers la fenêtre grande ouverte. Une prairie s'étendait devant la manufacture jusqu'aux peupliers s'élevant en bordure de l'Aveyron dont on entendait le murmure. Mais le regard était arrêté ensuite par les pentes abruptes et boisées qui obstruaient l'horizon au-delà de la rivière. Comme son père autrefois, il éprouva aussitôt une impression d'étouffement. Depuis trois mois, il s'était habitué à profiter de grands espaces à La Coste.

Tandis qu'il enlevait les dossiers entassés sur la table, Donatien Blanchet s'adressa à Romain :

– Il y a quelque chose qui me tracasse, monsieur Morvan…

– Qu'est-ce qui vous inquiète ?

– Pourquoi restez-vous à Rodez ? La guerre est terminée depuis plusieurs semaines, la plupart des réfugiés rentrent chez eux, la vie reprend partout… Même à Paris…

Toujours campé devant la fenêtre, Romain demeura silencieux.

– Quand on est ingénieur dans une grande maison, continua-t-il, on ne se propose pas comme homme à tout faire ou presque dans une tannerie comme la nôtre…

S'évertuant à dissiper le mystère, il raisonnait à haute voix :

– À moins que… Qui dirige votre fabrique en ce moment ?

– C'est mon petit-cousin…

– Vous vous êtes sûrement fâchés ! en déduisit le comptable.

– Pourquoi nous serions-nous fâchés ? répondit-il sèchement en se retournant pour le dévisager.

– Ne vous emballez pas, monsieur ! bafouilla Donatien Blanchet tout en tortillant entre ses doigts crochus la manche flottante de sa blouse. Je ne cherchais pas à… Vous n'avez pas à vous justifier… Il y a eu beaucoup de disputes dans les familles à cause de la guerre, de la débâcle, d'Hilter, de Pétain… Maintenant, certaines sont brouillées pour longtemps…

Même si le comptable l'énervait avec ses questions insidieuses, Romain ne le rembarra pas. Il essayait de se maîtriser pour ne pas déclencher d'incident dès la première journée.

– Je pourrais disposer du bureau ? demanda-t-il calmement.

– Le temps de passer un chiffon sur la table…

Il fouilla dans une armoire avant de trouver un chiffon et regarda fixement Romain.

– Nous parlions à l'instant même de Pétain, souffla-t-il à mi-voix. Qu'en pensez-vous ?

Exaspéré, Romain s'installa à nouveau devant la fenêtre comme s'il n'avait pas entendu. Mais l'homme se montra insistant.

– Le Maréchal a beaucoup de courage ! expliqua-t-il à Romain. Il a fait don de sa personne à la France pour que les Allemands nous ménagent. C'est un vrai patriote ! Nous n'avons rien à craindre. La France est sauvée grâce à Pétain… N'est-ce pas ?

L'ingénieur bouillait d'impatience et d'agacement, se demandant comment s'en débarrasser.

– Le Maréchal nous a déjà sauvés à Verdun, en 17 ! enchaîna le comptable. J'y étais ! Je me suis battu dans la boue et le froid… J'y ai perdu un bras… Cette fois-ci encore, Pétain nous sauvera…

Ne se contenant plus, Romain explosa de colère :

– Foutez-nous la paix avec votre Pétain ! C'est un vieillard. Il est dépassé ! Il ne sauvera pas la France qui est déjà coupée en deux.

Devenu cramoisi devant ces paroles qui le choquaient, Donatien Blanchet répliqua :

– C'est insultant pour le Maréchal mais aussi pour la France… C'est méprisant pour la majorité de nos concitoyens qui soutiennent Pétain et qui travaillent pour le redressement de la France ! Vous mériteriez de…

Il n'acheva pas sa phrase. Les éclats de voix avaient ruisselé en cascade jusqu'au bureau de Mathieu, qui accourut.

– Donatien, retournez tout de suite à vos comptes ! tempêta-t-il. Je ne veux pas de politique chez nous… Vous en débattrez ailleurs avec qui vous voudrez.

Donatien Blanchet protesta :

– Je ne pouvais pas laisser insulter Pétain et la France…

– Qui a attaqué le premier ? C'est vous, n'est-ce pas ?

Coupable, il ne répondit pas. Renfrogné, il rejoignit ses registres en marmonnant des imprécations.

À son départ, Mathieu s'enferma dans le bureau avec son frère.

– Ne te laisse pas entraîner à discuter de Pétain, Vichy et Hitler : c'est trop dangereux ! conseilla-t-il à Romain. Je ne comprends pas pourquoi Donatien t'a entrepris là-dessus… Tu arrives chez nous, il cherche peut-être à connaître tes opinions… C'est un ancien soldat de 14 et mutilé de guerre qui est en admiration devant Pétain…

– Tu aurais pu m'avertir ! rétorqua Romain.

– J'avais oublié de t'en parler…

Donatien Blanchet l'avait tellement contrarié que Romain était de mauvaise humeur.

– S'il y a d'autres gars dont je doive me méfier dans cette maison, j'aimerais que tu me les signales ! asséna-t-il, caustique, à Mathieu. Ça m'évitera des altercations avec ton personnel.

Mathieu regagna son bureau sans répondre.

Dès le lendemain, il demanda à Romain de remplacer un ouvrier du tannage végétal qui s'était blessé. Son équipe devait « lever » les peaux d'une fosse, les étendre sur la prairie et les balayer avant de les remettre à nouveau dans la même fosse en renouvelant les écorces moulues pour que l'alchimie du tannage se poursuive. Romain accepta sans rechigner.

– C'est fatigant ! expliqua Mathieu. Je ne t'apprends rien… Mais tu travailleras à ton rythme… Le contremaître est prévenu…

Romain s'équipa et rejoignit les hommes autour de la fosse. Les différentes opérations se déroulèrent dans une ambiance laborieuse mais détendue, jusqu'au moment où le contremaître incorpora les écorces moulues au mélange existant. Contestant les dosages qu'employait Édouard Bardenet, il abreuva les hommes de formules savantes pour leur démontrer que sa méthode était bien meilleure. Mais la discussion s'envenima. Le contremaître avait la réputation de s'emporter facilement alors que l'ingénieur ne supportait pas la contradiction. Chacun campa sur ses positions et les esprits s'échauffèrent. Édouard Bardenet rappela à Romain ses quarante ans d'expérience chez Berthier et l'entière confiance dont il bénéficiait. En réponse, le jeune ingénieur souligna qu'il appliquait les pratiques anciennes des tanneurs marocains reconnues depuis l'Antiquité. C'était un dialogue de sourds. L'heure tournait. Bardenet proposa de solliciter l'arbitrage de Mathieu qu'il dérangea dans son bureau. Froissé, il était nerveux au point que ses mains et ses lèvres tremblaient. Expliquant leur différend, il s'exprima en toute franchise :

– Qui commande aujourd'hui ? C'est vous, monsieur Berthier, ou c'est monsieur Morvan ? J'aimerais que vous clarifiiez la situation… Sinon l'ambiance deviendra invivable dans la tannerie.

Mathieu essaya de le calmer.

– Ne vous énervez pas, Édouard ! répondit-il. Monsieur Morvan est un excellent ingénieur… Il a ses méthodes pour le tannage…

– Il y a des habitudes dans la maison : on ne les changera pas ! protesta Édouard. Personne ne s'est jamais plaint de la qualité des ballots. C'est bien une preuve que nos recettes sont bonnes… Mais vous pouvez préférer la manière de travailler de monsieur Morvan. Vous en avez le droit, vous êtes le patron… Dans ce cas, je rendrai mon tablier…

– Doucement, Édouard ! rétorqua Mathieu. Je n'ai pas l'intention de tout chambouler dans cette maison ! Grâce à monsieur Morvan, nous pouvons sûrement améliorer nos méthodes…

Édouard Bardenet n'en était pas convaincu.

– Améliorer nos méthodes ? Oui ! Peut-être… Enfin… Il faut voir. Ça promet d'être difficile… Il n'y a pas de discussion possible avec monsieur Morvan ! Il voudrait tout imposer… Il ne peut pas y avoir deux patrons aux fosses. Ni même dans la maison… Sinon c'est la pagaille assurée… C'est à vous de décider…

Mathieu en était bien conscient. Avait-il le choix ? Il renouvela sa confiance à son contremaître. Romain en ressentit de l'amertume. Il attendit que la journée des ouvriers se termine pour manifester son sentiment auprès de Mathieu. Douché et changé, il le retrouva dans son bureau avant qu'ils ne regagnent Rodez. Utilisant leurs tickets de carburant avec parcimonie, tous deux s'étaient déplacés avec une seule voiture et ils avaient emporté une gamelle pour le déjeuner. Fatigué, Romain était d'humeur sombre. Repensant à sa journée, il regrettait la décision de Mathieu.

– Nous pourrions mieux travailler avec ma méthode, expliqua-t-il sèchement. Ton contremaître est un homme d'autrefois, dépassé… J'admets que tu cherches à le préserver : il a de la bouteille, il est respecté, il se débrouille bien… Il n'empêche que tu m'as désavoué aujourd'hui…

– Ne te considère pas désavoué ! protesta aussitôt Mathieu. Les choses ne sont pas aussi simples… Tu as des qualités qu'Édouard ne possède pas et je ne conteste pas tes méthodes. Les Marocains sont excellents pour tanner les cuirs forts et durs… J'imagine que tu maîtrises leur savoir-faire. Si tu ménages l'équipe des fosses et si tu te montres plus diplomate, tu arriveras à des résultats. J'en suis persuadé ! Mais laisse-leur du temps et ne les brusque pas…

– Ces hommes ne changeront pas ! répondit Romain de manière cassante. Ils sont encroûtés dans leurs habitudes, ils n'en sortiront jamais. Le contremaître est une tête de pioche… Et ton personnel ? Je me demande comment tu peux le supporter ! Le comptable est pétainiste et c'est peut-être un mouchard… Ça ne m'étonnerait pas que la majorité de ton personnel soutienne le Maréchal…

– Comme la majorité des Français ! objecta Mathieu.

– Il y a des ouvriers qui ne me plaisent pas, continua Romain. Ils sont sournois… Je risque de me heurter avec eux tôt ou tard…

Mathieu le regarda fixement :

– Soyons francs ! Si notre manière de travailler, l'ambiance de la tannerie et certains employés ne te conviennent pas, trouvons une autre solution… Je ne t'en voudrai pas…

Romain ne répondit pas ; il disparut en direction de la voiture où il attendit Mathieu.

Dès leur arrivée à Rodez, toute la famille remarqua que les deux frères n'avaient pas le sourire, mais personne ne s'en alarma. Leurs femmes pensèrent que la journée avait été difficile. S'occuper d'une tannerie n'était pas une sinécure depuis le début de la guerre.

Lorsque Mathieu retrouva Sophie dans leur chambre au moment du coucher, il rapporta les incidents qui s'étaient produits entre leur contremaître et Romain.

– Ça démarre mal et ça me tracasse ! avoua-t-il en soupirant. Je le redoutais, je ne me trompais pas… Romain est souvent agressif, il manque de souplesse, il voudrait continuer à distribuer des ordres comme quand il travaillait chez son petit-cousin…

– Tu te rappelles de notre visite de la tannerie Charvin et de ce qu'il nous avait confié ? répondit-elle. Romain t'enviait parce que tu étais propriétaire de la tannerie familiale. Il aimerait ne dépendre de personne, tout décider et devenir patron… Romain est très indépendant. Il se plaisait au château où il vivait comme il voulait… Personne ne le dérangeait. Nous ne venions qu'une seule journée par semaine… C'est aussi la raison pour laquelle il comptait s'installer à Roanne pour reprendre cet hôtel… C'était l'occasion de devenir enfin le patron d'une affaire !

S'il partageait son analyse, Mathieu ne s'en inquiétait pas moins.

– S'il se comporte avec les employés comme aujourd'hui avec le contremaître, il se mettra tout le monde à dos ! rétorqua-t-il.

– Patiente ! l'exhorta Sophie. Il est encore marqué par l'exode, la guerre, la mort de sa mère, ces deux pillards qu'il a tués… C'est un homme fragile. Il a besoin de temps pour s'habituer à la tannerie et aux ouvriers, à une petite ville comme Rodez… C'est un

Parisien… Même si l'immeuble est assez spacieux pour nos deux familles, il y a également notre intimité à partager. Pour Romain, c'est peut-être beaucoup… Peut-être même trop à la fois…

– Tu t'entends bien avec Béatrice ? demanda-t-il en réponse.

– Elle est serviable, discrète et aimable. Que vouloir de plus ? Je n'ai pas à m'en plaindre.

– Tu pourrais peut-être en discuter avec elle ! proposa-t-il. Elle a sûrement de l'influence sur Romain ; elle pourrait le raisonner pour que les choses se passent au mieux…

La jeune femme s'y engagea.

– Tu dois aussi faire des efforts de ton côté, insista-elle. C'est de ton frère qu'il s'agit ! Certes, tout ne peut pas être parfait entre vous, vous êtes trop différents. Mais essaie d'oublier ce qui vous sépare.

30

Les inquiétudes s'accumulèrent pour Mathieu. Non seulement la présence de Romain continua à engendrer des crispations parmi le personnel de la fabrique, mais l'ambiance s'en ressentit également dans la maisonnée. Lorsqu'il revenait de La Gascarie, Romain était taciturne. Il ressassait des pensées sombres, ne participait plus aux conversations, ne s'amusait plus avec ses enfants. Un après-midi, deux gendarmes se présentèrent à la tannerie. Ils le pressèrent de questions sur ses origines, ses opinions, sa fortune et ses relations. Romain y répondit avec courtoisie, en précisant que son beau-père était le secrétaire général du résident du Maroc. Les deux hommes se regardèrent, puis s'excusèrent platement.

– Il y a sûrement une erreur ! affirmèrent-ils, en se montrant très conciliants. On nous aura mal renseignés...

Romain comprit leur allusion, mais il se contenta de sourire puis il les reconduisit jusqu'à leur voiture. Ils s'étaient à peine éloignés de La Gascarie qu'il se précipitait dans le bureau de Mathieu. Il avait la conviction que les gendarmes s'étaient déplacés sur les indications de Donatien Blanchet. Romain n'avait exprimé son point de vue sur le Maréchal devant personne d'autre. Mathieu convoqua aussitôt le comptable qui reconnut sans difficultés avoir signalé les propos de Romain auprès de la préfecture.

– C'était mon devoir, monsieur Berthier ! expliqua-t-il crânement. Les paroles de monsieur Morvan étaient infamantes pour la France et pour le Maréchal.

– Vous n'êtes qu'une fripouille, Blanchet ! s'emporta Mathieu en abattant son poing sur son bureau. Votre attitude est ignoble ! Il n'y avait rien d'insultant dans ce que monsieur Morvan vous a répondu sur le Maréchal... Vous avez affabulé parce que vous ne supportez pas qu'il ne partage pas vos opinions... Les gendarmes ne s'y sont pas trompés : ils n'ont pas l'intention d'inquiéter monsieur Morvan ! C'est bien une preuve que ses propos n'étaient pas si injurieux.

– Ce n'est pas mon point de vue, rétorqua Donatien. À la Légion, nous pensons que...

– Parce que vous appartenez à la Légion ? s'étrangla Mathieu.

Depuis quelques semaines, la Légion française des combattants s'organisait dans l'Aveyron. Elle cherchait à rassembler les anciens combattants de 1914-1918 et de 1939-1940 pour soutenir Pétain et le gouvernement de Vichy, mais également promouvoir auprès de la population les principes de la révolution nationale.

– C'est un devoir pour un ancien de 14 et j'en suis fier, monsieur Berthier ! répondit le comptable, en se rengorgeant. Nous sommes les chevaliers des temps nouveaux et...

Il l'interrompit sans ménagement :

– Blanchet ! Épargnez-nous ces discours dont les journaux nous abreuvent !

Le comptable obtempéra à contrecœur.

– Ne vous amusez pas à raconter n'importe quoi aux gendarmes ou à la préfecture sur ce que vous avez entendu dans la maison ou ce qu'il vous a semblé peut-être entendre ! continua Mathieu. Sinon je vous renverrai...

– Me renvoyer ? protesta Donatien. Je ne vous le conseille pas. C'est vous qui pourriez le regretter ! Parce que les temps changent. Vous n'aurez pas toujours le beau rôle même si vous vous appelez monsieur Berthier, si vous avez de la fortune, si vous êtes le patron de cette maison et si vous avez des relations...

Son arrogance était tellement inhabituelle que Mathieu demeura perplexe. Il se promit d'être vigilant.

– Cet homme m'intrigue : il était si dévoué pour la tannerie et la famille que je ne comprends pas ce qui s'est passé ! confessa-t-il à Romain dès qu'il le rejoignit. Te dénoncer aux gendarmes pour des broutilles ? C'est à peine croyable !

– Il est endoctriné comme tous les pétainistes ! rétorqua Romain qui ne décolérait pas. C'est un homme dangereux.

Il avouait qu'il avait eu de la chance.

– Ces gendarmes étaient bonasses, indiqua-t-il. Mais, surtout, ils avaient peur de s'attirer des ennuis si je m'étais plaint au colonel ou même au préfet ! Ils ne s'attendaient sûrement pas à découvrir que mon beau-père est un haut fonctionnaire de la coloniale, sinon ils ne se seraient pas déplacés... Cette fois-ci, je pense qu'il n'y aura pas de suite, mais ça nous obligera à être prudent... Il faudra se méfier de ton comptable. Je suis persuadé qu'il nous a catalogués comme opposants politiques auprès de la préfecture...

– C'est bien ce que je crains ! soupira Mathieu qui ne voulait pas prendre ses menaces à la légère. Et ça ne devrait pas arranger nos affaires... Heureusement, personne ne connaît la réserve de ballots que j'ai entreposée au domaine... De belles peaux de bœufs...

– Tu as vraiment une réserve de belles peaux brutes ? demanda Romain, incrédule.

– Absolument, répondit-il. Je les ai achetées au cours de l'été 39 pour constituer des stocks... En douce... J'étais certain qu'il y aurait la guerre, je ne voulais pas que les militaires me privent de belles peaux... À ce moment-là, j'espérais que nous pourrions continuer à travailler avec notre clientèle parisienne même si la France était en guerre... Comme en 14... Je me suis trompé ! Je ne prévoyais pas que la France serait coupée en deux. La ligne de démarcation entre les deux zones est très hermétique. Rien ne passe ! Ni les hommes ni les marchandises. Tu le sais bien...

– Oh, oui ! regretta Romain. Le téléphone est coupé. Je ne peux plus appeler Arnaud. On ne peut même plus s'écrire : le courrier est censuré... Que feras-tu de ces ballots ?

Il souhaitait les proposer cet automne à des fabricants d'articles de voyage qui avaient transféré leurs ateliers parisiens à Marseille. Mais comme ces peaux ne figuraient pas sur les inventaires, il était plus raisonnable d'y renoncer.

– Il y a sûrement des marchés à prendre, mais c'est trop risqué ! souligna-t-il. Blanchet nous accuserait encore de trafiquer...

– C'est dommage ! J'aurais bien tanné de belles peaux de bœufs. Ça nous aurait changés de la routine…

– Ça nous aurait apporté surtout une rentrée d'argent dont nous avons bien besoin, indiqua Mathieu. On s'en passera, on se serrera la ceinture, on en a connu d'autres…

Ces précautions s'avérèrent précieuses. Une semaine plus tard, débarquait à La Gascarie le capitaine d'intendance si pointilleux dont le passage à l'automne 1939 demeurait imprimé dans les mémoires. Il se présenta en compagnie d'un sous-officier, et le comptable les conduisit jusqu'au bureau de Mathieu.

– Qu'est-ce qui vous amène chez nous, capitaine ? s'étonna-t-il, en l'accueillant. Il n'y a plus d'armée !

L'homme n'avait pas changé. Il était toujours aussi autoritaire et désagréable.

– Vous dites que nous n'avons plus d'armée ? s'étrangla-t-il, en le dévisageant froidement. Vous n'êtes pas bien informé, monsieur Berthier ! La France a toujours son armée, même si elle est réduite à 100 000 hommes. C'était bien ce qui était convenu à la signature de l'armistice… L'armée est chargée du maintien de l'ordre… Je ne vous surprendrai pas en vous apprenant que tous nos équipements ont souffert des combats. Nous avons commencé à les renouveler. C'est la raison pour laquelle nous avons besoin de peaux tannées. Vous nous en fournirez… Vos livraisons de l'année dernière étaient excellentes. Vos tannées de classe 2 étaient belles… En avez-vous toujours dans vos stocks ?

– Non ! Vous n'en trouverez pas dans nos réserves, capitaine ! répondit sèchement Mathieu.

– Nous vérifierons !

– Vous pourrez toujours contrôler, mais vous n'en trouverez pas ! Les temps ont changé ! Il n'y a plus de demande pour cette classe. Nous ne tannons plus que des cuirs forts et durs… Comme avant…

– Nous verrons, nous verrons !

Les deux hommes procédèrent à une inspection très minutieuse de la tannerie puis de la fabrique de colles, comme s'ils cherchaient une mystérieuse cachette. Ils fouillèrent même dans les bureaux de Romain et d'Édouard, avant d'examiner les registres en compagnie de Donatien qui ne semblait pas éprouver le même agacement qu'à l'automne 1939. Ils passèrent deux journées entières dans la maison, réquisitionnant tout ce qui les intéressait dans le magasin et même dans les « chambres chaudes » où séchaient les peaux.

Quand ils quittèrent enfin la tannerie, Mathieu était accablé. Il se demandait pourquoi ce capitaine s'acharnait après eux.

– Ne cherche pas ! répondit Romain. Ce contrôle est un cadeau de ton comptable. Tu as bien remarqué combien il a été coopératif avec le capitaine… Il s'imagine sûrement que tu caches des ballots et que tu as l'intention de trafiquer.

– Si je pouvais le renvoyer…

– Tu ne le coinceras pas si facilement : il s'arrangera pour être impeccable.

– C'est un excellent comptable ! reconnut Mathieu. Il n'empêche que l'ambiance est de plus en plus détestable dans la maison. On a l'impression qu'il surveille tout le monde…

Bientôt, les humeurs du temps s'en mêlèrent pour accentuer ses angoisses. Octobre était déjà bien entamé. Il pleuvait sans relâche, Mathieu s'en alarma. Chaque matin, lorsque l'aube chassait la nuit, il se plantait devant la fenêtre de leur chambre pour observer avec inquiétude les énormes nuages d'encre qui couraient sous l'effet de l'autan au-dessus de Rodez. Ils arrivaient du pays-bas, les plaines du Midi, en obstruant l'horizon tellement ils étaient denses et lourds avant de déverser des trombes d'eau sur la ville. « Ce sera encore une journée pourrie ! » maugréait-il en soupirant. Les inondations étaient devenues le cauchemar des riverains de l'Aveyron. Mathieu n'y échappait pas. Ces matins-là d'octobre 1940, dès leur arrivée à la tannerie, il entraîna Romain dans la direction de la digue que leur grand-père Élisée avait construite au lendemain des crues de 1875. Elle avait résisté aux orages de 1909 qui avaient détruit des ponts en amont de Rodez ainsi qu'aux pluies torrentielles de 1930. Cette fois-ci, il espérait qu'elle pourrait contenir la montée des eaux.

– La digue est solide : elle tiendra ! affirma le contremaître qui les rejoignit près de la rivière au moment de leur inspection.

Ils enlevèrent les branches et les planches qui s'étaient entassées ces dernières heures devant l'entrée de la dérivation, ils nettoyèrent également les grilles d'évacuation qui avaient été installées devant les bâtiments et qui étaient bouchées par les feuilles mortes, puis ils regagnèrent leurs postes.

Les averses se succédèrent sans interruption pendant trois jours et Mathieu redoubla de vigilance en surveillant le niveau des eaux à plusieurs reprises. Lorsque les ouvriers achevèrent leur semaine, l'Aveyron avait encore grossi. Mais il ne pleuvait plus, le soleil avait réapparu dans l'après-midi et l'autan faiblissait. Tout le monde était satisfait. Mathieu retrouva le sourire. Dans le courant de la soirée, il s'était à peine couché que le vent du Midi reprenait de la vigueur tandis que la pluie martelait à nouveau les ardoises des toitures et frappait contre les persiennes. Ce tintamarre l'empêcha de trouver le sommeil. Dès qu'une lumière blafarde éclaira faiblement le boulevard, il s'arracha à la tiédeur des draps pour s'habiller chaudement après avoir déposé un baiser sur le front de sa femme qui dormait. Ensuite, il disparut en direction de La Gascarie. Redoutant des dégâts après ce déchaînement du ciel, il était impatient de tout contrôler. Il constata avec soulagement que la digue n'avait pas souffert de ce nouvel assaut des eaux. Équipé d'un imperméable et d'une paire de bottes, il dégagea les accès de la dérivation de l'Aveyron puis les grilles d'évacuation de la cour. Le temps de se reposer dans le magasin, Mathieu entreprit d'inspecter la fabrique. Dès que l'autan soufflait avec une telle force, il décrochait des peaux tannées dans les « chambres chaudes » des étages et emportait des ardoises de la toiture en provoquant des fuites d'eau. Il consacra une bonne partie de la matinée à raccrocher des peaux, à examiner les parquets des greniers. Les dégâts étaient minimes. Rassuré, il se dépêcha de regagner le rez-de-chaussée en dévalant l'escalier quatre à quatre comme il en avait souvent l'habitude. Que se passa-t-il entre le premier étage et le rez-de-chaussée ? Il ressentit soudain une faiblesse. Ses jambes flanchèrent puis vacillèrent. À ce moment-là, il éprouva l'impression que le bâtiment tournoyait. Il manqua les dernières marches avant de dégringoler jusqu'au dallage du rez-de-chaussée et de sombrer dans un gouffre profond.

Jusqu'au déjeuner, personne ne s'inquiéta de son absence. Avant son départ, Mathieu avait précisé à Pauline qu'il passerait à La Gascarie avant de pousser jusqu'au domaine d'où il rapporterait des provisions pour la semaine. Toute la famille l'attendait toujours à une heure de l'après-midi. Les enfants étaient attablés depuis un moment et la cuisinière s'impatientait derrière ses fourneaux.

– Il y a peut-être des dégâts à la tannerie après le vent et la pluie de la nuit ! supposa Romain. Mathieu s'est retardé...

– Certainement ! rétorqua Sophie. Mais il n'y a pas de téléphone à la fabrique ni même au domaine. Il ne pourra pas nous prévenir...

Comme les deux plus jeunes enfants devenaient geignards, elle demanda à la cuisinière de leur apporter le potage.

– Patientons encore avant de passer à table et Mathieu arrivera, suggéra-t-elle à Béatrice et à Romain.

À deux heures, elle s'alarma :

– Mathieu ne s'est jamais autant retardé !

Romain proposa aussitôt de rejoindre La Gascarie. Il le découvrit inanimé sur le dallage humide de la tannerie en contrebas du grand escalier. C'était tellement inattendu qu'il demeura comme pétrifié, repensant aux malaises dont son père et son oncle avaient été les victimes. Pendant une poignée de minutes, Romain se demanda si cette même malédiction avait frappé Mathieu ou s'il était seulement inconscient. Vite, il se ressaisit pour se pencher sur son frère. À ce moment-là, il remarqua que sa poitrine se soulevait à intervalles réguliers. Mathieu respirait. Soudain, Romain se détentit et soupira. Soulagé, il se précipita au domicile du médecin des Berthier qui s'y trouvait par chance. Ils étaient si pressés de secourir Mathieu qu'ils oublièrent de prévenir Sophie.

– Emmenons-le à l'hôpital ! annonça le médecin à Romain après l'avoir examiné. Vous trouverez un brancard dans le magasin...

Il avait l'habitude d'intervenir à la fabrique lorsque des accidents survenaient dans les fosses de tannage au moment où les ouvriers « levaient » les peaux.

Ils transportèrent Mathieu à l'hôpital grâce à la camionnette de la tannerie que Romain conduisit lentement. Le malade ne se réveilla que deux jours plus tard. Ses paupières se soulevèrent timidement tandis qu'il gémissait. L'instant d'après, ébloui par la blancheur de la chambre, il referma les yeux en serrant la main de Sophie dont il avait reconnu le parfum.

– Sophie, tu es bien là ? murmura-t-il.

– Oui, je suis là ! souffla-t-elle. Ne crains rien…

Depuis deux jours, son esprit avait cheminé dans des paysages mystérieux où il avait rencontré tous ceux qu'il avait aimés mais qui les avaient quittés. Sur un chemin ombragé qui ressemblait à l'allée d'ormeaux du château, il avait rencontré son père, ses deux frères, l'oncle Jacques, ses grands-parents Blanche et Élisée. Au moment où ils s'étaient éloignés pour s'évanouir ensuite dans le brouillard, il avait cherché à les rattraper, mais il n'y était pas parvenu.

– Où sont-ils ? Où sont-ils ? dit-il en s'agitant.

– Qui attends-tu ? demanda Sophie sans lâcher ses doigts.

– Papa, mes frères, ton père, ton frère, nos grands-parents… Ils étaient avec moi sur le chemin et je ne les vois plus…

Sophie essaya de l'apaiser :

– Ne parle pas ! Tu t'épuises… Repose-toi… Je suis là…

Installée dans cette chambre depuis le dimanche après-midi, elle surveillait le moindre mouvement de ses yeux et de ses doigts.

– Monsieur Berthier est inconscient, mais il se réveillera demain, avait expliqué le médecin. Ou peut-être même dans deux jours… Mais ne vous inquiétez pas ! Il se réveillera et il ne devrait pas avoir de séquelles de son accident…

Mathieu souffrait d'ecchymoses, d'une grosse entorse au genou, d'une fracture du péroné.

– Monsieur Berthier a eu de la chance ! avait-il précisé. Il pouvait se fracasser le crâne sur le dallage…

Dès qu'il retrouva sa lucidité, Mathieu s'inquiéta pour la maison.

– Romain s'en occupe de son mieux comme s'il s'agissait de ses propres affaires ! répondit Sophie. Il s'est proposé et j'en étais bien contente ! Il ne laissera ni le comptable ni le contremaître prendre n'importe quelle décision en attendant que tu reprennes les rênes…

C'était le vendredi après son accident, au milieu de l'après-midi. Comme tous les jours, Romain le rejoignit à l'hôpital après le départ des ouvriers. Ce soir-là, il était heureux de constater qu'un sourire éclairait son visage.

– Tout se passe bien ! le rassura-t-il. Je surveille, je contrôle et je tranche comme tu le faisais.

Sa détermination, son enthousiasme réconfortèrent Mathieu.

– Merci d'être là, merci pour tout ! dit-il.

Lorsque Mathieu regagna son domicile, reprenant peu à peu des couleurs et de l'entrain malgré des douleurs diffuses dans le corps, il s'intéressa à nouveau à la bonne marche de la maison. Comme il ne pouvait se déplacer encore qu'avec des cannes, il s'était installé dans un salon du rez-de-chaussée qui était devenu sa chambre, sa salle à manger et son bureau. Il y accueillait Romain à son arrivée de La Gascarie, après qu'il eut embrassé sa femme et ses enfants. Tous les soirs, ils discutaient longuement des activités de la maison et examinaient les décisions à prendre.

Sophie constata bientôt que Romain était plus détendu et même épanoui.

– Il est heureux de nous rendre service, Mathieu ! souligna-t-elle. Il attendait peut-être ce moment pour te montrer qu'il était capable de te remplacer...

– Peut-être...

– S'il s'est dépensé autant, c'était aussi parce qu'il s'agissait de préserver la tannerie de ses ancêtres...

– Sûrement ! Romain y est très attaché...

– Je me disais peut-être que vous pourriez...

Mathieu la regarda fixement :

– À quoi penses-tu ?

– À des choses simples mais qui peuvent peut-être tout changer pour Romain... Quand tu reprendras la direction des affaires, je me demande si vous ne pourriez pas continuer à travailler ensemble...

– J'y réfléchis ! répondit Mathieu. Romain est différent depuis mon accident... Dès qu'il m'a remplacé, il n'a pas cherché à imposer ses méthodes comme lorsqu'il a débarqué à la tannerie au lendemain des moissons. Pourtant, je le craignais au départ ! Et ça me préoccupait... Il a bien compris qu'il était préférable de ménager les employés s'il souhaitait qu'ils le respectent...

Lorsque Romain retrouva son bureau de La Gascarie, après une absence de deux mois, Édouard Bardenet confirma son sentiment. Très critique au moment de l'arrivée de Romain, il ne tarissait plus d'éloges à son propos.

– Monsieur Morvan est un bon ingénieur et nous le savions déjà, affirma-t-il. Mais c'est aussi un bon patron : il s'est occupé comme il le fallait de cette maison, il nous a écoutés comme vous le faisiez et nous n'avons pas à nous en plaindre !

– Vous avez bien deviné, Édouard ! rétorqua Mathieu d'un grand sourire. Monsieur Morvan a l'étoffe d'un patron ; il me secondera à la fabrique… Je l'annoncerai aux employés cet après-midi…

– Berthier et Morvan ? C'est une bonne équipe ! estima-t-il. Vous êtes différents, mais vous vous complétez…

Ce matin-là, Romain préparait une livraison pour un grossiste. Il ne rejoignit son frère qu'au moment du casse-croûte qu'ils avaient l'habitude de partager. Mathieu le remercia à nouveau.

– Tout est en règle, tout est en ordre, c'est parfait ! Bravo !

Puis il l'informa qu'il comptait le consulter et l'associer désormais à ses décisions.

– Les temps sont difficiles entre la guerre, Vichy et Pétain ; ils le seront de plus en plus… À deux, nous serons mieux armés…

– Et nous nous battrons ensemble pour défendre la tannerie de nos grands-parents ! enchaîna Romain avec passion.

Leurs paumes claquèrent pour marquer leur entente.

Romain avait tellement attendu ce moment-là qu'une bouffée de bonheur l'envahit. En l'espace de quelques secondes, ses pensées le ramenèrent à leur père puis à tous ceux qui les avaient précédés à la tannerie. Frissonnant d'émotion jusqu'à la racine des cheveux, il s'approcha de Mathieu et l'embrassa. Tandis que la neige tombait au-dehors et que le vent soufflait, tous deux se sentaient plus forts.

Épilogue

Comme convenu, Romain et Mathieu assumèrent en commun la direction de la fabrique jusqu'à l'automne 1944. Même s'ils n'étaient pas toujours d'accord sur les décisions à prendre, ils s'efforcèrent de s'entendre par des concessions et des compromis. Ils y réussirent le plus souvent. Pourtant, au cours de ces années-là, les difficultés ne manquèrent pas ! Les contrôles devinrent si courants qu'ils se demandèrent si leur comptable, plus pétainiste que jamais, ne sollicitait pas les fonctionnaires de la préfecture pour assouvir sa vengeance et s'il ne leur adressait pas des courriers anonymes pour essayer de les intimider. S'ils en éprouvèrent de l'agacement, ils hésitèrent à le congédier pour ne pas renforcer ses ressentiments, mais ils ne le ménagèrent pas. Ils combattirent à leur manière la révolution nationale du Maréchal ainsi que sa politique de collaboration. Les premiers temps, ils écoutaient en cachette les Français de Londres comme beaucoup. Ils estimèrent bientôt qu'ils devaient passer à l'action. Dès septembre 1942, ils rejoignirent des résistants qui préparaient les livraisons de *Combat*, dont les numéros étaient imprimés chez Subervie, en plein cœur de Rodez, avant d'être diffusés à travers la zone sud par des agents de liaison. Leurs épouses qui se doutaient plus ou moins de leurs activités, tremblaient ces longues soirées où ils s'absentaient sans explications. Elles veillaient de concert jusqu'à une heure tardive en attendant qu'ils reviennent mais, secrètement, elles étaient fières d'eux. Le 13 novembre 1942, lorsque les soldats allemands s'installèrent en Aveyron, leur présence ne les dissuada pas de continuer leur « résistance ». Les risques étaient désormais bien plus importants avec la présence des « vert-de-gris » à Rodez, leurs patrouilles incessantes. Tous deux en étaient conscients. Ces actions les avaient soudés… Ils employèrent à la manufacture des réfractaires du STO sous une fausse identité malgré l'activisme du comptable, les contrôles des gendarmes et des Allemands. Ils cachèrent une famille juive dans les greniers du château, avec la complicité du fermier, en attendant qu'elle rejoigne les Pyrénées. Ils n'échappèrent que de justesse, en octobre 1943, aux hommes de la Gestapo et à la poigne de l'un de leurs chefs, le Grand Fauve Blond, si redouté à Rodez…

Les troupes américaines avaient débarqué en Normandie depuis deux semaines lorsque Hélène s'éteignit soudain en plongeant son entourage dans la tristesse. Elle avait soixante-quatorze ans… Au matin du 23 juin 1944, Gabrielle la découvrit inanimée dans sa chambre. Les mains jointes, sereine, Hélène reposait entre ses draps blancs comme si elle dormait. Les jours d'avant, elle n'avait pas semblé fatiguée, elle ne s'était plainte d'aucune douleur, elle dessinait et elle avait demandé à Mathieu de l'emmener au château pour y séjourner quelque temps ; elle supportait de moins en moins la présence allemande à Rodez. Mathieu, Sophie et Jeanne la pleurèrent mais aussi les enfants de Romain. Depuis leur arrivée à Rodez en juin 1940, Angèle et Pierre s'étaient attachés à elle. Comme Aurore avait disparu tragiquement et que leurs grands-parents maternels résidaient toujours à Rabat, ils la considéraient comme leur grand-mère. Hélène leur témoignait beaucoup d'affection, les entraînant en promenade, leur apprenant à dessiner, les comblant de cadeaux au moment de Noël et de leur anniversaire. Elle se comportait à leur égard comme s'ils étaient ses petits-enfants, et tout le monde s'en félicitait. À force de côtoyer Romain, avait-elle acquis l'intime conviction que les liens du sang l'unissaient à son fils ? Peut-être. Même s'ils s'étaient appliqués à préserver leur secret, Mathieu et Romain l'avaient souvent pensé. Hélène rejoignit Hector dans le caveau familial du cimetière Saint-Cyrice par une matinée radieuse. Dans l'intimité du tombeau, Jeanne récita un poème de Victor Hugo d'une voix brisée par le chagrin. Angèle et Pierre étaient en larmes au moment de déposer sur le dallage un bouquet de coquelicots et de bleuets qu'ils avaient rapporté du domaine. Quant à Mathieu, il songea à la vie de sa mère tandis que le prêtre débitait ses litanies, à ses déboires et aux épreuves qu'elle avait affrontées. Pour tous, une page se tournait.

Deux mois plus tard, les troupes du Reich avaient déguerpi à la satisfaction générale. Les règlements de compte étaient inévitables après quatre années de collaboration imposée par le Maréchal. Un après-midi, les hommes des FTP débarquèrent à la fabrique pour emmener Donatien Blanchet et l'interroger. On ignora ce qu'il devint. Des employés affirmèrent qu'il croupissait dans une prison en attendant son jugement pour faits de collaboration ; d'autres racontèrent qu'il avait été exécuté. Dans le même temps, Arnaud Charvin sollicitait Romain pour remplacer son gendre Mathias à la direction de sa tannerie du canal Saint-Martin. Mathias avait été arrêté pour collusion avec l'ennemi. Arnaud Charvin avait aujourd'hui soixante-cinq ans et il souhaitait que son petit-cousin reprenne en main la destinée de la fabrique familiale. Romain accepta aussitôt. Il rejoignit la capitale à l'automne 1944 avec sa femme et ses deux enfants, retrouvant leur appartement abandonné au moment de la débâcle, leurs habitudes d'avant-guerre, leurs cousins Charvin et une manufacture à laquelle il était également attaché. L'émotion les étreignit devant l'immeuble des Berthier quand les deux familles se quittèrent. Des liens très forts s'étaient tissés entre eux depuis ce dimanche de juin 1940 où Romain avait frappé chez Mathieu. Mais, en cette matinée brumeuse d'octobre, les deux hommes étaient convaincus que rien ne pourrait désormais les séparer après ce qu'ils avaient vécu.

Ils continuèrent chacun leur chemin, les années passèrent et les enfants grandirent, mais les vacances ramenèrent toujours Romain et sa famille en Aveyron. Durant ces séjours à Rodez, se confirma la vocation de Pierre. Comme sa tante Sophie à la Belle Époque, il déambulait des après-midi entières dans les « chambres chaudes » parmi les peaux tannées qui séchaient, établissant son classement d'après les conseils de son oncle et du contremaître. Comme son père et Mathieu, il avait l'intention de devenir ingénieur en tannerie. Son diplôme obtenu, il souhaita ensuite travailler à Rodez avant de proposer à Mathieu de racheter sa fabrique de La Gascarie lorsqu'il chercha à s'en séparer, en 1968, pour prendre sa retraite. Mathieu accueillit sa demande avec un grand bonheur, trop heureux que les traditions se perpétuent. Jeanne ne s'y était jamais intéressée ; elle avait épousé un chirurgien d'origine albigeoise, puis s'était installée à Toulouse. Mathieu accepta de conseiller Pierre, de l'épauler dans ses débuts. Sa tannerie vivotait depuis plusieurs années, victime de la modernisation de l'après-guerre. Les tracteurs avaient remplacé les attelages de bœufs et de chevaux, les bourreliers se raréfiaient. Les marchés n'avaient plus besoin de cuirs forts et durs tandis que la concurrence s'était renforcée pour la fourniture de peaux tannées au chrome aux fabricants d'articles de voyage et aux maroquiniers. Pierre se spécialisa dans le tannage de peaux qui étaient destinées à la sellerie de luxe, travaillant pour le Cadre noir de Saumur et des cavaliers de haute école, exportant même jusqu'aux États-Unis et défendant un héritage séculaire. À sa manière, il avait rajouté un maillon à une longue chaîne…

Ouvrage réalisé par Cédric Cailhol Infographiste.

Reproduit et achevé d'imprimer en septembre 2010
par l'imprimerie France Quercy (Mercuès)
N° d'imp. : 01301

Dépôt légal : octobre 2010

ISBN : 978 2 8126 0151 4

Imprimé en France